约翰·斯坦贝克传

John Steinbeck: A Biography

［美］杰伊·帕里尼 著

马静静 陈玉洪 译

江苏人民出版社

译者序

提起斯坦贝克，许多中国读者一定会马上想到他的一本小说——《愤怒的葡萄》。的确，作为20世纪美国文坛最重要的作家之一，约翰·斯坦贝克不仅在小说创作方面取得过卓越的成就，同时他还是一位优秀的剧作家、战地记者和随笔作家，他的作品题材包罗万象，涉及文化、战争、政治及社会等许多方面，深受不同文化背景的读者的青睐。

约翰·斯坦贝克生于1902年，在我看来，他的出生可以说是"生逢其时"，也可以说是"生不逢时"。"生逢其时"是说他出生时，美国正处于版图不断扩张时期，让许多移民家庭看到在美国建立家庭的希望，这其中就包括斯坦贝克的祖父格罗·斯坦贝克与外祖父塞缪尔·汉密尔顿。说他"生不逢时"，则是因为斯坦贝克在早年从事文学创作时，始终被淹没在其他众多作家的影子之下，比如辛克莱·刘易斯、舍伍德·安德森、西奥多·德莱赛等著名作家。就算和与他同时代的作家们相比，比如菲茨杰拉德和海明威，斯坦贝克也显得有些"大器晚成"。例如，在1925年，菲茨杰拉德已经出版了举世闻名的小说《了不起的盖茨比》，而海明威的短篇小说集《在我们的时代》也在同年问世，凭借这部短篇小说集，海明威得以登上美国文学的舞台，而此时的斯坦贝克却还在为坚持自己的文学创作梦想努力，时不时地还要面临母亲奥莉芙·斯坦贝克的指责和冷嘲热讽。直到1935年，他的小说《煎饼坪》才受到读者和评论家的关注，而此时斯坦贝克已在文坛坚持不懈地耕耘了10年之久。

自此之后，斯坦贝克的作品便陷入了一个"怪圈"：在普通读者的眼里，斯坦贝克的作品是"充满现实主义的、富有想象力的创作"，证明他"非常同情当时生活在社会底层的美国人民"，因而普通读者总是喜欢读他的书；然而在批评界，评论家却没有像普通读者那样赞扬他。评论家要么蓄意对斯坦贝克的作品吹毛求疵，要么就干脆无视斯坦贝克的存在。甚至当瑞典皇家科学院于 1962 年宣布将当年的诺贝尔文学奖授予斯坦贝克时，几乎所有的美国报纸媒体和评论家对这一决定感到恼火，认为欧洲人根本不懂美国文学。自从《煎饼坪》受到评论家关注后，斯坦贝克便开始与评论家们展开了漫长的针锋相对的辩论。只要他的作品问世，便立刻引来一群学院派评论家的口诛笔伐，而斯坦贝克也毫不客气地予以反击。正如后来他在瑞典皇家科学院发表诺贝尔文学奖获奖演说时所说，"文学的传播，不是靠着评论界苍白贫乏的说教者，在他们空无一人的教堂里哼哼着他们的祈祷文，也不是隐士们的游戏，更不是夸夸其谈的文学苦行僧们无病呻吟的绝望。"1968年 12 月 20 日下午 5 点 30 分，斯坦贝克因心脏病于纽约家中辞世，享年 66 岁。

本书作者杰伊·帕里尼（Jay Parini）是当代美国诗人、传记作家和评论家，同时，他也是一位著名的斯坦贝克研究专家，多次在"斯坦贝克国际代表大会"上做主题发言，对斯坦贝克研究有独特的见解。本书内容丰富，全书共 20 章，涵盖了斯坦贝克从出生到去世这 66 年间的生活、情感、创作等众多方面的内容。书中语言通俗易懂、风趣幽默，读者可以很轻松地对斯坦贝克有一个全方位的认知。另外，资料翔实也是本书一大特点，作者杰伊·帕里尼采访了大量与斯坦贝克有密切关系的人物，比如斯坦贝克的第三任妻子伊莱恩·斯坦贝克、生前好友罗伯特·沃尔斯坦、约翰·赫西等人。通过采访，本书作者收集到了大量有关斯坦贝克生前创作、生活和感情生涯的第一手资料。

透过书中这些资料，读者会发现一个全新的斯坦贝克。比如，在 20 世纪 50 年代初期到 90 年代以前，斯坦贝克被当作"无产阶级作家"而受到当时以马克思主义意识形态为主导的中国文学批评界的推崇，特别是他的代表作《愤怒的葡萄》，更是被视为无产阶级小说的最好范例。但是，本书作者杰伊·帕里尼在本书中则明确指出，"斯坦贝克对社会主义产生过兴趣，但他从来不认为自己是一名社会主义者。实际上，他对社会主义运动的看法偏激，这一点在一篇题为《突袭》的短篇小说里体现得非常清楚，斯坦贝克认为社会主义只不过是一种新的宗教，它的一切设想无异于痴心妄想。"这也在一定程度上证明批评界对待斯坦贝克其人其作的片面性与简单化倾向。

作为本书的译者，能为斯坦贝克研究或让大众了解并熟悉斯坦贝克这位始终没有得到充分学术关怀的作家，我们感到非常荣幸；但我们也担忧自己的水平有限，未能准确通顺地传达原文的意思，损害了这样一部全方位揭示斯坦贝克的作品。除此之外，本书的厚度也耗费了译者大量的时间和精力，个中滋味，唯有亲身经历，才能体会。

最后，恳请各位同行与读者不吝赐教，指出译文中的错误与问题，方能让此书日臻完美。

目　录

第一章

家世小说

"不完整的童年令我倍感忧伤。"

——斯坦贝克,《小说日记》

C. S. 刘易斯晚年时,若有所思地说:"我发现人们通常会忘记快乐的童年时光。"但刘易斯忘不掉自己的童年,斯坦贝克同样对自己的童年念念不忘。斯坦贝克在最后一部小说《烦恼的冬天》的空白处歪歪斜斜地写下了一句话:"为何我一直梦见中央大道?"

1902 年 2 月 27 日,斯坦贝克出生在中央大道上一栋带有高高天花板的维多利亚式房子里。那时,中央大道是加利福尼亚州萨利纳斯最时尚的一条街道。在斯坦贝克出生的前一年,一名无政府主义青年刺杀了时任美国总统麦金莱。斯坦贝克在萨利纳斯生活了 17 年,在这段性格形成期发生的一切,一直是斯坦贝克噩梦、灵感、白日梦与回忆的无尽源头。

加利福尼亚是斯坦贝克很多小说的故事背景。在他眼中,故乡是一座不断失而复得的、不完整的伊甸园。虽然,斯坦贝克到处漂泊,在人生的最后 20 年定居纽约,但从某种意义上说,他从未离开过故乡。特别值得一提的是,他每隔一段时间就会回到位于蒙特雷市郊的帕西菲克格罗夫小镇,斯坦贝克的第三任妻子伊莱恩回忆说:"斯坦贝克父母在帕西菲克格罗夫小镇上有一栋房子。每当苦恼不堪或需要休息的时候，斯坦贝克就会回到那里去。他年轻时，特别是与第一任妻子卡罗尔·亨宁生活期间，这栋老房子对他来说也许是最重要的地方。他在那里一住就是很长时间，这栋房子已经深深地留在了他的记忆之中。"①

同大多数作家一样，斯坦贝克从自己的生活中寻找小说的素材，以便弄清"我是谁？""我从哪里来"。毋庸置疑，回忆是小说创作的巨大宝库。斯坦贝克不断重访、召唤和修改过去，试图让过去生活的模式更加清晰地凸显出来。《伊甸之东》是斯坦贝克晚年的一部作品，其初衷是为了更加准确地回忆过去，记录家族历史。这部作品向读者展示了许多斯坦贝克对自己家族之根的认识。斯坦贝克有意、客观而真实地记录家族从新英格兰州一路向西，移民到加利福尼亚州的历程，让两个儿子——汤姆和约翰，了解了自己的家族渊源。与大多数小说家一样，手稿很快就变成了一本小说，不久之后，斯坦贝克看到了这部小说的主题：一部家世史。

其实斯坦贝克是个浪漫的人，且以爱冒险的家族成员自居，这个家族里的男男女女都拥有优良的血统和务实的天性。他们从欧洲来到新大陆，在东部定居，随后，又一路向西来到加利福尼亚寻找伊甸园。和伊甸园一样，加州的乐园里也有条蛇：腐蚀社会的邪恶虫豸，破坏着人们对完美伊甸园的憧憬。

读者常常会发现，斯坦贝克对笔下人物的认识与对自我的认识互相矛盾。斯坦贝克始终保持着纯真之情，对美好事物和美国梦深信不疑。所以，个人生活的不如意令他难以接受。前两次婚姻以失败而告终，两个儿子与他渐渐疏远，而评论家们似乎对他的小说不以为然。他渴望简单的生活，渴望远离烦恼和复杂的人际关系，《伊甸之东》里

---

① 1990年9月—1993年9月期间，我与伊莱恩有过许多次访谈。所有引文都来自这些转录的访谈。

的塞缪尔·汉密尔顿有斯坦贝克的影子：

> 他来到萨利纳斯河谷，神采飞扬、精力充沛，满脑袋都是新
> 鲜主意。他的眼睛蓝得出奇，疲倦的时候，有一个眼珠稍微外斜。
> 他个子高大，但很灵活。即使干农场的粗活，他的外表也总是十
> 分整饬。他心灵手巧，无论铁工、木工、木雕，样样在行，用一
> 些木头和金属就能做出各种东西。他从不因循守旧，随时都要出
> 一些新点子，干得比老方法快而且好……

虽然在写小说，但斯坦贝克在书中毫不避讳家族的姓氏。斯坦贝
克母亲娘家的姓氏是汉密尔顿，塞缪尔是斯坦贝克外祖父的名字。塞
缪尔原籍是北爱尔兰的巴利凯利，与《伊甸之东》里的那个汉密尔顿
一样，他肤色黝黑，性格开朗，身材魁梧，口才极好。塞缪尔·汉密
尔顿 17 岁移民美国，与一位性格内向的爱尔兰姑娘伊丽莎白·费根于
1849 年夏天，在纽约市举行了婚礼。1872 年，塞缪尔与妻子伊丽莎白
搬到了萨利纳斯，在这里，塞缪尔与其他人共同签署了《萨利纳斯市
宪章》，并成为一名市政官员。

出乎意料的是，塞缪尔·汉密尔顿并没有留在萨利纳斯，因为那
里的生活太逼仄，塞缪尔向往野外，他对自我的定位是一名边地居民
和开拓者。与小镇居民相对安逸的生活相比，塞缪尔和伊丽莎白更喜
欢充满生机与冒险的农场生活，于是，他们搬到了萨利纳斯以南 60 英
里处金城附近的一座大农场。斯坦贝克在这里度过了很长的童年时光，
外祖父塞缪尔干农场杂活时，斯坦贝克就踩着他大靴子的鞋印，跟在
他身后。斯坦贝克在汉密尔顿农场学会了很多让他受用终生的实用本
领。农场的日常工作和务实精神在斯坦贝克的想象中闪耀着熠熠光芒，
成为了人生不可或缺的部分。伊莱恩·斯坦贝克认为，甚至在他纽约

生活的最后几十年中，斯坦贝克"一直想找一片地来种。他和他的外祖父一样，是个务实的人，喜欢动手修东西，做木雕，造船，装门"。①

汉密尔顿农场是斯坦贝克个人生活的重要部分，反复出现在他的小说中，比如，他的中篇小说《小红马》中的提夫林牧场原型就是汉密尔顿农场，《小红马》写得栩栩如生，一部分原因就在于斯坦贝克用一种深沉而愉悦的方式激活了回忆。

虽然汉密尔顿农场的土壤缺乏水分，但塞缪尔天资聪慧，在他的管理下，农场还是兴旺发达起来了。塞缪尔一生养育了九个孩子，年龄最小的女儿奥莉芙读了高中，准备毕业之后当一名老师。在当时的美国，大众高等教育尚未开始，如果只是想当一名普通学校的老师，那么就没有必要去上大学（事实上，从19世纪末到20世纪初，只有很少一部分美国人读完了高中）。17岁那年，奥莉芙通过了当地教育机构的审查并获得教师资格，她很快便决定在一所离金城不远的学校任教，学校离汉密尔顿农场也很近，这样她就可以继续住在家里。在学校，奥莉芙什么科目都教，而且不同年龄段的学生都在一间教室里上课。奥莉芙的二女儿伊丽莎白（贝斯）·安斯沃斯说："她（母亲）以受过教育的女性自居，要求自己的孩子将来也要上学。"② 她还是个"生性严厉的人，你该做什么，不该做什么，她都一清二楚"。

奥莉芙是个急性子，有点严厉刻板，一心想要干一番大事业。她和自己的母亲追求不一样，她可不想将来随便嫁给一个农场主（不过她的长女埃丝特却嫁给了一个农场主）。24岁那年，奥莉芙在金城邂逅了约翰·恩斯特·斯坦贝克，之后两人很快便结了婚。约翰·恩斯特·斯坦贝克是一家面粉厂的经理，他从父亲那里学会了磨面粉的手

---

① 与伊莱恩的访谈。

② 1992年12月8日与伊丽莎白（贝斯）·安斯沃斯的访谈。所有安斯沃斯的引语均来自这次访谈。

艺。以前，他的父亲卖乳制品和水果，后来为了增加收入，就在自己的农场开了一个小面粉磨坊。也许是不想一辈子生活在岳父塞缪尔·汉密尔顿的阴影下，约翰·恩斯特在萨利纳斯的斯佩里面粉厂当上了经理。

斯坦贝克的祖父名叫约翰·阿道夫·格罗·斯坦贝克，来自杜塞道夫（莱茵河畔的一个德国小镇），那是一座历史悠久的繁华小镇。约翰·阿道夫专业做橱柜，是一名虔诚的路德教徒。斯坦贝克非常崇拜祖父的冒险精神，但祖父在斯坦贝克出生前就去世了，在写东西的时候，他喜欢在桌边放一幅祖父的肖像画，画中的约翰·阿道夫不怒自威。约翰·阿道夫人生中一个非同寻常的举动成为斯坦贝克家族故事中的关键一环：1852 年，约翰·阿道夫动身前往耶路撒冷，随行的还有他的哥哥、姐姐和姐夫。他们一行人的想法十分荒诞不经，觉得凭借自己虔诚的基督教信仰力量能让信奉异教的犹太人皈依基督教。他们根本不知道，在当时的耶路撒冷地区，阿拉伯人的数量要远远多于犹太人。他们打算踏上属于自己的十字军东征之路，完成从前连那些资金充足且武装精良的君王和十字军战士们都无法完成的征服。他们骑着马一路向东，数周之后，平安抵达了圣城耶路撒冷。在这里，约翰·阿道夫遇到了欧米亚·迪克森，她是迪肯·迪克森的侄女，很快两人结为夫妻。迪肯从美国远道而来，也是一名狂热的传教士，在耶路撒冷赫赫有名。

当时的耶路撒冷正处于奥斯曼土耳其帝国的统治之下，约翰·阿道夫与其他人丝毫没有察觉到即将降临的一场灾难。约翰·阿道夫的哥哥和贝多因部落发生了冲突，混战中有人用刀刺死了他，并持刀强奸了欧米亚。这件事情极大地动摇了这几位传教士的信念，贝斯回忆说："这是一场惨痛的经历，他们当时有一种很深的挫败感。"[①] 这种挫

---

① 1992 年 12 月 8 日与伊丽莎白（贝斯）·安斯沃斯的访谈。所有安斯沃斯的引语均来自这次访谈。

败感被演绎成堂吉诃德式的失败冒险，成为斯坦贝克的小说主题之一。眼看在巴勒斯坦已经没有未来，约翰·阿道夫回到了新英格兰。欧米亚一家很早以前便在马萨诸塞州的一个小镇上定居，约翰·阿道夫的岳父有一间简陋的木房子，后面有一个小木棚，约翰·阿道夫就在这间小木棚里开始了自己的木雕活，木雕成为日后斯坦贝克终生孜孜追求的一门技艺。

虽然在马萨诸塞州的生活很安逸，但约翰·阿道夫很快又开始渴望冒险。最终，他说服了极力反对外出的欧米亚，收拾好家当，带上六个孩子一同前往佛罗里达州。正值美国内战爆发前夕，这次行动再一次证明约翰·阿道夫毫无政治头脑。一家人刚刚抵达佛罗里达州，约翰·阿道夫就被强征进了南方联盟军队，他对南方联盟军和北方联邦军都无甚好感，于是，一天晚上他脱离队伍，做了逃兵。他昼伏夜行，最终穿越梅森—迪克森防线，逃回了新英格兰。有位好心的南方联盟军将领允许欧米亚和她的孩子们返乡。从当时形势来看，她们算是万分侥幸。内战结束后，约翰·阿道夫一家再次搬家，这也是他们最后一次搬家。

1945 年冬，斯坦贝克无意中获知祖父的这段经历，他在写给编辑帕特·科维奇的信中说："姐姐（贝斯）给了我一个橄榄木盒子，这是父亲留给我的，里面装满了各种我从未见过的文件，昨晚我和姐姐查看过了，都是我祖父在内战期间留下来的，比如祖父的结婚证和公民证，还有游击队指挥官们给我祖母开的允许她穿过北军前线的通行证，祖父在巴勒斯坦和佛罗里达两地的财产证明，还有一份为 1853 年在雅法被贝多因人杀害的伯祖父购买墓碑的账单。"[1] 贝斯评论说："弟弟总是情不自禁地惦记和谈论这些文件，似乎他突然搞清了自己的身世，

---

[1] *Steinbeck：A Life in Letters*，eds. Elaine Steinbeck and Robert Wallsten（New York：Viking，1975），p. 278.

似乎他手里捧着自己的历史。"也许，斯坦贝克终于明白自己天性中那股不安分的冒险精神源自何处了。

这次，约翰·阿道夫一家人来到了加利福尼亚，该地于 1850 年建州并成为美国历史上的第 31 个州。16 世纪，西班牙作家加尔西·奥尔多纳·德·蒙塔尔沃在一部小说里描述了一块物产丰富的神秘之地，加利福尼亚因此得名。这片广袤的处女地，散发着让约翰·阿道夫无法抗拒的魅力。加州以前的主要产业是兽皮、兽脂和采金业，斯坦贝克家族来到萨利纳斯山谷后，经济主体骤然之间变成了农业。约翰·阿道夫花了大部分积蓄在萨利纳斯的北部购买了 10 英亩的农田，当上了一名奶农。当奶农可不是嘴上说说就行的，需要购买一定数量的奶牛，还要种上几亩庄稼给奶牛提供饲料。约翰·阿道夫种了一些果树，农场开始正常运转之后，他建了一座磨坊。儿子约翰·恩斯特对磨坊产生了兴趣，这些为他早期的职业打下了基础。

尽管在父母的奶牛场长大，但约翰·恩斯特却不愿意像父亲一样一辈子靠出苦力谋生。约翰·阿道夫很少戴领结，但儿子却截然相反，约翰·恩斯特在很多方面都像个城里人，极其注重自己的社区地位和大家族家长的角色。然而，他毫无个人威严，无法担当一家之主，贝斯说："他谨小慎微，很少会大嗓门说话，家里都是母亲说了算。"约翰·恩斯特总是穿着"一身笔挺的西装和硬领衬衫，举手投足让人感觉他是个大人物。他特别在意邻居们对他的看法。"有一位邻居说："他虽然身体不错，但情感脆弱，打扮得像个花花公子，甚至有点过分讲究穿衣。他很少大声讲话，虽然也出席一些盛大的公众活动，却不怎么与小镇上的居民来往。"①即使在做生意上，约翰·恩斯特骨子里带有一些与他父亲一样不安分的冒险精神，但外表上，约翰·恩斯特沉默

---

① 1991 年 1 月 12 日与 Margaret Carey 的访谈。

寡言、神经紧张、态度冷淡，与他的父亲大相径庭。

约翰·恩斯特选择面粉行业是因为他熟悉这个工作，但自从他当上斯佩里面粉厂的经理后，美国经济整体下滑，这个行业随之衰败。1910 年，斯佩里面粉厂彻底倒闭，缺乏管理能力的约翰·恩斯特被解雇。贝斯说："这件事对家里所有人都是一个沉重的打击，父亲不知道自己接下来要干什么，也不知道从哪儿挣钱。"这场家庭危机对八岁的斯坦贝克造成了巨大影响，同许多同龄的孩子一样，斯坦贝克视父亲为心中的大人物，而直视自己敬仰的父亲变得惶惶如丧家之犬，他感到很害怕。

约翰·恩斯特常常一连好几个小时默不做声地坐在贴着棕色墙纸的卧室里，窗户紧闭，灯火熄灭。他的绝望可以理解，对一个城里人而言，在社区里的地位与他的稳定经济收入紧密相连，而这两者对他的自尊心来说都至关重要。在某种程度上，约翰·恩斯特再也没有完全恢复稳定的收入和稳定的自信心。可能是看不惯丈夫的消沉态度，奥莉芙当起了一家之主，她永远都比丈夫强势，她有着惊人的毅力，强烈渴望控制自己和家人。贝斯回忆说："她对父亲特别严厉，容不得别人偷懒和马虎。"实际上，奥莉芙经常瞧不起约翰·恩斯特，这让小斯坦贝克非常愤怒，毕竟父亲是他心目中的楷模。①

尽管约翰·恩斯特有这样那样的缺点，但就像那个时代的资产阶级绅士一样，他以近乎吝啬的方式小心谨慎地保管着自己的财产。经过几年的积攒，他存下了一笔钱，斯佩里面粉厂倒闭后，他决定开一家饲料店，他坚信农业在加州会得到迅猛的发展，因为加利福尼亚州正处于快速发展时期，每个月都有新的移民源源不断地从美国东部来到这里建立农场，而家畜总是要吃饲料的。

---

① 我这里关于约翰·恩斯特与奥莉芙的关系描写是基于 1991 年 12 月与玛丽·格雷顿的一次访谈，那时她住在中央大道上。这一点得到贝斯·安斯沃斯等人的证实。

然而，约翰·恩斯特做梦都没想到内燃机时代的来临，汽车和拖拉机取代了马匹成为新动力，萨利纳斯地区对新饲料店的需求急剧减少。约翰·恩斯特本人并无创业技能，盘活不了新生意。最终，饲料店还没开始营业就倒闭了，家庭积蓄也几乎消耗殆尽。这件事使约翰·恩斯特在人生后半程始终活在惊恐之中，他变成了一个极少冒险的胆小鬼。接连经历斯佩里面粉厂倒闭和饲料店开业失败，约翰·恩斯特的内心充满了深深的挫败感，他苦恼着怎样才能养活一家人。贝斯回忆说："当时有传言说，父母决定卖掉房子，但如果房子真的被卖了，那对我们家每个人来说都是无法接受的，我觉得，那样的话我们肯定活不下去。"

就在此时，萨利纳斯的其他居民向约翰·恩斯特一家伸出了援手，这让他们全家感到欣慰和惊讶。斯坦贝克家族向其他居民证明了他们为人正派且是虔诚的教徒，邻居们因此不会袖手旁观。一位曾在萨利纳斯生活过的市民回忆说："那时候，人们互相帮忙，群策群力，但今天的人们不再这样，我很难理解现在的人。以前，大家都是拓荒者，我们知道，如果哪一家人活不下去了，那么其他人的日子也不会好过。你要帮助邻居，如果他家的拖拉机坏了，你就把自家的拖拉机借给他用。邻居就是你的朋友，更是你的亲戚。那个时候人们没有自私自利的想法。"①

约翰·恩斯特有位名叫查理·帕里奥达的至交，是共济会的一员。查理·帕里奥达经营着一家叫斯普瑞柯的糖厂，炼糖是当时萨利纳斯地区发展得最成熟的行业。查理的妻子是奥莉芙的闺中密友，她俩是东方之星兄弟会的成员，该组织是共济会专门为女性而成立的一个分支机构，她们一起在当地许多慈善机构做事。查理在糖厂为约翰·恩

---

① 1990 年 6 月 14 日与 Edgar Reese 的访谈。

斯特谋得一份会计的差事，这份差事让斯坦贝克一家度过了几年的困难时期，直到有一天蒙特雷县在任的出纳员突然死在了办公室，在奥莉芙的游说之下，查理·帕里奥达再一次出手，动用他的私人关系让约翰·恩斯特得以提名为蒙特雷县的新任出纳员，约翰·恩斯特在这个工作岗位上一直顺利地干到 1936 年去世。虽然，这份工作的报酬不是很丰厚，但工作稳定，一家人有了稳定的收入，他们也许永远不会富有，但也永远不用担心吃了上顿没下顿，这为约翰·恩斯特在社区赢得了一点地位。

恰逢美国处于蓬勃发展的时期，斯坦贝克出生了。1902 年，美国版图不断扩大，西奥多·罗斯福总统在任期间，每个美国人的脸上都洋溢着乐观积极的神情。罗斯福平步青云，43 岁当选为美国总统，在任期间，他首先考虑的是扩大美国的领土范围。当时一位名叫伍德罗·威尔逊的年轻学者指出，"我们步入了一个新社会，它揭开了人际关系的新篇章，为生活这部大戏搭建了一个新舞台。"作为当时美国版图内位置最靠西的一个州，加利福尼亚有着独特的魅力，它是一块富饶之地，人人都可以到那里安家立业，美国其他地区的人们源源不断地向西移民至加利福尼亚州，他们发现这里的风景与气候真的如马克·吐温所写，"如临仙境，却听不到那令人犯困的圣歌"。

好莱坞在加州的南部，1907 年，第一家电影公司在南加利福尼亚成立，同年，威廉·塞利格在洛杉矶城外的一块荒地上拍摄了电影《基督山伯爵》。在加州的中部和北部地区，只有旧金山的人口分布较为密集。整个乡村地区大体上依然处于未开发状态，到处是极具开发潜力的农田。1899 年，萨利纳斯城只有大约 2500 名居民，它本是在荒无人烟的地方兴起的一座小城，整个城区只有一条主干道和几个住宅区，城市规模不大，却很繁荣。随着像塞缪尔·汉密尔顿这样的农场主迁入此地，萨利纳斯城变成了一个商业中心，萨利纳斯是一块有大量农田的狭长地带，斯坦贝克给它取名叫"河谷"。虽然萨利纳斯气候温和，但在当时，农场经营失败也是常有的事情。大部分农场倒闭是因为移民至此的农场主们缺乏经验。这里的土壤干燥贫瘠，因此想要在萨利纳斯成功经营农场，农场主们得有点头脑、经验和技巧。

在《伊甸之东》里，斯坦贝克认为萨利纳斯的经济问题主要是由于贫瘠的农田造成的，而非庄稼人的过错。关于萨利纳斯河谷，他这样写道："如果这些土地还像样的话，汉密尔顿一家早就富了起来。但是土地贫瘠干燥，没有水源，表土层又薄得像皮包骨头，耐旱的艾灌丛勉强活了下来，橡树由于缺水，长得又瘦又矮。即使遇到好年成，牛群也没有什么可吃，饿得瘦骨嶙峋，到处找青草。"

孩童时代，斯坦贝克面临的主要问题是父亲与三个孩子之间的关系很疏远，贝斯说："父亲对我们很冷漠，我感觉母亲才是我们三个孩子眼里更重要的人，她是家里的顶梁柱。"一位名叫玛丽·格雷顿的邻居回忆说："斯坦贝克先生从不抛头露面，也从不和孩子们一起玩耍，他好像总是满脸愁容地一个人待在屋里的阴暗处。我感觉小斯坦贝克对父亲感到不满。"年幼的斯坦贝克对父亲满腔怒火完全可以理解，父亲从不护着他，就算是当母亲严厉专横地训斥他的时候，父亲也从不为他说任何公道话。格雷顿说："斯坦贝克夫人很严厉，有时甚至有点冷漠。她很疼爱小斯坦贝克，但他却有点害怕自己会招来母亲的讨厌，只要一提起母亲，他就会把事情搞砸。"

奥莉芙·斯坦贝克性格刚毅又自命不凡，她出身名门，知书达理，很享受自己在萨利纳斯高人一等的地位，她精力特别充沛，是社区的活跃分子。萨利纳斯的一位居民回忆说，奥莉芙"从来不会坐着和人讲话。但凡你知道的慈善机构的领头人必然是她，她总是满腔热忱地关心穷人和蒙冤之人，而且她会亲自解决这些人的问题"①。这就难免让人怀疑，斯坦贝克所背负的强烈且近乎苛刻的道德准则，内心深处有错必改的冲动，以及总是以穷苦人自居的性情，是否与奥莉芙的行为方式密不可分。虽然，邻居们觉得奥莉芙对待小斯坦贝克的方式过于严厉，并不适合斯坦贝克这种性格的孩子，但显然奥莉芙对年幼的斯坦贝克寄予厚望。有位邻居说："斯坦贝克夫人总是对儿子感到绝望，她试图让儿子得到更多，但实际上他所得甚少。她发现小斯坦贝克聪慧过人，能力超群，但她还发现他会干坏事，有点不合群，这让她很恼火。她认为，小斯坦贝克就应该在学校好好学习，回到家后乖乖听话。她逼迫他参加俱乐部和教会，但他却不愿听从母亲的安排。有时，小斯坦贝克会公然拒绝奥莉芙的要求并冲她大喊大叫。斯坦贝克夫人逢人便说将来他要么出人头地，要么就一辈子没出息。"②

斯坦贝克认为自己永远成事不足，这是他性格中一个非常重要的特征。他觉得自己写的每一本书都不够好，也从来没想过自己能够凝聚精力和想象力完成手头的工作。晚年这种情况更加严重，以至于到最后，他发现自己极其害怕失败。因为斯坦贝克总是针锋相对地反驳评论家们，所以经常会陷入一种近似临床抑郁症的消极状态，喜欢借酒消愁。一直以来，斯坦贝克都在自我惩罚，他对女性怀有一种愤恨之情，这似乎源自他对母亲奥莉芙既爱且恨的情感。

在斯坦贝克的童年生活里，有一件最显而易见的事情，那就是他身边始终围绕着几位对他煞费苦心的女性——母亲、大姐埃丝特（生于1892年）、二姐贝斯（生于1894年），以及比他小三岁的妹妹玛丽。贝斯说："我们宠着他，关心他。虽然他和妹妹玛丽更为亲密，但我们所有人和他的关系都很好。以前他会一直给我们写信，用自己的小手

---

① 与 Carey 的访谈。
② Ibid.

握着笔在几张复写纸上写下一封长长的信，这样我们姐妹三人都能收到他的亲笔信，这些信就像是日记。他从来没停止过给我们写信，在信里告诉我们他遇到的人和去过的地方。他心里清楚，我们想知道他在做什么，他也知道我们很重视他。"①

奥莉芙在生斯坦贝克的时候遇上了难产，痛苦的分娩过程让斯坦贝克的身体发生了畸形。等到他长到三岁的时候，奥莉芙说他"重新有了人样"。在斯坦贝克大部分的童年时光里，母亲一直称呼他为"我的小松鼠"，而两个姐姐对他的称呼虽不如母亲这般充满爱意，但也足够亲昵，大姐和二姐分别称呼他为"小麝鼠"和"小耗子"。其实斯坦贝克一点儿都不喜欢这些昵称，而且他对自己的长相逐渐有了清醒的认识：隆起的大鼻子、浓密的眉毛、长长的脸（成年后变成了粗犷的脸）、两只大如蒲扇的耳朵和细长的大腿。到了晚年，一旦出席公共活动，斯坦贝克必定要事先打扮一番，以掩饰自己长相的弱点，即便如此，斯坦贝克依然觉得自己长得其丑无比。斯坦贝克的朋友汤姆·君兹伯格回忆说："斯坦贝克在老年人中就是一道奇特的风景，他的脸又大又粗犷，耳朵大如蒲扇，头戴一顶软帽，身披一袭绸缎披风，手里拄着李木手杖。每当他走进房间，人们定会把目光投向他，大家知道这是一位不同寻常的人，或者说一位古怪的人。"②

斯坦贝克关于童年最早的回忆，是父亲带他去看在地震中遭到破坏的大楼，这几栋大楼位于萨利纳斯的商业区，离斯坦贝克的家只有不到 10 分钟的脚程。萨利纳斯虽然远在旧金山以南 100 英里处，但还是受到了 1906 年大地震余震的影响，这次大地震发生于 1906 年 4 月 18 日清晨 5 点 13 分，虽然整个地震过程只持续了 48 秒，却是 20 世纪人类历史上震级最强、破坏力最大的地震之一，旧金山城内大片的楼

---

① 与安斯沃斯的访谈。
② 1993 年 8 月与汤姆·君兹伯格的访谈。

房彻底坍塌，约 700 人丧生，城内大火肆虐数天，近 25 万人无家可归。

一位曾经居住在萨利纳斯城的居民回想起当时城内遭受余震影响后的场景，说："位于主干道上的大百货商店被震塌，许多楼房几乎被震成了碎片，窗户被震飞到很远的地方，很多人家里的石膏墙上出现裂缝。我记得，学校因为校舍内一面承重墙坍塌而停课一周。但这和旧金山比起来根本不值一提，我们这儿没有发生大火，也没有死亡，好像连受伤的人都没有。萨利纳斯城算是运气好，但是牧师们却说，这是老天爷开眼，才让萨利纳斯城躲过一劫。"①

1908 年，即地震过后的第二年，斯坦贝克上学了，就读于一所与中央大道相隔几个街区的小学，在萨利纳斯城居民的眼中，这所小学只不过是一所"幼稚园"。不久，老师就发现她班上新来的这位学生在阅读和写作方面表现突出，远远超过班上其他学生。斯坦贝克之所以会有如此优异的表现，大部分要归功于母亲奥莉芙，她本是一名教师，将心血都倾注在独子的身上。斯坦贝克年幼时，斯坦贝克家订阅了大量的报纸杂志，像《青年指南》《国家地理》《世纪杂志》《周六晚报》和《矿工》等，母亲奥莉芙会念各种各样的书给他听，然后让他大声朗读她刚读的内容。斯坦贝克还看过许多经典儿童读物，如《爱丽丝漫游奇境记》和《汤姆·布朗的求学生涯》。年龄稍大之后，他还看过当时男孩子们必读的传统读物：《劫后英雄传》《罗宾汉传奇》和《金银岛》。

奥莉芙有个嗜书如命的姐姐叫莫莉。1912 年夏，斯坦贝克到莫莉阿姨家做客，她向斯坦贝克推荐了马洛礼写的亚瑟王传奇故事。后来，斯坦贝克回忆说，当年他坐在树下，这些震撼人心的故事让他目不暇

---

① 1993 年 8 月与汤姆·君兹伯格的访谈。

接，给他留下了深刻的印象。很明显，这些传奇英雄的故事结构启发了斯坦贝克最出色的小说，比如《煎饼坪》和《罐头厂街》。另外一方面，有关据说是亚瑟王的圆桌会议所在地——卡米洛特的种种传说，无疑对他的大部分作品产生过影响。比如，马洛礼作品中对"好人"的追寻影响了斯坦贝克作品的主题；马洛礼笔下理想化的女性经常会突然出现在斯坦贝克的作品里。斯坦贝克认为，兰斯洛特背叛亚瑟王是一个重要的象征，它让自己很多作品变得栩栩如生。在人生的最后10年里，斯坦贝克迷上了马洛礼的《亚瑟王之死》，他甚至为了更靠近传说中的卡米洛特，在萨默塞特租了一间乡间小屋，租期一年，这足以证明《亚瑟王之死》对斯坦贝克的深远影响。

斯坦贝克的另一个掺杂着痛苦的童年回忆，是坐在客厅里由母亲教他识字。对斯坦贝克而言，识字并不是一件轻松愉快的事，尤其是当他绞尽脑汁，想搞明白书上那些令他摸不着头脑的符号的时候，母亲还在他身边来回踱步。当回忆这段经历时，斯坦贝克说：一开始，我努力想搞明白书上那些简单的词，再像母亲那样把这些词念出来，这实在太难了。等到我能理解的时候，时间似乎已过去了一千年。读者可以想象一下那种情景，一边是紧张又害怕的小斯坦贝克，另一边是不断地督促他学习的老师——母亲，学习结果总是让母亲大失所望，这样的童年经历实在有些令人难受。

斯坦贝克生性羞怯，笨手笨脚，还长着一对招风耳，又不懂社交礼仪，所以他就像是一个孤独的人，和亲戚朋友们格格不入。他喜欢一个人在树林里玩耍，待在自己的房间里读书看报。斯坦贝克有两位挚友：麦克斯·瓦格纳和格伦·格雷福斯，是两个邻居家的孩子。麦克斯与斯坦贝克的关系最为亲密，斯坦贝克喜欢到他家里去玩，他家里厨房的桌上总会摆着现烤的葡萄干曲奇饼。从某些方面来说，斯坦贝克是个幸运儿，至少在表面上，在萨利纳斯，父母对他很慈爱，老师们关心他，邻居们对他也很友善。今天，暴力充斥着美国社会的各个角落，但在斯坦贝克生活的那个年代，暴力几乎无迹可寻。那时候没有广播也没有电视，他可以心无旁骛地读书，父亲的收入也可以确保家人的日子过得很滋润。

然而投资失败后，父亲约翰·恩斯特变得郁郁寡欢，这件事情明显对斯坦贝克产生了强烈的负面影响。赫尔曼·梅尔维尔的父亲因生意经营不善而破产，年幼的梅尔维尔心灵遭受巨大创伤，且创伤在他的一生中不断恶化；查尔斯·狄更斯的父亲因挥霍无度被捕入狱，而他自己也被送到鞋油厂当学徒，毫无疑问，狄更斯也遭受了沉重的打击。斯坦贝克与赫尔曼·梅尔维尔和狄更斯有同样的心理反应，只是没那么明显而已。斯坦贝克成年后对金钱的担忧、处世能力的欠缺，都表明他未能从父亲投资失败的阴影中完全恢复过来。

之后，斯坦贝克家庭的经济状况又慢慢地开始好转，约翰·恩斯特在蒙特雷附近买了一栋房子，斯坦贝克一家就把这里当做周末郊游和避暑的好去处。这栋房子坐落于帕西菲克格罗夫小镇的 11 号大街，在三个孩子眼中，它有着非凡的意义，如今，它已变成斯坦贝克家族的一处旧址。三个孩子认为，这栋房子与家庭复兴有着莫大的关系，贝斯回忆说："对我们而言，这栋房子一直都是块福地。以前我们经常坐着四轮游览马车到那儿去郊游，那时候斯坦贝克和玛丽还是婴儿，母亲把他俩绑好后放在身边。马车要走很久，还有一段坑坑洼洼的路，但我们都很喜欢这段旅程。母亲总会带上一个打包好的野餐篮，旅途中我们会在路边停下马车，把毯子铺在地上然后吃东西。那的确是我童年最快乐的回忆之一，我和弟弟经常谈起这些过去的旅程。"[①]

高中期间，斯坦贝克与班上的同学相比，显得比较晚熟，15 岁还

---

① 与安斯沃斯的访谈。

没有长出胡须，也没有变声，他似乎因此被同学们孤立，斯坦贝克没有上五年级就于1915年直接升入萨利纳斯高中，他比班上大多数同学小一岁，因此被孤立的感觉更加强烈。有些人说斯坦贝克在高中期间没有参加过任何学校活动，但其实只要翻一下萨利纳斯高中年鉴，我们就会发现斯坦贝克并非是一个局外人。正如玛丽·格雷顿所说，学校规模小，每个学生都"没办法逃避学校活动。哪怕你和斯坦贝克一样内向，也必须参与所有活动"。斯坦贝克被迫加入了橄榄球队和篮球队，还要参与编辑学校年鉴，甚至当学校需要的时候他还得参演话剧。

大部分真正的作家都在很小的时候就显露出写作的天分，斯坦贝克也不例外。从高一开始，他就对写作产生了兴趣，老师们觉得他是一棵好苗子。读初三的时候，斯坦贝克英文写作课的老师——奥拉·M. 卡普夫人，经常当着全班同学的面，以赞许的口吻朗读斯坦贝克的文章，这让斯坦贝克懊恼不已。斯坦贝克的一位朋友回忆说："每当卡普老师当众朗读他的文章时，斯坦贝克便恨不得在地上找个缝钻进去，但其实他内心还是窃喜的。谁不希望老师当众朗读自己的作文呢？"[1]然而卡普夫人似乎对斯坦贝克的某些方面不以为然。1940年，《愤怒的葡萄》在全美引起争议，卡普夫人在给《萨利纳斯索引期刊》的编辑纳尔逊·瓦尔基安的信中说，斯坦贝克和许多内向的人一样，有时过于敏感，"大声讲话，态度粗鲁"，"我有时候发现他口是心非"[2]。在这封信中，她还抱怨，"如果斯坦贝克打定主意不交作业的话，那谁都拿他没办法。"的确，斯坦贝克在经济大萧条期间创作的小说里为受欺压的民众打抱不平，卡普夫人对此声称"这些穷苦人自然是极好的写作素材"。但我个人认为，卡普夫人借此暗示斯坦贝克的小说不够真

---

[1] 1991年12月与 Morris Scott 的访谈。

[2] 引自 Nelson Valjean，*John Steinbeck：The Errant Knight* (San Francisco：Chronicle Books，1975)，p. 40。

诚，这种观点有失偏颇。虽然卡普夫人有点愤世嫉俗，但斯坦贝克绝不是这种人，他是现代作家里最不愤世嫉俗的一位。

另一位叫霍金斯的教师极力称赞斯坦贝克的想象力，鼓励斯坦贝克将来当一名作家。但实际上，对斯坦贝克最大的鼓励来自一位叫露西尔·休斯的邻居，她是母亲奥莉芙的好友，也是一名很有抱负的作家。斯坦贝克每周都会到街对面的露西尔家里一两次，"围着她转，把自己写的故事说给她听"。① 休斯夫人后来回忆说，每当她抬起头就能从街对面的窗户里看见斯坦贝克待在自己的卧室里，身后点着一盏煤气灯，他低头坐着，腿上放着一块板，手里握着铅笔，嘴唇紧闭，"长长的头发垂在眼前"。贝斯说："他经常待在楼上他的房间里，这里是他隐居的一处世外桃源。"其实我们可以把这种"隐居"看作是一个隐喻，斯坦贝克生活在他家"上面"，飘浮在半空，做着梦，与世隔绝，谁也找不到他，在这里，斯坦贝克暂时可以逃避母亲的训斥与责骂。

1918 年 5 月，正在读高三的斯坦贝克感染了流感，病情很快恶化成肺炎，而当时的他，仍背负着沉重的学业压力，他要努力成为一名优秀的毕业生才可以申请到一所好大学。1918 年的这次大流感夺走了成千上万名美国人的生命，引发了民众的大恐慌。有一天，斯坦贝克从学校回到家，"脸色苍白，头晕目眩"，到家后就卧床不起，体温急剧升高，很快就神志不清，这让母亲奥莉芙吓了一跳。② 当时还没有抗生素药物，这样的病症足以让人惊慌失措。斯坦贝克回忆说："我昏了过去，直到感觉天使们翅膀的翼梢扫到我的眼睛才醒过来。"父母请来了萨利纳斯的一位名叫莫甘泽的外科医生给斯坦贝克诊治，莫甘泽医生在楼下斯坦贝克父母的卧室里搭建了一个临时手术室，用乙醚作麻醉剂，为他做了开胸手术，医生取走了一根肋骨，然后从感染的肺部排

---

① 与 Carey 的访谈。
② 与安斯沃斯的访谈。

空了胸膜脓液。贝斯说："他的脸色看起来特别吓人，我们当时心想，这下完了，我们肯定会看着他死去。我们一家人竭尽所能挽救他，后来病情复发。最后过了相当长的一段时间，他才恢复了健康。我必须得说，我们当时都吓得半死。"[1] 虽然，这次生病给斯坦贝克身体上和精神上都造成了创伤，但他很快恢复了健康，并且赶在学校放暑假前上了三周的课。

斯坦贝克在萨利纳斯高中最后一年的学习可谓是顺风顺水，成绩突飞猛进，毫无疑问，这要归功于母亲奥莉芙对他苦苦相逼。斯坦贝克最大的兴趣是在学校的年鉴上写一点关于"英语教室"的小文章，斯坦贝克这样写道："英语教室正好位于办公室底下的大厅里，它是莎士比亚的庇护所，弥尔顿和拜伦的圣殿，也是新生们心生恐惧的地方。"[2] 一个高中生能有这样的文笔实属不易，但斯坦贝克的同学当中很少有人相信他将来能成为一个著名的作家，在一次班级预言活动中，同学们觉得斯坦贝克将来会在一个远方的小城当牧师，有诗为证：

> 我来到一个遥远的小城
> 教堂的尖顶映入我眼帘
> 斯坦贝克正一脸严肃地布道
> 底下坐满了信教的民众

1918 年，第一次世界大战结束，次年 6 月，斯坦贝克与其他 23 名学生从萨利纳斯高中毕业。家人希望他继续上学，几年前，大姐埃丝特和二姐贝斯去了奥克兰最好的学校——米尔斯学院读书。实际上，当时贝斯已经从波士顿一所商学院毕业并拿到了商学硕士学位，这对

---

① 与安斯沃斯的访谈。
② 年鉴在萨利纳斯公共图书馆很容易借阅到。

当时的美国女性来说是一件了不起的事情。毕业后的贝斯，在旧金山的一家大百货公司的零售部干得风生水起，身兼采购员与业务经理两个职务。母亲奥莉芙重视子女的教育，这一点毋庸置疑，从斯坦贝克懵懵懂懂开始，母亲就一直对他说将来有一天他会上大学。

然而，斯坦贝克不想到离家太远的地方上大学，这样一来，就只有斯坦福大学可供选择。斯坦福大学到萨利纳斯之间的交通很便利，但斯坦福大学对申请人的学业水平要求很高。斯坦贝克的好几位高中同学都选择申请斯坦福大学，因此，他更坚定了申请斯坦福大学的决心。当时，申请大学完全不像现在这么竞争激烈。斯坦贝克志忑不安地递交了申请，没想到斯坦福大学当即接受了他的申请，并批准他于当年秋季入学，家人和朋友为此欢呼雀跃，贝斯回忆说："我们都很开心，母亲尤其高兴，她觉得斯坦福大学能使斯坦贝克更加认真地学习，还能让他走出自己的小天地结交朋友。"托比·斯特里特是斯坦贝克的大学同班好友，他回忆说："从萨利纳斯高中毕业后，斯坦贝克如释重负地长吐了一口气，在我看来，到哪儿上大学对他来说无关紧要，待在任何其他地方都比待在家里好。"

第二章

大学时光

"刚上大学，我一直泡在图书馆里，但从来不看老师指定的书，我的成绩一落千丈，根本不可能追上来。"

——斯坦贝克，《小说日记》

1919 年秋，斯坦贝克来到位于帕洛阿尔托的斯坦福大学报到，当时，斯坦福大学仍是小利兰·斯坦福大学。入校时，斯坦贝克只有 17 岁，年龄小，但身强体壮、胸膛宽阔，双手长满老茧。在上大学之前的暑假里，他一直在萨利纳斯城外挖运河。每天早晨，斯坦贝克会把黑黑的长头发向后梳理，但到了中午头发就变得一团糟，他隔三差五地刮一次胡子。当时，同学们都说他是个青涩、笨拙、害羞却又相当自负的家伙，总觉得自己无所不知，可实际上他知之甚少。由于高中期间没有努力学习，上了大学之后，斯坦贝克发现自己的学业水平远远达不到校方的要求。

约翰·恩斯特因为自己入错行惹了不少麻烦，他希望儿子能在大学里读个工程或者别的技术性专业。但是，斯坦贝克坚持要当作家，父母同意让他选修一门基础大学文科课程，贝斯说："父母知道他想当作家，却不知道他对这件事有多么认真。我们现在知道他的态度相当认真，但那时候没有办法了解他的心思。"斯坦贝克把个人职业愿景写在了校园门禁卡片上：我喜欢教课、新闻和法律。

大学期间，斯坦贝克过得并不顺心，他断断续续地花了六年才读完了大学，最后连一个学位都没拿到，这让父母感到非常懊恼，他自己也深感失望。斯坦贝克的朋友约翰·赫西回忆说："他经常忧心忡忡地谈起自己没能获得学位一事，心里清楚这件事让母亲寝食难安，奥莉芙夫人原本想让他读法学院，毕业回到萨利纳斯。在她眼里，作家不是一个体面的职业。"① 斯坦福大学提供的官方记录随处可见关于斯坦贝克逃课、挂科、无故旷课、退学、复学以及挂科被警告的记录，斯坦贝克几乎一直处于留校察看状态。

与许多天赋异禀的作家一样，比如司各特·菲茨杰拉德，W. H. 奥登和罗伯特·弗罗斯特，斯坦贝克根本无法适应学校里的条条框框，也不能容忍大学磨掉自己的棱角。艺术家们并非生来按照预设的路线成长，我们也不能以分数的高低或学习成绩的优劣作为评判他们是否成功的标准。因此，追问斯坦贝克在大学期间是否"获得了成功"这个问题是毫无实际意义的，斯坦贝克不是学者，况且也不需要通过学位追求自己喜欢的东西。最终，斯坦福大学给予了他大量的时间去读书和思考，结交志同道合之友，让他成长为一名作家。

奥莉芙·斯坦贝克允许儿子自由选择课程，但她坚持要求斯坦贝克在整个大一期间，每逢周末回家一趟。斯坦贝克的一位好友回忆说："这件事让斯坦贝克感觉受到了侮辱，虽然非常恼火，但他仍答应了母亲的要求。"② 为了确保斯坦贝克每周末回家一趟，奥莉芙安排丈夫的一位名叫伯纳德·弗莱雷的好友，每周五的下午开车到山景村接斯坦贝克回家。弗莱雷在斯普瑞柯糖厂干活，负责从糖厂名下的各个农场收集甜菜样品，按照约定，他将开着皮卡把斯坦贝克带回家，途中他会在吉尔罗伊卡车司机餐馆停车吃晚饭。

---

① 1991 年 4 月与 John Hersey 的访谈。
② 与 Webster Street 的访谈，见"斯坦福大学档案·斯坦贝克卷"。

斯坦贝克最要好的大学朋友是乔治·莫斯，他是斯坦贝克大一时同住在恩西纳宿舍楼一楼的舍友，是个头脑冷静的年轻小伙，后来成了一名陆军工程师。他和斯坦贝克长得非常像，那时莫斯已经显露出军人风范，在学习上很自律。恩西纳宿舍楼是一栋用砂岩建成的五层大楼，矗立在操场边上。宿舍很宽敞，推开笨重的木门，便能看到明亮的灰泥墙壁和琥珀色的木地板。斯坦贝克住的这间宿舍里摆了两张小床，一个洗脸池，两张橡树木桌，和一个共用的衣柜。

斯坦福大学一直以宽敞的校园、严谨的设计和优美的风景闻名全国，校园里的建筑物都是西班牙布道院风格，恩西纳宿舍楼也不例外。受到西班牙和墨西哥建筑风格的影响，校园里随处可见精致的马蹄拱和苍翠繁茂的庭院花园，还有成片的茶色桉树林和秀色可餐的红木林，鲜花四季绽放。

斯坦贝克住进宿舍后不久，就对混乱的男生宿舍生活产生了兴趣。他经常和其他同学通宵闲谈或打牌，听其他学生讲黄色笑话。一些学生慷慨地拿出私藏的威士忌酒、金酒、啤酒和红酒，开心地与大家共享，斯坦贝克也正是从 1919 年开始染上了酗酒的毛病。对许多美国作家而言，酗酒是生活的一部分，虽然斯坦贝克从来不认为自己是"酒鬼"，但他一生之中很少有不酗酒的时候，他经常感到心情压抑，便靠喝酒调节情绪，每次酒醒之后，心情变得更加压抑。

斯坦贝克极度渴望摆脱父母的管束，大一第二学期，他开始拒绝每周末回家，这让父母大为惊慌。他以浪子自居，似乎下定决心放弃父母为他铺设的狭窄人生道路。莫斯回忆说，斯坦贝克一到周末就想方设法躲开伯纳德·弗莱雷以免被他带回家，然后溜到旧金山"逍遥快活一番"。

斯坦贝克的一位同学说："在我看来，斯坦贝克只是假装自己很坏。不过，只要有机会，他确实会寻欢作乐，像酗酒、逛窑子都是他的经历，但我怀疑他是否真的干过这些事。"① 像斯坦贝克这样既害羞又富于想象力的男孩，会喜欢把自己吹嘘得神乎其神，这一点不难理解。作家首先要虚构自身，才能写出作品。斯坦贝克刚上大学时，总想装成浪荡子的样子，在随后的 10 年里，他真的变成了一个浪荡子。大多数情况下，他需要喝醉才能变成浪荡子的模样，这对生性软弱的斯坦贝克来说绝非易事。"在图书馆看书才能让他感到自在，"斯坦贝克的一位朋友说，"一到公共场合，他就感到极度紧张。有一次，他说，'只要一出门，我就不得不伪装自己，我尽量让自己表现得像个正常人。但问题是我有时候伪装得过头了，连我都认不出自己了。'"②

和如今一样，在当时的大学，体育生在校园里备受追捧，斯坦福大学也不例外。橄榄球是最流行的运动，斯坦贝克和乔治·莫斯都报名参加了新生橄榄球队，斯坦贝克虽然身形魁梧，但身手不够灵敏，而且他以前在萨利纳斯高中几乎没有接受过橄榄球比赛训练。他和乔治·莫斯都没能成为橄榄球队员。在其他社交活动方面，内向的性格让他无法施展拳脚。莫斯回忆说，斯坦贝克一到天黑就躲在自己屋里，大部分时间用来看一堆低俗小说和少女杂志。另外一个朋友说："一到周末，斯坦贝克就待在屋里，把门反锁，假装他不在房间里。但透过门下面的缝隙，依然可以看见屋里亮着灯，你就知道，他在屋里。"③

大一时，斯坦贝克的表现差强人意，缺课次数太多，被口头警告两次，他对所学课程很感兴趣，特别是英语作文课和一门名叫"记叙文与说明文"的文学课，即便如此，斯坦贝克还是感觉跟不上老师的步伐。12 月，斯坦福大学的教务长在信中提醒斯坦贝克的父母，斯坦贝克在学校"不好好学习"。收到信后，奥莉芙·斯坦贝克的心情一下

---

① 与 Webster Street 的访谈，见"斯坦福大学档案·斯坦贝克卷"。

② 与 Hersey 的访谈。

③ 与 Street 的访谈。

子紧张到了极点，贝斯回忆说："母亲希望弟弟能好好学习，根本不敢相信他居然惹恼了学校的教务长，母亲猜测也许他会被学校勒令退学，因此非常生气。"

斯坦贝克磕磕绊绊地读完了大学一年级，当年夏天，父亲约翰·恩斯特给斯坦贝克和乔治·莫斯找了一份临时工作，让他们随一个勘测队到靠近大苏尔的圣卢西亚山里干活，莫斯和斯坦贝克高兴得蹦了起来，幻想着这个夏天能在郊野过得舒坦一些，但这份工作却比他们预想的更为艰苦。他们不得不拉着沉重的勘测设备，穿过荆棘，爬到陡峭的山坡上。每天吃着馊饭，按斯坦贝克的说法，还要提防响尾蛇与毒藤。他们只坚持了几周，就沮丧地再也不干了，约翰·恩斯特只好费劲口舌替他俩打圆场。随后，约翰·恩斯特又在萨利纳斯城的斯普瑞柯糖厂给他们找了一份报酬很低但相对轻松的活儿——当维修工。

之后的几年里，每逢夏天或是当斯坦贝克退学回家的时候，他都会到父亲的老东家——斯普瑞柯糖厂干活。1920年，斯普瑞柯糖厂已颇具规模，它或买或租了当时萨利纳斯河谷从金城到圣克拉拉地区内的所有农场，斯坦贝克先后在几座农场里干过不同的活。这些农场主要种植甜菜，为斯普瑞柯糖厂提供原料，农场还饲养菜牛，为了饲养牲口，农场需要生产干草与苜蓿。每一座农场都有一名固定员工，但在一年中的某些时候，农场会雇佣一些流动工人，这些流动工人变成了斯坦贝克作品《人与鼠》中的主要人物形象——"流动农工"，即那些因无力偿还债务而到处在乡间游荡希望能在农场找点活干的人，不管是搬运大麦、喂猪、挖井、采摘水果和蔬菜，还是修篱笆，这些人都干。

斯坦贝克从来不会遗漏任何东西，就算辍学在外干活也是非常宝贵的经历，他知道如何把人生阅历变成有用的素材。我们从他晚年作品中可以看出他笔下众多人物都与他早年的工作经历密不可分，有一次，斯坦贝克接受采访时说《人与鼠》的灵感来自他在外干活时碰到的一件小事：

> 我自己也曾当过流动工人，《人与鼠》中的人物在某种程度上来说有些复杂。莱尼并非虚构，而是真有其人，他现在被关在加州的一个精神病院。我曾和他一起干过数周的活。他杀死的不是一个小女孩，而是一个农场的工头。这工头开除了他的一个朋友，莱尼因此感到很恼火，拿着干草叉捅进了工头的肚子。我都对你们讲了好多次，我亲眼看见他杀了人，等我们拉住他的时候，一切都太晚了。[①]

斯坦贝克之所以能写出像乔治和莱尼这样栩栩如生的人物，与他在农场干活的经历有很大关系。贝斯说，"我感觉他不喜欢上学，而是喜欢干活。他每次都会带着一肚子的故事回家，我们便围坐在厨房餐桌前，听他滔滔不绝地讲上很久。他讲的很多故事我都不相信，不过故事真假并不重要，只要引人入胜就够了。"

大多数"流动农工"的祖先是盎格鲁-萨克逊人，除了他们之外，斯坦贝克还见过大量为了挣钱从墨西哥和菲律宾涌向美国的劳工。斯坦贝克对墨西哥人特别感兴趣。在小说《煎饼坪》中，斯坦贝克以墨西哥人为原型创作了众多栩栩如生且广受读者喜爱的人物，斯维茨·拉米雷斯便是其中一位。实际上，墨西哥日后也成为斯坦贝克最喜爱的地方，他的小说《珍珠》以及电影剧本《萨巴达传》都以墨西哥为创作背景。

1920 年秋，斯坦贝克返回学校，他想在大二这一年碰碰运气。他

---

① 'Mice, Men, and Mr. Steinbeck', *The New York Times*, 1937.12.5.

依旧和乔治·莫斯同住一间宿舍，在莫斯的影响下，斯坦贝克和预备役军官训练团签了协议，但他只坚持了一期训练就退出了，原因是系统化的训练与他的性格格格不入。当时，斯坦贝克被留校察看，要弥补数个"未完成课时"。他谈及此事时说："我的成绩一落千丈，根本不可能追上来。"即便如此，斯坦贝克还是勉强读完了大半个学期，隔三差五地来上个课，大部分时间他都泡在学校图书馆，他自己承认说，看的大部分书都不是教学大纲里所列的必读书目。

没过多久，斯坦贝克感觉自己根本无法继续读完大二。大二开学前的暑假，莫斯曾到斯坦贝克家做客，在奥莉芙·斯坦贝克的软磨硬泡之下，不情愿地答应帮她密切关注斯坦贝克的学业情况并鼓励他坚持学下去。大约在当年 11 月中旬，莫斯发现斯坦贝克学业上出了问题，他给奥莉芙·斯坦贝克写了个纸条告诉她斯坦贝克有麻烦了。两天后，奥莉芙·斯坦贝克怒气冲冲地来到学校，拽着斯坦贝克找到教务长，教务长说斯坦贝克有可能无法继续在斯坦福大学上学。老师们给斯坦贝克开具的期中报告内容触目惊心。校方和斯坦贝克签了一份试读协议，一气之下，奥莉芙·斯坦贝克直接回到了萨利纳斯，"几乎没有搭理斯坦贝克"。

斯坦贝克无法忍受这种压力，11 月末，他打算要"像个男人一样"亲自解决这个问题。有天早晨，乔治·莫斯起床后在桌子上发现绝望的斯坦贝克给他留了一张字条："我去中国了，后会有期。"在字条的末尾，他请求莫斯把他养的几只宠物——一只金丝雀，一只金花鼠，还有一只乌龟放归自然，希望莫斯同样放他一条生路。其余物品则打包寄给了家中当时以及日后与他关系最为密切的妹妹玛丽。斯坦贝克不想和母亲交流。

杰克·伦敦是当时非常受欢迎的一名美国作家，他在许多书里记载了充满异国情调的旅行，斯坦贝克憧憬着能像杰克·伦敦一样，登上一艘开往远东的浪漫货船。他随身只带了一个小手提箱，坐上一辆开往旧金山的客车，下车后在市场街的一家廉价旅馆里找了一间便宜的客房住了下来，来到海滨区的职业介绍所，希望能在开往东方的船上找份工作，但由于没有航海经验，可能更多的是因为对前往东方犹豫不决，他最终并没有找到工作。此时，他感到迷茫不安，到处闲逛，过了大约一周多，终于在奥克兰市的卡普维尔百货商场找了一份工作：百货商场为了应对圣诞节购物狂潮招聘营业员。而斯坦贝克东方之旅的梦想在几十年之后，才真正实现。

不过，斯坦贝克在卡普维尔只干了几个星期就没活可干了，期间，他和罗伯特·班纳特混在一起。班纳特住在奥克兰，和斯坦贝克一样，是斯坦福大学的学生。他曾写过一个小册子，里面记载了斯坦贝克这段时期的生活。他在小册子上记载了一件和斯坦贝克有关的奇闻趣事：圣诞节那天，班纳特的父母领着斯坦贝克和班纳特来到一个卫理公会教堂，班纳特的父母非常虔诚地听牧师喋喋不休地谈论美国人变得"心灵空虚"的言论，斯坦贝克嘴里嘟嚷着，牧师的话纯粹是"胡说八道"。最后，他忍无可忍，猛然站了起来对所有人大喊道，"是啊！你们个个看起来都听得津津有味，可你们知道现在有多少人连一口面包都吃不上吗？把肚子填饱了，心灵自然不会空虚！"

此时，年轻的斯坦贝克情绪多变，一心想摆脱父母的控制，不想回到斯坦福大学继续面对学业压力。而且校方已来信告知，除非他愿意认真对待学业，否则将会被开除，斯坦贝克对此漠不关心。此刻，他需要时间在社会上摸爬滚打，也需要时间去了解自己崇拜的流动工人们，他必须要让自己变得心智成熟，这样才能顶住学业压力顺利毕业。

最后，斯坦贝克垂头丧气地回到了萨利纳斯，他依旧是个没有长大的男孩，父母知道他内心极度脆弱，所以闭口不谈他这段"失败"

的经历，这让斯坦贝克大为诧异。他们非常清楚不能再让他感到不安，害怕他会再次离家出走，跑到中国或是遥远的异国他乡。没过多久，斯坦贝克感觉不能在家里长住，于是他在斯普瑞柯糖厂名下的一座离丘拉很近的农场找了一份工作，在农场，斯坦贝克是工头，手底下管着一伙来自墨西哥和菲律宾的打工仔，和这些人同吃同睡。他们干的活是把装满甜菜的沉重麻袋搬到开往萨利纳斯的卡车上，这份工作特别累人，每到晚上斯坦贝克都累得身体快散了架，连笔都握不住。他对妹妹说，他的手上"全是水泡"，后背"酸疼得让他无法入睡"。晚上吃完"土豆炖软骨"后，斯坦贝克便坐在打工仔们的边上，听他们讲故事，一边听一边问一些细节问题。斯坦贝克在这家农场干了整整四个月，然后不声不响地离开了农场，径直回到了位于中央大道的家中，一头扎进他的卧室——那间高高的阁楼，在这儿，他可以默不吭声地坐在黑暗之中，或是就着昏暗的光线读书写字，直到天色发亮。

在家里休息了一段时间后，斯坦贝克在萨利纳斯陆续干了一些工作。有段时间他曾参与疏浚从萨利纳斯到卡斯特维尔的运河，这份工作特别累人，不过，斯坦贝克因此再次接触到日后成为小说主要形象的人群，这也让他后来的小说颇受读者欢迎。虽然，住在家里不用掏住宿费，但斯坦贝克慢慢地感觉到和父母住在一起很痛苦。他认为，住在家里就意味着回到父母身边，受母亲的管束，回归到自己从上大学开始就费尽心机想逃离的旧习惯和生活方式。过往的愤怒与怨恨情绪涌上心头，让斯坦贝克倍感痛苦。他对二姐贝斯说，每次和父母谈话，总是由母亲一人主导，父亲只好叼着烟斗溜到前厅，默默地看报纸来发泄对母亲的不满。

一战刚结束的那几年，美国失业人数以惊人的速度膨胀，斯坦贝克很快发现自己也成为"无业游民"大军中的一员，为了挣到一点钱，不得不在农场与城镇之间不停地辗转。即便需要拼尽全力才能勉强维持生计，斯坦贝克依然没有忘记当作家的志向，哪怕条件再艰苦，他也会在纸片上写下只言片语，以便日后整理成故事。有时他在路上碰到一个人，便缠着人家给他讲故事，真假都无所谓。本森曾说，斯坦贝克给过一个无业游民两美元让他讲个故事，这种做法颇像杰克·伦敦，他也曾给那些偶遇之人一点钱然后让他们讲故事，后来杰克·伦敦把这些故事改成了小说。

读一读斯坦贝克写于 20 世纪 30 年代的作品，我们便会发现在外流荡的时光对他的作品产生的重要影响。比如，他把 1922 年到 1923 年在好几家农场干活时碰到的人和事写进了《天堂牧场》和《河谷》。一位朋友回忆说："斯坦贝克总是说自己不擅长编故事。从斯坦福大学辍学后，他到处找活干，这段时间对他而言十分重要。举个例子来说，《煎饼坪》和《罐头厂街》里的墨西哥人大部分都是以他干活时认识的人为原型创作出来的，他和这些人一起在草田干活，一起搬运大麦，同住在工棚里，吃着同样的饭，和他们一起喝醉。"[1]

1923 年冬，斯坦贝克再次向斯坦福大学提出复学申请，声称他已准备好认真学习，他这么做部分原因是想讨好母亲，另外的原因则是他知道作家应当尽可能多地了解知识。斯坦福大学同意了他的申请，这让斯坦贝克非常开心。他信心满满，觉得可以把学习搞好。他加入了英语俱乐部名下的一个社团，并最终成为该社团的领军人物。社团的两名成员——韦伯斯特·托比·斯特里特和卡尔·威廉森——成为陪伴斯坦贝克一生的挚友。斯特里特和威廉森参加过一战，退伍后就读于斯坦福大学。斯特里特身体强壮、爱嚼烟草、嗜酒如命，在战场上失去了两根手指。虽然他后来从事与海洋法相关的工作，但在 20 世纪 20 年代后期也曾写过一部戏剧，尽管这部戏没能搬上舞台，却为斯

---

[1] 1992 年 10 月 12 日与 Burgess Meredith 的访谈。

坦贝克第二部小说《致一位无名的神》提供了灵感。威廉森是芬兰人，口音很重，也想当作家，他曾在 1930 年出版过一本叫《仲夏夜》的小说，但销量不好，评论家们也不喜欢，他只好弃文从商。

1947 年，斯坦贝克接受采访时说，威廉森曾坚定地为舍伍德·安德森的故事集《小城畸人》辩护过。该书于 1919 年出版时，许多读者认为这本书"既震撼人心又骇人听闻"。斯坦贝克说："我有个叫威廉森的朋友，是芬兰人。我们上学那会儿，他的英语带有浓厚的口音。他很喜欢《小城畸人》，有一天，一群学生在校园里把他围了起来，并拿这本书欺侮他。其中有个女孩大发雷霆，她绝对不是假装生气，对威廉森喊道，'你说你喜欢《小城畸人》是什么意思？这本破书有什么好看的？你看它干什么？'威廉森情绪也非常激动，离着很远就听到他大声地叫嚷着，'那你说艺术的目的是什么？'"

这一时期，另外一名对斯坦贝克很重要的朋友是卡尔顿·杜克·谢菲尔德，他们一直保持友谊，互通书信多年。谢菲尔德在新生报到的时候，认识了斯坦贝克。复学后，斯坦贝克的新舍友是个心智不成熟的年轻小伙，他"在宿舍墙壁上贴满了裸女图片"。斯坦贝克说他喜欢看裸女，但不想一天到晚地盯着这些图片，没过多久，斯坦贝克说服这个小伙让他换了一间宿舍，这样就可以和谢菲尔德住在一个宿舍。

谢菲尔德、斯特里特与威廉森有着同样的梦想——成为作家，谢菲尔德和斯坦贝克"在学校边上的小餐馆里一坐就是半天，谈论诸如辛克莱·刘易斯、舍伍德·安德森以及厄普顿·辛克莱之类的作家。斯坦贝克好像什么书都看过，看完书会思考，一来到英语俱乐部便提出一箩筐想法。在公共场合他也许会害羞，但只要谈到重要的话题，他立刻就变得口若悬河。"[①]

---

① 与卡尔顿·谢菲尔德的访谈。

斯坦贝克第二次复学后，做了不少有趣的事情，其中一件是他和妹妹玛丽于1923年夏在蒙特雷附近的霍普金斯海洋站上了一门暑假课程。这件事在他个人成长历程中具有重要意义，他痴迷于生态学正是因为课上C. V. 泰勒教授向他介绍了约翰·艾洛夫·博丁和威廉姆·艾默生·里特等人的作品。这门课程激发了他对海洋生物学持久的兴趣，为后来他与里基茨的相遇埋下了伏笔。和同时期的其他作家不同，斯坦贝克骨子里其实是个科学家，他认为，我们应当从广义生态学角度把人类看作是某个群体的一部分。

1924年春季学期结束后，斯坦贝克愉悦地回到了萨利纳斯。总的来说，他这一学期的表现尚可，再也不用担心会被留校察看，而且他惊讶地发现有一门短篇小说课竟然获得了"优秀"的成绩。尽管想在暑假干点零活挣钱，但他也想利用这段时间写点东西。他和谢菲尔德把蒙特雷翻了个底朝天也没能找到任何工作，最终他们只好寄希望于斯普瑞柯糖厂。尽管糖厂的生意不太景气，查理·帕里奥达仍然为他们在糖厂旗下的一家分厂找到了工作。这份工作很累人，加之天气炎热，谢菲尔德回忆说："那年夏天，我们身上好不容易长的一点肥肉全都变成了汗水。"

8月中旬，炎热的天气和无趣的工作让斯坦贝克和谢菲尔德感到有些吃不消，有天吃午饭的时候，他们辞了这份工作去了旧金山。在旧金山的地下酒吧里，好不容易积攒下来的一点钱被他们瞬间挥霍一空，"我和斯坦贝克一直想泡妞，"谢菲尔德说，"不过只是想想罢了。"9月，他们向南来到长滩，谢菲尔德就住在这里，谢菲尔德的父母热情地招待了斯坦贝克。不久，他们又想了一个绝妙的点子，写一些低俗的冒险故事卖给通俗杂志换点钱来干更大的事业。但他们的故事一个也没卖出去，"我们玩得很开心，只不过到头来变得更穷了，"谢菲尔德说，"事实证明，就算是投给通俗杂志的文章都远比我们想象的难写。"最后，斯坦贝克溜回了家过圣诞节。

1924 年冬，斯坦贝克再一次提出复学申请，打算读完当年冬季学期和来年的春季学期。斯坦贝克从未在校园感觉到舒服过，确信这将是最后一次和斯坦福大学打交道。总的来说，不管是在人际交往还是学业方面，大学的最后一个学期似乎是斯坦贝克人生中"最得意"的时刻。杜克·谢菲尔德也回到了学校，他和斯坦贝克共同度过了 1924 年的夏天和秋天，两人的友谊变得更加紧密。就在此时，斯坦贝克又结交了另外两个重要的朋友，这次是女性朋友，约翰·布雷克（她的本名是伊丽莎白·安德森）与凯特·贝斯威克，后者似乎曾是斯坦贝克的情人，我们对凯特·贝斯威克知之甚少，只知道她在斯坦贝克随后几年的生活中扮演着重要的角色，但有关约翰·布雷克的故事倒是不少。

布雷克精力旺盛、头脑聪明，父亲是美国中西部州的一名实业家，家境优越，多年来，布雷克用过好几个名字，如约翰·巴顿和约翰·布雷克，约翰·布雷克是她为一家地方报社写稿子时所用的笔名。她长相甜美、妩媚动人，又有点男子气概。斯坦贝克第一次在英语俱乐部见到布雷克时，她是个三十多岁的离异女士，和两个十几岁的女儿一起生活。尽管，她不是斯坦福大学的在校生，但因为她曾在几家杂志上发表过数篇文章而被英语俱乐部邀为"座上客"。她和两个女儿住在帕洛阿尔托大道上一栋年久失修的房子里，房子后面紧挨着马厩的地方是一间马具室，斯坦贝克曾暂时借住在这里。斯坦贝克复学后，对宿舍生活避而远之，而住在窝棚里给他带来一种浪漫的感觉。在这间马具室里，斯坦贝克过着无拘无束的生活，他甚至可以在布雷克的房子里自由进出，有时，他会和布雷克的大女儿——生性活泼的波莉·史密斯，坐在一起聊很久。

此时，凯特·贝斯威克也成为斯坦贝克生活中一位重要的人物，两人之间的关系到底是朋友还是恋人，我们已无从得知，她和斯坦贝克互相往来的书信表明他们的关系很亲密。我猜测，贝斯威克爱上了斯坦贝克，但斯坦贝克却认为他和贝斯威克只是非常要好的朋友而已。那时，斯坦贝克向威廉森坦诚自己正和一位名叫玛格丽特·基梅尔的女子"谈恋爱"，玛格丽特有一双黑眼睛，姿色出众。1925年春季学期，她和斯坦贝克因选修欧洲思想史课程相识，后来，她又在偶然间参加了英语俱乐部，对无所不知、谈吐不凡的斯坦贝克印象极深，两人迅速发展成恋人，在随后一年多的时间里，这段恋情非常醒目地出现在斯坦贝克的脑海里。

虽然，这段恋情没有维持很久，但斯坦贝克和玛格丽特却非常甜蜜，他们曾一同在旧金山吃过几次晚餐，还去过一处名为西尔斯维尔湖的游泳场。其实，斯坦贝克那会口袋里钱并不多，到旧金山吃晚餐对他而言是一件奢侈的事情。玛格丽特算是斯坦贝克的第一位"正牌女友"，他似乎为此感到欢欣。这对小情侣有时会一起在图书馆里学习，有时手牵着手在野草遍地、树影婆娑的校园里漫步。斯坦贝克打算不久之后便放弃学业，这反倒增进了他和玛格丽特之间的感情。即便如此，两人从未谈婚论嫁，他们的恋情也似乎没有开花结果的可能。此时，斯坦贝克根本没有打算好要和谁过一辈子，而玛格丽特也还年轻，假如斯坦贝克离开斯坦福大学后，曾给玛格丽特写过信的话（其实他肯定写过），那些信也已经丢失了。

1925年早春，斯坦贝克致信卡尔·威廉森，称"我觉得大学生涯已经结束，接下来我面临着挣钱的问题"。6月，他知道自己的大学生活彻底结束了。他在大学期间通过的课程远达不到获得学位的要求，但他好像并不在意学位的事，他只想去一个遥远的地方。去中国的幻想似乎已经破灭，那么"远方"指的就只有纽约了，斯坦贝克打算到那里当作家谋生。但到纽约需要路费，他不得不开始到处寻找临时工作。

说来也巧，托比·斯特里特当时正准备迎娶一个名叫弗朗西丝·普莱斯的年轻女子，弗朗西丝的母亲——普莱斯夫人，一个身材结实、嗓音洪亮，长着一头蓝灰色长发的女人，想了解她未来的女婿是否可靠。斯特里特建议普莱斯夫人找斯坦贝克谈谈，以此来判断他是否配得上她的女儿。普莱斯夫人的丈夫刚去世不久，在落叶湖（一处景点，位于西亚拉山中的太浩湖附近）旁有一家度假山庄，她非常乐意雇用踌躇满志的斯坦贝克为山庄修理破损的窗户和卫生间，并允许他每天开着山庄里那辆宽敞的皮尔斯银箭轿车到太浩湖边上的塔拉克村子里接游客，再买点修窗户和卫生间所需要的零散东西，顺便取回信件。

斯坦贝克满心欢喜地接受了这份工作，头也不回地离开了斯坦福大学。他对自由的渴望高于其他一切东西，这包括自由地思考，从事自己感兴趣的工作，自由创作，而不是为某个穿着花呢夹克或是束身羊毛裙的掌权者写东西。简而言之，他想过自己的生活。

第三章

索居荒野

　　"我知道《金杯》写得很烂，但有了它做基础，我将写出一部优秀的小说。"

　　　　　　　　　　　——斯坦贝克致凯特·贝斯威克，1928 年 4 月 10 日

　　放弃学业后，斯坦贝克步入了"现实生活"，但这段旅程并非一帆风顺，随时面临着危机，他的自毁倾向在此时以可怕的方式展现出来。斯坦贝克极少独自一人生活，就算有，他往往可以回到萨利纳斯父母身边。但现在，他想尽可能地远走高飞，变成一名顶天立地的男子汉，希望靠当一名作家飞黄腾达。我们纵观斯坦贝克离开学校后的那几年，会发现他内心充满苦恼，甚至无法轻易控制自己的情绪。他虽生性害羞，但在与密友们通信或聊天的时候，他总是摆出一副高高在上，甚至是盛气凌人的样子，以此掩饰自己的害羞。因为渴望成为一名真正的男子汉，斯坦贝克有时会表现得极其粗鲁，就算是他最要好的朋友们有时也会感到困惑，对斯坦贝克心生恐惧。他们感觉斯坦贝克的内心潜藏着一股被压抑的强烈情绪，只要一遇到糟糕的场合，这股情绪便会喷薄而出。

　　离开斯坦福大学后，斯坦贝克一心只想去纽约，希望在那儿靠自己的努力成为一名作家。1925 年，美国小说界百花齐放，司各特·菲茨杰拉德的大作《了不起的盖茨比》刚刚付梓；欧内斯特·海明威出

版了第一部（也是最好的一部）短篇故事集《在我们的时代里》；约翰·多斯·帕索斯写了一部影响深远（至今仍被低估）的实验小说《曼哈顿中转站》。

老一辈作家威风不减当年：《大街》给辛克莱·刘易斯带来的无上荣誉尚未退散，另一部惊世之作《阿罗史密斯》紧接着问世；舍伍德·安德森出版了最具独创性的小说《阴沉的笑声》；薇拉·凯瑟的《教授的房子》让人无法忘怀；西奥多·德莱赛在《美国悲剧》中以灰暗的笔调描写出一个被伪善道德撕裂的国家，小说问世之后，全美读者竞相购买。写小说成为一种冒险的职业，也是年轻人扬名立万的一个方式。

在斯坦贝克的想象中，有一条横贯美国大陆的彩虹，东边的尽头处有一坛金子等着他去发掘。年轻人乐观地相信偌大的纽约，终究会有自己的一席之地。罗伯特·潘·沃伦曾说：“不管你从美国哪个地方来到纽约，格林威治村将是所有人的必经之地。”① 他略带讥讽地又补了一句，“在 20 年代，唯一不愿去格林威治村的只有那里的原住民。”

为了挣点路费去纽约，斯坦贝克跟随托比·斯特里特来到落叶湖干活。普莱斯夫人的度假山庄是一栋质朴的二层小楼，用粗制圆木和卵石建造而成。山庄有两个餐厅，游客们在此集体分享中国厨师准备的餐食，还有一排供游客居住的小木屋，这些木屋被严格地分成男客房和女客房。山庄有很多木头搭建的平台，有些雇员，包括斯坦贝克，就住在木制平台上搭建的帐篷里。山庄靠近湖边的地方有一个船库，高大的挪威松林和随风摇曳的白杨树林环绕着湖的四周。

斯坦贝克喜欢开着山庄的白色皮尔斯银箭轿车，沿着满是车辙的下坡土路，蜿蜒曲折地穿过一片香腊冷杉树林开到塔拉克。他开车取

---

① 1988 年 8 月 22 日与罗伯特·潘·沃伦的访谈。

信寄信、跑腿办事，负责到火车站把游客和他们的行李拉到山庄。偶尔在下午，他和托比·斯特里特偷偷溜到附近的美利坚河源头钓鳟鱼；山庄餐厅雇了一些女大学生，斯坦贝克喜欢与她们交往；有时他就待在帐篷里，点上煤油灯写东西。破旧的柯鲁纳牌打字机被他摆在一张三条腿的桌子上，据工友回忆，他会在打字机上敲字到半夜，打字机的键盘透过发霉的帐篷帆布发出低沉的嗒嗒声。

没过多久，普莱斯夫人注意到斯坦贝克不光心灵，而且手巧，喜欢动手解决技术难题，于是，她便委托他修理山庄临时修建的一个水电站。普莱斯夫人刚过世的丈夫——威廉·惠特曼·普莱斯是个外科医生，也爱捣鼓机械装置，水电站便是他临时修建起来的。一道湍急的溪水流过山庄上方，推动着发电机工作，可到仲夏的时候，溪水总会断流，山庄里的电灯因此忽明忽暗。普莱斯夫人委托斯坦贝克和托比·斯特里特修建一个蓄水的水坝，来控制流经发电机涡轮的水流，这需要用炸药炸开成片的花岗岩。斯坦贝克以前曾参与疏浚萨利纳斯至卡斯特维尔的运河，知道怎么使用炸药。另外，他们还得从山下搬运砾石到山上，虎背猿臂的斯坦贝克似乎正适合干这种活，托比·斯特里特回忆说："那时候他就像个巨人，背上和胳膊上全是肌肉。他一口气能干几个小时的活，自己却浑然不知。普莱斯夫人则认为斯坦贝克是上天赐予她的礼物。"①

9月，大部分游客离开了山庄，托比·斯特里特和斯坦贝克仍在修水坝，工程进展得很顺利。托比的妻子和岳母普莱斯夫人一同回了旧金山，把他们丢在了山庄。斯坦贝克非常熟悉此类工程，告诉斯特里特在冷天用炸药很危险，11月中旬，水坝终于赶在天气刚开始变冷前竣工。

---

① 与 Street 的访谈。

斯坦贝克在来到落叶湖之前买了一辆破旧的福特 T 型汽车，水坝修完后，他和托比·斯特里特开着破旧的汽车前往旧金山，汽车在路上不断抛锚，经过长途跋涉，最后托比建议放弃汽车改乘火车。斯坦贝克自然坚持要开下去。终于，斯坦贝克开着车回到了萨利纳斯家，把打了"一堆螺丝的"汽车丢给了父母，然后乘火车来到旧金山，一下火车，他就坐上出租车直奔海滨区，几年前，就是在这个地方，他未能在开往远东的货船上找到差事，不过这一次，他在一艘准备穿越巴拿马运河前往纽约的货船上找了一份工作。

这艘货船名叫"卡特里娜"，船员们形色各异，没人说英语。它沿着加州的海岸线，慢吞吞地划开水面，最终穿越巴拿马运河，在巴拿马城逗留了两天。斯坦贝克在船上结识了一位名叫马伦·布莱恩的朋友，他是个艺术家和插图画家。布莱恩很高兴能在船上认识一个想到曼哈顿当作家的聪明小伙子，斯坦贝克用打字机敲了几篇故事，拿给布莱恩读。布莱恩读完之后，觉得故事写得非常好。船开到纽约后，布莱恩说他愿意为斯坦贝克提供帮助，仅仅两三个月之后，斯坦贝克便来找布莱恩寻求帮助。

货船安全地通过巴拿马运河之后，一路向北穿过加勒比海，在古巴哈瓦那停留了数日。离家之前，父亲给了斯坦贝克 100 美元当零花钱，船在哈瓦那靠岸后，斯坦贝克便在酒吧和妓院花掉了一大半的钱。[1] 他的一位好友说："斯坦贝克认为，作家应尽可能地多体验这个世界。逛古巴的妓院便是体验的一部分。"[2] 不久，货船开到了纽约，下船的时候斯坦贝克几乎身无分文，回忆往事时，他说："我爬上了岸，心惊胆战，瑟瑟发抖，心里还有一丝丝的恐慌。"

---

[1] 这次旅行被斯坦贝克写成文章发表在《纽约时报》1953 年 2 月 1 日上，名为 "The Making of a New Yorker"。

[2] 1993 年 2 月 9 日与 Robert Wallsten 的访谈。

1935 年，斯坦贝克在书中记录了刚到纽约时的生活："我讨厌纽约，因为生活很艰辛。我感到孤单落寞。我清楚地记得藏在洗脸盆下面的蟑螂，根本找不到工作。"① 一到纽约，斯坦贝克便坐地铁去找二姐贝斯，当时她和丈夫刚刚结婚，在布鲁克林格林堡广场的一栋无电梯公寓的三楼租了一间房子，贝斯回忆说："弟弟来到我们家的时候，看起来就像是一个迷路的小男孩。"当时，圣诞节快到了，天气寒冷，斯坦贝克只有一套衣服可穿——一件厚厚的棕色毛衣，外面罩一件他在曼哈顿下城区花了几美元从一家故衣店买来的深色海军呢大衣。不到一周，身上仅有的那点钱就花完了，斯坦贝克不得不向二姐夫借钱。他为了尽快找到工作谋生，几乎跑遍了整个纽约市，最后，在詹姆斯·斯图尔特建筑公司找到了工作。

然而，这并不是一份诱人的工作，该公司承担在 50 号大街与第八大道交汇处修建麦迪逊广场花园，斯坦贝克的工作就是推着装满搅拌好的水泥的沉重的独轮车，沿着一个木质斜坡推到站在危险的脚手架上砌砖的砖瓦匠们的面前。一年之后，斯坦贝克在信中对凯特·贝斯威克说："我到纽约了，却身无分文。我推着装满水泥的独轮车参与建造麦迪逊广场花园，每天工作 15 到 18 个小时。你可以想象每当半夜回到布鲁克林的那个小房间，我有多么累。"② 很明显，这份危险又累人的工作不是一心要当作家的斯坦贝克想干的活，"有时候半夜回到家，他连看报纸的时间都没有，"贝斯说，"我给他做个三明治，他拿着三明治径直走到床边坐下，手里握着一支铅笔，绞尽脑汁想在纸上写东西。但他知道这样做是徒劳无功的，你无法一边干着高强度的体力活一边

---

① *Steinbeck*：*A Life in Letters*，eds. Elaine Steinbeck and Robert Wallsten（New York：Viking，1975），p. 9.

② "斯坦福大学档案·斯坦贝克卷"：1928 年 2 月 27 日致 Katherine Beswick 未出版的信件。

思考。"①

　　家人再次给斯坦贝克提供了帮助，这次向他伸出援手的是在芝加哥一家广告公司工作的舅舅乔·汉密尔顿。乔·汉密尔顿身材魁梧，脸庞红润，个性直爽，西装革履，打着领带，胸前挂着一个圆环形的金表链。公司派他到纽约出差，他拿着公款，领着贝斯、贝斯的丈夫和斯坦贝克吃了几顿大餐，贝斯回忆说："舅舅住在康莫德酒店，那是当时美国最好的酒店之一，我觉得，他在酒店甚至可能有一间套房。"乔·汉密尔顿带着和蔼的表情听外甥讲完对未来的设想，他喜欢斯坦贝克身上那股子劲，当即表示要给斯坦贝克在自己工作的广告公司找份工作。但是，斯坦贝克却固执地拒绝了，他想当作家，并认为只有留在纽约才有出路。而且，斯坦贝克认为，广告这个行业无法帮他获得文学上的成就。

　　乔·汉密尔顿接受了斯坦贝克的说辞，然后，立刻给新闻业的几个朋友打了一通电话。在美国，新闻业被公认是培养作家的温床，斯坦贝克也知道这一点。经过简单面试后，斯坦贝克被纽约的《美国人日报》报社录用，他心花怒放。初出茅庐的斯坦贝克被派往曼哈顿大街寻找新闻素材，他照做了，结果却不尽人意。他写的新闻稿过于矫揉造作，编辑们对他写的充满比喻和意象的故事非常不满。后来，报社派他到联邦法院和一群经验丰富的法庭记者们做报道，斯坦贝克回忆说："我在《美国人日报》报社上班，他们派我到位于旧公园路邮局的联邦法院做报道，在那儿我的牌技进步很大，稿子却写得很糟。"②

　　由于贝斯经常在斯坦贝克耳边絮叨，她想和丈夫享受二人世界的生活，于是斯坦贝克便搬到了葛莱美西公园边上的老帕克伍德酒店，

---

① 与安斯沃斯的访谈。
② *Steinbeck：A Life in Letters*，eds. Elaine Steinbeck and Robert Wallsten（New York：Viking，1975），p. 9.

在六楼租了一间破房子，马伦·布莱恩（斯坦贝克在"卡特里娜号"货船上结识的朋友）则住在一楼一个比较大的房间里，两人很快成了好朋友。斯坦贝克大学时的一位好友泰德·米勒也在纽约，混得还不错。到了晚上，三个人便在纽约市区到处乱逛，经常一起兴高采烈地在纽约的餐厅里吃晚饭，比如阿斯托和提契诺。提契诺是格林威治村里的一家餐厅，斯坦贝克在这里遇到了一位参演《格林威治村时事讽刺剧》的舞女——玛丽·阿德斯。

玛丽·阿德斯是斯坦贝克爱上的第二个女人，综合各种资料来看，阿德斯长相漂亮，细臀碧眼，一头金色长发，上面系着一根彩带。尽管她不谙世故，却心比天高，不想嫁给一个穷困潦倒的记者和尚未成名的作家——斯坦贝克。阿德斯曾苦口婆心地劝说斯坦贝克改行换业去做生意，但斯坦贝克对此只是淡然一笑。要知道，当年在家的时候父母都没能说服他！可怜的玛丽·阿德斯根本不知道，她试图劝说的这个男人，是继马克·吐温之后出现的另一个最固执己见的作家。

斯坦贝克与玛丽·阿德斯的恋情昙花一现，没过几个星期就宣告结束，关于最后到底是谁先提的分手，各种报道众说纷纭。尽管，这对情侣曾短暂地同居过，但恋情还是于五月宣告破裂，玛丽·阿德斯旋即和一位银行家结了婚，这正是她盼望已久的婚姻。不管怎样，斯坦贝克此时并没有做好同玛丽·阿德斯结婚的准备。这段恋情来也匆匆，去也匆匆。数年后，玛丽·阿德斯带着孩子们找到斯坦贝克，试图再次唤起旧情。

与此同时，斯坦贝克继续吊儿郎当地为《美国人日报》撰稿。他在法院附近闲逛，写点关于审判的报道，有时会溜达到皇后大道和布鲁克林去寻找素材，但因为经常迷路，所以他把大部分时间花在了问路而不是稿子上面。没过多久，经常替斯坦贝克说好话的主管们终于忍无可忍，辞退了他。"我们比弟弟更加失望，"贝斯说，"因为他好像什么事都干不成。父母焦躁不安，尤其是母亲，她觉得弟弟将来肯定没出息。"

但是，被解雇后的斯坦贝克不但不伤心，反而很高兴。他还很年轻，纽约街头春意盎然，树木长出绿叶，在格林威治村的花园，随处可见含苞待放的水仙花，斯坦贝克一路狂奔回到住处告诉布莱恩他终于自由了。脑海里酝酿许久的小说终于可以付诸实践，他买了一个新账本和一打铅笔，待在屋里开始写作，随手写了十几页关于伊丽莎白时期英国大海盗亨利·摩根的故事，这就是后来的《金杯》。没过几天，斯坦贝克发现自己因找不到工作破产了。

此时，马伦·布莱恩向斯坦贝克伸出了援手，把斯坦贝克的几则故事拿给一位熟人看了看，这个人叫盖伊·霍尔特，在一家名为罗伯特·M. 麦克布莱德的小出版社工作。霍尔特看完这几则故事后感觉很满意，他把斯坦贝克叫到办公室，和他聊了一会，"如果你能再写六七篇这样的故事，"他说，"我就给你出一本故事集。"离开办公室后，斯坦贝克满心喜悦地漫步在大街上，不管怎么说，这是来自"现实"世界的首个信号，告诉他也许能成为一名作家。房间里棕色的墙纸正在剥落，大如蝗虫的蟑螂爬来爬去，窗外葛莱美西公园里百花盛开，斯坦贝克认真地从窗户边桌子的中间抽屉里拿出一张白纸，坐在桌前开始动笔写新的故事，《金杯》被暂时搁置。

盖伊·霍尔特激起了斯坦贝克对出版作品的渴望，他在打字机上仔细地敲手稿，边敲边修改。因为不想把如此神圣的作品托付给美国邮政，他亲自带着稿子来到麦克布莱德出版社。到出版社后，有人告诉他盖伊·霍尔特已经辞职了，斯坦贝克感到十分惊慌。他被带到另一个编辑的办公室，这名编辑不耐烦地听他讲完了之前的事情后，问斯坦贝克有没有和出版社签订合同，斯坦贝克摇摇头，不过他认为霍尔特之前说过的话应该算是承诺。编辑笑了笑，然后把斯坦贝克请出了出版社，麦克布莱德出版社甚至连他的作品都没正眼瞧过。

希望破灭了，斯坦贝克非常生气，在格林威治村的一家酒吧待了一晚上，喝光了一整瓶红酒，外加几杯白兰地。第二天，他听说盖伊·霍尔特去了另外一家出版社——约翰·戴伊出版社。在泰德·米勒的催促下，斯坦贝克惴惴不安地给霍尔特打了一个电话，但很快电话那头的回复让他灰心丧气。霍尔特解释说约翰·戴伊出版社还没有在竞争激烈的出版市场站稳脚跟，短篇故事本来就无人问津，更何况写故事的人还不出名。霍尔特建议斯坦贝克写一部小说，他也许会考虑给他出版小说，一旦有了名声，出版一部故事集就会变得更加容易。斯坦贝克强压心中的怒火，告诉霍尔特他正在写一部小说，以后再和他联系。

眼下得立刻想办法挣钱，一想到靠出苦力谋生，斯坦贝克就头疼，也不能再指望乔·汉密尔顿舅舅给他找份新工作。泰德·米勒和纽约港务局有些来往，他在一艘货船上给斯坦贝克谋得了一份差事。这艘船很像以前载着斯坦贝克穿过巴拿马运河来到纽约的"卡特里娜号"货船，唯一不同的是这艘货船要从纽约开往旧金山。在船上，斯坦贝克可以当服务员来抵偿乘船费用，负责给乘客端饭，等大家吃完之后再把碟子洗干净。他一口答应下来，还吹嘘说自己曾在斯坦福大学女子俱乐部当过侍者。像上次一样，他和船员们相处得很好，讲一些低俗笑话逗他们开心，还会替船员们给他们的女友写信。

斯坦贝克对贝斯说一想到自己不能"衣锦还乡"就不高兴，然而纽约并不像人们说的那么美好，比起以前在加利福尼亚，他在纽约更难挤出时间写东西。6月中旬，斯坦贝克抵达旧金山，下船后，他买了一张开往萨利纳斯的火车票，准备回家和父母团聚。父母见到斯坦贝克很高兴，但看到儿子似乎不知人生下一步该往哪儿走，他们又感到忧虑。父亲约翰·恩斯特依然不相信斯坦贝克能以当作家谋生，再次劝斯坦贝克换一个能确保衣食无忧的工作，"你完全可以把写作当兼职，"①约翰·恩斯特说，"很少有作家只靠写作养家。"斯坦贝克却坚称自己是例外，还发誓除了当作家，别的工作一律不干。

口袋里揣着不到50美元，斯坦贝克开着他的福特T型车前往帕洛阿尔托，这辆破车被父亲胡乱修补了一番，"性能有所提升"。首先，他看望了正在攻读英语文学硕士学位的杜克·谢菲尔德。杜克的妻子露丝不太喜欢斯坦贝克，因为他曾劝说杜克不要同她结婚。斯坦贝克其实并不讨厌露丝，只是婚姻让他感到恐慌，不想眼睁睁地看着好友被婚姻永远地束缚住。即便站在杜克家门口，他依然狐疑地打量着露丝。房子很小，杜克依然坚持让斯坦贝克在他家住上两天。不出所料，住在一起很快就让家里的气氛变得紧张起来，斯坦贝克差不多一直躲着杜克和露丝。

斯坦贝克回母校的时候，去看望了玛格丽特·基梅尔，她一直以为斯坦贝克远在千里之外的纽约市。一天下午，基梅尔一脸诧异地发现斯坦贝克正站在宿舍门口，她很不高兴地皱了下眉头问道："你不在纽约待着，跑这来做什么？"斯坦贝克内心很受伤，回答说："来看你啊。"斯坦贝克和玛格丽特像以前一样，在校园里漫步了许久，他幻想着能和玛格丽特旧情复燃，但没过多久他就发现这是不可能的，他们现在只不过是普通朋友，玛格丽特甚至都没开口请斯坦贝克到宿舍里喝杯茶。

从斯坦福大学校园出来之后，失望的心情被斯坦贝克抛之脑后，他继续开着那辆破车到帕洛阿尔托看望其他朋友们，包括约翰·布雷克和她的女儿波莉。几天后，斯坦贝克启程去落叶湖找托比·斯特里

---

① 与安斯沃斯的访谈。

特，他知道在那儿总能找到活干。斯坦贝克在纽约的时候，普莱斯夫人给他写过信，在回信里，他许诺将会尽快回到山庄。那为什么不趁现在去呢？毕竟现在还没到旅游旺季，斯坦贝克在曼哈顿过苦日子的时候，一直念念不忘以前夏天在山庄的惬意生活。

随后几年，太浩湖成了斯坦贝克的家。普莱斯夫人很高兴见到斯坦贝克，托比·斯特里特兴奋得上蹿下跳，甚至以前对他态度冷淡的弗朗西丝·斯特里特似乎也很高兴见到他。普莱斯夫人委派斯坦贝克在山庄干一些修水管和做木器之类的活儿，这正是他喜欢做的事情。有天傍晚，斯坦贝克对普莱斯夫人说，他准备在太浩湖附近待上大半年，因为自己要给纽约的一家出版社写小说，普莱斯夫人突然对他说：“我刚好有个合适的工作给你做。”

普莱斯夫人开车送斯坦贝克来到另一个避暑山庄，山庄里住着她的老朋友——爱丽丝·布莱汉姆夫人，她丈夫刚去世不久。布莱汉姆夫人的丈夫生前是旧金山的一名外科医生，家境富有，他去世前在山庄建了一个图书室，里面摆着英美文学和历史经典作品，斯坦贝克说：“万事俱备，只欠字典。”

旅游旺季，布莱汉姆夫人雇了六七个佣人，包括一个厨子和两个菲律宾男佣。鉴于斯坦贝克是普莱斯夫人的朋友，又是中产阶级出身，布莱汉姆夫人立刻同意雇用他当山庄看守人。斯坦贝克分到了一间看守人的小屋，他在小屋的一间房里摆了一张行军床，隔壁那一间则用来当“书房”。他把打字机摆在一张小牌桌上，窗外平坦的草坪一直长到悬崖边，站在悬崖边往下可以看见太浩湖、码头，和湖边的一排排划艇和帆船。

10月中旬，布莱汉姆夫人一家离开了山庄，只剩斯坦贝克孤身一人留守山庄。旅游旺季结束后，整个度假区立刻变得萧瑟荒凉，斯坦贝克完全没有做好独自在荒无人烟的野外生活的准备，尤其是太浩湖附近的景区，淡季的时候，几乎就是一座鬼城。因为冬天来临，湖边的几个营地被木板围了起来，所有的餐厅和大部分商店都关门了。除了几位看守人之外，太浩湖周围见不到一个人影，斯坦贝克生平第一次真正尝到了孤独的滋味。

斯坦贝克在山庄的小屋里生活了两年，也许有人认为，在取得进步以前，隐居是他必然要经历的一个阶段。这段时间也让他心生恐惧，他像是一头受到惊吓的雄鹿，到处乱跑，左冲右突，试图寻觅一个安全的栖息地。他已经不再是个孩子，明白自己需要展露出男子汉气概。他不想成为父亲那样的人，害怕这个世界，受尽女人欺侮，敢怒不敢言。与世隔绝的太浩湖正是斯坦贝克寻觅的地方。一年前，他曾尝试过相反的办法，在车水马龙的曼哈顿，熙熙攘攘的人群极大地分散了他的注意力，嘈杂的声音考验着他的心志。可现在，住在太浩湖边上，除了自己的心声，唯一能听到的只有吹过枝繁叶茂的冷杉树林的风声。他有足够多的时间去发现自己的心声并让它浮现，尽管这心声一开始很微弱，但随后就变得愈加响亮。

斯坦贝克全身心地承担起看管布莱汉姆山庄的责任，这意味着他要干大量的体力活：疏通排水管，为窗户和门做好越冬的准备，将船拉上岸、修补漏洞并存放起来。他每天还要照看庭院，这恰好是他喜爱做的事情。每天，他都会心情愉悦地花上几个小时修剪树枝，修补篱笆。布莱汉姆一家人临走前让斯坦贝克尽可能多地住在主宅里，他照做了。大多数晚上，他会在石制壁炉里生上火，在膝盖上搭一条毯子，坐在一张大棕色皮椅上写自己的小说。他开始到山庄图书馆里看书，生平第一次拜读了狄更斯、司各特和萨克雷的作品。

起初，《金杯》的创作并不顺利。隆冬时节，斯坦贝克除了偶尔能写出来一点东西外，其他时间什么都写不出来。由于《金杯》没有太大的进展，斯坦贝克又一次把目光转向了短篇小说，《伊班的礼物》是他在这一时期创作的作品之一。故事发生在一个神秘的地方，故事的男主人公叫伊班，是个不谙世故的健壮小伙子，他爱上了同样不谙世故、身材结实的姑娘凯珊。伊班勉强称得上是个艺人，歌唱得很好，耍了些手段勾搭上了凯珊，凯珊的母亲却逼迫她嫁给伊班。但在故事的末尾，凯珊的母亲——一个从来不关心女儿心愿和福祉的坏女人，对女儿说，伊班送给她当"礼物"的歌曲一文不值。惟母命是从的凯珊只得弃他而去。

这篇故事可能直接影射了杜克·谢菲尔德，因为故事里朝秦暮楚、缺乏主见的凯珊的原型似乎就是杜克的妻子露丝。斯坦贝克十分担心这篇故事会惹恼杜克，于是，他在手稿上把作者署名由约翰·斯坦贝克改为约翰·斯特恩，随后把稿子寄给了《烟民伴侣》杂志。令他惊讶的是，这家杂志社录用并刊登了这则故事，并且编辑写信询问他手上是否还有更多像《伊班的礼物》这样的故事。尽管，斯坦贝克觉得这篇故事写得不够好，但这则故事确实为他带来了第一笔 7 美元的稿酬。

斯坦贝克在太浩湖除了写作和读书之外，每两周还会去一趟理查森营取信，再买点罐头食品。2 月末，斯坦贝克在去理查森营的路上遇到了加州渔猎局的一名叫罗伊德·谢布里雇员，他奉命到塔拉克管理当地的鱼苗场。下火车后，谢布里和所有第一次到这个地方来的人一样，茫然地看着四周，这时斯坦贝克走过来问他，是否需要帮忙拿行李。他们来到塔拉克鱼苗场，不料鱼场大门紧闭，斯坦贝克淡定地从皮大衣掏出一把左轮手枪打碎了门锁，谢布里回忆说："我不知道他身上带着枪，他把我吓了个半死，过了好一阵我才敢和他待在一起。"

谢布里无法理解斯坦贝克为何对文学如此着迷，也无法理解他为何每天都要雷打不动地腾出几个小时来写东西，但斯坦贝克却非常理解谢布里对海洋生物的兴趣。整个 3 月和 4 月，斯坦贝克每周都要花几个下午和谢布里待在一起，研究鱼类的繁殖习性。他对鱼类的迁徙模式非常感兴趣，并运用自己所了解的关于鱼类和其他生物的知识来解释人类的迁徙模式，而这也对他的小说产生了影响。

斯坦贝克曾把《宇宙进化》借给谢布里看，此书在两年前由约翰·艾洛夫·博丁出版，在斯坦贝克的央求下，二姐贝斯从纽约买了一本《宇宙进化》并寄给了他。"任何事情的发生都不是偶然的。生物体能够进化出眼睛、耳朵以及其他感觉器官，也并非偶然，"博丁在书中写道，[1] "我们的感官是对宇宙环境的特定能量模式的一种创造性适应。"

也许是因为自己和父亲交集不多，斯坦贝克在成长的过程中渐渐地对某些"男子气概很强的"人，即那些身体强壮又务实的男人，产生了依赖，"他不会谈论情感，"斯坦贝克的一位朋友回忆说，"只要一说起有关情感的话题，他就会一脸惊慌地避而不谈。他愿意谈论事物，有关技术一类的东西。他非常想知道这个世界是如何运作的，机器是怎么工作的，飞机是怎么飞上天的以及书是怎么排版的。"[2]

斯坦贝克和谢布里只是泛泛之交。谢布里对文学没有任何兴趣，要不是因为他在鱼苗场工作，斯坦贝克根本不可能和他交朋友，尽管如此，两人依旧保持着朋友关系。4月中旬，谢布里花钱请斯坦贝克干了两周的活——清理泰勒小溪中的木头，因为泰勒小溪是当地一处重要的鳟鱼洄游地。对斯坦贝克来说，这笔钱解了燃眉之急，而且干点别的活也可以让他从《金杯》的创作中暂时得到解脱。他在信中对杜克·谢菲尔德说："我现在每天能写上三四千个单词。"在写给另一个斯坦福大学旧友鲍勃·卡斯卡特的信中，斯坦贝克同样提到《金杯》的创作很顺利，不过他也向卡斯卡特坦诚了自己对《金杯》的担忧："我

---

[1] Boodin, *Cosmic Evolution*, pp. 73—74.

[2] 与 Hersey 的访谈。

正埋头写一本我自己寄予厚望的小说，但好像事与愿违。我所做的是前无古人后无来者之事，就算失败了，我也心无怨念。或许终有一天，我将获得成功。《金杯》里头有不少优美的文字，但也有不少地方写得很糟糕。"[1]

5月底，布莱汉姆一家人陆续回到山庄。自从去年夏天来到山庄，斯坦贝克一直待在太浩湖，现在终于可以回家了。他开车回到萨利纳斯看望对他失去耐心的父母，刚回到家，母亲奥莉芙就开始数落他"好吃懒做，没有人生方向"。昏暗的客厅里，奥莉芙喋喋不休地训斥了他20分钟。父亲约翰·恩斯特"坐在客厅里一边抽着烟斗一边看报纸"。一直默不吭声的斯坦贝克突然气冲冲地对母亲大喊说，她无权干涉自己的生活，奥莉芙转头对约翰·恩斯特说："看看你儿子！告诉他不准这样和母亲说话！"约翰·恩斯特把报纸叠了起来，然后一声不吭地离开了屋子[2]。刚到家半小时，斯坦贝克就转身离开了家。

6月底，斯坦贝克回到布莱汉姆山庄继续干活。此时，他把所有的心思都放在了那本小说上。大半个夏天，他有时待在小屋里坐在打字机前敲字，有时坐在悬崖边大树底下的阴凉处，腿上放着一个黄色便签本。1928年的冬天显得格外漫长，斯坦贝克夜以继日地修改《金杯》，大部分时间一个人待着，不过，他在帕西菲克格罗夫小镇上买了两只艾尔谷犬并把它们带回了山庄做伴。他把小说各章节的草稿分别寄给托比·斯特里特、卡尔·威廉森和凯特·贝斯威克三人，他们看完后给斯坦贝克回了长长的信，斯坦贝克便按照他们的建议修改手稿。

1929年3月，一场暴风雪席卷了太浩湖地区，布莱汉姆山庄因此遭受了巨大损失。一天半夜，主房的天花板"轰"的一声塌了下来，正好砸中图书室，斯坦贝克从梦中惊醒之后的第一个念头就是把书从

---

[1] "斯坦福大学档案·斯坦贝克卷"：给鲍勃·卡斯卡特未出版的信件，1928年4月。
[2] 与安斯沃斯的访谈。

雪里弄出来。他穿着睡衣，脚上套了一双长筒靴，手里抓了一顶皮帽，急忙披上厚大衣冲了出去。他吃力地踩着厚厚的积雪来到主房。一进屋，他立刻点上煤油灯，然后像着了魔似的一直忙到天亮，抖掉书上的积雪，再把书放在铺着干亚麻布的长桌子上。就这样，一本接一本的书被抢救了出来，布莱汉姆一家人对此非常感激。

泰德·米勒是斯坦贝克的大学老友，他曾答应斯坦贝克愿意以非正式代理人的身份为他出书，于是 4 月底，斯坦贝克忐忑不安地把《金杯》手稿寄给了他。与此同时，斯坦贝克的好友谢布里准备到太浩湖另一家鱼苗场干活，斯坦贝克写信询问谢布里，能否给他找一份暑假临时工。没过多久，谢布里回信说有人愿意雇斯坦贝克到鱼苗场当助理工。这份新工作于 6 月份开始，在上班之前，斯坦贝克和谢布里决定去旧金山逛逛。"我给你写信的这会儿，心情越来越激动，"斯坦贝克在信中对贝斯威克说，[1] "因为过几天我就要出去玩一趟。我在布莱汉姆山庄待了八个月，没有一个人关心我的死活。我早已远离七宗罪，也不停地提醒自己要远离它们，但我觉得七宗罪里面也就淫欲和贪食值得一提。"在信中，斯坦贝克还写了一句古怪的话，"我要是天主教徒就好了，因为那样的话，在牧师面前忏悔自己的罪行将是一件有意思的事情。"

于是，两人开着斯坦贝克新买的一辆二手的道奇 1915 款敞篷车就上路了。斯坦贝克此行的目的之一，是向布莱汉姆夫人报告房屋修缮的情况并拿回最后一张工资支票，于是他开车径直来到布莱汉姆夫人家里。手头上突然多了一笔钱让斯坦贝克感到十分激动。他和谢布里住进了当地一间小旅馆，像两个火枪手一样在旧金山街头到处闲逛。在他们动身前往旧金山之前，谢布里向他认识的两个女人写了信，不

---

[1] "斯坦福大学档案·斯坦贝克卷"：致 Katherine Beswick 未出版的信件，1928 年 5 月。

过他对她们的情况根本不了解。尽管如此，他还是成功地约到了这两个女人，这就意味着他和斯坦贝克都需要一身新行头。在市场街的鲁斯兄弟衣服店，他俩各自买了一身时髦的花呢外套，斯坦贝克管这身行头叫"求爱礼服"。但是约会很失败，因为那两个女人很拘束，不过斯坦贝克和谢布里的表现更糟糕。一大笔钱就这样"被浪费掉了"，"这次游玩花光了我所有的积蓄，"斯坦贝克在信中对贝斯威克说。随即他又夸口说了一句"要是我当时把本该负责孕育生命的精液送到它该去的地方就好了"[①]。

短暂看望了各自父母之后，他们开车回到了太浩湖鱼苗场准备干活。根据协议，斯坦贝克将在鱼苗场干 3 个月的活，报酬是 345 美元，这笔钱对他来说已经很多了。他和谢布里住在鱼苗场边上，这个鱼苗场是用石块和鹅卵石修建起来的，因此很快成了一个旅游景点，鱼苗场的主要职责是为加州北部的湖泊和小溪提供鳟鱼苗。斯坦贝克负责喂养刚孵化的鳟鱼苗，偶尔带领游客参观鱼苗场。

6 月中旬，从旧金山来了一对姐妹，她们溜达到鱼苗场想要参观一番，这姐妹俩的名字分别叫卡罗尔·亨宁和艾德尔·亨宁。卡罗尔和斯坦贝克年纪相仿，一头棕色长发，长得又高又瘦，说话很风趣，立刻就迷住了给她做向导的斯坦贝克。艾德尔对鱼苗场充满了好奇心，而她姐姐卡罗尔则和斯坦贝克互相调侃，他对卡罗尔说，"我是个接生婆，负责给鳟鱼女士接生"，卡罗尔·亨宁和艾德尔·亨宁在鱼苗场待了大半个下午，当她们准备离开的时候，斯坦贝克问能否由他和谢布里请她们吃晚饭。

得知斯坦贝克为他安排了一次约会，谢布里自然很高兴，他们满怀期望出发了。可是，在路上斯坦贝克的二手道奇车连续两次爆胎，

---

① "斯坦福大学档案·斯坦贝克卷"：致 Katherine Beswick 未出版的信件，1928 年 5 月。

结果他们迟到了一个小时，等到了地方，两个人的脸上手上全是油污，不得不在亨宁姐妹俩下榻的酒店房间里洗干净才带她们到一个餐厅吃了晚餐。吃完晚餐后，他们来到一个舞厅，伴着一支四人爵士乐队的音乐，斯坦贝克和卡罗尔在满天繁星下跳舞到深夜，远处的太浩湖在一轮明月下泛着白光。

在接下来一周左右的时间里，斯坦贝克神魂颠倒，他爱上了卡罗尔。一有机会，他就请卡罗尔吃饭，有时两人肩并肩地坐在湖边。7月4日，卡罗尔必须要返程回家，斯坦贝克一下子呆住了。他非常荒谬地认为这表明卡罗尔拒绝了他的爱意，因此大发雷霆。卡罗尔走后，斯坦贝克莫名其妙地感到心情压抑，他不知道如何处理对卡罗尔的炽烈情感。和一个女人有了真正的亲密关系让他感到恐慌，况且他现在还处理不了这种关系，他变得暴躁，开始酗酒，行为举止透露出情绪不稳的迹象。

酷热难耐之时，泰德·米勒给斯坦贝克写信说他没法把乱七八糟的手稿拿给出版商，手稿里面全是错别字和语焉不详的句子，甚至有些地方整段话被圈了起来，旁边打着箭头指向这一段应该出现的地方。米勒对他说，正儿八经的出版商根本不会读这样的稿子，他建议斯坦贝克找个人替他重新正确地敲一遍手稿，米勒略带嘲讽地补充了一句，"出版商们看一眼稿子敲得如何就知道这稿子能不能出版。"当时，凯特·贝斯威克住在纽约，离米勒只有几个街区，斯坦贝克让她帮忙把手稿取回来并重敲一遍。

8月中旬，罗伊德·谢布里决定辞去加州渔猎局的工作去当演员，谢布里长相俊俏，当时，派拉蒙电影公司正在太浩湖拍电影，有人给他提供了一个试镜机会，他立即同意前往试镜。此时，鱼苗场就只剩斯坦贝克和鱼苗场的主任伯特·韦斯特。有天晚上，韦斯特发现斯坦贝克醉醺醺地躺在床上，地上倒着一瓶私藏的杜松子酒，腿上放着一支左轮手枪，他为了找点乐子朝天花板连开数枪。后来，斯坦贝克以"借车"的名义把鱼苗场的新卡车开了出去，结果撞坏了新车。韦斯特忍无可忍，勒令斯坦贝克立刻滚出鱼苗场。斯坦贝克迅速打了包，开着他的二手道奇车去了旧金山，卡罗尔·亨宁正对他的到来翘首以盼。

第四章

年轻的海盗

"我曾暗下决心，只要有人夸赞《金杯》，我一定会狠狠地亲他一口。"

——斯坦贝克致 A·格罗夫·戴伊，1929 年 12 月 5 日

1928 年 9 月末，斯坦贝克来到旧金山，口袋里只有几美元和卡罗尔·亨宁的电话号码，不知道将来的出路在何方。来到旧金山之前，他在帕西菲克格罗夫小镇待了一周，漫步在海滩，边走边考虑第二部小说的创作。他打算以托比·斯特里特丢弃的剧本《青衣女》为蓝本写一部小说（斯坦贝克如痴如醉地迷上了《青衣女》。在对《青衣女》的故事几经修改之后，1933 年，终于写出了第三部小说——《致一位无名的神》）。

斯坦贝克热情满满地迎接旧金山的生活，虽然在旧金山和前一阵子孤身一人住在荒无人烟的太浩湖边的生活形成巨大反差，但斯坦贝克已准备好去做"一个放荡不羁的文人要做的事情"。一到旧金山，他便立刻去看望住在旧金山海港附近一栋破旧大楼的一间小公寓里的老友卡尔·威廉森，说来也巧，卡尔正准备到外地待一阵子，他同意让斯坦贝克住在自己的公寓直到他找到工作为止。斯坦贝克的妹妹玛丽前不久嫁给了一个叫比尔·德克尔的男人，她的婆家开着一个生产袋子的大公司，在妹夫的帮助下，斯坦贝克没费力气便找到了一份工作，

负责卸下成袋的大麻然后把它们推到仓库。

这活很累人，勾起了斯坦贝克对修建麦迪逊广场花园的回忆，他在信中对凯特·贝斯威克说，每天晚上回到屋里时"感到精疲力竭"[①]。他告诉凯特自己每天在仓库要干上 8 个小时的工作，然后回来写小说，"现在，"他说，"我迫切需要时间和精力写东西。"他略悲伤地说，到 2 月份自己就 27 岁了，似乎越来越不愿意写东西。"我不知道该从哪里寻找写作的精力，但我会找到的。每当提起笔却写不出一个字的时候，我感觉好空虚。"斯坦贝克对此感到十分害怕，决定尽快开始专注地写东西。

生活有苦亦有甜。每逢周末，斯坦贝克手里攥着可怜的几美元，兴致勃勃地请卡罗尔到加州北海滩海滨一带的餐厅吃饭。这些餐厅都铺着木地板，其中有一家名为"紫龙"的餐厅，在这里可以吃到美味廉价的菜肴，还有喝不完的上等加利福尼亚红酒。酒足饭饱后，斯坦贝克和卡罗尔搭上有轨电车来到海边，醉醺醺地躺在沙滩上睡到天亮。他们经常在太阳跃出东边的地平线时醒来，口干舌燥，头痛欲裂。

费了一番周折之后，卡罗尔在《旧金山报》的广告与发行部找了一份工作，她和斯坦贝克各自每周都要工作六天，所以相处的时间并不多。10 月，斯坦贝克搬出了威廉森的公寓，在附近的鲍威尔街租了一间房，大部分时间靠"沙丁鱼、小面包、甜甜圈和咖啡"度日。他租的房子在三楼，屋内有两个房间，老鼠"一到晚上，就在墙壁后面和天花板夹层里吱吱乱叫"。墙上的壁纸不停地剥落，他就睡在一张帆布床上，丝毫不介意恶劣的生活环境，"他从来不介意过得不好，"贝斯说，"我感觉他反倒很喜欢这种生活。年轻作家本来就要吃点苦头。"

斯坦贝克差不多每天晚上都在埋头修改《青衣女》，原书讲的是一

---

① "斯坦福大学档案·斯坦贝克卷"：致 Katherine Beswick 未出版的信件，1928 年 9 月。

个年轻人徒劳无功地试图理解并控制大自然的故事，不过随着修改次数的增加，斯坦贝克感觉自己越来越像是在写传记，因为他把大量关于爷爷和外祖父的传奇故事写进了小说里。到 11 月初，斯坦贝克每天能写五到八页稿子，小说很快就成形了。卡罗尔姐妹俩有时过来看他，斯坦贝克便把写好的稿子念给她们听。

在一位同事的引荐下，卡罗尔结识了一群社会主义者。有时候，她便带斯坦贝克参加这群社会主义者们的秘密集会。这些"社会主义者们"喜欢用耸人听闻的口吻谈论"即将发生的大革命"，互相传阅马克思和列宁的作品。斯坦贝克对社会主义产生过兴趣，但他从来不认为自己是一名社会主义者。实际上，他对社会主义运动的看法偏激，这一点在一篇题为《突袭》的短篇小说里体现得非常清楚，斯坦贝克认为社会主义只不过是一种新的宗教，它的一切设想无异于痴心妄想。

然而，改编《青衣女》的速度突然慢了下来，到 12 月初，斯坦贝克彻底写不下去了。冬天即将到来，凯特·贝斯威克渐渐为斯坦贝克在信中透露出的情绪感到焦虑，回信说寄些钱给他。她在信中说，"我不愿你忍饥挨饿，只有先吃饱饭才有力气写小说。"斯坦贝克很感激她的关心，但对寄钱一事表示拒绝。他下定决心要改变生活现状，否则小说将无法写下去。仓库的活不仅累人，还占用了很多原本可以用来写小说的时间，他在信中对凯特·贝斯威克说"我干不下去了"，随后就辞掉了工作。他听从父亲的建议，回到了帕西菲克格罗夫镇上的小屋，打算一直待在这儿把小说写完。贝斯说："父亲同意每个月给他 25 美元，直到他能自食其力为止。"很明显，虽然心里不同意儿子当作家，但约翰·恩斯特还是在物质上给儿子提供了帮助。贝斯回忆说，"他们父子之间的关系很奇怪。母亲对父亲的做法感到不满，但父亲仍下定决心尽可能为弟弟提供帮助。"

斯坦贝克在纽约体验了一段凄惨的生活后，曾选择回到太浩湖，这次他选择来到帕西菲克格罗夫小镇，事实证明两次选择都是明智的。他发现在这间小屋可以集中精神写稿子，这间小屋日后也成了他回忆的一部分。1928年12月的天气非常好，空气凉爽、艳阳高照，阳光照进客厅里，斯坦贝克在客厅的大橡木桌前伏案疾书，前方的墙上悬挂着爷爷约翰·阿道夫的画像。手稿越积越多，斯坦贝克感到十分高兴，他在信中兴高采烈地对凯特·贝斯威克说："谢天谢地，小说总算有点眉目了。"

周末，卡罗尔会溜到帕西菲克格罗夫和斯坦贝克幽会。此时离20世纪60年代的"性解放运动"尚有很长的时间，"婚前性行为"是被禁止的，但斯坦贝克和卡罗尔对此似乎一点都不在乎。有一次，斯坦贝克的父母在一个星期天早晨突然来看他，而此时斯坦贝克和卡罗尔还赤身裸体地躺在床上。约翰·恩斯特和奥莉芙·斯坦贝克都是极其传统的人，要是他们发现斯坦贝克和卡罗尔还没结婚就睡在一起，他们必然会觉得这是家丑。但好在前天晚上斯坦贝克锁上了门并关严了百叶窗，卡罗尔慌慌张张地穿上衣服从后门溜之大吉，斯坦贝克的父母只好不停地拍打窗户喊斯坦贝克开门，斯坦贝克开了门，假装自己睡得很沉没有听见敲门声。

斯坦贝克和卡罗尔在帕西菲克格罗夫小镇度过了一段悠闲的时光，亲切地称呼这栋小屋为"蜜月小舍"。有时他们到蒙特雷海边捉螃蟹或者到公园打网球，有时在屋后一棵茂密的橡树底下吃烤猪排，卡罗尔经常向斯坦贝克提到结婚的事，不过斯坦贝克每次都当没听见。他还没做好担起家庭责任的准备，也不想这么快就成家，他甚至不清楚自己是否能担当起丈夫的角色。

1929年1月中旬，斯坦贝克突然接到泰德·米勒发来的电报，米勒在电报中说罗伯特·M. 麦克布莱德出版社同意在当年夏季稍晚的时候出版《金杯》，而就在几年前，这家出版社连看都不愿看一眼斯坦贝克的手稿。事实上，接连 7 家出版社拒绝出版《金杯》，但斯坦贝克对此毫不介意，因为他知道，只要有一家出版社愿意出版他的小说就行。罗伯特·M. 麦克布莱德出版社向斯坦贝克预付了 250 美元的稿酬，另外，《金杯》的插画和封面设计将由斯坦贝克的老友马伦·布莱恩来完成。布莱恩声名显赫，由他来负责做插画，书友俱乐部也许会因此购买《金杯》，这样一来销量便会大增，然而设想最后落了空，书友俱乐部拒绝购买《金杯》。

《金杯》的故事发生在 17 世纪末期，斯坦贝克用半真半假的传奇故事作为这部小说的素材。故事以住在威尔士山区的少年亨利·摩根开篇，亨利找到神秘的梅林大师，请求他为自己的未来指点迷津。亨利一直想到西印度群岛大展身手，尽管父母对这个想法很支持，但同时他们心里感到深深的忧虑，这其实写的就是约翰·恩斯特和奥莉芙·斯坦贝克与他们的儿子斯坦贝克。亨利的父亲老罗伯特的脸上"挂着让人捉摸不透的笑容，骨子里有一种奇特的消极反抗情绪"，而亨利的母亲则注重实际、讲求实效，她深爱着儿子和丈夫，"但这分爱却混杂着怜悯与鄙夷"。

亨利没有向父母道别，便登上了开往西印度群岛的船。然而，当他踏上新大陆的那一刻，以前所有关于独立的梦想瞬间破灭。下了船后，亨利被迫和一个名叫詹姆斯·弗劳尔的英国种植园主签了卖身契。弗劳尔为人善良，很喜欢亨利，教他学习多种古老语言。亨利一边干活，一边为日后的冒险积攒了足够多的本钱。最后，弗劳尔解除了亨利的卖身契，从此，亨利就当起了海盗，在加勒比海大肆掠夺。高超的驾船本领加上说一不二的性格让他很快当上了海盗头子，带着手下攻下了巴拿马城。此时，巴拿马城内有一位传奇女子，人称"巴拿马的红色圣人"，她本名叫拉·桑塔·罗娅。亨利对她一见倾情，试图赢得她的芳心，不过，没多久亨利便失望地发现原来罗娅早已有了家室。

不久之后，有人指控亨利犯下海盗罪，出于对祖国的忠诚，亨利听从国王的命令返回英国。归国后，亨利发现自己不但没有受到鄙视，反而成了民族英雄，国王查理二世认为惩罚亨利并不能解决问题，转而采用了一个巧妙的办法——册封亨利为骑士并委任他担当牙买加总督，消灭海盗。于是，亨利带着国王的委任状回到了巴拿马并处死了自己的两个老部下。但没过多久一场神秘的疾病便夺走了亨利的生命。

斯坦贝克从约翰·埃斯凯末林的《美洲海盗》及其他文艺复兴时期的航海研究史料中搜刮了许多素材，为了故事需要，他随心所欲地增减有关亨利·摩根的传奇故事。如果我们拿《金杯》和《天堂牧场》做个比较，就会发现一些有意思的地方，比如，当梅林大师指点年轻的亨利时，我们会发现这其实是斯坦贝克在自言自语："终有一天你会一鸣惊人，而到那时，你也将众叛亲离……"；再比如，斯坦贝克在故事中讲到亨利·摩根初尝爱情时，其实也是在说他自己对女人复杂的态度："她是个谜团，所有的女人心里都藏着不愿告人的小秘密。他（亨利）的母亲心里就藏着做饼干的秘诀，有时她会无缘无故地大喊大叫。有些女人平日过着一种生活，而她们内心却还有另一种生活，只不过这两种生活从来不会交汇。"我们也可以说故事里亨利对"金杯"不切实际的追寻，其实影射了斯坦贝克对获得文学成功的强烈渴望。

《金杯》尚未正式出版之前，斯坦贝克在信中对鲍勃·卡斯卡特说："我认为，作家们的处女作都应当被烧掉，这是天经地义的事。也许有些优秀作品会被误烧，但优秀的作品属于凤毛麟角，因此把它们全烧了并无不妥。"[①] 某种程度上来说，斯坦贝克对自己作品的看法很准确，《金杯》算不上斯坦贝克最好的小说，甚至连中等水准都达不到，但《金杯》的价值依然不可估量，因为我们从它身上可以看到10

---

① "斯坦福大学档案·斯坦贝克卷"：致 Robert Cathcart 未出版的信件，1928 年 5 月 13 日。

年后大获成功的斯坦贝克。读起来像是一部隐晦自传的《金杯》，为读者提供了一把"解读"斯坦贝克的钥匙。

《金杯》出版后，斯坦贝克依旧在帕西菲克格罗夫小镇过着隐士般的生活，每天埋头写一个被他称之为"女士"的故事，在此期间，他多次远足至旧金山，或北上至帕洛阿尔托去看望正在攻读硕士学位的杜克·谢菲尔德。7月中旬，他彻底抛弃了旧的故事情节，转而写出了一个全新的故事，这就是后来出版的《致一位无名的神》。

除了写小说，斯坦贝克还在蒙特雷"消磨掉"不少时光，在用波纹铁当房顶的大型罐头工厂间闲逛，看着捕捞沙丁鱼的渔船驶回码头，船上摆着装满沙丁鱼的大桶，沙丁鱼的鱼头和鱼尾被送到工厂研磨成肥料，空气里弥漫着从这些工厂飘荡出去的腥臭味。斯坦贝克经常在一家叫"玛利亚"的餐厅一边吃午饭一边同乡下人、妓女、罐头厂的工人以及捕鱼工闲聊。有个叫麦克的私酒商在餐厅的后院偷偷卖酒，斯坦贝克从他那儿买一点廉价的红酒然后和酒鬼们一起喝酒，这群无家可归的酒鬼们有的住在废弃的屋里，有的睡在海边临时搭建的帐篷里。这些现实生活中的"素材"，让斯坦贝克着了迷，后来他把大部分所见所闻都写进了《煎饼坪》《罐头厂街》以及《甜蜜星期四》等作品中。

钱总是不够花，夏末，斯坦贝克打算到旧金山挣点钱，以便日后可以安心写东西。自从他离开斯坦福大学后，就形成了定期在两地迁徙的习惯，内心深处总是渴望定期回到城市。除此之外，卡罗尔也是他决定回归城市的一个原因，她一直要求斯坦贝克认真考虑和她结婚的事情。于是，他重新搬回了卡尔·威廉森的住处，睡在房间里一张破旧的沙发上，房间里拥挤不堪，沙发的坐垫已被磨破，露出了里面的弹簧，在这上面自然很难入睡。尽管条件艰苦，威廉森对此毫不介意，依然每天埋头写稿子，这为斯坦贝克树立了一个好榜样。他们经常在一起谈论当前作家，威廉森说他最喜爱的两位作家是海明威和福克纳，威廉森坚忍不拔的性格极大地鼓舞了斯坦贝克，他已出版了第一部小说，第二部也已交付出版，第三部已自荐给几家出版社，而第四部马上就要问世。

不久，斯坦贝克找到一份兼职工作，在一家百货商店当售货员，工资可以免税。当发现《金杯》的写作风格走进了死胡同，斯坦贝克感到很痛苦，他给昔日斯坦福大学好友格罗夫·戴伊写信说："我不想继续模仿多恩·拜因姆，"他还说，"我的写作水平已大有长进，卡贝尔的风格也不适合我了"。他想写出精炼但气势磅礴的文字，当然并不是完全地抄袭海明威的风格，而是造就斯坦贝克式的写作风格。

大约在 1929 年的夏天，斯坦贝克头一次心不在焉地读到了海明威的作品。那时，海明威的作品，如《在我们的时代里》《春潮》以及《太阳依旧升起》，已为大众熟知，但斯坦贝克却不屑一顾。10 月，卡罗尔拿了海明威的《杀手》给他看，这则短篇小说写得很出色，简练的文字和独特的文风给斯坦贝克留下极深的印象。好几个月以来，他不断告诫自己，不要使用华丽的笔调和过量的修辞，海明威的作品让他受益匪浅，老一辈作家还在使用的慵懒说教文体被海明威一扫而空。斯坦贝克向格罗夫·戴伊介绍自己这部新的小说时说："用海明威的话来说，这部小说简洁明了地讲述了处于某一情景下的几个人物，除此之外没有别的内容。"[①] 这就是斯坦贝克创作小说的"新方法"——"只用一句话讲述一件事情"，而不是像詹姆斯·布兰奇·卡贝尔那样，用"一个章节"讲述一件事情。

毫无疑问，斯坦贝克一生曾多次为海明威对他产生的影响做过辩解，当格罗夫·戴伊质疑海明威对他有何影响时，斯坦贝克严肃地回

---

① *Steinbeck：A Life in Letters*，eds. Elaine Steinbeck and Robert Wallsten（New York：Viking，1975），p. 18.

答说，"除了《杀手》，我没读过海明威的其他作品。"但这句话不过是掩盖真相的烟雾弹罢了：斯坦贝克从海明威身上获益匪浅。有一次，他十分坦诚地对卡罗尔说，海明威是"在世的作家中最优秀的一位"。海明威出名后，有些人想讨好斯坦贝克，便在他面前故意诋毁海明威，罗伯特·沃尔斯顿说，"我记得有一次有个家伙想巴结斯坦贝克，于是，当着他的面说海明威的坏话。可是，斯坦贝克只是撇了下嘴换了个话题。斯坦贝克从来不在公共场合诋毁其他作家，尤其是海明威。"

　　不管出版商多么费力地讨好作家，他们总是会提出抱怨，斯坦贝克也不例外。不过，他确实有理由痛恨罗伯特·M. 麦克布莱德出版社。首先，出版社的一位编辑——斯图尔特·罗斯刚接过《金杯》的稿子后就辞职了，导致斯坦贝克在出版社孤立无援。此外，麦克布莱德出版社对出版业一窍不通，斯坦贝克在信中厌恶地对凯特·贝斯威克说："《金杯》出版后没有人评论，因为出版社根本就没有准备赠阅本，甚至都没有送我几本样书，我自己又没钱买书。就算我对出版业不了解，但动动脚趾头也知道他们做错了事。有读者两个月前就预订了《金杯》，结果出版社对预订不理不睬。所有百货商店都摆着《金杯》，而书店里居然不卖。"更糟糕的是，泰德·米勒告诉斯坦贝克《金杯》在纽约的书店里被摆在了儿童文学书架。

　　11 月，斯坦贝克和卡罗尔分别通知各自的家人，他们打算结婚，但具体时间没有确定。总的说来，斯坦贝克的父母和姐姐妹妹对他的婚事感到高兴，"卡罗尔很聪明，和弟弟很般配，"贝斯说，"她经常帮弟弟用打字机敲稿子，弟弟也会和她一起讨论作品。但她性格独立，绝不会任人摆布。"卡罗尔看起来确实是适合斯坦贝克的最佳人选，个性很强，活泼开朗，用独特的方式爱着斯坦贝克。她可以毫无怨言地一连几个小时在打字机上一遍一遍地敲打《致一位无名的神》，可以毫不犹豫地给斯坦贝克提供一点编辑上的建议，并且，正如贝斯所言，"卡罗尔一点儿都不害羞，这是件好事，因为弟弟是个害羞的人。"

拥有强烈的社会良知是卡罗尔的另一个特点，她非常同情因为银行倒闭、工厂停业、农场和小企业破产而变得一贫如洗的人们，本能让她对遇到的任何不公正事情都会感到不满。卡罗尔的一位朋友说："我觉得，她在那个时代就是斯坦贝克的良知，或者说她唤醒了斯坦贝克的良知。她知道当时美国发生了什么，看过很多报纸与杂志，也想让斯坦贝克看看。"[1] 卡罗尔对斯坦贝克 20 世纪 30 年代的思想产生过巨大影响，为《愤怒的葡萄》指明了写作方向。

斯坦贝克在过去的几年里取得了不小进步，这其中有卡罗尔的功劳。12 月 5 日，他在信中对格罗夫·戴伊说：

> 我不再关注人们对我的看法，我给你说说这是怎么一回事。我总结出一套理论，我认为个体的人其实并无个性，我们每个人身上体现的只是自己的心情和在场的其他人心情的总和。我不想假装我是那一个人，此时此刻，我只是自己心目中的那个人。
>
> 我在山里待了两年。曾有一年大雪封山 8 个月，只有两条艾尔谷犬陪着我，周围是一大片水杉树，地上的积雪很深，万籁俱寂。[2]

在信末，他向戴伊提到了卡罗尔，"我马上要结婚了，我不打算在信里向你介绍我的妻子，因为你马上就能见到她，我感觉你会很喜欢她，因为她和你一样眼光独特，头脑敏锐。"

为了避开传统婚礼的繁文缛节，斯坦贝克和卡罗尔决定在洛杉矶

---

① 与 Meredith 的访谈。

② *Steinbeck：A Life in Letters*，eds. Elaine Steinbeck and Robert Wallsten（New York：Viking，1975），p. 18.

举行婚礼。圣诞节过后，他们收拾好行李，开着斯坦贝克的别克牌汽车出发前往洛杉矶。虽然，当时美国已陷入经济大萧条，但这丝毫没有影响到他们的心情。他们在一个晴朗寒冷的日子离开旧金山，沿着皇家大道——美国境内风景最优美的公路之一，一路向南。但是车子只开出了 30 英里就开始出现毛病，不过斯坦贝克并未感到气馁，最后车子开到圣何塞时终于抛锚了，幸运的是这里离卡罗尔父母的家很近。卡罗尔的父亲是个房地产商人，性格腼腆，他开车过来接斯坦贝克和卡罗尔回了家。斯坦贝克的别克车明显已经报废，第二天便卖给了一个废品收购商。斯坦贝克只好和岳父一家人待了 10 天，在圣何塞的二手车市场逛了三天后，斯坦贝克相中了一辆马蒙牌旅游小客车，他和卡罗尔兴高采烈地开车前往洛杉矶。不过，这辆车也有一些故障，斯坦贝克后面花了 2 个月的时间胡乱修理了分速器箱，然后用它换了一辆黑色的 1922 款雪佛兰。

抵达洛杉矶后，斯坦贝克和卡罗尔暂时借住在杜克·谢菲尔德家里，杜克刚和前妻露丝离了婚，娶了一个叫马里恩的女人。杜克夫妻的小房子位于洛杉矶东南方向的圣费尔南多谷，离西方学院不远。去年夏天，杜克在斯坦福大学获得英语硕士学位，没费太大劲就在西方学院谋到一个讲师的职位。斯坦贝克幻想着既然自己都出过书，那么他也能像杜克一样在这个学院找一份工作，但最后因为斯坦贝克不愿意和杜克的同事们见面导致幻想破灭。

马里恩·谢菲尔德虽不像露丝一样讨厌斯坦贝克，但也不太乐意让斯坦贝克和卡罗尔住在自家的客厅。她知道斯坦贝克对婚姻感到反感，怀疑斯坦贝克会一直拖着不和卡罗尔举行婚礼，她希望卡罗尔能和斯坦贝克结婚，于是决定逼迫斯坦贝克结婚。1930 年 1 月 14 日，杜克夫妻"绑架了"斯坦贝克和卡罗尔，把他们带到格伦代尔市的旧法院，在那儿为他们举行了一场不到 10 分钟的婚礼，婚礼上没有双方父母，没有亲戚，也没有朋友。为表庆祝，四个人喝完了一加仑杜克私酿的啤酒。

斯坦贝克没有邀请父母参加他和卡罗尔的婚礼，约翰·恩斯特和奥莉芙·斯坦贝克对此感到不满，贝斯说："父母大体上不反对弟弟和卡罗尔结婚，他们甚至认为结了婚后，卡罗尔能让弟弟过上安稳的日子。但随后发生的事情表明父母这种想法只不过是一厢情愿。"

第五章

纯真挚爱

"终有一天我会出人头地，到那时看谁还敢小瞧我。这些年吃
的苦算是一种磨练。"

——斯坦贝克致卡尔·威廉森，1930 年

婚后，斯坦贝克和卡罗尔在杜克家过着舒服的日子，为了庆祝结
婚，他们买了一只比利时牧羊幼犬并给它起名叫奥兹（全名是奥兹曼
迪斯）。但没过多久，斯坦贝克和卡罗尔便被杜克夫妇"扫地出门"，
他们只好寻租一间房子。很快，他们便在范奈司以南的鹰石镇租了一
间小房子，这里是通往拉古纳海滩的必经之路。这间破旧的房子修建
于埃尔罗夫莱大道边上的一处荒凉山坡，显得格外扎眼，房租是一
个月15美元，屋内有"一间卧室，一个卫生间，一个厨房，还有一个
凉台"。[①]

斯坦贝克和杜克花了一个月的时间修葺这间破房子，修好了破损
的窗户和堵塞的马桶，顺便还在屋里重新铺了一层橡木地板，屋里的
电线"非常旧，和老古董差不多"，斯坦贝克自己动手换了新电线。卡
罗尔用母亲寄来的一匹佩斯利细毛布做了几个窗帘，还动手给所有房
间贴上了墙纸。杜克的妻子马里恩在范奈司一家仓库给他们找了几件

---

① *Steinbeck: A Life in Letters*, eds. Elaine Steinbeck and Robert Wallsten（New York: Viking, 1975), p. 21.

旧家具。就这样，斯坦贝克和卡罗尔很快便有了新家。

那时，有不少朋友投奔斯坦贝克和杜克，也来到了这个地方。其中包括里奇·拉夫乔伊和塔尔·拉夫乔伊夫妻俩，后来他们和斯坦贝克成了好朋友。此外，塔尔的姐姐齐妮亚，在斯坦贝克和卡罗尔搬到鹰石镇后不久，她也来到了这里。在卡罗尔和马里恩的撺掇下，他们打算开一家塑料制品公司，他们并非是心血来潮才想开一家塑料制品公司，当时市场上出现了一种新型的瑞士塑料，它比常用的法国塑料更加容易塑形，他们认为这种新型塑料肯定会受到电影业和百货商场的青睐，因为百货商场需要用塑料做成大量的人体模型用来展示衣服。

一位朋友回忆说："每天下午，他们碰头开会，看上去个个都像大股东。斯坦贝克没有加入，我感觉他似乎认为卡罗尔的想法有些疯狂。杜克投了一大笔钱。不过没过多久，他们便发现开塑料公司的想法有些不切实际，这个计划随之胎死腹中。他们在这件事上浪费了大量时间，不过他们似乎并未因此感到沮丧。这就是那个时候人们对待生活的态度——自娱自乐。"①

尽管当时的日子不好过，斯坦贝克后来回忆起这段时光时，仍感到很快乐，"虽然大家吃不饱饭，但是每个人的日子过得很开心。我到现在还记得那时候的晚饭是汉堡外加偷来的牛油果。"② 经过一番修理之后，斯坦贝克租住的破房子重新焕发了光彩。他花了大量时间在屋后的花园里种了花草树木，经常坐在一边得意地看着自己辛勤劳动的成果，奥兹懒洋洋地躺在他身边，"一切棒极了"，他在信中对泰德·米勒说，"我慢慢地把活干完了，我感到前所未有的快乐。"

眼下，斯坦贝克有两件事情要做：一是尽快完成对《致一位无名

---

① 1993 年 12 月 29 日与 Frank Hills 的访谈，Hills 是拉夫乔伊夫妇的朋友。

② *Steinbeck：A Life in Letters*，eds. Elaine Steinbeck and Robert Wallsten（New York：Viking，1975），p. 20.

的神》手稿的修改；二是，他打算写一部与《致一位无名的神》相关的短篇小说集，并临时取名为《刺耳的交响曲》，但可惜的是，斯坦贝克未能完成这个项目。他原本设想以加州北部的几户人家为故事背景，分析他们面临的困境，探索环境因素，比如干旱对他们的生活产生的影响。事实上，斯坦贝克此时已经开始在作品中探讨哲学和美学问题，最终在《愤怒的葡萄》中将它展现得淋漓尽致：从地缘政治困扰的角度——比如干旱、饥荒以及资本家的贪婪，解读个人命运。《刺耳的交响曲》所面临的问题在于，斯坦贝克无法用合乎逻辑的方式把这些故事串起来，使得故事令人信服。他在信中满腹牢骚地对凯特·贝斯威克说："我尝试过各种办法，可文章读起来依旧令人感到牵强附会。我倒真的想把这些故事放在一起写出一本书，也许这本书写不出来了，或者说，我不知道如何写出这本书。"

尽管如此，我们从斯坦贝克写给卡尔·威廉森的一封信中会发现他这段时间的写作状态还是很好的，"卡罗尔帮了我大忙。现在我每天花 5 个小时写东西，白天修改这个故事，到晚上则开始写另外一个故事。我有时间，精力也充沛，而且现在似乎也不用像以前那样要克服懒惰情绪才开始动笔。我给自己开了个好头。"[1] 在信中他告诉卡尔，新书由"几篇短篇小说或随笔松散、胡乱地拼凑而成"。

1930 年 4 月末，卡罗尔不辞劳苦，终于为斯坦贝克重新敲出了一份《致一位无名的神》的手稿。他立即把手稿寄给了泰德·米勒并说："如果麦克布莱德出版社打算出版这本书，请告诉他们，我想在书里加个简短的序言，对托比·斯特里特表示感谢。"[2] 米勒同意了他的要求，但几天后，麦克布莱德出版社拒绝出版《致一位无名的神》。5 月 28

---

[1] *Steinbeck：A Life in Letters*，eds. Elaine Steinbeck and Robert Wallsten（New York：Viking，1975），p. 22.

[2] Ibid.，p. 23.

日，斯坦贝克给米勒回信说："麦克布莱德出版社拒绝了我的手稿，这件事算是给这糟糕的一周画上了句号，我们养的狗似乎因为意外中毒而死，与此相比，我的小说遭到出版社的拒绝实在算不上是什么伤心事。"[①] 他在信中给米勒列了一个单子，告诉他哪些出版社也许愿意出版他的小说，他接着写道："我一点儿也不灰心。"但这句话纯粹是自欺欺人。他在另外一封信中略显恐慌地对米勒说："我已经 28 岁了，从现在起，我必须努力做到至少每年出一本书。"[②] 后来斯坦贝克确实做到了：从 1932 年到 1950 年，几乎每年都有一本新书问世，他的创作力着实让人惊讶。

总的来说，尽管年初和卡罗尔结了婚，朋友们待他也不错，在鹰石镇日子过得还算舒服，但在那一年，斯坦贝克仍旧感到焦虑。他在信中不止一次地向朋友们倾诉焦躁的心情，他还有希望成为作家吗？会有出版社愿意出版《致一位无名的神》吗？是否这辈子都要指望父亲每个月的接济？他在信中对米勒说："这些问题令人沮丧，不是吗？似乎所有人都对我的作品不屑一顾。"[③] 此时，斯坦贝克面临着一个难题——变换文风和写作方式，尽管他知道要怎么做，但改变习以为常的写作方式并不是件易事，这意味着要阅读大量经典作品。1930 年隆冬，他在信中对米勒说："我把色诺芬、希罗多德、普卢塔克和马可·奥利里乌斯等人的作品重读了一遍"，在信中他还提到了亨利·菲尔丁，称菲尔丁简洁明了的文风让他耳目一新。同时，他还向米勒暗示说有位作家"教会了"他如何重新开始写作，"我觉得应该向海明威学习……"

---

① *Steinbeck：A Life in Letters*，eds. Elaine Steinbeck and Robert Wallsten（New York：Viking，1975），p. 24.

② Ibid.，p. 25.

③ Ibid.，p. 26.

《刺耳的交响曲》最终以失败告终，斯坦贝克很明智地放弃了写下去的念头。两年后，这些没有写完的故事改头换面重新出现在《天堂牧场》。从冬季到来年春季，斯坦贝克一直待在鹰石镇，一边最后一次修改《致一位无名的神》，一边开始构思《天堂牧场》。

每况愈下的经济收入让斯坦贝克和卡罗尔感到大难临头，纽约所有的出版社似乎都不喜欢《致一位无名的神》，这让他们的生活变得更加艰难。他们只好尴尬地依靠父亲约翰·恩斯特的接济度日，但约翰·恩斯特自己的经济状况也令人堪忧。[1] 卡罗尔从她父亲那里借了几百美元解了燃眉之急，但他们仍然无力改变生活现状。持续不断的收入危机让斯坦贝克变得极度焦躁不安，在信中他对凯特·贝斯威克抱怨："有时我觉得自己就是个没长大的孩子，可我别无他选，对吧？我只能不停地写东西，但一边出苦力挣钱一边写出优秀的作品是不现实的，我以前试过靠出苦力谋生，但那行不通。"[2]

春末，房东看到斯坦贝克把他的破房子收拾得这么漂亮，决定收回房子给自己的女儿当嫁妆，要求斯坦贝克和卡罗尔在 6 月底之前搬走。虽然对房东的做法感到不满，但因为没有和房东签订任何协议，斯坦贝克和卡罗尔也能照做，他们只好打包了几件行李，暂时在格伦代尔镇郊租了一间破旧但廉价的房子。后来，他们又在鹰石镇北部一个叫图洪加的地方租了一间大木屋。

这间大木屋布局很乱，建在安杰利斯国家森林公园的边上。屋后花园的附近是随风摇曳的短叶松林和灌木丛，远处便是连绵起伏的山峦。但是卡罗尔感觉这间木屋闹鬼，她对朋友说，自己亲眼看见碟子从屋里飞过，墙上挂的画会莫名其妙地歪掉，有时门会突然无缘无故地打开或重重地关上，"这屋子闹鬼，我们没法在这住下去了，"斯坦贝

---

[1] 与安斯沃斯的访谈。
[2] "斯坦福大学档案·斯坦贝克卷"：致 Katherine Beswick 未出版的信件，1930 年 3 月。

克在信中对凯特·贝斯威克说,"我和卡罗尔坐立不安,谁能解释这些事情?"与此同时,卡罗尔还在为家庭收入深感恐慌。斯坦贝克在信中写道,"她想在洛杉矶找一份秘书的工作,但一直没找到。"8月,斯坦贝克和卡罗尔弹尽粮绝。

对斯坦贝克来说,帕西菲克格罗夫小镇上的那间小屋始终是一根救命稻草。8月22日,斯坦贝克和卡罗尔打包好行李,开着汽车前往帕西菲克格罗夫。在11号大街上安顿下来之后,卡罗尔立即开始找工作,不到三天她就找到了一份差事——"给蒙特雷商会部长当秘书"。在信中,斯坦贝克对泰德·米勒说,他回到蒙特雷感到非常高兴。"这地方很大,"① 他在信中写道,"这里有13家鱼罐头工厂,此外在未来的几年,一道新的防波堤将会建成,人口会增加,这里将建成一个深水港,数以百计的大轮船将在此停靠","实际上,"他继续写道,"我对这个地方充满了感情,我在东海岸怎么也找不到家的感觉。"

斯坦贝克虽然没能写出《刺耳的交响曲》,却由此获得了创作《天堂牧场》的灵感。在帕西菲克格罗夫小镇安了家之后,他终于可以把全部精力都放在《天堂牧场》上,他在信中对卡尔·威廉森说:"我浑身有使不完的劲,总有一天我会出人头地,到那时看谁还敢小瞧我。这些年吃的苦算是一种磨练吧。"② 暂时在父母名下的小屋找到了安身落户的地方后,斯坦贝克鼓励自己坚持当作家的梦想,与生俱来的自信心能让他摆脱困境走向成功。后来,在《老爷》杂志的一篇文章里,他回忆说:

> 经济大萧条没有给我带来任何经济损失,因为我本来就没有

---

① *Steinbeck*:*A Life in Letters*,eds. Elaine Steinbeck and Robert Wallsten(New York:Viking,1975),p. 27.

② Ibid. , p. 29.

钱，但即便如此，我也和其他数百万人一样讨厌饥饿与寒冷。有两样东西使我感到宽慰。我父亲在加利福尼亚州帕西菲克格罗夫小镇上有一个三室的小屋，他让我住在里面，不收房租，这是第一样东西。第二样东西是海边的帕西菲克格罗夫小镇。生活在内陆城市或居住在钢筋水泥丛林工业城市的人们面临的问题比我更严重。如果生活在海边还会挨饿，那只能说明这个人实在太笨。海里蕴藏着大量触手可及的食物，我的一日三餐基本都来自海洋。你只要带上一把手锯和斧头，每天便可以从海滩上搞到用于取暖的柴火。我们的屋后面有个小花园，园子里是黑色的沃土。在加州北部，一年当中，你可以种上好几种不同的蔬菜。我在花园里轮种上甘蓝、生菜、甜菜、芜菁、胡萝卜及洋葱。在海湾的潮池可以捉到贻贝、螃蟹和鲍鱼，还能捞到在海水里闪闪发光的一种海藻——海莴苣。只用一根线和一个木棍就能抓到蓝鳕鱼、石板鱼、鲈鱼、海鳟和鲥鱼。[1]

《天堂牧场》的手稿越来越厚，斯坦贝克每天早晨至少要写上5个钟头，而下午的时间主要用来收集食物。他和当地一位名叫约翰·加尔文的作家交往过一两次，这个作家给杂志社写一些供男孩子读的冒险故事，在这里他生平第一次碰到了一群浑身散发着铜臭味的作家，他们不喜欢斯坦贝克。他在信中沮丧地对卡尔·威廉森说："上周我们一起到卡梅尔镇上约翰·加尔文家中参加聚会，这群儿童文学作家简直就是文学界的犹太人，他们写东西只为了挣钱，甚至毫不掩饰地说，文学创作根本没有尊严可谈。和他们聊天感觉就像和一个当铺老板待

---

[1] 'The Depression: A Primer on the Thirties', Esquire, June 1960, p. 86. 引自 Benson, pp. 177—178。

了一个下午。"①

像斯坦贝克这样的作家竟然也会发表反犹言论，似乎很难让人理解。其实在 20 世纪 20 年代和 30 年代，反犹主义在知识界并不是什么新鲜事，比如，T. S. 艾略特和埃兹拉·庞德就从不掩饰对犹太人的憎恨之情。1933 年，艾略特在弗吉尼亚大学做过一系列讲座，这些讲座内容被整理成一本题为《拜异教神》的书，艾略特认为，"种族和宗教信仰致使大量有自由思想的犹太人"在基督教社会里不受欢迎。读者虽不能原谅斯坦贝克的反犹言论，但考虑到他发表此等言论时的社会背景，读者应当对他的言论表示理解。

事实上，斯坦贝克也想通过写作挣钱，而且这种想法因为没钱接受牙医诊治变得更加强烈。他非常沮丧地把《天堂牧场》暂时搁置了两个星期，利用这段时间奋笔疾书写出了一部 6.3 万字的推理小说——《月圆夜谋杀案》。他害怕这部作品会玷污了自己的名声，于是在稿子上签了一个笔名——皮特·皮姆。他把手稿寄给了泰德·米勒，提醒说书中内容也许会让他感到恶心，还说："请记住，如果稿子让你感到恶心，你要知道，我其实比你更感到恶心。"尽管这部推理小说并未出版，却帮斯坦贝克在纽约找到了一家优秀的出版社——麦金托什·奥蒂斯出版社，一直到去世为止，斯坦贝克始终和这家出版社保持着合作。

贝斯回忆说："一贫如洗的时候，卡罗尔和我弟弟的关系一直很好。反倒是当弟弟开始挣了很多钱，人也出名的时候，他们的关系一下子就变差了。"有时账单送到家里，斯坦贝克拿不出钱来还账，他便闷闷不乐地躺在床上。卡罗尔拿着巧克力、花之类的小礼物，坐在床边哄他开心。她常常对斯坦贝克说他们"会变魔术"，没有钱照样能活下

---

① *Steinbeck：A Life in Letters*，eds. Elaine Steinbeck and Robert Wallsten（New York：Viking，1975），p. 30.

去，毕竟那时候大家都穷得叮当响。

除了安慰斯坦贝克，卡罗尔还经常花很长的时间替他重新敲打手稿，并修改许多错误。斯坦贝克和同时代的司各特·菲茨杰拉德一样，既不能正确拼写出每一个单词又不会断句，比如，他总是把"bus"拼写成"buss"，"friendship"拼写成"freindship"；写得顺手的时候，他往往会忘记在连续的几个形容词中间加逗号，会忘记在所有格形式后面使用撇号；除此之外，句号和分号的使用一直困扰了他大半辈子。幸运的是，卡罗尔在校稿方面很有天分，因为极力推崇海明威的作品，她知道如何删繁就简，这样，保证了斯坦贝克的文章简洁明了。

塑料厂生意的失败让卡罗尔心有余悸，但在11月，一个新的商机再次出现在她面前，卡罗尔的一位女性朋友准备在蒙特雷开一家广告公司，她想让卡罗尔入伙。对卡罗尔而言，放弃现有的商会秘书工作似乎过于草率，但总体上，蒙特雷当时的经济水平远远好于美国其他地区。美国陆军在蒙特雷附近兴建了一座基地，沙丁鱼行业也正在蓬勃发展，事实上，在经济大萧条期间，沙丁鱼罐头是许多家庭的主食，利用渔业副产品生产肥料的行业也在快速发展。同时，蒙特雷还是商品生产中心、仓储中心和销售中心，斯坦贝克力劝卡罗尔抓住机会放手一搏，卡罗尔的父亲也劝她可以试试。

1930年秋天，斯坦贝克照常去看牙医，在候诊室碰见了爱德华·F.里基茨。理查德·阿斯特罗在研究斯坦贝克与里基茨的友谊关系时指出："在将近20年的时间里，里基茨是斯坦贝克最亲密的朋友。如果要分析斯坦贝克的世界观和人生观，那么就必须仔细研究里基茨的生平、作品和思想。"斯坦贝克的六部中长篇小说和一部短篇小说里的中心人物均以里基茨为"原型"（《胜负未定》《愤怒的葡萄》《月亮下去了》《罐头厂街》《燃烧的夜晚》《甜蜜星期四》以及《蛇》）。更为重要的是，里基茨帮助斯坦贝克形成并提炼出关于人性以及人性与自然之间关系的观点，之前斯坦贝克在这个问题上思考很久，但想法始终不够成熟。

1897 年，里基茨出生于芝加哥城西北方向的一个中产阶级家庭，家境与斯坦贝克相仿。1919 年，里基茨考取了芝加哥大学，并在大学遇到了现在被公认为美国历史上首批专业生态学者之一的 W. C. 阿利教授。里基茨的一位好友回忆说："我们从里基茨口中知道了 W. C. 阿利，发现每当提起阿利教授的名字时，里基茨眼中便会流露出崇敬的眼神。阿利教授能预知未来，鼓励学生从新奇的角度来看待事物，而且他不仅是个科学家，还是哲学家，很有教养。"① 里基茨和斯坦贝克一样未能获得学位，但这并未妨碍他从事海洋动物学职业。他于 1923 年来到加州，和昔日大学舍友 A. E. 加里格尔创办了一个生物制品供应室，后来又成立了帕西菲生物制品公司。在 1948 年里基茨英年早逝之前，该公司由里基茨与斯坦贝克联合开办，业绩很好。但在 20 世纪 30 年代，里基茨和羽翼未丰的小公司只能在夹缝中挣扎求生。

艾伦·西蒙斯曾在里基茨的实验室里干过几年活，他说："很难想象当时人们有多穷，斯坦贝克主要靠他的小花园度日，在地里扒拉着种点吃的。里基茨过得并不比斯坦贝克好多少，他们以前互相换吃的。你知道，斯坦贝克在整个花园种满了东西，从块根农作物到花草，应有尽有。他总是坚持种花。"② 艾伦对斯坦贝克和里基茨之间的友谊做了如下的描述："斯坦贝克块头很大但笨拙，不爱说话，看上去像是在沉思，一旦喝点酒，就变得开朗了，开始给你讲笑话，眼睛里迸发出激情，发出爽朗的大笑声。他唯一不谈论的可能就是文学了。"而里基茨正好相反，"他个性随和，性格外向，经常和别人谈论自己的工作，喜欢各种各样的海洋生物，而且只要一谈起海洋生物，就很难让他转

---

① *Steinbeck: A Life in Letters*, eds. Elaine Steinbeck and Robert Wallsten (New York: Viking, 1975), p. 5.

② 1992 年 8 月 22 日与艾伦·西蒙斯的访谈。

移话题。他的头发又黑又密，做事干净利索。他和斯坦贝克在实验室里一待就是好几个小时，有时候两个人半天都不说话。他们互相了解，彼此依赖，互求帮助。"斯坦贝克比里基茨小几岁，"看起来特别像里基茨的学生，里基茨经常拿生物学和生态学的书给他看。他们讨论的时候会争吵，斯坦贝克很难被说服，不会全盘接受对方观点，有自己的想法。但他们从来不会争得面红耳赤，这种事情从来没发生过。"

生物制品供应室负责为高中、大学和医学研究机构提供海洋生物标本，也就是说，里基茨开办这家公司是为了做自己喜爱的事情。他在实验室做一些关于海洋生物的研究，写一点关于生物进化的论文。西蒙斯认为里基茨"是那种随时随地能向你讲解任何事物的人"，至于他想讲什么，完全取决于他的心情，上至天文，下至地理，什么都可以讲给你听。

在里基茨的谆谆教导下，斯坦贝克渐渐对自己笔下混乱的故事脉络有了清醒的认识。他几乎每天都会到实验室来，耐心地一边听里基茨讲话，一边看他做实验。西蒙斯回忆说："他坐在凳子上，看着里基茨在实验室忙活，有时也会动手帮忙。"斯坦贝克很羡慕里基茨可以随时切换谈话主题，也羡慕里基茨和不同的人打交道的本领，尤其羡慕里基茨可以自如地一会同渔民和酒鬼聊天，转脸就能同科学家和商人讨论事情。

斯坦贝克自年幼时，便耳濡目染了罐头厂街附近粗鄙的社交生活，不过始终对其敬而远之。在里基茨的影响下，他开始深入了解这群人和他们的生活，斯坦贝克开始与他们交流，聆听他们的心声。起初，他不确定是否可以把这些在罐头厂街附近生活和工作甚至是游荡的人们写进小说，不过里基茨很快改变了他的想法。里基茨确信，斯坦贝克可以从这群人身上挖掘出闪光点，里基茨经常说，除了会说话以外，人和海洋生物其实并没有什么不同，他认为，小说家和海洋生态学家在本质上并无不同，他们都需要对事物进行观察和分类。

读者千万不要认为斯坦贝克不假思索地接受了里基茨的观点，我们应当这样说，斯坦贝克对人性的看法与里基茨的观点有天壤之别。斯坦贝克从来不会把鱼类等动物的行为同人类的行为混为一谈，人在群体中行事，而鱼类的行为表现得像群体，这两个概念相近但并不一致。人所做的每个决定，不管是有意识的还是无意识的，都是由内在因素和外在因素经过一系列复杂妥协之后的产物。

例如，《小红马》中乔迪的爷爷在看待已成为自己人生一部分的西进运动（这也是斯坦贝克许多小说的主题）时说："西进运动和宗教信仰同样重要，我们迈着缓慢的步子，一步一步地前行，直到穿越整个大陆。""向西"移动就好比是"一大群人变成了一头巨大的爬行兽"，但是，"每个人都需要一点东西……"如果没有个体独一无二的驱动力，那么整个群体就无法前行。

里基茨和斯坦贝克经常谈话到半夜，他们谈论艺术、音乐、文学、哲学及生物学。里基茨与众人不同的是他身上的折中主义，他喜爱古典音乐，尤其喜爱莫扎特和巴赫的乐曲以及格里高利圣咏，同时他也能轻松自如地谈论现代音乐；他研究学习了诸如康德和黑格尔等人的哲学思想，也能张口说出惠特曼的诗句；他还不辞辛苦地学习德语以便阅读歌德的原著。1951 年，《科提兹海航海日志》出版，斯坦贝克写了一篇题为《里基茨生平简介》的短文作为本书前言，他写道："里基茨的思绪无边无际，他对一切事物都有兴趣。"

里基茨试图从理性的角度看待这个世界，这一点可以从他对"非目的论思维方式"的热爱上得到证明。我们人类倾向于用因果关系解释世界，如果某件事情的发生没有合理的原因，我们便经常把它归于超自然现象，如果问题得不到足够合理的解释，那么上帝便是最终的答案。这对神学家们来说并无不妥，但里基茨认为，科学家需要极大的耐心以及在缺乏确定性的情况下的生活能力，很可能人类在几个世纪里都找不到某个简单问题的答案，甚至人类很有可能永远找不到答案。科学家必须放弃沾沾自喜的心态，即便不太可能找到合理解释某一自然现象的答案，他也要继续找下去。

里基茨很有魅力，让人捉摸不透。他虽然是知识分子，却从不与现实生活脱节。斯坦贝克认为他见解独到、学识渊博，这样说也许有些言过其实，但里基茨确实是一位魅力超凡的思想家，其观点具有很强的说服力。比如，他曾说："大人们对付小孩子的办法很愚蠢，孩子们对此心知肚明。大人们经常给孩子们立下各种规矩，可他们自己从来都不遵守。那些说给孩子们听的'真话'连他们自己也不相信，就这样他们还指望孩子们遵守规矩，相信真话，并且让孩子们尊敬他们，崇拜他们。我想，孩子们一定是非常聪明又守口如瓶，才能容忍大人们的做法。"

里基茨留给斯坦贝克最大的馈赠之一，是如何理解自我怜爱以及为什么要自我怜爱，这里所说的自我怜爱并不只是单纯的自负心理，在某些方面，它恰恰是对自我的否定，让我们能聆听他人的意见，接受他们的影响。"有一段时间，我极其讨厌自己，"里基茨对斯坦贝克说，"那段时光很煎熬，我感到十分痛苦。我讨厌自己的理由有很多，有些理由是成立的，而有些理由纯粹是幻想。后来，我惊喜地发现有不少人喜欢我，于是我就想，既然他们都喜欢我，我凭什么讨厌自己呢？"

对此，斯坦贝克坦率地评论说："大多数人根本就不喜欢自己，他们不相信自己，脸上戴着面具，摆出架子。他们和别人争吵、吹牛，虚伪又嫉妒别人，归根结底是因为他们不喜欢自己。大多数情况下，他们缺乏自知之明，谈不上是发自内心的喜欢。"从这段话我们可以看出，斯坦贝克为自己笨拙的举止、丑陋的长相和社交礼仪的缺乏而焦虑，不过他慢慢地学会了坦然接受自己的一切。

第六章

天堂河谷

"在美国的西部，人们打开了全新的视野，新思潮出现了。也许在将来很长一段时间里都不会有人意识到这一点。"

——斯坦贝克写于 1933 年的日记（未公开）

斯坦贝克住在鹰石镇的时候，和一个名叫乔治·阿尔比的作家有过一面之缘。阿尔比是个业余小说家，在小杂志上发表过几篇短篇小说。虽然他们相处的时间不多，但斯坦贝克和阿尔比相谈甚欢，斯坦贝克搬到帕西菲克格罗夫小镇后，仍然和阿尔比保持着书信联系。20世纪30年代，斯坦贝克写过不少信，向朋友们提起自己的生活和写作。1931 年 2 月 27 日，他在信中写道："我正在吃力地写一本新书，庞大的人物形象很难处理"，[1] 被反复修改的手稿正是《致一位无名的神》。斯坦贝克开始感觉自己变得像希绪弗斯，在写作的道路上艰难地迈步。

在另外一封写给阿尔比的信中，斯坦贝克又一次提到了自己的心情，"绝望快把我逼到了绝境"[2]。在信末，他一反常态地提到了卡罗尔，"卡罗尔的工作干得风生水起。她变得愈发漂亮，我比以前更爱她。有

---

[1] *Steinbeck：A Life in Letters*，eds. Elaine Steinbeck and Robert Wallsten（New York：Viking，1975），p. 36.

[2] Ibid. ，p. 37.

时我在半夜惊醒，惶恐地感觉她要弃我而去，如果她真的弃我而去，我也就没有活着的必要了。"斯坦贝克并非一时冲动随手写下了上面这段话。首先，他对婚姻感到很满意，卡罗尔像母亲奥莉芙一样给了他细致入微的照顾，为他敲打手稿，鼓励他，为他做饭洗衣，因此，他才可以一心扑在写作上；而他感觉自己蒙骗了卡罗尔，觉得自己的努力配不上享受这种待遇。卡罗尔和奥莉芙很像，经常指责斯坦贝克，有时她会对斯坦贝克的作品大加挞伐，坚持让他看一些她指定的书。斯坦贝克一直有一种深深的失败感。

1931 年新年过后，斯坦贝克和里基茨的友谊进一步升华。整个春季，他每天早晨 7 点起床，和卡罗尔喝上一杯浓咖啡。然后，卡罗尔去上班，他则回到客厅的书桌前，一边写《天堂牧场》，一边斟酌修改《致一位无名的神》。在泰德·米勒的支持下，他把《致一位无名的神》自荐给了纽约几家出版社，但最终无功而返。《刺耳的交响曲》被他放在了底层抽屉里，再也没有翻出来看过。

斯坦贝克在屋里一般会写到下午两三点钟，然后到园子里忙活一阵。下午 4 点，他会到实验室找里基茨，艾伦·西蒙斯回忆说："斯坦贝克双手插在卡其布裤子的口袋里，一脸羞怯地在实验室里走来走去。他会拿个凳子坐在里基茨身后看他忙碌着。过了一会，他们便开始交谈，斯坦贝克总是对里基茨说起他在写稿子时遇到的问题，里基茨听完后给他提出一些建议。"到下午 5 点半或 6 点，他们便在蒙特雷街头闲逛，经常逛着逛着就走进了酒吧，他们一般会在酒吧里喝酒喝到晚上七八点，有时，斯坦贝克深更半夜才回家，免不了要和卡罗尔吵架。

1931 年 4 月，卡尔·威廉森路过帕西菲克格罗夫，顺道看望了斯坦贝克。此时，卡尔已经出版了第三本小说，脸上洋溢着乐观情绪。"卡尔不断获得成功，"斯坦贝克在信中对凯特·贝斯威克坦诚说，"但我……好像一事无成。"① 6 月份，他在信中对泰德·米勒说："我不知道自己还能坚持多久。所有出版社都拒绝我的作品，这自然令我感到不安……"② 几周之后，他再次给米勒写信说："除了拒绝还是拒绝，难道就没有鼓励我的信吗？可能对市场行情了如指掌的出版商发现我的手稿无利可图，便以此为由把稿件退还给我。我脑子里有个挥之不去的想法，也许这些年来我一直同自己和其他人开玩笑，告诉自己和他人我有东西要写，或者说我有写东西的本事。"③

卡尔·威廉森向斯坦贝克推荐了一家刚成立的出版社，建议他把手稿寄给该出版社的梅维丝·麦金托什碰碰运气。这家出版社就是后来和斯坦贝克保持了近 40 年合作关系的麦金托什·奥蒂斯出版社。麦金托什热情洋溢地给斯坦贝克回了一封信，表示愿意立即与他合作，斯坦贝克毫不犹豫地抓住这次机会，立即把《致一位无名的神》和《月圆夜谋杀案》的稿件寄给麦金托什。梅维丝·麦金托什看完手稿后，给斯坦贝克回信说，她不能出版目前版本的《致一位无名的神》，因为它"情节不连贯，读起来让人糊涂"。不过，她觉得《月圆夜谋杀案》值得出版，让斯坦贝克再多给她寄一些类似这样的作品。

麦金托什的回信让斯坦贝克感到既气馁又兴奋。麦金托什·奥蒂斯出版社为他打开了一扇门，他决定抓住这个机会。既然这家出版社曾经出版过卡尔·威廉森的作品，说不定也会出版他的作品。就在斯坦贝克感到高兴的时候，卡罗尔却因为经济大萧条的影响丢掉了工作。而更糟的是，梅维丝·麦金托什告知斯坦贝克，现在出版社无法为他出版《致一位无名的神》，理由是，它是"无人问津默默无闻的作家的

---

① "斯坦福大学档案·斯坦贝克卷"：致贝斯威克未出版的信件，1931 年 4 月。
② *Steinbeck：A Life in Letters*，eds. Elaine Steinbeck and Robert Wallsten（New York：Viking，1975），p. 38.
③ Ibid.，p. 39.

作品"。

1931 年圣诞节前一周，斯坦贝克写完了《天堂牧场》，随后把手稿寄给了梅维丝·麦金托什。为了庆祝手稿完工，他和卡罗尔开了一瓶"货真价实的法国红酒"，这算得上是一件奢侈品了，因为当时加州流行的是廉价的当地红酒。一同分享这瓶红酒的还有斯坦贝克的大学老友托比·斯特里特和格罗夫·戴伊，他们碰巧顺道路过来看望斯坦贝克。"我们喝得酩酊大醉，"斯坦贝克在信中对凯特·贝斯威克说，"像疯子一样沿着海滩狂奔。"托比和格罗夫走后，斯坦贝克和卡罗尔开车前往圣何塞，准备和卡罗尔的父母一同过圣诞节。卡罗尔的父母始终瞧不起这个一直穷得叮当响的女婿，斯坦贝克在信中对凯特·贝斯威克抱怨说："他们还是瞧不上我，我猜他们从来没喜欢过我。"①

1932 年元旦，梅维丝·麦金托什在信中很遗憾地告诉斯坦贝克，她不喜欢《天堂牧场》，因为书中"数个关联的故事发生在同一个场景"的写法有别于传统小说，而她不喜欢这样的写法。另外，她告诉斯坦贝克现在短篇小说无利可图，建议他重新开始写长篇小说。尽管麦金托什对《天堂牧场》不感兴趣，但她仍然把稿子寄给了相识的几位编辑。这封信虽然让斯坦贝克感到沮丧，不过他很感激麦金托什愿意把稿子寄给其他人，他依然对这部披露"加州生活细节"的小说抱有希望。1932 年 2 月 16 日，斯坦贝克在信中对泰德·米勒说："现在，《天堂牧场》踏上了颇为曲折的旅程。"②

但实际上《天堂牧场》的出版并没有经历太多曲折。1932 年 2 月 27 日，碰巧是斯坦贝克的 30 岁生日，梅维丝·麦金托什给他发来一封电报说，凯普史密斯出版社愿意出版《天堂牧场》。斯坦贝克在信中对

---

① "斯坦福大学档案·斯坦贝克卷"：致贝斯威克未出版的信件，1932 年 1 月。
② *Steinbeck*：*A Life in Letters*，eds. Elaine Steinbeck and Robert Wallsten（New York：Viking，1975），p. 53.

乔治·阿尔比说:"他们对《天堂牧场》很感兴趣,并且打算在秋季榜单上做一个特载。"他感慨万千地接着写道,"我很高兴,不是为自己感到高兴,而是为我的家人感到高兴。他们知道这本书将要出版后非常开心,父亲挺直了腰杆,母亲脸上露出了笑容。我不再是他们的累赘。邻居们认为我完全有理由获得成功。"①

《天堂牧场》最终得以出版,而此时,卡罗尔也得到一个好消息,里基茨请她到自己的生物制品公司实验室帮忙,卡罗尔要做的工作是打字、记账和帮忙做实验,偶尔还要到野外考察。里基茨答应每个月付给她50美金作为报酬,这笔钱虽不多,但足以改善她和斯坦贝克的生活。虽然斯坦贝克心里很感激里基茨愿意雇卡罗尔干活,但这样还是会有一个小问题,他和里基茨是形影不离的密友,他担心卡罗尔的出现也许会给这段友情带来麻烦。

同意出版《天堂牧场》的是凯普史密斯出版社的编辑罗伯特·O.巴卢,他曾在芝加哥《每日新闻》报社干过文学编辑。他在信中对斯坦贝克暗示说,他们可以签一个协议,以便继续出版斯坦贝克的后续作品。然而,斯坦贝克并没有立即同意巴卢的提议,他在信中对泰德·米勒说:"《天堂牧场》似乎给巴卢留下了极深的印象",并推测说,"这也许是巴卢与客户打交道的方式。"② 斯坦贝克很庆幸事情有了转机,一想到马上就能小挣一笔,他就激动万分。

斯坦贝克的妹妹玛丽在一个周末专程从旧金山过来看望他,并给他带来了一条新马裤作为礼物,斯坦贝克和玛丽骑着马在蒙特雷转了一圈。和过去一样,斯坦贝克非常喜欢和家人保持紧密联系,"我觉得他从来没忘记给我们写信,"贝斯说,"即便婚后他很忙的时候,依然没

---

① *Steinbeck: A Life in Letters*, eds. Elaine Steinbeck and Robert Wallsten (New York: Viking, 1975), p. 55.
② Ibid., p. 61.

有停止和我们联系。他想让我们都知道他过得怎么样。"实际上，斯坦贝克始终惦记着父母，他们一直徘徊在他的内心深处，对他的所作所为品头论足。"但妹妹玛丽从来不对斯坦贝克做任何评价，"贝斯说，"我想这就是为什么他和妹妹关系更亲密的原因。玛丽只是把他当哥哥看待，仅此而已，从来不会提出疑问。"

斯坦贝克开始重写《致一位无名的神》，希望这部小说也能引起巴卢的兴趣。他对原稿做了较大改动，很快原稿就变得面目全非。"我可以继续使用原稿的内容，"他在信中对梅维丝·麦金托什说，"但最后它将是一个新的故事。"① 他对凯特·贝斯威克说："它差不多变成了另一个故事。读起来会有不同的感受，有些篇章是我直接从原稿里照抄过来的，其他章节则是重新思考写出来的。我现在知道如何写这个故事，它应该会是一个不错的故事。"②

有一天傍晚，一名失业的年轻学者来到蒙特雷，他就是后来在神话研究领域名声大噪的约翰·坎贝尔，他应卡罗尔的妹妹艾德尔·亨宁的邀请来到蒙特雷。7 年前，艾德尔在夏威夷乘坐客轮回国，在船上和坎贝尔有过一面之缘。"艾德尔的姐姐嫁给了一个想当作家的小伙子，"坎贝尔回忆说，"而我也想成为一名作家，她认为也许我和斯坦贝克会兴趣相投，于是就邀请我来到蒙特雷并把我介绍给大家。"③

"坎贝尔走进屋子，他是我见过长得最帅的男人之一，"西蒙斯的回忆印证了当时朋友们对坎贝尔的印象，晚年的约翰·坎贝尔仍保持着俊朗的长相。西蒙斯接着说："坎贝尔讲起话来特别有魅力，没过多久便和卡罗尔互生好感。"坎贝尔在 1925 年见过一次卡罗尔，来到蒙

① "斯坦福大学档案·斯坦贝克卷"：致梅维斯·麦金托什未出版的信件，1932 年 1 月 25 日。
② "斯坦福大学档案·斯坦贝克卷"：致贝斯威克未出版的信件，1932 年 3 月。
③ 所有引文均引自坎贝尔，关于他与斯坦贝克的关系的信息大多来自 Stephen and Robin Larsen，*A Fire in the Mind：The Life of Joseph Campbell*（*New York*：Doubleday，1991），pp. 165—210。

特雷后，他发现卡罗尔"变得比我印象中更讨人喜爱，笑的时候双眼炯炯有神。她性格豪爽，不过斯坦贝克似乎有点严肃。"

坎贝尔以前在哥伦比亚大学求学，游历欧洲时曾结识了卡尔·荣格。他兴趣广泛，读过许多书，比如印度经文、美国本土民间传说、佛经以及乔伊斯、歌德、托马斯·曼和普鲁斯特等人的作品。从诸多方面来看，坎贝尔是个典型的见多识广、身材高大、精力充沛、体格强健、教养极好、学识渊博的人。他喜爱荣格的理论，在神话和符号研究方面提出过新观点，还积极致力于探索无意识概念。基于广泛的阅读和深入的思考，他最终写出了一本对后世产生深远影响的跨学科著作——《千面英雄》，后来他又出版了四卷本的《上帝的面具》，至今为止，这仍然是比较神话学领域内的一本大作。

在斯坦贝克的引荐下，坎贝尔结识了里基茨和其他朋友，他很快就喜欢上了蒙特雷，立即决定在此安家。坎贝尔和斯坦贝克彼此互有好感。"斯坦贝克不苟言笑，身材强壮，我对他有好感，"坎贝尔晚年回忆说，"他身高和我差不多，有些人还曾误认为我们是兄弟。我记得，有一次我和斯坦贝克来到一家肉铺，他经常在这买肉。我们走进店里，斯坦贝克向肉铺老板介绍了我，然后肉铺老板对斯坦贝克说，'他是你的兄弟吗？'斯坦贝克接着对我说，'你看，又有人说咱俩是兄弟了。'"斯坦贝克确实没有坎贝尔长相好看，人们只是因为他俩身高相差无几从而断定他们是兄弟，西蒙斯回忆说，"斯坦贝克在长相英俊的坎贝尔身边很有自知之明。他总觉得自己长相丑陋，但其实他也没那么丑。"

坎贝尔的出现让斯坦贝克找到了知音，每天晚饭后，在 11 号大街的一间屋内，斯坦贝克坐在壁炉前，把最近重写的《致一位无名的神》中一些长长的段落或者刚写好的短篇小说念给坎贝尔听。坎贝尔聚精会神地听着，不断点头称赞，偶尔发表一点看法。总的来说，坎贝尔承认斯坦贝克有当作家的天分，他在一篇日记里曾说："斯坦贝克的作品写得很好，情节引人入胜，内容贴近生活，我认为，如果他的作品被人注意到，应该会大受欢迎。"①

从 1931 年冬到 1932 年春，斯坦贝克经历了起伏跌宕的生活。一方面，创作进行得很顺利，而且现在他比过去任何时候都更为自信，身边还有一群好友为他排忧解难。但另一方面，斯坦贝克的心头始终有一片乌云：他和卡罗尔的婚姻出了点问题。坎贝尔认为，卡罗尔渴望得到关怀，更糟糕的是，坎贝尔对卡罗尔表现出的关心在她看来充满了诱惑。坎贝尔在日记里非常焦虑地写道："以前，我来找斯坦贝克和卡罗尔的时候，感觉像是到一个温馨的家里做客。可现在，我感觉斯坦贝克反倒成了外人，就好像他拐走了本来应该和我结婚的女孩。"

坎贝尔在日记里记载了他和卡罗尔绯闻的全部真相。他深深地迷上了卡罗尔，卡罗尔对他也有好感，日记里清楚地记载了他和卡罗尔的关系。例如，有天夜里，坎贝尔趁斯坦贝克不在家，过来看望卡罗尔：

> 我环视一周，想看看卡罗尔在哪里，最后在一间漆黑的小屋找到了她。她盖着一条毯子，背对着墙蜷缩在床上。我在床边坐了下来，吻了她的额头和脸颊，然后我掀开毯子轻轻地吻了她的嘴唇。因为屋里很冷，我不停地打颤，只好站起来准备离开。我来到客厅，突然听到卡罗尔叫我。我在暖气片前站了一会，然后又走回她身边。
>
> "约瑟夫，"她轻声地说，"你身上很凉。"
>
> "噢，没事的。"我回答道。

① Larsen，p. 166. 坎贝尔的日记被称为 'the Grampus journal'，仍未出版，尽管大部分细节出现在 Larsen 的传记中。

我坐在了床边。

"你躺下来，把毯子盖上，你浑身冰凉。"

"不要紧。"我回答道。

"求你了，约瑟夫。我又不会勾引你！"

我躺了下来，身上盖着毯子。

"让你亲我一口，有问题吗？"

"没有问题。"

"那就再亲我一次。"

我温柔地亲了她一遍又一遍。

"你有没有想过，这也许是我们一辈子唯一能独处的时候？"我问道。

"别说那么多，接着吻我。"

我们无法详细地知道卡罗尔和坎贝尔的"关系"到底发展到了哪一步，但毫无疑问的是，卡罗尔和斯坦贝克的婚姻开始出现裂痕。斯坦贝克自尊心很强，当看到自己的妻子和朋友眉来眼去的时候，他极度痛苦。

坎贝尔曾问卡罗尔，他是否很像斯坦贝克，卡罗尔非常俏皮地回答说："你们俩就像硬币的正面和反面。"坎贝尔接着说："可这两面都在注视着你。"卡罗尔慢慢发现她和坎贝尔之间的关系让她痛苦不堪，于是，向坎贝尔建议他们相约自杀，当然她只是突发奇想，并不打算这么做，她对坎贝尔说："里基茨实验室里有一瓶氰化物，只要喝上一小口，就再也不会有烦恼了！"

有天晚上，坎贝尔吃完晚饭后来到斯坦贝克家，提出要单独和他说会话。他们来到屋后的花园，坐在那棵枝繁叶茂的橡树下，坎贝尔把他和卡罗尔的关系和盘托出，并解释说这种关系已影响到他和斯坦贝克之间的友谊，他十分痛苦。斯坦贝克听完后"显得很震惊"。坎贝尔对斯坦贝克说："我甚至想过和卡罗尔结婚，这念头实在太荒谬了，可是，我要怎么做才能从这段混乱的关系抽身，又不会让卡罗尔感到痛苦呢？"斯坦贝克回答说："你不为自己考虑吗？"坎贝尔自轻自贱地回答说："让我见鬼去吧，我想我应当清楚做什么。"

斯坦贝克对坎贝尔说，他和里基茨曾详细地讨论过如何处理坎贝尔和卡罗尔的关系，里基茨认为"鉴于斯坦贝克已经和卡罗尔结下美好姻缘，那么坎贝尔与卡罗尔结婚只在理论上有可能性。因此，不管是斯坦贝克和卡罗尔离婚还是坎贝尔迎娶卡罗尔，都是不明智的举动。"最后，斯坦贝克与坎贝尔像启蒙运动时期的绅士一样握手言和。不久后，坎贝尔便离开蒙特雷去了纽约。

虽然卡罗尔和坎贝尔的绯闻没有闹出太大的乱子，却为她和斯坦贝克婚姻的破裂埋下了隐患。斯坦贝克天性浪漫，无法容忍卡罗尔的不忠，他强忍着心中不快，尽可能不去想这件事，但它始终潜伏着，像癌细胞一样吞噬着他和卡罗尔的婚姻。彼此的信任荡然无存，斯坦贝克无法原谅卡罗尔的行为。

坎贝尔走后，斯坦贝克开始奋笔疾书，经常每天伏案写上七八个小时。卡罗尔心烦意乱、懊悔不已，只能再次以饱满的热情在打字机上为丈夫反复敲打手稿。祸不单行，1932 年 3 月，贝斯的独子突然患病身亡，这个消息让斯坦贝克和家人惊愕不已，斯坦贝克得知消息后立即驱车前往贝斯和她丈夫居住的弗雷斯诺市参加葬礼。所有的家庭成员在一个令他们备感痛苦的时间聚到了一起，而让他们更加难过的是他们发现奥莉芙·斯坦贝克患病多年，她一直患有高血压，现在主动脉已经严重阻塞，奥莉芙还有其他病症，经常话说到一半就不记得自己前面讲了什么，有时甚至会忘了自己说过的话。

斯坦贝克从弗雷斯诺回到帕西菲克格罗夫后收到了罗伯特·巴卢

的一封信，在信中巴卢告诉斯坦贝克，凯普史密斯出版社在目前严峻的经济形势下也许会倒闭，他已决定另谋出路，希望斯坦贝克能和他一起走，合同条款依然不变。巴卢投靠了一家小有名气的出版公司——布鲁尔·沃伦·帕特南出版社。斯坦贝克答应了巴卢的请求，不过心里却对这场变动感到异常焦虑，因为这样一来《天堂牧场》的出版势必会被拖延。命运再次戏弄了斯坦贝克，每当他认为找到一家稳定的出版社的时候，总会发生些事情让他再次失去安全感。

《天堂牧场》于 1932 年 11 月出版，但斯坦贝克和朋友们认为这部小说并没有引起轰动，只有几条微不足道的评论，甚至可以说读者们没有任何反应。其实，《天堂牧场》本应是斯坦贝克作为一名作家所获得的一项伟大成就，却被人忽视，也许是因为它的体裁既不是"长篇小说"，又不能完全归类于"短篇小说集"。我们很难对它进行分类，从体裁上看，《天堂牧场》和斯坦贝克喜欢的一本书——《小城畸人》非常像，或许当年舍伍德·安德森对自己的杰作《小城畸人》的看法能帮助我们理解《天堂牧场》。"我有时感觉小说这种文体并不适用于美国作家，"安德森说，"这是一种全新的松散文体，我在《小城畸人》中创造了独一无二的写作样式。"[1]

1933 年，斯坦贝克的经济收入反映出当时美国的经济形势。《天堂牧场》只卖了不到 1000 本，写作没能给斯坦贝克带来更多的收入。可怜的老父亲约翰·恩斯特每个月依然从牙缝里抠出 50 美元，寄给儿媳和一心要当作家的儿子。各行各业萎靡不振，斯坦贝克绝望之下给梅维丝·麦金托什写了封信，询问他是否可以拿回蹩脚的作品，然后"把它拆分成几个侦探小说卖给廉价杂志社"[2]，毕竟能挣点小钱总比挣

---

[1] 摘自 Ohio Winesburg 1929 年版作者的引言。

[2] *Steinbeck：A Life in Letters*，eds. Elaine Steinbeck and Robert Wallsten（New York：Viking，1975），p. 67.

不到钱好。

1932 年冬，约翰·恩斯特来信让斯坦贝克和卡罗尔回萨利纳斯过圣诞节。斯坦贝克回信说，他连买车票的钱都没有，父亲一如既往给他寄了钱，不过此时约翰·恩斯特已经对儿子不停地要钱感到不满。天气越来越冷，斯坦贝克也面临着日益严峻的家庭经济危机，他在信中对罗伯特·巴卢说："很明显，我们正陷入绝境。"圣诞节要到了，斯坦贝克暂时把这些苦恼的想法抛到了脑后，带着卡罗尔回到了萨利纳斯。回到家中，他们得知母亲奥莉芙·斯坦贝克的病情明显加重，她甚至经常对别人的问题不理不睬，而当她想回答问题的时候又很难张开嘴说话。虽然奥莉芙坚持要做饭，但卡罗尔担心她会随时摔倒，只好站在她身后帮忙。约翰·恩斯特一切都看在眼里，脸上一副惊恐的表情，奥莉芙是他生活中的支柱，没有了奥莉芙，他不知道该怎么活下去。

母亲病情的加重也让斯坦贝克感到迷茫，她一直不赞成斯坦贝克当作家，现在她将不久于人世，等不到儿子"飞黄腾达"的那一天。也许，她在离开人世的时候，仍会认为斯坦贝克是个一事无成的寄生虫，永远是个长不大的孩子。想到这些，斯坦贝克十分苦恼，虽然南加州艳阳高照，可他却无比压抑。他和卡罗尔在拉古纳海滩以每月两美元的价格租了一间小棚屋，想要重新振作，除非摆脱沮丧的心情，否则他将永远无法重写完《致一位无名的神》。尽管如此，斯坦贝克仍对自己到目前为止取得的成就感到满意，他在日记中写道："从动笔开始，故事就渐渐有了模样。之前它讲的是人的故事，现在它讲的是世界的故事。"

几年后，斯坦贝克在日记里写道："3 月终于快过完了，母亲在 3 月里一直担惊受怕，她始终呼吸不顺畅。"[①] 事实的确如此，1933 年 3 月

[①] John Steinbeck, *Journal of a Novel：the 'East of Eden' Letters* (New York：Viking, 1969)，entry for 30 March 1951.

中旬，奥莉芙的病情愈发严重，有一天她晕了过去，约翰·恩斯特开车把她送到了萨利纳斯河谷医院，到了医院后，她大面积中风，最后左半身瘫痪，无法开口说话，只能在嘴里发出一点含混不清的声音。斯坦贝克和卡罗尔得知母亲住院后，立刻从租住的棚屋搬回了父亲家中帮忙。贝斯、埃丝特和玛丽三个女儿因为要照顾各自的家庭只能短暂回来看望母亲，照顾母亲的重担便落在了斯坦贝克的肩上。

母亲患病卧床不起已经给斯坦贝克造成不小的压力，而父亲的情况也同样糟糕，他现在变得虚弱，神志不清，接受不了奥莉芙病重的事实。当他们把母亲从医院接回家后，家里的气氛变得异常沉闷。有一次，玛丽带着孩子回家探望母亲，但这并没能让家里人高兴起来，斯坦贝克说，孩子们发出的吵闹声与"家里的沉闷气氛格格不入"。①卡罗尔没有抛弃斯坦贝克和他的家人，而是"像个圣人一般"不知疲倦地让家里每个人尽可能地过得舒心一点，她上街买菜、做饭，帮忙监督按约定到家里照看奥莉芙的护士们。

斯坦贝克常常躲到热得像蒸笼般的阁楼写东西，年老昏聩的老父亲整日胡言乱语，却给斯坦贝克提供了灵感，他要写一些关于萨利纳斯河谷的故事。斯坦贝克与查尔斯·狄更斯、安东尼·特罗洛普以及其他著作等身的作家一样，在任何地方都能写出东西，内心世界永远伴他左右，当灵感出现时，不管他身在何处，拉古纳海滩边的小木棚、鹰石镇的草坪椅，萨利纳斯医院里母亲的病床前，抑或是在中央大道家里的阁楼里，他随时都能写出故事。环境的改变无法抑制斯坦贝克内心写作的冲动，即便父母曾经对斯坦贝克的将来产生过疑虑，他依然坚信，将来有一天自己终将获得成功。

眼瞅着罗伯特·O.巴卢似乎已无法兑现出版《致一位无名的神》

---

① *Steinbeck：A Life in Letters*，eds. Elaine Steinbeck and Robert Wallsten（New York：Viking，1975），p. 79.

的诺言，梅维丝·麦金托什决定把书稿送给其他六七家出版社，其中，西蒙·舒斯特出版社对书稿有点兴趣，表示愿意出版此书。巴卢得知这个消息后，顿时慌了起来，他恳请梅维丝·麦金托什能宽限他两周的时间，以便他去筹集出版的资金。但倘若不是斯坦贝克坚持要等巴卢的话，麦金托什很可能早就拒绝了巴卢的请求。随后，《致一位无名的神》如期按约在当年秋季出版，斯坦贝克在信中对阿尔比说，麦金托什·奥蒂斯出版社"也许会因为我拒绝了西蒙·舒斯特出版社送到嘴边的肥肉而感到抓狂，但我就是忍不住要那样做"。[①] 从这件事情我们可以看出斯坦贝克是个非常言而有信的人。

1933 年夏，萨利纳斯热得像一座火炉，气温创历史新高。除了天气异常闷热之外，在中央大道，家里的气氛也让斯坦贝克喘不过气。他一连几个小时坐在母亲身边，看着她躺在床上辗转反侧。这时，斯坦贝克突然想起有个人曾经给他讲过一些关于"乡巴佬"的故事，这个人就是苏·格里高利，他是蒙特雷高中的一名教师，曾于 1932 年经里基茨介绍认识了斯坦贝克。格里高利有部分墨西哥血统，一直关注着一群穷苦的墨西哥人，他们居住在蒙特雷郊外山上的一处贫民窟，有人给这个地方取了一个略带讽刺意味的名字——煎饼坪。

斯坦贝克在纸上写下格里高利对他讲过的几篇故事，重新找回了讲故事的快乐感觉，他有一阵子没有这么开心了。1933 年夏末，斯坦贝克在信中对罗伯特·巴卢说："经历了 6 个月的重压，我父亲也垮掉了，现在，他的情形和我母亲差不多。我开始动笔写一个新的故事，它就像一团野火在燃烧。虽然那些对'乡巴佬'一无所知的读者不会相信我写的故事，但这些故事读起来节奏轻快也很有趣，而且都是真人真事。不管我能否以这些故事写成一部小说，我都享受创作的过程，

---

① *Steinbeck：A Life in Letters*，eds. Elaine Steinbeck and Robert Wallsten（New York：Viking，1975），p. 84.

而且我也需要有个东西帮我渡过最后一道难关。"① 这团"野火"就是于 1935 年出版的《煎饼坪》，它是斯坦贝克笔下第一部深受评论家称赞的畅销书。

---

① *Steinbeck*：*A Life in Letters*，eds. Elaine Steinbeck and Robert Wallsten（New York：Viking，1975），p. 88.

第七章
家门不幸

"这支笔是我的延伸，握着它就像握着一根魔杖，我不会困惑，不会觉得自己是个夸夸其谈的丑陋庸人。"

——斯坦贝克致托比·斯特里特，1934 年 8 月

在罗伯特·巴卢的帮助下，《致一位无名的神》于 1933 年 11 月出版，但斯坦贝克却并未因此高兴。奥莉芙·斯坦贝克的病情持续恶化，10 月，她已经无法开口说话，身体完全瘫痪，有一天吃完晚饭后，身心俱疲的约翰·恩斯特突然情绪崩溃，他一直目睹自己的妻子遭受病痛的折磨，斯坦贝克说："可怜的老头根本无法承受这种压力。"在卡罗尔的建议下，斯坦贝克决定把母亲交给护士们照料，带着约翰·恩斯特一同回到帕西菲克格罗夫小镇。

回到位于 11 号大街的房子后，斯坦贝克给杜克·谢菲尔德写了一封信，在信中他说："我母亲现在身体里一半的细胞已经造反……由于一部分细胞在她体内搞分裂活动，她的身体已经无法正常运转。"[①] 虽然从表面上看，斯坦贝克在写信的时候似乎很冷静，但实际上字里行间掩藏着巨大悲痛。在写给罗伯特·巴卢的信中，他用有趣的明喻描述了父亲的身体和精神状态，只不过这次的话稍显温和，"父亲像是一

---

① *Steinbeck：A Life in Letters*，eds. Elaine Steinbeck and Robert Wallsten（New York：Viking，1975），p. 76.

台没有被固定好的发动机，最后把自己震碎了。"① 约翰·恩斯特现在不仅"身体麻木，视力下降"，情绪也变得不稳定，他变得越来越难以相处，整宿地不睡觉，在屋里踱来踱去，把收音机的音量开到最大，有时还把自己锁在浴室里，卡罗尔做好的饭一口也不尝。斯坦贝克恨得咬牙切齿，对父亲无比厌烦。他把精力全放在了《煎饼坪》上，在信中对一位朋友说这部小说"十分有趣，讲的是蒙特雷乡巴佬的故事"②。不管生活有多艰苦，他从未打算放弃《煎饼坪》，"只要还能吃饭，还能继续写东西，我就心满意足了"。

奇怪的是，斯坦贝克不仅没有被困难吓倒，反倒打起了精神，就好像他把眼前的困难统统抛到了脑后，内心积压许久的情绪得到宣泄，灵感随之而来。卡罗尔把大部分的时间用来照顾体弱多病的约翰·恩斯特，每天早晨带他出去走走，以便让斯坦贝克专心写书。斯坦贝克确实写了不少东西，仅仅只用了一个月就写完了《煎饼坪》四分之三的手稿。

狗狗死后，斯坦贝克又养了一只爱尔兰小猎犬——朱迪，经常牵着它到海滩遛弯。这段时间，里基茨和托尼·杰克逊来往密切，斯坦贝克感觉自己似乎被冷落了。不过，每天午后他还是会到实验室来，西蒙斯回忆说："他看起来满脸愁容。体弱多病的老父亲现在和他们住在一起，家庭关系很紧张，且卡罗尔失业后一直找不到合适的工作。"西蒙斯认为，另外一个导致斯坦贝克心情抑郁的原因是："作品始终无法得到他所期望的认可，评论家们对他的作品视而不见。他有时坐在凳子上，出神地看着我们忙碌，默不吭声。"③

《致一位无名的神》出版后，除了有几条不值一提的书评外，评论

---

① *Steinbeck：A Life in Letters*，eds. Elaine Steinbeck and Robert Wallsten（New York：Viking，1975），p. 88.

② Ibid.，p. 90.

③ 与西蒙斯的访谈。

界几乎没有任何反响。许多年后，评论家们却发现《致一位无名的神》有不少值得称赞的地方。尽管本书结构冗长拖沓，但书中偶尔略显夸张的故事依然引人注目。小说出版后并没有为斯坦贝克带来很多收入，他说到现在为止，7 年的笔耕不辍只为他带来 870 美元的收入，差不多一年才挣 125 美元。罗伯特·巴卢和梅维丝·麦金托什依然相信斯坦贝克有朝一日会大获成功，安慰他说成功已近在咫尺，用不了多久，评论家就会注意到他的作品，钱财也会滚滚而来。卡罗尔越来越焦躁，对斯坦贝克说家里仅剩的一点钱就要被奥莉芙的病情耗尽，而约翰·恩斯特也变得神志不清，心情抑郁，很快他也将变成一个负担。有天晚上，卡罗尔对斯坦贝克说她担心很快就要同时照顾奥莉芙和恩斯特，可是怎样才能挣到钱照顾他们呢？要卖掉萨利纳斯的房子，再卖掉帕西菲克格罗夫镇上的这间小屋吗？房子卖掉了，还有什么能卖的呢？斯坦贝克会不会放弃写作？

　　他坐在床沿，听卡罗尔悲伤地讲完这些问题，他知道卡罗尔说得没错，但奇怪的是，他对卡罗尔的抱怨总是左耳进右耳出，只要卡罗尔向他提起家庭琐事，他就装作没听见，接着去写书。8 月，他在信中对卡尔·威廉森说：

　　　　我从事写作只是因为它能给我带来快乐。我现在越来越专注于写作，这是件好事。几年前，我感觉自己并不是当作家的料，但现在我很高兴地发现以前的想法是错的。以前，我没有办法集中精力写完一本书，但现在不一样了，只要构思好了，我就开始动笔写，仅此而已。等这本书写完，我就对它失去了兴趣，转而开始写另一本书。①

---

① *Steinbeck*: *A Life in Letters*, eds. Elaine Steinbeck and Robert Wallsten (New York: Viking, 1975), p. 87.

进入暖冬后，《致一位无名的神》出版了，不过，它似乎并没有对斯坦贝克产生多少影响。此时，他正在写《煎饼坪》以及一些以加州为背景的短篇小说，每天从早写到晚，刻意躲着卡罗尔和生病的父亲。奥莉芙·斯坦贝克再次被送往医院，医生估计她可能活不了太长时间。

1933 年秋，《北美人评论》连续刊载了两版《小红马》，这可能是当年唯一一件让斯坦贝克开心的事。伊丽莎白·奥蒂斯此时负责出版斯坦贝克的短篇小说，她先后把斯坦贝克的几篇短篇小说寄给《北美人评论》，但均被拒绝。奥蒂斯很不甘心地又尝试着把《小红马》拿给这家久负盛名的杂志社，这次成功了。当时，美国杂志正处于蓬勃发展时期，像《星期六晚邮报》《麦克卢尔》《矿工》及其他十几种期刊非常乐于接受一些"一流作家"的文章，比如，司各特·菲茨杰拉德、海明威以及辛克莱尔·刘易斯。对当时的作家来说，要想敲开杂志社的大门，必须要有一部优秀的成名作，斯坦贝克虽然已出版过三本小说，但和上述几位作家相比仍有很大差距。尽管如此，能在《北美人评论》上发表文章依然让他激动不已。而且，他还因此获得了 90 美元的稿酬，如果他和卡罗尔省着用的话，这笔稿酬至少够两三个月的开支。

11 月，卡罗尔在紧急救援组织找到了一份兼职工作，这个组织由美国政府设立，目的是消除经济大萧条的负面影响。开始工作后，卡罗尔接触到许多赤贫的家庭，他们大多是来自墨西哥的移民，每天下班回到家后，卡罗尔便对斯坦贝克说起这些穷苦家庭的贫穷和受到的不公正遭遇。也许是因为每天都要面对如此悲惨的情景，卡罗尔开始写诗并把它们念给斯坦贝克听。他觉得卡罗尔天赋极高，把她的诗稿寄给了罗伯特·巴卢，希望巴卢能给一点建设性意见。不过诗稿最终未能出版，卡罗尔对此颇为不满。

与此同时，《北美人评论》的杂志总编辑威廉·奥尔顿·德威特写信要求斯坦贝克再多写几篇文章以供发表，读者们写信说他们非常喜欢该杂志社之前刊载的《小红马》，德威特也声称自己非常"推崇"它。受宠若惊的斯坦贝克立刻同意了德威特的要求，在之后的一年零三个月之中，他陆续发表了另外三篇故事：《凶手》《突袭》和《白鹌鹑》。这些故事为日后斯坦贝克的故事集《河谷》奠定了基础，它们都是质量上乘之作，然而却没有得到应有的关注。

圣诞节的时候，斯坦贝克回到萨利纳斯，奥莉芙也从医院回到家中，但她的身体一天不如一天。"弟弟觉得愧对父母，"贝斯回忆说，"父亲和母亲病危的时候，他一直守在病床前，非常难过。每件事他都亲力亲为，似乎认为照顾父亲和母亲的担子应由他来承担。"当时一位叫艾玛·特奥维尔的年轻女护士每天会到家中照料奥莉芙几个小时，她清楚地记得，斯坦贝克"一脸忧郁地坐在卧室里的摇椅上，腿上放着一个写字板，不和任何人讲话。我当时以为他精神不正常"[1]。

为了排解心中的压抑，斯坦贝克常常绕着萨利纳斯城漫步。正是在这时，他头一次看到衣衫褴褛的人们从俄克拉荷马州开着上面堆满家具的老爷车来到加州，以为可以在这儿开始新的生活。这群人只是抵达加州的"沙碗难民"大军（沙碗难民指居住在美国风沙侵蚀地区的人们）的一支而已，斯坦贝克很快从他们的脸上看到了失望和愤怒。这些"俄克佬们"在萨利纳斯城外搭建了一处贫民窟，不久当地人就给这片贫民窟取名叫"小俄克拉荷马"。斯坦贝克曾经花了一个下午的时间走访住在贫民窟的人们，听他们讲故事。后来他对卡罗尔说："我可以从这群人身上挖掘出一部小说。"那时，斯坦贝克根本不知道后来这部小说会如此精彩，也没预料到它会对自己的人生产生如此巨大的影响。

---

[1] 1992 年 8 月 12 日与艾玛·特奥维尔的访谈。

    1934 年 2 月，奥莉芙病情急剧恶化，于 2 月 19 日清晨去世。母亲去世后，斯坦贝克反倒如释重负，立即带父亲回到了帕西菲克格罗夫小镇的屋子。奥莉芙去世一周后，斯坦贝克在信中对乔治·阿尔比说："现在父亲和我们同住。我内心强烈渴望一个人安静地待一阵，哪怕一天也好，让我做点调整，但是眼下这只不过是一个不切实际的想法罢了。"①

    1934 年 5 月，斯坦贝克写完了《煎饼坪》，把稿子寄给了梅维丝·麦金托什。但是，《煎饼坪》没有赢得麦金托什的青睐，她在回信中对斯坦贝克说，《煎饼坪》和他的其他作品相比显得"微不足道"，她认为，"《煎饼坪》的主题不是很明确"。她建议斯坦贝克先把《煎饼坪》放一放，写点更为"严肃"的作品。罗伯特·巴卢也拒绝了这部手稿，这让斯坦贝克感到十分震惊，幻想再次破灭，巴卢认为，《煎饼坪》"只是一部不足挂齿的小说，不值得出版"。他已经为斯坦贝克出版了《天堂牧场》和《致一位无名的神》，但出版社并未从中获利，因此，他害怕继续出版斯坦贝克的作品。斯坦贝克沮丧地对里基茨说："也许我根本就不是当作家的料。"

    1934 年初，斯坦贝克曾在《北美人评论》上发表过一篇短篇小说——《谋杀》。8 月，《谋杀》被评为一等奖，斯坦贝克因此获得欧·亨利奖。他激动万分，在信中对老友托比·斯特里特说："也许欧·亨利奖会让读者喜欢上我的短篇小说。"紧接着，他又陆续发表了《蛇》《约翰尼大熊》和《突袭》。在信中他接着说道，"这支笔握在手里感觉很好，很舒服，也让我感到欣慰。这支笔是我的延伸，握着它就像握着一根魔杖，我不会感到困惑，不会觉得自己是个夸夸其谈的丑陋庸人。我已不再是以前的斯坦贝克。"

---

① *Steinbeck：A Life in Letters*，eds. Elaine Steinbeck and Robert Wallsten（New York：Viking，1975），p. 91.

1925 年，斯坦贝克曾在纽约当过一段时间记者，不过他干得并不出色。尽管如此，他在作品里还是经常以记者的视角写故事，特别是他于 30 年代创作的小说，基本上都可以视为新闻报道。读者可以发现斯坦贝克并没有虚构故事，而是经过"调查"后才写出了这些故事。他总是特别留意发掘一些素材。

有一次，斯坦贝克以前认识的一个熟人西丝·雷默说，她认识几个"逃亡者"，建议斯坦贝克为他们写点东西。不久前，在当地共产党员的鼓动下，罐头厂与农工产业工会进驻到加州中部地区。哪里有罢工，该组织便向这个地方派遣一些人带领工人们闹事，这其中便有帕特·钱伯斯和卡洛琳·德克尔，他们因参与非法罢工而遭警方通缉。"逃亡者"钱伯斯和德克尔躲在蒙特雷附近一个叫西赛德的小镇，不久又有另一名成员加入他们的行列——年轻的"俄克佬"塞西尔·麦吉迪。在雷默的带领下，斯坦贝克来到"逃亡者们"藏身的一栋破旧寄宿公寓，花了一笔钱从"逃亡者"口中获得了一些故事。斯坦贝克打算围绕共产党工人领袖写一个故事。

他逐渐对蒙特雷地区劳工和流动工人产生了浓厚兴趣。在这个过程中，麦吉迪帮了很大的忙，麦吉迪一年前从俄克拉荷马一路跋涉来到加利福尼亚，经过去年秋季发生在贝克斯菲德的棉花采摘工大罢工的洗礼后，他已成长为一名老练的工会负责人。而最近一段时间，他一直为罐头厂与农工产业工会在蒙特雷做宣传，到处张贴传单。实际上，他就是去年秋天那场棉花采摘工大罢工的一个领头人，后来当听说蒙特雷警察局已对他发出通缉令时，他便开始东躲西藏。

斯坦贝克在信中把自己的想法告诉了梅维斯·麦金托什，他打算把工人罢工的事件写成一部纪实文学。梅维斯立即回信劝他利用这些素材写一部小说，并说："也许这样一部小说可以吸引不少读者"。在当时，多部罢工题材的小说深受读者喜爱，其中一部是弗兰克·诺里斯的《章鱼》，该书描绘了加利福尼亚圣华金河谷地区工人与农场主之间的冲突。斯坦贝克好几次都想写一部纪实文学，但等到他动手研究的时候，发现呈现这些素材最好的方式还是小说。事实上，《愤怒的葡萄》也是这样被写出来的，最初，斯坦贝克只是打算写几篇报纸文章而已，但最后这些文章却变成了书稿。

1934年初冬发生了几件事情，斯坦贝克对此毫不知情，不过这些事情却对他未来作品的出版产生了深远的影响。在芝加哥，有一家专卖文学作品的小书店，店老板本·艾布拉姆森在《北美人评论》上读了斯坦贝克的《小红马》之后，便迷上了他的作品。艾布拉姆森接着买来了《天堂牧场》和《致一位无名的神》，这两部作品让他爱不释手。当斯坦贝克的短篇小说《谋杀》再次出现在《北美人评论》四月刊之后，艾布拉姆森便断定斯坦贝克无疑是当下最优秀的新晋作家。艾布拉姆森有个朋友叫帕斯卡尔·科维奇，他也开过书店。说来也巧，科维奇有一次闲逛到艾布拉姆森的书店，艾布拉姆森便向科维奇提到了斯坦贝克，言语间透露出对斯坦贝克的崇敬。这番谈话让科维奇对斯坦贝克产生了兴趣，身为纽约一家出版社合伙人的他买了一本《天堂牧场》，在回纽约的晚间列车上读了几页。[1]

《天堂牧场》给科维奇留下了深刻的印象，他立刻联系麦金托什·奥蒂斯出版社，询问罗伯特·巴卢是否和斯坦贝克签了长期合同。梅维丝·麦金托什告诉科维奇："实际上，他们根本就没有签合同"，科维奇知道后颇为高兴，接着向梅维丝询问她手上是否有斯坦贝克的手稿。梅维丝立刻把此前已被数家出版社拒绝的《煎饼坪》手稿寄给了科维奇。不到三周，科维奇便回信说，他愿意出版《煎饼坪》。实际上，科维奇对斯坦贝克的作品非常感兴趣，愿意再次出版斯坦贝克以前的几

---

[1] 有关斯坦贝克与科维奇关系的故事，可见 Thomas Fensch, *Steinbeck and Covici：The Story of a Friendship* (Middlebury：Paul S. Erikkson, VT, 1979)。

部已经下架的作品，并且愿意出版斯坦贝克后续的所有作品，在经济大萧条时期，作为一个出版商，科维奇的做法令人惊讶，让人感觉他似乎做事鲁莽。

不管怎么说，斯坦贝克终于给《煎饼坪》找到了一家出版社，虽然此前这部小说不断地遭到出版社的拒绝，但他始终没有放弃《煎饼坪》。不过，斯坦贝克仍然小心翼翼地和科维奇打交道，因为在大萧条时期，科维奇的出版社（科维奇·弗雷德出版社）和其他出版社一样生意都不景气。梅维丝·麦金托什得知斯坦贝克选择和科维奇合作后非常震惊，提醒斯坦贝克说，她听到一些关于科维奇·弗雷德出版社即将倒闭的"流言蜚语"。但是，斯坦贝克别无他选，只能和科维奇保持合作，其他的出版社都不愿出版《煎饼坪》，此外科维奇承诺把版税预付给斯坦贝克，恰好他也急需这笔钱。除此之外，科维奇愿意继续出版他以后的作品，而且重新出版已经下架的作品让他多挣点钱，这些诱惑都让斯坦贝克无法抗拒。

按照计划，《煎饼坪》将于 1935 年 5 月出版，目前这本小说正在为出版做准备——完成审稿与打样。1935 年 2 月，斯坦贝克在打字机上敲出了《胜负未定》手稿，紧接着在 3 月不停地修改稿子，删掉闲词赘语，重新安排小说场景。手稿寄给梅维丝·麦金托什后不久，斯坦贝克在信中对她说："我不指望你会喜欢这本书。我也不喜欢，写得很糟糕。"

麦金托什尽力安抚了惴惴不安的斯坦贝克，说这本书写得不错，并按照约定把手稿寄给了科维奇·弗雷德出版社。与此同时，科维奇给斯坦贝克写信索要一些照片和生平资料为《煎饼坪》做宣传。不料，斯坦贝克对此表示拒绝，解释说他只想为小说做宣传而不愿宣传自己。他的态度非常坚决，对梅维丝说："隐姓埋名的作家才能写出好作品，一切沽名钓誉的行为都将对作家以后的创作产生不利影响。"

科维奇只好做出让步，但麻烦接踵而来。麦金托什把《胜负未定》手稿递交给科维奇·弗雷德出版社后不到两周，她就被告知对方拒绝出版此书，这似乎又一次表明斯坦贝克在出版道路上总是不断地遇到各种阻碍。由于科维奇临时有事离开了纽约，手稿被送到了哈里·布莱克的手中，布莱克在科维奇·弗雷德出版社当编辑，有点信奉马克思主义。他非常厌恶《胜负未定》，在信中对梅维丝·麦金托什说："故事写得很含糊"，他认为这部小说就算出版了也卖不动，"毫无疑问，它将激怒所有人"。

布莱克的这封信被转交到斯坦贝克手中，看完信后，斯坦贝克坦诚说"科维奇的态度让自己十分震惊"。他极其愤怒地回信称："这是我见过的最愚蠢的评论。每个共产主义者对共产主义的理解必然不尽相同。"在作品中设定一位"理想化的共产主义者"只是徒劳之举，因为共产主义者也是人，自然也会和正常人一样"既有缺点也有优点"。在信末，斯坦贝克非常心酸地总结了自己当前的处境："我很累。一直以来，我顶着各方面的压力从事写作。先是父母不同意我当作家，他们想让我当律师；后是出版商，他们根本不愿意出版我的作品。可结果呢？重压之下，我反倒写出了很多作品。倘若在写作的道路上一直顺风顺水的话，我反倒有可能写不出东西。"他一直盼望能和卡罗尔去墨西哥度假，可现在看来，这个想法已无法实现。

斯坦贝克一边担心《胜负未定》是否能出版，一边照料行将就木的父亲。1935 年 2 月，约翰·恩斯特越来越虚弱，到了 3 月份，病情加重，他的大女儿埃丝特把他接到了沃森维尔家中，同她的丈夫和孩子们住在一栋漂亮宽敞的维多利亚式房子里。贝斯回忆说："母亲病危的时候，弟弟已经付出了太多，现在大姐觉得应该由她来为父亲尽点绵薄之力。"

从 3 月起，伊丽莎白·奥蒂斯接替梅维丝·麦金托什负责斯坦贝克作品的出版事宜。她和斯坦贝克很快就成了好朋友，而且在以后很长一段时间，斯坦贝克非常依赖奥蒂斯，从她那里寻求建议和鼓励。奥蒂斯和博布斯美林出版社的一位编辑关系很好，于是她把《胜负未定》拿给了这位编辑，博布斯美林出版社当即同意出版这部小说。就在这时，科维奇从外地回到出版社，得知布莱克拒绝了斯坦贝克的手稿后，他大发雷霆，当场解雇了布莱克。科维奇给斯坦贝克写了一封致歉信，恳请斯坦贝克把手稿再寄过来。奥蒂斯让斯坦贝克谨慎考虑：要么选择和博布斯美林出版社合作，要么继续和科维奇保持合作。出于直觉，斯坦贝克选择继续留在科维奇·弗雷德出版社。

5月末，约翰·恩斯特在睡梦中平静去世，斯坦贝克和卡罗尔匆忙赶回萨利纳斯准备葬礼。在写给教母伊丽莎白·贝莉的信中，斯坦贝克说："我不想在葬礼上为父亲准备任何东西，他一辈子沉默寡言，我想不出能有什么东西比沉默对他更有意义。父亲的一生让我难过。几个月前，他告诉我说，自己一辈子没有做成一件想做的事。最糟糕的是，他连自己愿意干的活也没干好。"斯坦贝克在这封信中犀利地评价了父亲的一生，在他眼里，父亲就像沃尔特·米蒂（美国作家詹姆斯·瑟伯的短篇小说《沃尔特·米蒂的秘密生活》中的主人公，爱幻想却一事无成），没出息，从来不敢过自己想要的生活，也不敢做自己渴望做的事情。约翰·恩斯特去世5天后，《煎饼坪》正式出版，斯坦贝克后来才意识到《煎饼坪》就是他一直盼望的人生转折点。从现在起，他不再是"勉强糊口的作家"，读者和评论家开始关注他的作品。斯坦贝克好像提前预料到了生活将会变好，买了一些木材回家，准备盖一间房子。在几个朋友的帮助下，他把父母名下那栋小房子的车库改造成了一间书房，屋内有取暖的炉子，桌子上放着一直陪伴着他的那台老旧打字机。从某种意义上说，这间书房意味着他已获得独立。父母都已过世，再也不会有人对他品头论足。第四本小说已经出版，第五本也将出版，他认为至少自己当作家的想法没有错。

8 月中旬，科维奇带着一张近 300 美元的版税支票来到加利福尼亚，这是斯坦贝克靠《煎饼坪》挣到的第一桶金。科维奇在旧金山见到了斯坦贝克和卡罗尔并随他们来到帕西菲克格罗夫，三人度过了一个愉快的周末。尽管科维奇和斯坦贝克性格差异很大，但他们相处得很融洽。科维奇是意大利人，平日里穿戴整齐，偏好昂贵的意大利西装和手工皮鞋，他总是戴着一顶博尔萨利诺帽子，俏皮地歪向一侧，手里拎着一个棕色公文皮包，两鬓灰白的头发修剪得十分整齐，这一身打扮让他看起来"十分尊贵"。

有了这张支票后，斯坦贝克和卡罗尔于 9 月中旬兴冲冲地开着从父亲那里继承来的福特 A 型轿车前往墨西哥。斯坦贝克最近结识了一位名叫约瑟夫·亨利·杰克逊的书评撰稿人，杰克逊和妻子住在墨西哥城，斯坦贝克和卡罗尔打算在旅途中顺便到墨西哥城看望杰克逊夫妇。到了墨西哥城后，斯坦贝克被这里的风景深深地吸引住了，决定放弃原先到普埃布拉特度假的打算，他和卡罗尔决定留在墨西哥城，在改革大道附近一栋公寓租了一间房子。

11 月，斯坦贝克获知了一则令他兴奋的消息——派拉蒙电影公司以 4000 美元的价格买下了《煎饼坪》的电影版权，这笔钱相当于他这些年来靠写作挣到的钱的四倍。此外，科维奇拍电报说《煎饼坪》已接近脱销。一夜之间，斯坦贝克便摆脱了贫穷的生活。不过，他从来不相信自己真的获得了成功，认为那不过只是"幻想"罢了。他在信中对乔治·阿尔比说："尽管《煎饼坪》卖给了电影公司，但我并不为此骄傲。我们会用这笔钱买点能兑现的政府公债，然后忘掉这件事。日子还要像往常一样过下去。"

斯坦贝克和卡罗尔在墨西哥城住了三个半月，饱览了城内风景，随后他们打道回府，经由纽约返回帕西菲克格罗夫。中途他们在纽约待了一段时间，因为斯坦贝克要和派拉蒙电影公司签订合同。12 月底，他们回到家中。此时，电影合同已签，《煎饼坪》继续为斯坦贝克带来收入，他还从父母那里继承了四分之一的财产，生平第一次对自己的未来充满了安全感。

第八章

直面贫穷

"我从未见过大把的钞票长什么样。"

——斯坦贝克致伊丽莎白·奥蒂斯，1937 年 1 月 27 日

自《煎饼坪》出版后，越来越多的读者对斯坦贝克的作品产生了浓厚兴趣，因此，当《胜负未定》于 1936 年 1 月 15 日由科维奇·弗雷德出版社出版之后，它再一次在读者中引起强烈反响。总的来看，《胜负未定》颇受评论家的好评，不过也有不少评论家抱怨斯坦贝克在书中渲染暴力。实际上，类似的抱怨在针对斯坦贝克整个 30 年代的作品评论中屡见不鲜，有位评论家的观点很具代表性，他说："暴力似乎有一种让斯坦贝克无法抗拒的魅力。他的作品中随处可见闪着寒芒的刀尖、被撕裂的伤口、绞刑、枪击以及肉刑，这些暴力场景引人入胜。"①

玛丽·麦卡锡对《胜负未定》提出了一个颇有见地的评论，她当时只是一名瓦萨学院的学生，后来成为著名的作家和评论家。她为《民族报》写了一篇关于《胜负未定》的书评，称"这部作品有些迂腐，没有生命力"，她抱怨斯坦贝克"没有向读者讲清楚大部分的戏剧性事件"。凭借着初生牛犊不怕虎的精神，她对斯坦贝克的能力做了大胆的判断，"也许斯坦贝克在讲故事方面很有天赋，但他绝对不是哲学

---

① Maxwell Geismar, *Writers in Crisis: The American Novel Between Two Wars* (Boston: Houghton Mifflin, 1942), p. 250.

家，也不是社会学家，更无法领导工人闹罢工。"

抛开麦卡锡的观点不谈，我们必须把《胜负未定》视为斯坦贝克早期成功的作品之一。他在书中并没有过分夸大渲染暴力，下面这段文字记录了当时萨利纳斯地区的生菜包装工人发动的一场罢工，它表明暴力在那个年代是常见的：

> 1936 年，生菜包装工人们发动了一场罢工，在花费了 25 万美元后，当局镇压了此次罢工。罢工导致当地政府瘫痪，农民联合会和生菜种植园主以及运货商成立了一个总参谋部，负责维持萨利纳斯政府的正常运转。当地所有警力听命于一位预备役军官，并且在罢工达到白热化程度时，所有 18 到 45 岁的男性居民全部被武装了起来组成巡逻队，如果有人胆敢拒绝就会被抓进监狱。警察和巡逻队殴打参与罢工的工人，向他们投掷催泪瓦斯弹，并逮捕了许多工人。除此之外，他们还威胁来自旧金山的记者们不准报道此事，否则会用私刑处死他们。他们还架起了机关枪，在路上铺设铁丝网。最终经过一个月的相持，罢工被镇压，工会被捣毁。

威拉德·史蒂文斯（其父亲曾是一名罢工领袖）回忆说："我记得那次罢工的情形，斯坦贝克和我父亲及其他人见过面，他虽不善言谈，但很同情农民们的遭遇。他认识一位参议员，准备把这次罢工告知联邦政府。警察残酷镇压罢工的行为惹恼了他。"[①] 史蒂文斯接着说，"我记得父亲对斯坦贝克说联邦政府绝对不会插手此事，而且他们实际上和这些警察是一伙的。"其实虽然斯坦贝克总体上偏向于支持罢工的工

---

① 1992 年 9 月与威拉德·史蒂文斯的访谈。

人们，但他认为罢工的工人和镇压罢工的警察的做法都过于偏激，因此在作品中他总是试图在两者之间找到一个平衡点。

《煎饼坪》电影版权卖给派拉蒙电影公司后，伊丽莎白·奥蒂斯从中尝到了甜头，这次她想把《胜负未定》电影版权也卖给好莱坞，可惜好莱坞并不喜欢这部小说。但不久之后奥蒂斯和百老汇戏剧制作人赫尔曼·沙姆林达成了协议，准备把它改编成戏剧，由沙姆林雇佣约翰·奥哈拉以小说为蓝本创作剧本。那时候，奥哈拉小有名气，为《纽约客》和其他杂志写一些短篇小说，不过写剧本却不是他的强项。斯坦贝克对奥蒂斯说："我想和你谈谈剧本的事情。约翰·奥哈拉在去旧金山的路上和我见了一面。虽然我不了解他的作品，但我欣赏此人的态度。我认为，应该可以愉快地和他相处，如果他能在剧本中保留我原作的主题和意图的话（我确信他会做到这一点），那么我绝对不会插手干预他的工作。他说会在一个月内写出部分剧本供我过目，我非常乐意由他来改编这部小说。"①

奥哈拉回忆说，那次见到斯坦贝克后，"他们谈了一整夜"。两人见面后，奥哈拉坚信只要拥有像斯坦贝克那样的天赋，谁都可以闭着眼睛写出剧本，这次谈话激发了斯坦贝克对戏剧的兴趣。他翘首盼望着奥哈拉给他寄来写好的剧本，可最后什么消息都没有。几个月过后，奥哈拉始终没能写出剧本。斯坦贝克只好失望地自己动手尝试着为沙姆林写剧本，但最终一无所获。不过，这件事也让他开始摸索尝试写戏剧形式的小说。

1936年1月，帕西菲克格罗夫小镇细雨迷蒙，天气寒冷，卡罗尔的鼻窦炎又犯了。她一直想搬家，于是趁机对斯坦贝克说他们应该搬到一个四季温暖干燥的地方，她抱怨说11号大街上的这间房子又小又

---

① *Steinbeck：A Life in Letters*，eds. Elaine Steinbeck and Robert Wallsten（New York：Viking，1975），p. 123.

阴冷，现在既然有了钱，为什么不换个大房子呢？难道他们不该有一件属于自己的东西吗？（斯坦贝克父母的遗嘱规定 11 号大街上的房子所有权归三个孩子共有。）

一夜之间由赤贫变得富有让斯坦贝克内心很纠结。挣扎生活在贫困线的回忆始终挥之不去，实际上，就在几个月前，他还担心能否在没有任何收入的情况下撑过这一年；同时，他又担心滚滚而来的收入会让自己迷失，继而对创作产生不利影响。在他看来，贫穷是不可或缺的一种创作力，当初正是因为看不惯父母市侩小民的态度才萌生了当作家的想法。托比·斯特里特回忆说："只要谈到钱的问题，哪怕是当他已经不缺钱的时候，斯坦贝克就会感到不舒服。他需要把自己当穷人看待。"①

1936 年 4 月，卡罗尔在蒙特雷以北 50 英里的洛斯加图斯看中了一块地，这块地位于一个风景优美的大峡谷，四周是茂密的森林。她说服斯坦贝克买下了这块两英亩的土地，并由她来动手修建一栋真正属于他们的房子。卡罗尔在当地雇了一名曾经为自己父亲干过活的木工承包商指导整个房屋的建造，而她则住在附近的一个朋友家里监督整个工程。房屋的建造方案差不多由卡罗尔一人完成，斯坦贝克只是随意补充了一个书房的设计，他想要一间单独隔开的房间，并要求在书房里摆一张小床，理由是他想在努力创作的时候，睡在自己工作的地方。

这个偏僻遥远的地方既没有通电也没有电话线，不过斯坦贝克却很喜欢这种"缺陷"。虽然，现在还没有出名到天天接受采访的地步，但他已经对此有所体验，深信只有避开媒体才能保持正常的生活，至少在洛斯加图斯不会响起电话铃声。偏僻的地理位置也让他回想起当

---

① 与斯特里特的访谈。

年在太浩湖边上的山庄里创作《金杯》的情景。

不久，斯坦贝克从洛斯加图斯回到帕西菲克格罗夫，继续写故事。一开始他打算写一本儿童读物，没想到却写出了一部非常受欢迎的中篇小说——《人与鼠》。有一段时间，斯坦贝克认为他应该写剧本，而不是写小说，他在信中对一位朋友说："小说写不下去了，我从来没喜欢过写小说。我准备学习写剧本，我对戏剧形式有一个新的想法，目前正在尝试。"他花了好几个月的时间，东拼西凑地写完了这部"实验性"的作品，积攒了厚厚的一叠手稿，但在 5 月初，他新养的一只小狗误把手稿当成了美味的狗粮，"把一半的手稿都撕成了碎片"，最后他不得不"又花了两个月重新写出被狗撕坏的手稿"。

7 月初，新房建成，斯坦贝克抛开还未写完的《人与鼠》，和卡罗尔收拾了几件家当，搬进了新家。新书房让斯坦贝克感到兴奋，每天早晨天刚破晓，他就起床开始写东西。他急于写完《人与鼠》，每晚就睡在书房里。自从搬了家，里基茨和帕西菲生物制品公司那群朋友不再让他分心，他每天从早写到晚，对科维奇说自己"只工作不玩耍"。

每天早晨起床后，斯坦贝克便来到书房，坐在橡木桌前，摊开稿子，看着远处的峡谷，思考着如何"写点优美的东西"。他明显感觉《人与鼠》仿佛是一场"实验"。对他来说，书中呈现的是一个全新的故事：脉络清晰，只讲了两个失魂落魄的人乔治和莱尼的故事。他在想，"这样的故事会不会过于简单？"

那年夏天"显得格外漫长"，斯坦贝克和卡罗尔的婚姻似乎一切正常。斯坦贝克每天沉醉于写手稿，而卡罗尔每天则写点诗歌，或者到花园里干点活，顺带收拾一下新房子，她似乎也很高兴。卡罗尔说，那年夏天她和斯坦贝克虽然搬进了新家，"但其实和露营没有区别"。他们希望新房子到秋天的时候能彻底建好。斯坦贝克在信中向阿尔比透露自己对这栋房子的喜爱，"我在新房里做了一间小书房，刚好摆下一张床、一张桌子、一个枪架和一个小书柜。我喜欢睡在书房里。就在我给你写信的这会，工人们还在施工。我们打算弄一间客房，给它装上巨大的玻璃门和屏风，这样当我们打开玻璃门，客房就变成了一个门廊。"①

斯坦贝克是个聪明的作家，善于借鉴其他作家的作品，有些评论家因此称呼他为"剽窃者"，但这样的说法有失偏颇。文学本来就是一锅大杂烩，优秀的作家难免要借鉴别人的观点和作品。因此，哈罗德·布鲁姆提出了著名的观点——"影响的焦虑"。作家们经常直接从别处拿来所需的素材然后加工一下就变成了自己的文字。司各特·菲茨杰拉德认为，斯坦贝克在写《人与鼠》时太多地抄袭了别人的作品，但其实司各特也曾"剽窃"过。他在信中对艾德蒙·威尔逊说斯坦贝克抄袭了弗兰克·诺里斯的作品：

> 我想和你谈谈斯坦贝克这个人，他是个狡猾的"剽窃者"。刚从事写作的时候，大多数作家和我们一样，都是从模仿做起，但斯坦贝克敢在《人与鼠》中直接剽窃别人的文字。我给你寄了一本诺里斯的《麦克梯格》，我在上面做了标记，你看完后就知道我为什么会这么说。②

1936 年 8 月的第二周，斯坦贝克写完了《人与鼠》，把稿子寄给了伊丽莎白·奥蒂斯，预感这本书不太可能让他大赚一笔。他在信中对乔治·阿尔比说："我和卡罗尔得节省点开支，我不指望从这本不起眼

---

① *Steinbeck：A Life in Letters*，eds. Elaine Steinbeck and Robert Wallsten（New York：Viking，1975），p. 133.

② F. Scott Fitzgerald, *Correspondence of F. Scott Fitzgerald*，ed. Matthew J. Bruccoli and Margaret M. Duggan（New York：Random House，1980），p. 612.

的书里——《人与鼠》，挣到什么钱。"像以前一样，出版社对《人与鼠》有不同的看法。斯坦贝克还没写过一本让所有人觉得一定会热卖的书，不过帕特·科维奇说他喜欢这本书，打算把它放在"1937年元旦"出版。虽然，很感激科维奇的支持，但斯坦贝克心里清楚科维奇并不是真心喜欢《人与鼠》。

科维奇一直坚定地支持着斯坦贝克，买下了他早期几部作品的版权（《金杯》《天堂牧场》和《致一位无名的神》），为这些书加上了序言重新投放市场。到目前为止，斯坦贝克笔下卖得最火的一本书是《煎饼坪》，而且在1936年夏，这本书依然很畅销。由于部分评论家对《胜负未定》提出严厉批评，该书的销量因此受到一定的影响，但尽管如此，科维奇仍认为该书"市场反响良好"。

8月中旬，《旧金山新闻》报的一名年轻主笔乔治·韦斯特登门拜访斯坦贝克，他读过《胜负未定》，非常敬佩此书作者，恳请斯坦贝克为他的报社写几篇文章。斯坦贝克欣然接受了这项任务，愿意为《旧金山新闻》写几篇文章报道，介绍移民到加州的流民们的生活境况。报社打算派斯坦贝克到加州的几个地区搜寻有关这群流民的生活和工作处境和工作的第一手资料。大部分流民患病在身，又缺衣少食，政府设立了一些救助站帮助他们渡过难关，韦斯特很想知道这些救助站是否发挥了作用。

斯坦贝克总是喜欢尝试新鲜事物，特别是可以给他带来新体验的事物。他急匆匆地买了一辆运送面包的破旧卡车，斯坦贝克管它叫"流动小吃车，并把它改装成一辆时髦的野营车：车里有帆布床、冰盒、储衣箱，还有一箱锅碗瓢盆"。8月26日，他开着这辆车前往旧金山去见韦斯特和他的同事们，再次确认自己的任务。他顺道去了一趟移垦局，简要地了解了加州为救助流民而设立的联邦项目，移垦局的一名区域主管——埃里克·H.汤姆森带着斯坦贝克参观了圣华金河谷。

汤姆森开车载着斯坦贝克沿着中央河谷一路开过去。他们在路边的一些救助站停了下来，汤姆森想让斯坦贝克看看得到政府救助的人们和没有得到救助的人们有什么区别。这些人的生活境况让斯坦贝克大吃一惊，眼前的残酷景象令他瞠目结舌：有的家庭全家人挤在纸板盒里或废弃的管道里，实际上，他们会用手边能找到的任何东西搭建窝棚——一条旧地毯、几尺旧草席、几块硬纸板，或是几根浮木；食物匮乏，就算有他们也买不起，有的人只好吃老鼠，还有谣言说他们吃狗肉；因为缺医少药，小孩子们徘徊在死亡的边缘。这就是当年美国贫穷的前线，斯坦贝克对此感到悲伤和愤怒。

之后，斯坦贝克独自一人继续旅程。在汤姆森推荐的几处救助站，他停了下来，不管走到哪里，严重的流民问题令斯坦贝克十分震惊。光是流民的数量就多得让人吃惊；成千上万的流民们背井离乡来到加州，他们来自所谓的沙碗州，即俄克拉荷马州、阿肯色州、德克萨斯州，还有一部分来自内布拉斯加州和堪萨斯州。不管他们来自哪个州，都被加州人轻蔑地称为"俄克佬"或是"德州佬"，尽管这些"俄克佬"和"德州佬"原先拥有祖辈数代耕种的土地，但在经济大萧条期间，他们的土地却被别人粗鲁地霸占。仅在 1936 年，就有近 9 万名"俄克佬"为寻找工作和更好的生活来到加利福尼亚。

经济大萧条，加上持续数年的干旱、土地投机和错误的农业生产方式，使得农民们在沙碗州无法生存下去，破产的农场被银行和土地所有者收回。自 20 世纪 20 年代开始的"大农场经营"趋势加剧了生存悲剧，人们为了最大限度地从土地获得产出，采取了各种各样的农业技术，而这些技术带来的恶果之一，是强风出人意料地吹走了肥沃农田的表土层。生活在美国西南部地区的农民和佃农从岌岌可危的生活处境走入水深火热中。

对流民们来说，加州无疑是个好去处，因为加州的农业经济发展取得了相当大的成功，然而这只是他们一厢情愿的幻想而已。加州的大规模农业生产主要依赖企业农场，1935 年，不到农场总数十分之一的企业农场生产出超过总量一半的农产品。在这些企业农场中，非自主经营是常见的经营模式，即农场主雇佣经理人负责经营农场。许多年来，企业农场一直青睐廉价的外国劳工，农场上随处可见来自中国、菲律宾、墨西哥和日本的劳工，不过墨西哥劳工居多，因为墨西哥人自 20 世纪初便不停地向美国移民。因此，加州的农场很难再为美国本土流民提供就业机会。

20 世纪 30 年代末期，凯里·麦克威廉斯曾写过一部罢工题材的小说——《田野里的工厂》，在本书中，他提到了当时流动劳动人口结构的变化现象，"1937 年，加利福尼亚州农业工人特征的变化已变得越来越明显。尽管这种变化早就发生，但直到 1937 年人们才突然意识到加利福尼亚州流动工人的主体变成了美国白人，而外国种族群体已不再居于主导地位"①。事实上，这种变化大概始于 1933 年，也就是经济大萧条最严重的时候。1925 年，加利福尼亚州大型农场里的农业工人当中只有一小部分是美国白人，但到了 1934 年，移民与住房委员会估计在流动工人招待所里大约有近一半的人口是美国本土白人，剩下大约三分之一是墨西哥人，其他的则是来自菲律宾、日本和中国的劳工。这种人口结构上的变化自然会带来一些大难题。

大量流民的涌入给加州造成了诸多影响。这些流民们不像廉价的外国劳工那么听话，他们以前干的可是体面的工作，自然无法忍受极低的工资和恶劣的劳动条件。媒体对"外国劳工"受剥削一事置若罔闻，可是当"普通的"白种美国人也被人瞧不起，像牲口一样被人赶进污秽不堪的救助站，要么只能等着饿死，要么拼命干活却只能挣来

---

① Carey McWilliams, *Factories in the Field* (Boston: Little, Brown, 1939), p. 305.

一点不足温饱的工资的时候，抗议游行迟早会发生。到 1935 年，即便在加州找不到像样的工作，连接俄克拉荷马州和加州中央河谷的主干道——66 号公路上，依然挤满了开往加利福尼亚的破旧老爷车。在新闻报道里，斯坦贝克讲述了流民们造成的混乱：

> 数以千计的流民开着破旧的汽车穿越州界，一贫如洗、饥肠辘辘、无家可归，只要有人给钱他们就愿意干活，挣点钱给自己和妻儿老小换点吃的。这种情况在流动工人身上并不常见，因为通常来说外国劳工不会拖家带口来到美国。
>
> 这些流民经常在抵达加州的时候就已用完身边所有的资源，甚至会在中途卖掉破旧的毛毯、餐具和工具来换赶路的汽油。来到加利福尼亚后，他们一脸茫然、精疲力竭，经常饿得奄奄一息，对他们来说只有一件事必须要做，那就是不管工钱有多少也要找一份工作，这样家人才能吃上一口饭。

中央河谷的大部分农场都归公司或经营着数家农场的富有农场主所有，许多年来，这些农场种植的水果和蔬菜一直由半熟练的墨西哥劳工和不介意那点可怜工钱的当地穷人采摘。大量流民涌入中央河谷不可避免地导致居住环境的恶化，并最终引发暴乱。数以万计的"俄克佬们"为了争夺稀少的工作机会不断在河谷徘徊，他们饿着肚子在农场周边临时搭建起许多营地，营地里臭气冲天，人满为患。

当地人对流民们态度恶劣，斯坦贝克对此解释说："纵观人类历史，从最落后的乡村农场到我们发达的工业化农业，陌生人处处遭人嫌恶。流民之所以遭人厌恶，原因如下：他们目中无人，卑鄙下流，身上带着各种病菌，因为他们的到来而不得不增加维持治安的警力，当地人为了让孩子上学也不得不多交税，而且倘若允许流民们自发形成组织的话，他们就会罢工，整个一季的作物就要全烂在地里。"

警察希望把流民赶出加利福尼亚或者至少做到阻止更多的流民继续进入加州，但都无功而返。大部分"俄克佬"来自所谓的圣经地带（美国南部基督教基要派流行地带的别名，该派主张恪守《圣教》全部文句），自尊心很强，不喜欢被别人称呼为"懒惰和不讲道德的人"。除了要忍受言语侮辱，他们还会受到当地巡夜队伍的袭击和警察的骚扰。虽然加州以外的美国人并不完全知晓这场灾祸，但一场暴乱将不可避免地爆发，这也是斯坦贝克同意接受《旧金山新闻》委派的任务的原因，他和当时许多作家一样，认为见证并揭露社会危机是作家应当担起的一部分责任。

流民们只能从政府设立的救助站获得救济，设立救助站的想法最早由加利福尼亚州乡村安置局的保罗·S. 泰勒提出。从 1935 年开始，这些被称为"清洁所"的救助站开始沿着中央河谷陆续被修建起来。不幸的是，政府中有不少人对这个项目持反对意见，导致原先计划的25 座"示范性"救助站缩减到了 15 座，外加 3 个"流动救助站"以应对突发情况。政府出资修建救助站的本意是想让大农场主们效仿，鼓励他们在自己的农场建立类似的机构收容流民，但没有几个农场主响应号召，因此这个项目根本没有实现它最初的目标。尽管如此，仅有的几座救助站确实挽救了许多人的生命，帮助有些运气非常好的"俄克佬"找到了开始新生活的机会。

汤姆·柯林斯是首批救助站管理员之一，他后来和斯坦贝克关系很好，斯坦贝克的作品中也有他的影子。斯坦贝克在《愤怒的葡萄》扉页中写道，"献给汤姆——他经历了书中的生活"。斯坦贝克此言不假，柯林斯是"阿尔文清洁所"的管理员，在他的管理下，该"清洁所"成为示范性救助站之一。回想起当初遇到柯林斯时的情景时，斯坦贝克说：

我第一次见到汤姆·柯林斯是在傍晚，天正下着雨。我开车来到一处流民营地，满地泥泞。我看到一排排被雨水淋透了的帐篷一直延伸至无边的黑暗。临时办公室门口挤满了浑身湿透的男男女女，他们站在屋檐下，一个小个子男人穿着被雨水打湿的破旧白色外套，坐在一张桌子前，桌子上摆着乱七八糟的东西，他就是汤姆·柯林斯。周围的人群一直看着他，就那么站着盯着他，柯林斯有一撮小胡子，黑灰色的头发像受到惊吓的豪猪身上的刚毛一样直挺挺地立在头上。他有一双大眼睛，眼神深邃，因为缺乏睡眠，脸上满是倦意。

两千名流民涌入柯林斯管理的救助站，很多人患上了麻疹、腮腺炎之类的传染病，甚至有人感染了肺炎和结核病。该救助站的一位幸存者回忆说："有的小孩子虚弱得只能躺着，他们让病患单独住在小棚里，但这无济于事。救助站内流感伤寒肆虐，什么病都有。老人们呆呆地坐着，看着前方，许多老人没有饿死或病死，反而因为过度悲伤去世。似乎所有的年轻人满腔怒火，他们都疯了。他们在老家被人夺走了土地，流落至此，找不到活干，看不到一丁点希望。暴乱时有发生，但是很容易就能平息这些暴动，因为参与暴乱的人身体不健康。一旦身体不健康，你就没有力气还手。那些大老板们和警察们对此心知肚明，笑到最后的肯定是他们。"[1]

柯林斯出生于一个家规森严的天主教家庭，曾接受过训练，以便日后当个神父。成年后，他在阿拉斯加和关岛的学校当过老师，后来回到旧金山开办了一所少年犯学校。当他的学校无法继续办下去之后，柯林斯来到洛杉矶，在美国政府为解决流浪者而设立的联邦流浪救济

---

[1] 1991 年 9 月 12 日与 Eleanor Wheeler 的访谈。

服务所找了一份工作。1935年，他调离至美国移垦管理局工作，并当上了一座清洁所的管理员，在他的管理下，这座清洁所大获成功，这主要归因于柯林斯本能地选择了民主的管理方式。他把权力下放给清洁所居民，让他们自己管理清洁所的日常生活，而没有采取独断专横的方式来管理清洁所，否则，他就会自食苦果。在这座清洁所，居民选举出一个委员会为清洁所制定条例并加以执行，一位曾在该清洁所生活过的人说："当时，这里的居民普遍认为大家应当互相帮忙。"[①]

斯坦贝克带着一个公文包，里面塞满了柯林斯写给他的各种报告，开着那辆破卡车，离开了柯林斯管理的清洁所。这些报告风趣幽默，内容是关于清洁所生活的观察记录、珍贵数据、清洁所居民的个人故事（还有个人健康记录）等信息。斯坦贝克正要为《旧金山新闻》报社写一些文章，这些素材也许能帮得上忙。后来，斯坦贝克在创作《愤怒的葡萄》时，也利用了这些素材。斯坦贝克心里十分清楚，这些素材就是一座巨大的宝库。激动万分的斯坦贝克驾车准备返回洛斯加图斯，决定要对这些移民伸出援手。

回家途中，斯坦贝克开车经过萨利纳斯，这里情况的恶化让他毛骨悚然。就连以前像他父母一样的当地小市民们也开始对流民们充满敌视，有些小市民组成了巡夜队伍攻击"赤色分子"，他们相信正是这些"赤色分子"教唆温驯的工人们起来造反。萨利纳斯的一位居民记得，"当地商人和扶轮社成员组成了一支大约24人的队伍，手持棍棒和枪托，列队前往城外的救助站，准备打伤几个人。大家都疯了，不过这种做法的确解决了问题。闹事的人被关进谷仓，由持枪的警卫看守，闹罢工的领袖们被驱逐出城。在一个多月的时间里，每天晚上天黑之后，所有人都不准在街上晃荡。警察对此袖手旁观。"[②]

---

① 1991年6月与George Sterns的访谈。
② 1991年9月11日与Edward Kastor的访谈。

回到洛斯加图斯后，斯坦贝克蜷缩在书房里，俯瞰着树林，立刻动笔给《国家报》写了一篇题为《收获季的吉普赛人》的总结报告，详细披露了流民的处境，同时，完成了《旧金山新闻》报社委托的报道。这些报道由七部分组成，分别论及流民危机的各个方面：危机出现的源头，加州老一辈的移民工人和来自沙碗州的移民工人之间的对比，救助站的生活条件等等。斯坦贝克在报道中明显对流民们流露出怜悯之情，公开为他们鸣不平。与此同时，他开始整理编辑一些关于救助站的报道，希望把它们编成一本书，但最后因为种种原因，这本书没能写成。

9月末，斯坦贝克再次回到柯林斯管理的清洁所。回家的路上，他在萨利纳斯停了下来，以便了解自己家乡的危机发展情况。在信中，他对伊丽莎白·奥蒂斯说："我昨天刚从萨利纳斯闹罢工的地方回到家，顺便还去看望了住在贝克斯菲尔德的移民们。眼下罢工的局势非常危险，或许政府能够暂时平息罢工，但我准备在接下来的几周里揭露一些丑闻。"① 对斯坦贝克而言，亲眼看着"生我养我的故乡走向毁灭"，令他十分痛心。

虽然帕特·科维奇信守承诺，计划于 1937 年冬出版《人与鼠》，他的几位同事却不看好这部小说，而一则好消息让事情出现了转机：每月一书读书俱乐部选择《人与鼠》作为首推读物，这就意味着会有大量读者购买此书，《人与鼠》的销量自然也会随之攀升。斯坦贝克对伊丽莎白·奥蒂斯说他感觉这个消息"令人愉悦但也……令人害怕。"②

最终，《人与鼠》在一片争议声中于 1937 年 2 月初正式出版，立刻在读者中引发热评，让斯坦贝克和出版商都吓了一跳。到 2 月中旬，

---

① Benson，p. 348.
② *Steinbeck：A Life in Letters*，eds. Elaine Steinbeck and Robert Wallsten（New York：Viking，1975），p. 134.

该书已售出117000册。2月28日，斯坦贝克在信中反复对科维奇说："这次卖出去好多本书。"他说的一点没错，读者争相购买《人与鼠》，媒体开始蜂拥包围着斯坦贝克，急切渴望他能接受采访。

《人与鼠》跃居畅销书排行榜后，来自陌生读者和朋友们的信件像雪片一样飞到斯坦贝克手中，还有接二连三的采访请求，读者希望他公开露面，并要求得到他的亲笔签名。有些读者要求立刻和他通电话，斯坦贝克不得不走上好几英里到最近的电话亭给他们回电话，但结果大多数人在电话里只是和他闲聊，斯坦贝克对此大为光火。有一次，一个游客带着她的小女儿来到他家门口，当这名游客看到他的时候，大声地对她的小女儿说："亲爱的，给这个大作家跳舞！快跳！"斯坦贝克在信中沮丧地对伊丽莎白·奥蒂斯说："肆无忌惮的宣传快把我逼疯了。"①

斯坦贝克和卡罗尔有一段时间曾想去欧洲转转，现在他们有了钱，也有了出国的由头。他们于1937年5月23日搭乘"山艾树号"货船，从旧金山出发，经由巴拿马运河，前往美国东海岸。船在费城靠岸后，斯坦贝克和卡罗尔搭乘火车在纽约的宾夕法尼亚车站下了车，科维奇已恭候多时，他想让崭露头角的斯坦贝克在纽约待上几周再去欧洲。

来到纽约的当天晚上，斯坦贝克便极不情愿地被科维奇拉去参加了一场为逃离纳粹魔掌的托马斯·曼举行的宴会。他对科维奇抱怨说自己没有西装，也没有领结，不过科维奇很快便打消了他的忧虑。宴会在纽约一家大酒店举行，斯坦贝克在宴会上备受煎熬。在宴会即将结束的时候，他忍无可忍，急匆匆地离开宴会现场来到酒店的酒吧，点了两杯白兰地苏打水。科维奇过来找到他的时候，他端起酒杯嘟囔着说："真不敢相信会有人当众说出这样无聊愚蠢的话。"

---

① *Steinbeck：A Life in Letters*，eds. Elaine Steinbeck and Robert Wallsten（New York：Viking，1975），p.137.

　　斯坦贝克和卡罗尔在纽约待了两周半，他们参加了不少宴会，自然也喝了不少酒。斯坦贝克喝醉了酒会变得闷闷不乐，而卡罗尔喝醉了酒便开始耍酒疯，她和菲茨杰拉德的妻子塞尔达很像，总会做出令丈夫丢脸的事情。有天晚上，卡罗尔喝醉了酒和斯坦贝克大打出手，然后气冲冲地离开了酒店。斯坦贝克跟在她身后，不料在人群中却跟丢了。当她迟迟未归时，斯坦贝克慌了起来，开始到医院和警局搜寻卡罗尔的身影。搜寻未果后，他叫来科维奇和其他几位朋友一起找寻卡罗尔，最终还是没有发现她的踪影。第二天早晨，卡罗尔衣衫不整地回到了酒店房间，幸运的是她并没有受伤，斯坦贝克见到卡罗尔后非常生气。他在许多方面表现得极为保守，讨厌看到卡罗尔喝醉了酒满城乱跑，更糟的是，他不能容忍当众丢脸。"卡罗尔狂野的一面，"贝斯说，"让弟弟很难吃得消。我感觉她让弟弟受到了惊吓，弟弟永远猜不透她会干出什么事。"

　　两人情绪稍微缓和后，于5月底登上开往瑞典的"卓宁霍姆号"游轮。上船后，他们非常失望地发现客舱位于游轮底部，这里没有窗户，客舱"狭窄还散发着霉味"，甚至还能听到引擎叮当作响。尽管条件糟糕，斯坦贝克和卡罗尔依然很期待漫长的海上旅行和欧洲之旅，他希望远离公众视线。上船后他给科维奇写了一封信，在信中他说："这次欧洲之旅对我和卡罗尔应该都是一件好事。我需要暂时忘掉自己的身份。"

第九章

酝酿大作

"只要我能认真地写完这本书，那么它一定会是一本特别好的书，一部地道的美国小说。"

——斯坦贝克，《愤怒的葡萄》创作日记

和许多作家一样，斯坦贝克也非常向往欧洲，特别是在晚年有了足够的钱到处旅行的时候，他更加偏爱欧洲。而英国则是他最喜爱的去处，因为那里有他喜爱的亚瑟王传奇故事，伊莱恩·斯坦贝克回忆说，伦敦"几乎成了他的第二故乡"。然而这一次，他和卡罗尔首次到访欧洲只游访了斯堪的纳维亚半岛和苏联两个地方，当然这和他们碰巧搭乘的游轮有点关系。

1937年6月初，"卓宁霍姆号"游轮抵达瑞典港口城市哥德堡。下船后，斯坦贝克和卡罗尔先在斯德哥尔摩城外的一个小村子里住了几天，然后乘火车来到哥本哈根，他想到埃尔西诺转转，因为那里是莎剧《哈姆雷特》故事发生的地方。斯坦贝克一直用敏锐的双眼观察社会，在信中对帕特·科维奇说，丹麦的商人们崇拜希特勒，支持法西斯主义，然而文人却清一色地支持共产主义。不过他认为，法西斯主义和共产主义都是极端主义思想，他都不喜欢。

卡罗尔之前在纽约因醉酒乱跑让斯坦贝克非常不满，两人为此闹得十分不愉快，到了欧洲后，虽然两人对彼此的态度很冷淡，但表面上仍表现得相敬如宾，好在欧洲之旅的新鲜感让他们无暇顾及困扰婚姻的问题。尝遍了"丹麦大街小巷的餐馆后"，斯坦贝克和卡罗尔乘火车返回斯德哥尔摩，拜访了波·贝斯寇。贝斯寇既是雕塑家也是画家，斯坦贝克和卡罗尔去年从墨西哥归国途中曾与他有过一面之缘。贝斯寇热情地款待了他们，并介绍他们认识了许多画家和作家，斯坦贝克感觉自己和他们非常聊得来。一周后，斯坦贝克恋恋不舍地离开了斯德哥尔摩，准备前往赫尔辛基。

7月初，斯坦贝克与卡罗尔越过边境进入苏联，径直前往列宁格勒。他们参观完冬宫和爱尔米塔什博物馆后，搭乘一班夜间列车前往莫斯科。1948年，斯坦贝克与摄影师罗伯特·卡帕共同出版了一本书，名为《俄国日记》。在这本书里，我们可以了解到斯坦贝克对当时苏联的首都、古城莫斯科的看法，"1936年我曾来过这里（斯坦贝克记错了时间，应该是1937年），而今，莫斯科发生了翻天覆地的变化。首先，城市比以前更干净，以前泥泞的街道不见了，取而代之的是新铺设的马路。在这11年间，人们修建了好几百栋又高又新的住宅楼，还在莫斯科河上修建了几座新的大桥，马路被拓宽了，每个广场都有雕塑，原先老莫斯科城内狭窄污秽的老居民区被新的住宅区和公共建筑取代。"①

8月初，斯坦贝克与卡罗尔搭乘一艘小货船返回纽约。此时，帕特·科维奇出版了一套昂贵的限量版《小红马》，销量很好，这倒是让斯坦贝克非常惊讶。同时，《人与鼠》的剧本正等着他来完成，不少人已经等得不耐烦了。安妮·劳里·威廉姆斯负责为斯坦贝克处理戏剧和电影制片事宜，她把斯坦贝克和卡罗尔请到自己在康涅狄克州的乡间别墅，想让斯坦贝克在这里尽快写出可行的剧本。威廉姆斯的想法有些过于乐观，尽管《人与鼠》看起来非常像一部戏剧，但要直接把

---

① John Steinbeck，*A Russian Journal*（New York：Viking, 1948），p. 19.

小说变成剧本仍旧不切实际，况且，斯坦贝克对戏剧格式也不熟悉。不过，威廉姆斯对戏剧了解颇深，费了九牛二虎之力后，斯坦贝克终于在她的帮助下，写出了一个看上去可行的剧本。接着，卡罗尔用威廉姆斯的打字机敲打出稿子并寄给了乔治·考夫曼。虽然考夫曼对这个剧本很满意，但他知道后续还有很多工作要做。他和斯坦贝克在纽约见了面，探讨了一些剧本当中存在的问题，向斯坦贝克提出一些大体上的修改意见。由于该剧的档期定在了 11 月末，时间紧迫，考夫曼向斯坦贝克建议他们一块到宾夕法尼亚州的巴克斯县待上一段时间。他在那里有一间农舍，希望斯坦贝克在那里专心修改剧本。考夫曼回忆说，斯坦贝克"不好相处，因为他不想修改剧本"。不过在考夫曼的催逼下，斯坦贝克还是写出了"质量上乘的剧本"。

按捺不住内心的激动，斯坦贝克在信中对乔治·阿尔比夸耀说："这个剧本特别好。"《人与鼠》定于 11 月 23 日在纽约音乐盒剧院公演，斯坦贝克和该剧制作人山姆·哈里斯以及布景设计师唐纳德·昂斯雷格就戏剧制作问题在纽约做了最后一次讨论。讨论结束后，斯坦贝克站起来说，他将于第二天返回加州，"我的工作已经干完了"，他说。考夫曼听到这个消息后深感不安，他对斯坦贝克说，一旦开始排练，后续依然可能需要他来修改剧本。但是斯坦贝克不顾考夫曼的劝阻，执意返回加州。他告诉考夫曼，如果有任何问题，请联系安妮·劳里·威廉姆斯。

从欧洲回到纽约后，斯坦贝克和卡罗尔相处得非常融洽。艾莉森·哈里回忆说："在离婚前一年左右的时间里，斯坦贝克和卡罗尔的关系时好时坏。不过只要外出旅游，他们就会和好如初，因为出门在外需要两个人同心协力。对他们来说，喧闹、朋友和社交活动缺一不可。只要他们待在家里，准会出乱子。"① 斯坦贝克在纽约买了一辆亮

---

① 1991 年 7 月 14 日与艾莉森·哈里的访谈。

红色的雪佛兰汽车，准备开车经由华盛顿特区返回加利福尼亚。路过华盛顿特区的时候，斯坦贝克去了一趟农场安全管理局总部，拜访了副局长威尔·亚历山大博士。他对威尔副局长说，自己想写一部反映沙碗州流民的生活处境的小说，内容要贴近现实，能详细地披露这些人的生活现状。威尔副局长答应了斯坦贝克的请求，指派汤姆·柯林斯陪斯坦贝克做采访。在华盛顿特区逗留了两天之后，斯坦贝克开车带着卡罗尔一路来到芝加哥。当时正逢夏末，天气闷热，两天的车程让他们精疲力竭。到了芝加哥后，他们和斯坦贝克的舅舅乔·汉密尔顿待了几日，又请书店老板本·艾布拉姆森吃了顿晚餐，正是此人为斯坦贝克和科维奇的合作牵线搭桥。

回到洛斯加图斯后不久，斯坦贝克便立刻着手拟定重访"清洁所"的计划，打算沿着 66 号公路一路往西，重走沙碗州数千名流民曾走过的路。10 月中旬，斯坦贝克把之前那辆破卡车收拾妥当后离开了家，先向东开到斯托克顿，然后向北穿过萨克拉门托来到马里斯维尔。他在马里斯维尔住了一晚，因为老朋友杜克·谢菲尔德住在这里。受经济大萧条的影响，大学和学院开始裁员，杜克因为没有博士学位，无法继续任教，只好辞职搬家到这座冷清的小镇，在当地一家报社当记者挣钱糊口。杜克在马里斯维尔的生活很不如意，为自己的将来感到焦虑，小心翼翼地和一夜成名的斯坦贝克保持着距离，这让斯坦贝克很不自在。

杜克冷淡的态度触痛了斯坦贝克的神经，他表示愿意慷慨解囊资助杜克攻读博士学位，却没料到弄巧成拙。他对杜克说："你想去哪儿读书都可以，只要你愿意，就算去牛津大学也可以。我出钱，一个子儿都不用你掏！"杜克感觉斯坦贝克有点瞧不起自己，婉拒了他的好意。两人的关系一下变得冷淡，让斯坦贝克十分沮丧，他不敢相信自己竟然伤害了最好的朋友。第二天，他闷闷不乐地开着车前往位于格里德利的农场安全管理局，去见汤姆·柯林斯。

按照计划，斯坦贝克打算和柯林斯一起在加州游历三周，尽可能多地采访流民，为小说积累素材。另外，他想让柯林斯讲一些故事给他听。斯坦贝克曾说他和柯林斯一路开到了俄克拉荷马州，重走了《愤怒的葡萄》里乔德一家所走过的 66 号公路，但事实上他们的行程始终在加利福尼亚境内。他们开车从格里德利出发，一路向南经过斯托克顿、弗雷斯诺、阿尔文、巴斯托、尼德尔斯和布劳利，到访了流民们沿着 99 号公路搭建的营地。一路上，斯坦贝克仔细地聆听汤姆·柯林斯的解说，问一些问题并记下大量笔记。11 月 7 日，斯坦贝克回到洛斯加图斯，卡罗尔给他准备了一分惊喜，她邀请托比·斯特里特到家里为斯坦贝克接风洗尘。之前在马里斯维尔时和杜克·谢菲尔德相处得很不愉快，现在和托比·斯特里特重逢自然令斯坦贝克喜出望外。成名后，斯坦贝克认为和过去的熟人以及老朋友们保持紧密联系是一件很重要的事。有位朋友回忆说："斯坦贝克回家后神色疲惫，就好像是从俄克拉荷马州一路走回家似的。他情绪低落，我从来没见过他如此消沉。"[①]

同时，《人与鼠》的排练正在纽约音乐盒剧院紧锣密鼓地进行着。11 月 23 日，该剧如期上演。演员阵容十分强大，华莱士·福特饰演乔治，布罗德里克·克劳福特饰演莱尼，而剧中农场主的儿媳则由克莱尔·露丝饰演。观众对该剧赞不绝口，这部剧一共上映 207 场，不管从哪个角度来看都非常成功。乔治·考夫曼对此十分满意，不过，斯坦贝克拒绝参与本剧的排练仍然让他坐立不安，而且，斯坦贝克拒绝参加本剧的首演仪式也让考夫曼略感伤心。后来有人造谣说，斯坦贝克曾说考夫曼是"自作聪明的纽约犹太佬"，这更加剧了考夫曼对斯坦

---

① 与 Gregory 的访谈。

贝克的疑虑。多年后，考夫曼依然对此耿耿于怀，他和斯坦贝克从此再也没有合作过。①

《人与鼠》公演大获成功后，杰克·柯克兰找到斯坦贝克，希望买下《煎饼坪》的戏剧版权。柯克兰曾成功地把厄斯金·考德威尔的《烟草路》搬上了百老汇舞台，这次他看中了《煎饼坪》，认为这部小说有改编成戏剧的潜力。斯坦贝克同意了柯克兰的要求，让他先写个剧本看看。柯克兰很快就写出了一个剧本，不过，斯坦贝克看完后立马感觉这个剧本行不通，因为柯克兰只是简单地把《煎饼坪》改编成了蒙特雷版的《烟草路》。他提出了一些修改意见，并对柯克兰说："现在的这个剧本完全没有可信度。"出于礼貌，柯克兰接受了斯坦贝克的批评，但他没能力也不想修改剧本，结果这部戏剧大败而归。斯坦贝克在信中对约瑟夫·亨利·杰克逊夫妇说："卡罗尔认为这是她看过的最糟糕的一部剧。台词写得很烂，导演和演员选角更烂。好在这部剧只演了四场就销声匿迹了，真是谢天谢地。"②

虽然《煎饼坪》没能在百老汇获得成功，但这件事并未给斯坦贝克带来负面影响。他现在越来越受欢迎，制片人麦伦·塞尔兹尼克试图说服斯坦贝克到好莱坞为他干活，甚至连泽波·马克斯也打来电话邀请斯坦贝克与他合作。斯坦贝克在信中对伊丽莎白·奥蒂斯抱怨说："好莱坞的人盯上了我。"更糟的是，一贫如洗的人们纷纷给他写信请他捐款。他在一封信中写道："我感到越来越悲伤。不断有人写信问我要钱，这实在太可怕了。"比如，有位伊利诺伊州的穷人在信中称，他的儿子需要 100 美元做手术，这个男人说："你很走运，可我却很倒霉。"再比如，斯坦贝克以前居住在萨利纳斯的时候认识过一个年轻女

① 与 Meredith 的访谈。
② *Steinbeck：A Life in Letters*，eds. Elaine Steinbeck and Robert Wallsten（New York：Viking，1975），pp. 152—153.

子，后来她给斯坦贝克写信称怀上了他的孩子。这名女子随后起诉斯坦贝克，最后自然是无果而终。

的确，斯坦贝克看上去似乎是突然受到了命运女神的垂青，《煎饼坪》和《人与鼠》在各大书店继续保持畅销；自从《人与鼠》被搬上百老汇舞台后，剧院天天爆满；英国和北欧国家也购买了该剧的版权；制作方还准备在全美作巡回演出；华纳兄弟电影公司也有意购买《人与鼠》的电影版权。

成名给斯坦贝克带来的负面效应持续发酵。现在，不仅杜克·谢菲尔德几乎不再和他有任何联系，连乔治·阿尔比也不再和他有来往。乔治·阿尔比的哥哥理查德说他们的关系恶化，完全是阿尔比的责任，因为他嫉妒斯坦贝克。斯坦贝克十分坦诚地在信中对乔治·阿尔比说："这段时间让我感觉度日如年，我过得很不自在。我们现在的关系不会给你我带来任何好处，这段时间以来，除了你，所有的朋友们都和我同心协力。"在信末，他说："乔治，如果我们始终做不到坦诚相见，我就不能和你做朋友……你只会伤害我。"①

成名给斯坦贝克带来的最坏结果，也许是卡罗尔渐渐地对他的作家生涯感到憎恶，因为和斯坦贝克相比，她感觉自己一事无成。和斯坦贝克结婚数年，她从婚姻中一无所得，自己既没能出过书，也没有孩子。有位朋友回忆说："在斯坦贝克出名前，他和卡罗尔的关系挺好。看到斯坦贝克获得成功，卡罗尔似乎怀恨在心。所有人都盯着斯坦贝克，卡罗尔认为自己也应该得到一点关注。他们时常吵架，和他们待在一起真的很无趣。"② 此外，卡罗尔之前和坎贝尔的绯闻也是她和斯坦贝克关系恶化的一个原因，斯坦贝克始终觉得心爱的人欺骗了他。

---

① *Steinbeck：A Life in Letters*，eds. Elaine Steinbeck and Robert Wallsten（New York：Viking，1975），p. 156.
② 与 Harley 的访谈。

　　像以前一样，只要和卡罗尔的关系变得紧张，斯坦贝克就埋头写东西，以此来逃避问题。1938 年深冬，他把全部精力放在了《愤怒的葡萄》上，偶尔到"清洁所"转悠几趟做点实地考察，那里的情况一天比一天糟糕。他在信中对伊丽莎白·奥蒂斯说，中央河谷"有五千个家庭正在挨饿"。当地的银行家们、商人以及那些在某种程度上和斯坦贝克有着相同出身的人们千方百计地阻挠流民们，希望把他们赶回老家。斯坦贝克决定为当地报社写几篇报道揭露这场危机，抨击那些伤害流民的家伙。

　　当时，维塞利亚地区洪水肆虐，中央河谷电闪雷鸣，倾盆大雨持续了数周，流民们身上裹着潮湿的毯子，睡在雨水蔓延的破旧帐篷里。孩子们在雨里跑来跑去，着凉患上肺炎，因为得不到医治死去。食物极度匮乏，人们饿得发了疯，在垃圾堆捉老鼠、狗和猫，捉到之后放在冒着浓烟的火堆上烤一烤就吃了。有些人想开着汽车离开此地，却发现被困在路边的泥地，汽车轮胎深深地陷入泥泞，发动机的化油器被水泡透无法正常工作。农场安全管理局不分昼夜地给这群陷入绝望的人们送来食物和药品，希望减轻他们的痛苦，然而这些救助不过是杯水车薪，真正的问题依然没有得到解决。

　　2 月 14 日，斯坦贝克和柯林斯一同在"阿尔文救助站"忙碌了两个星期。由于路上有些地方积水深达 2.3 英尺，而他的那辆破卡车不能涉水行驶，他和柯林斯只好步行，走了一整晚才到营地。刚一到营地，虽然被冻得发抖、不停地咳嗽，满身泥污的斯坦贝克仍然打起精神帮忙，把饿得半死的人拖到树下躲避连绵不断的暴雨，整整忙了两天两夜没合眼。尽管浑身沾满泥土，全身湿透，精疲力竭，但看到流民们的凄惨生活境况，斯坦贝克仍然夜以继日地忙碌着。不少流民因为饥饿身体变得十分虚弱，甚至连走上几步路去吃东西的力气都没有。

　　回到洛斯加图斯后，斯坦贝克家里来了一位客人——旧金山西蒙·J.卢宾协会的海伦·霍斯默女士，她和斯坦贝克有过一面之缘，斯坦贝克对她印象不差。霍斯默想把斯坦贝克之前为《旧金山新闻》写的7篇文章重新印成小册子出售，以便为那些急需救助的流民们募捐善款。斯坦贝克对霍斯默的想法很感兴趣，把以前发表过的7篇文章交给了她，并写了一篇题为《橘子树下的饥饿》的后记。在这篇后记中，斯坦贝克提出了一系列发人深省的问题："我们的国家会愚蠢、恶毒和贪婪到不管人民的死活吗？要知道恰恰是广大民众才让它得以成为世界上最富有的国家。难道非要等到饥饿变成愤怒，愤怒变成怒火的时候，我们的国家才会有所举动吗？"

像过去一样，斯坦贝克很难在一件事情上持之以恒。他于4月底写出了一部6万字稍多一点的中篇小说。不过，他怀疑这部小说写得不好，不是他期待的那部"大作"。他在信中对伊丽莎白·奥蒂斯说："以往每当稿子写得很顺的时候，我全身洋溢着一股暖流，但在写这部小说的时候，我从未有此种感觉。"卡罗尔也认为，这部中篇小说不是一部好作品。花了周末两天仔细读完了稿子后，她走进书房，一脸阴郁地对斯坦贝克说："把它烧了吧。"在这部中篇小说里，斯坦贝克采用了讽刺的手法，嘲笑了那些损害流动工人利益的银行家、商人和反劳工势力，但他并不是一个出色的讽刺作家。于是，他听取了卡罗尔的建议，把所有稿子堆在书房旁边的花园里，一把火全烧了。

5月中旬，斯坦贝克拿出一个新账本，重新开始写稿子。虽然，还没有想好新书的标题，但他知道自己要写的是一部场景宏大的政治小说。经过6个月紧锣密鼓地写作，20万字的手稿终于完工。在这6个月里，斯坦贝克一直待在洛斯加图斯的家中，只在必要的时候才会出门。每天，他会在书房里一直待到完成每天的工作量才出来。虽然一开始动笔的时候写得很慢，随着时间推移，他写得越来越快。为了在写东西的时候保持愉悦的心情，他经常用留声机放一些古典音乐，比如柴可夫斯基的《天鹅湖》和斯特拉文斯基的《诗篇交响乐》，这是他最喜欢的两首曲子。

那年夏天给斯坦贝克带来许多烦恼，其中一个烦恼是洛斯加图斯突然变成了一个受人欢迎的地方。许多人开始在斯坦贝克的房子附近大兴土木。斯坦贝克和卡罗尔再也感受不到以往的静谧，锤子的响声此起彼伏。7月，斯坦贝克惊慌失措地在信中对奥蒂斯说："越来越多的人搬到这个地方，我们要换个地方安家。"他和卡罗尔开始在乡间更偏远的地方寻找一个足够大的地方安家，这样就再也不会被人挤出去了。

从1933年到1937年，斯坦贝克先后写出十几篇短篇小说，分别刊登在《北美人评论》《哈珀斯》《矿工》等杂志上，颇受读者喜爱。帕特·科维奇建议斯坦贝克把这些短篇小说整理成一部短篇小说集出版，科维奇提出这个主意是因为他现在需要一本畅销书来拯救将要倒闭的出版社。可实际上仅靠一本畅销书并不能拯救科维奇·弗雷德出版社，6月，科维奇·弗雷德出版社在一夜之间倒闭了。8月29日，《时代周刊》披露了该出版社倒闭的详情："因负债高达17万美元，经营10年的科维奇·弗雷德出版社于上周由印刷商J. J. 里特尔 & 艾维斯接管，据报道，该出版社仅欠印刷商的债务就高达103000美元。上一周，该出版社将旗下的签约作家斯坦贝克以15000美元转卖给了维京出版社，这下我们总算知道了斯坦贝克在老东家的身价。"

8月14日，斯坦贝克签了一份购买合同，以一万美元的价格在洛斯加图斯以北大约5英里的地方，买下了一座50英亩的农场。梅雷迪斯回忆说："这是乡间一处风景优美的地方。斯坦贝克很喜欢这个偏僻的地方，更重要的是，他能在这里建一个大花园。农场里有一个池子，边上还有一片树林。卡罗尔还在农场里添了一个泳池。"[1] 斯坦贝克称

---

[1] 与梅雷迪斯访谈。

这个农场是"世界上最漂亮的地方",担心自己"无福消受"。

8月的一天,天气炎热,有位不速之客闯进了斯坦贝克的生活。斯坦贝克当时正坐在花园里的一把躺椅上写东西,突然一辆黑色的豪华轿车停在了大门口,一位身穿制服的司机下了车,为他的雇主打开了车门,一个身材矮小、满头银色卷发、拄着拐杖的男人从车里走了出来。等这个男人走近之后,斯坦贝克从躺椅上坐了起来,惊愕地发现来者竟然是美国历史上第一位好莱坞巨星——查理·卓别林。卓别林住在附近的卵石滩,有一栋价值数百万的豪宅,他读了斯坦贝克的近作,感觉应当亲自和斯坦贝克见上一面,于是,没有提前打招呼的他亲自来到了斯坦贝克家中。虽然,不太明白卓别林为何亲自到访,斯坦贝克还是很高兴,立刻让卡罗尔开了一瓶红酒。他和卓别林在太阳底下坐着谈了两个小时,各自讲了一些故事,后来斯坦贝克和卡罗尔成为卓别林的座上客,经常到他的豪宅参加奢华的宴会。

由于要重新搬到新买的农场安家,加之科维奇的出版社倒闭,以及连绵不断的种种请求,斯坦贝克发现自己一边要忙着写出最重要的一本书,一边还要承受上述各种压力。9月1日,他在日记中对自己说:"以前写书的时候有遇到过比这还多的阻碍吗?"9月2日,他继续在日记中写道:"日子一天天地过去,手稿像蜗牛一样缓慢前行,我要花很长一段时间才能写完它。"

9月,《河谷》出版,此时斯坦贝克只完成了《愤怒的葡萄》一半的手稿。尽管《河谷》不像《煎饼坪》和《人与鼠》那样畅销,但它也成功地跻身畅销书排行榜。不管是在当时还是在现在,一个短篇故事集能跻身畅销书排行榜都是一个了不起的成就,评论家们也对它给予了高度评价。9月23日,安妮·劳里·威廉姆斯写道:"《河谷》正受到媒体的极大关注。"9月25日,斯坦利·杨在《纽约时报书评》刊文称斯坦贝克将"成为一名伟大的美国作家"。

虽然，斯坦贝克很少关心《河谷》的销量和相关的评论，但偶尔还是有人认为他的短篇故事写得比小说好，甚至连安德烈·纪德有一次也说："斯坦贝克最优秀的作品是那几篇短篇小说"，此种评论有过分夸大作家某一才能而忽视其另一本领的嫌疑。斯坦贝克确实在写短篇小说方面很有才华，但自从《河谷》出版之后，他就很少尝试创作此类作品。

1938 年夏末，斯坦贝克依然为自己的大作忙碌着，9 月 3 日，他给这部大作起了一个名字叫《愤怒的葡萄》，这个书名是卡罗尔想到的，她从《愤怒的葡萄》手稿里获得了灵感：

> 人们拿了网来，在河里打捞土豆，看守的人便把他们拦住；人们开了破汽车来拾取抛弃了的橙子，但是火油却已经浇上了。于是人们静静地站着，眼看着土豆顺水漂流，听着惨叫的猪被人在干水沟里杀掉，用生石灰掩埋起来，眼看着堆积成山的橙子坍下去，变成一片腐烂的泥浆；于是人民的眼睛里看到了一场失败；饥饿的人眼里闪着一股越来越强烈的怒火。愤怒的葡萄充塞着人们的心灵，在那里成长起来，结得沉甸甸的，准备着收获期的到临。

第十章

走向经典

"你说你怕我，可我更怕被吹上天的斯坦贝克。"

——斯坦贝克致杜克·谢菲尔德，1940 年 1 月

1938 年 10 月，斯坦贝克和卡罗尔离开洛斯加图斯搬往新买的农场，由于农场需要重新修缮，他们只好暂时住在农场的一间老旧农舍里。这时，《愤怒的葡萄》手稿已接近尾声，斯坦贝克在这座农场写完了这部"大作"。为了完成这部作品，斯坦贝克和卡罗尔付出了大量精力，两人都患上了严重的寒哮病。

农场的修缮于 1939 年新年完工。1 月，斯坦贝克和卡罗尔在晴冷的一天搬进了新家。新年这天，斯坦贝克在信中对科维奇说："我写完了《愤怒的葡萄》最难写的那部分。我突然患上了神经炎，需要做个基础代谢测试才能知道病因。我现在只好卧床休息，终于有时间给朋友们写写信了。我们的新家很漂亮，窗户外面就是河谷，我很想起来到处走走，到院子里种点东西。"①

维京出版社准备在 1939 年 3 月底或 4 月初出版《愤怒的葡萄》，然而小说手稿中存在一些非常棘手的问题需要处理。最大的问题是小说的语言，帕特·科维奇、哈罗德·君兹伯格和马歇尔·贝斯特（维京

---

① *Steinbeck：A Life in Letters*，eds. Elaine Steinbeck and Robert Wallsten（New York：Viking，1975），pp. 174—175.

出版社的一名高级编辑）认为小说中有些语言"过于粗俗"，他们担心没有书店愿意销售这样一部满是脏话的小说，甚至有可能被列为禁书。因此，维京出版社委派伊丽莎白·奥蒂斯前往加利福尼亚协助斯坦贝克修改手稿，但奥蒂斯深知，斯坦贝克必定不会同意任何人出于商业或其他目的修改他的稿子。

1939 年元旦过后，奥蒂斯来到斯坦贝克家中。斯坦贝克回忆说，每一处细小的改动对他都像是沉重的一击，感觉自尊心受到了伤害。他坚持认为若删掉某一处，就得在删节处重新添加文字以保持行文节奏，奥蒂斯认真仔细地按照他的意见替换掉手稿中所有的脏话。

1 月 9 日，帕特·科维奇在信中对斯坦贝克说他和维京出版社的同事们"看完《愤怒的葡萄》手稿后，不知道该说些什么"。马歇尔·贝斯特认为《愤怒的葡萄》"是最值得出版的一本书"。不过，斯坦贝克知道这只是一句奉承话，科维奇的真实意图是让他修改手稿，"作为一家优秀的出版社，我们觉得有必要向你指出手稿中令我们震惊的缺点和问题"[1]。科维奇认为《愤怒的葡萄》结尾处有缺陷：

> 你打算以象征结束全文，认为我们要对同胞们表现出更多的关怀、同情与理解，生活必须且终将继续下去。读到罗莎夏喂一个快要饿死的男人喝奶水的时候，所有人都会感动。然而，以此作为一部如此宏大小说的结尾让我们深感震惊，我们深思熟虑后认为此结尾太过草率，你需要扩写手稿的结尾。

科维奇在信末顺便提到，马歇尔·贝斯特记得居伊·德·莫泊桑写过一个女人在火车上喂一个快要饿死的男人喝奶水的故事。

---

[1] *Steinbeck：A Life in Letters*，eds. Elaine Steinbeck and Robert Wallsten（New York：Viking，1975），p. 177.

面对出版社的指正，斯坦贝克忍无可忍，于1月16日不耐烦地回信说："我不会修改故事的结尾。"他据理力争，指出故事的结尾是"一个巧合"，不能展开讲那个喝了罗莎夏奶水的男人的故事。在小说里，"乔德一家人不认识他，不关心他，跟他没有任何关系"，这一点很重要。斯坦贝克耗费了大量精力才写出《愤怒的葡萄》，再也没有心思修改手稿。此外，直觉告诉他手稿没有任何问题，他坚持不对手稿做任何改动。

此时，好消息接二连三地传到斯坦贝克耳中。《人与鼠》在全美巡演，非常成功，版税自然也源源不断地进入斯坦贝克的口袋。1月中旬，斯坦贝克被选为美国文学艺术协会会员，他高兴地接受了这项荣誉。刘易斯·迈尔斯通买下了《人与鼠》的电影版权，迈尔斯通导演的《西线无战事》已成为一部经典电影，洛伦兹告诉斯坦贝克，迈尔斯通绝对是执导《人与鼠》的最佳人选，斯坦贝克不用担心自己的作品会被改编得面目全非。

同时，查理·卓别林在准备拍摄《大独裁者》电影之前，来到斯坦贝克的农场休假。斯坦贝克和卓别林虽相识不久，但两人很快就成了要好的朋友。斯坦贝克（在卓别林的要求下）开始修改《大独裁者》电影分镜头剧本，时不时地加上一两句台词。卓别林对斯坦贝克说，他想写一本关于电影制作的书，建议斯坦贝克和他一同合作出版此书。但在卓别林离开农场之后，这个想法就被斯坦贝克抛之脑后，他不打算为了别人的电影而浪费自己的时间，就算这个人是查理·卓别林也不行。

斯坦贝克的名声越来越大，这也给他带来了许多恶果，其中之一便是他有时会变得非常多疑，确实，有些因素导致斯坦贝克偶尔变得多疑。在30年代，有不少人非常担心美国也会像20年前的沙皇俄国一样爆发一场社会主义革命。富兰克林·罗斯福总统通过不断地为民众谋求福利，让民众感觉到政府非常关心人民的疾苦，从而抑制了社会主义革命在美国蔓延的势头。尽管如此，中产阶级和中上阶级的人们还是认为革命极有可能爆发。

距离《愤怒的葡萄》出版前大约一个月的时候，有人开始暗中散播一些小册子，说斯坦贝克是个危险的革命分子。3月4日，斯坦贝克对科维奇说联邦调查局已经开始调查他。简·史密斯是斯坦贝克的一位好友，在蒙特雷开了一家书店，她对斯坦贝克说，有两个自称是联邦调查局的人来到书店向她询问了几个有关斯坦贝克的问题，"斯坦贝克有没有谈论过共产主义？""他的朋友是哪些人？""他买的是什么类型的书？""他有没有提过以暴力手段推翻美国政府？"这些问题让斯坦贝克感到不妙。

另外，斯坦贝克得知农民联合会打算用各种手段"抓到"他；加州北部的商人们组建了一个右翼团体，向每个县的警长通报了"已知的共产主义分子和同情社会主义革命的人"，其中就有斯坦贝克的名字。斯坦贝克顿时慌了神，找了一个律师寻求帮助，但律师说对于这种控告他也无能为力。不过律师建议斯坦贝克以后行事务必谨慎。人为捏造的指控，不管有多么荒唐，也是极其危险的。十几名流动工人以及对他们表露同情的人已被陷害入狱，而斯坦贝克也有可能因此被逮捕。斯坦贝克非常害怕，更加小心翼翼地生活。

3月3日，维京出版社给斯坦贝克寄来了《愤怒的葡萄》样书，样书的外包装令斯坦贝克"非常满意"。在他的坚持下，样书的扉页上印着"共和国战歌"。样书总共850页，是一本名副其实的大部头，仅书的厚度就足以让人咋舌。两周后，有评论家开始评论这部小说，有些章节遭到评论家的诟病，他们认为这些章节过于晦涩难懂。斯坦贝克在信中对帕特·科维奇说："还好我的作品不是专供这些评论家们看的。"

总体来看，评论家们对《愤怒的葡萄》持肯定态度。当时两位非常有影响力的评论家——《大西洋月报》撰稿的爱德华·威克斯和《哈珀斯》撰稿的约翰·张伯伦，高度赞扬了《愤怒的葡萄》。查尔斯·安格夫在《北美人评论》撰文称，"凭借这部小说，斯坦贝克得以迅速和霍桑、梅尔维尔、克兰及诺里斯平起平坐，一跃成为同时代作家中的佼佼者。此书影响深远，足以流传千古。"安格夫料到有些评论家可能会对《愤怒的葡萄》的语言和结构提出批评，于是笔锋一转，接着说，"此书中的一些瑕疵，比如松散的结构、叙事不够清晰，不足以掩瑜，此类瑕疵也曾出现在《圣经》《大白鲸》《堂吉诃德》与《无名的裘德》之中。伟大的小说家们从来不会遵从旁人定下的规矩。"

克里夫顿·法迪曼和马尔科姆·考利分别在《纽约客》与《新共和报》上对《愤怒的葡萄》发表了颇具影响力的评论。法迪曼写道："要是那数百万过着舒适生活的人读一读《愤怒的葡萄》，我想这本书或许能在他们内心掀起一场革命。"法迪曼称赞《愤怒的葡萄》足以和维克多·雨果的《悲惨世界》以及其他能够引发读者愤怒情绪的大作相媲美。从不过分夸赞任何一本书的评论家马尔科姆·考利在评论中这样写道：

> 有些评论家认为《愤怒的葡萄》是近十年来最优秀的作品，我对此不敢苟同，它与海明威、多斯·帕索斯的最优秀作品相比还差得远。但它仍不失为一部读后让人感到愤慨的好作品，就像《汤姆叔叔的小屋》一样，足以发动人民与不公正的行为作斗争。

斯坦贝克认为读者可能不会喜欢《愤怒的葡萄》，提醒科维奇不要把《愤怒的葡萄》印太多，不过科维奇并未听从斯坦贝克的建议。第一版《愤怒的葡萄》在书顶部分印着黄色斑点，总计印刷 19804 本。

很快，第一版销售一空，到 5 月 17 日，印刷总数超过 83000 册。到 1939 年底，《愤怒的葡萄》总计印刷超过 43 万册，不管是在当时还是在今天来看，这都是一个令人吃惊的数字。自那时起，《愤怒的葡萄》从未停止过印刷，且每年的销售量从未低于 5 万册。

尽管《愤怒的葡萄》大获好评，但随之而来的公开宣传让斯坦贝克无法忍受。公众给予他前所未有的关注，各行各业纷纷向他抛来绣球。比如，好莱坞一家电影工作室打来电话，称愿意以每周 5 千美元的报酬请斯坦贝克为他们写电影剧本。卡罗尔一把夺过话筒大声地说："我们一周要 5 千美元干什么！别来烦我们！"凡此种种让卡罗尔怒不可遏。有位朋友回忆说："她受不了舆论对斯坦贝克作品的关注，而且只要斯坦贝克从外面出差回家，他们就会互相看不顺眼，为了一点鸡毛蒜皮的事情大吵大闹。斯坦贝克挣得越多，就越讨厌花钱。生活上的变化让他手足无措。他内心充满忿恨，变得暴躁。朋友们也不再来看望他们。"[1] 卡罗尔也感到"待在家里十分无聊"。有一次，斯坦贝克出差回到家不久，对卡罗尔说自己再也不想待在这个家里，惹得卡罗尔火冒三丈。他打算到好莱坞待上一个月，卡罗尔大声地反驳说："你不是讨厌好莱坞吗？"斯坦贝克回答说："无所谓，反正我要离开这个家。"

回首往事，我们会发现，成功使斯坦贝克感到迷茫，婚姻让他变得郁郁寡欢。他不清楚自己是谁，也不知道身在何方。他和卡罗尔在生养孩子的问题上意见相左，有位朋友回忆说："有段时间，卡罗尔想生个孩子，但斯坦贝克却认为有了小孩会影响他的写作生涯。"[2] 1939 年圣诞刚过，卡罗尔告诉斯坦贝克她怀孕了，两人的关系因此变得紧张。斯坦贝克六神无主，坚持要卡罗尔打胎，卡罗尔只能违心地点头

---

[1] 与 Harley 的访谈。

[2] Ibid.

同意。但不幸的是，卡罗尔打胎后因输卵管感染被迫在数月之后接受子宫摘除手术，这对一个正值生育年龄且满心想要孩子的卡罗尔来说，犹如灭顶之灾。

约瑟夫·坎贝尔得知卡罗尔因打胎导致终身不育的消息后怒不可遏。在最近的一次采访中，他对斯坦贝克虐待卡罗尔感到愤恨不平，"有些男人辛苦打拼事业的时候可以和妻子一同吃苦，可他们一旦有了钱，就会立刻抛弃糟糠之妻。我向来对这种男人没有好感。"斯坦贝克对待卡罗尔的态度确实应该受到严厉指责，卡罗尔为他做出许多牺牲：为了配合他的行程，卡罗尔不断地调整自己的安排；只要斯坦贝克开口，卡罗尔就毫无怨言地帮他敲出手稿，还要耐着性子安慰斯坦贝克。但他似乎对此视而不见，和许多作家一样，斯坦贝克愿意为了追求自己的事业而牺牲家庭。

然而，读者必须要看透斯坦贝克这些令人厌恶的举动。他有自己的价值观，但同时心理脆弱又缺乏自信；他无法摆脱过去对他产生的影响，耳边总是响起母亲的指责声。因此，斯坦贝克经常对自己的才华感到怀疑。从《愤怒的葡萄》创作日记中我们可以看出他经常怀疑自己，时刻感觉自己会失去灵感；他感觉自己能写出东西纯粹是运气使然，它们是上天恩赐的礼物；他经常认为，自己马上就要变得江郎才尽。为了摆脱这些想法，他只好比别人付出更多的努力。苦尽甘来时，他总认为成功如昙花一现，再度振奋精神继续努力。

6月8日，斯坦贝克暂时搬到洛杉矶，在老乡麦克斯·瓦格纳家旁边租了一套简装公寓。他经常待在公寓闭门不出，偶尔会到麦克斯家里取信。麦克斯当时正努力成为电影演员，但始终只出演过一些小角色。麦克斯经常和一个叫格温多琳·康格的女性朋友待在一起。格温住在街角，也和麦克斯一样想当个演员，但她的运气并不比麦克斯好多少。她和母亲还有外婆同住，隔三差五在当地酒吧驻唱挣点小钱养家。格温喜欢读书，她惊讶地得知麦克斯竟然和斯坦贝克是校友。

那时，斯坦贝克身体不好，背痛、小腿发炎红肿、情绪不稳，他已几乎不和卡罗尔联系，整天躲着如复仇女神一般对他紧追不舍的媒体记者们。麦克斯想让他认识一些新朋友，但他神情总是很冷漠，不过，格温是例外。有天晚上，麦克斯带斯坦贝克来到一家名叫"瑞克"的夜总会，格温在这里驻唱，这是斯坦贝克第一次见到格温。他一边喝着威士忌苏打酒，一边为格温柔美的嗓音和修长的大腿暗自叫绝。演出间隙，格温走到麦克斯桌前，对斯坦贝克挤眉弄眼。斯坦贝克天性害羞，很少说话，只是专心地听格温讲话，目不转睛地盯着她。格温也看上了这位大作家。

格温当时只有 20 岁，斯坦贝克已经 38 岁，年龄差距很大。格温的一位朋友回忆说："格温巧舌如簧，相貌出众，长得比大多数姑娘都高，一头浅金色的可爱卷发。大家一致认为她是最性感的女孩。她很会讨好男人，挑逗他们，男人们都被她迷得神魂颠倒。追求她的人天天往她家里打电话。"① 然而，贝斯却对格温有不同的看法，"她太可怕了。谁都不能相信她说的话。我肯定不相信她。除了弟弟，没人相信她，他在这个女孩身上没少吃苦头。"

斯坦贝克和格温的感情并没有立刻擦出火花。1939 年夏，他先后几次来到洛杉矶，每次都会特意和格温见面，带她和一些好莱坞大腕们共进晚餐。但即便如此，斯坦贝克依然和卡罗尔保持着婚姻关系，他的家族里还没有过离婚的先例，他并不打算和卡罗尔离婚，因为离婚对他而言意味着人生的失败。

6 月 20 日，斯坦贝克回到农场家中，发现家里的情况依旧很糟糕。

---

① 1992 年 12 月 4 日与 Janet McCall 的访谈。

他在信中对杜克·谢菲尔德说:"我于三天前回到家中,发现有大约500封信等着我回复。"① 他接着对杜克说,农民联合会一直在威胁他,因此他不得不"谨慎行事,绝不孤身一人外出,如果要做什么事情,必须要有他人在场作证"。他很害怕遭到诬陷。后来,斯坦贝克在信中对一位朋友说:"你一个人住进一家旅馆,接着一个女人走进你的房间。她脱光衣服,抓花自己的脸,大喊大叫。你该怎么向旁人解释清楚呢?"这算是多疑吗? 一位曾在《旧金山新闻》报社干过编辑的人说:"我觉得这并不是多疑。只要有人声称他支持流民们,那么他就会遭到陷害。那时加州情势紧张,而联邦调查局的出现更是火上浇油,到处都是联邦调查局的特工,他们和大地主是一伙的。"

7月下旬,刘易斯·迈尔斯通和尤金·索洛带着《人与鼠》的电影剧本来到农场。斯坦贝克此前曾答应帮他们修改电影剧本,但他现在身体很差,小腿肿胀,背部疼痛,精力不济。大约一个月之后,电影在圣费尔南多谷正式开拍,斯坦贝克也去了拍摄现场。小朗·钱尼饰演莱尼,伯吉斯·梅雷迪斯饰演乔治。梅雷迪斯回忆说:"斯坦贝克经常到片场,站在一边看我们拍戏。大家都认得他。电影拍摄期间我们成了好朋友。后来他搬到了纽约和伊莱恩·司各特结了婚,我就很少再和他见面,但我们始终保持着密切的联系,直到他去世。"②

同时,达瑞尔·F·扎纳克正尝试着把《愤怒的葡萄》改编成电影剧本。斯坦贝克和努纳里·约翰逊碰了几次面,约翰逊向他保证扎纳克一定会让《愤怒的葡萄》原汁原味地呈现在观众眼前。很明显,斯坦贝克担心扎纳克会试图淡化小说中的政治主题,不过好在扎纳克并没有这么做。约翰逊说《愤怒的葡萄》让扎纳克改变了自己的政治立

---

① *Steinbeck*:*A Life in Letters*,eds. Elaine Steinbeck and Robert Wallsten(New York:Viking,1975),p. 186.

② 与 Burgess 的访谈。

场。扎纳克参观了几座救助站，对眼前的悲惨景象感到震惊。斯坦贝克和约翰逊关系很好，后来当约翰逊奉命把《月亮下去了》改编成戏剧时，他问斯坦贝克是否介意他对原著做一点变动，斯坦贝克淡淡地说："你随便改。"

尽管事业上一直顺风顺水，但斯坦贝克和卡罗尔的婚姻关系却越来越糟。"弟弟承受了太多的压力，"贝斯回忆说，"他和卡罗尔总是动手打架。"有位朋友回忆说："只要和卡罗尔在一起，斯坦贝克就开始酗酒，醉得不省人事，卡罗尔便会大声地责骂他。更糟的是，卡罗尔有时装作什么都没看见。她嫉妒那些和斯坦贝克有交往的人。但斯坦贝克却坚决不让卡罗尔踏进自己的新生活，不愿和她分享这一切。卡罗尔自然对此十分恼怒。"① 7 月底，斯坦贝克和卡罗尔来到洛杉矶。一路上，斯坦贝克发现卡罗尔举止怪异。愤怒终于爆发了，有天晚上，幽默作家罗伯特·本奇利邀请斯坦贝克和卡罗尔到自己家中做客，席间，卡罗尔突然怒气冲冲地不辞而别，让斯坦贝克万分尴尬。斯坦贝克在她身后一路追到酒店，随后两人大动干戈。斯坦贝克在信中对奥蒂斯说："卡罗尔在洛杉矶变得神经质，她走了。责任都在我头上。"卡罗尔走后，斯坦贝克闷闷不乐地在酒店房间待了两个星期。心情平静下来之后，他一个人回到了帕西菲克格罗夫的老房子。在开车到洛杉矶的路上，斯坦贝克感觉自己要放弃一些东西，不得不改变自己的生活。

斯坦贝克回到帕西菲克格罗夫，里基茨立刻赶来同他见面。斯坦贝克第一次敞开心扉同里基茨讨论起是否要和卡罗尔离婚。谈话结束后，斯坦贝克心神不宁，无法一个人继续待在老屋，于是来到里基茨家中。里基茨理解他的心情，没有和他讲话，只是放了一些斯特拉文斯基、贝多芬和莫扎特的曲子。西蒙斯回忆说，斯坦贝克"失魂落魄

① 与 Harley 的访谈。

地在实验室里走来走去看着我们干活。我们以前从未见过他如此忧郁"①。

一番深思熟虑之后，斯坦贝克发现自己并不想和卡罗尔离婚，他们历经风雨一路走到现在，他确信自己还爱着卡罗尔。开车回到家后，斯坦贝克立刻向卡罗尔道歉寻求和解，两人很快冰释前嫌。他开车载着卡罗尔出门旅游散心，一路向北穿过俄勒冈州和华盛顿州。在寄给奥蒂斯的明信片上，斯坦贝克写道："我们一路上白天开车赶路，晚上停车休息。"亲近大自然让斯坦贝克感到心情舒畅。

几周之后，他们返回家中，简单地扫了一眼邮箱里堆积如山的信件后，又立刻乘飞机来到芝加哥。他们在一家"靠近湖边的宁静小酒店"订了房间，和斯坦贝克的舅舅乔·汉密尔顿一起吃了几次晚饭。的确，一连串的社交活动让斯坦贝克和卡罗尔暂时忘掉了破裂的婚姻，但他们迟早要解决这个问题。

斯坦贝克经常自欺欺人地认为他和卡罗尔的婚姻很稳定，他"始终沉浸在幻觉中，认为他和卡罗尔的关系总会慢慢变好"。② 1939 年 10 月初，斯坦贝克和卡罗尔从芝加哥回到家中，他在信中对奥蒂斯说：

> 我坐在美好的清晨里，享受着周围的一切。苹果、梨、葡萄还有核桃都熟了，烘干盘里放着李子和葡萄干。地窖里弥漫着苹果和葡萄酒的香味。浆果也熟了。鸟儿们叽叽喳喳地飞来飞去。外面一片蛙鸣声，预示着大雨将至，但我知道它们只是在瞎叫唤。多么美好的一天！③

---

① 与 Simmons 的访谈。
② 与 Harley 的访谈。
③ *Steinbeck：A Life in Letters*，eds. Elaine Steinbeck and Robert Wallsten（New York：Viking，1975），p. 189.

他接着说道，卡罗尔现在"身体很好，精力恢复得也不错"，还说自己为《愤怒的葡萄》滑落到畅销书排行榜第二名感到窃喜，"不出一个月，《愤怒的葡萄》就会跌出畅销书榜，再过半年，所有人就会忘了这本书。"当然这只是斯坦贝克天真的想法而已。

在这一时期，斯坦贝克身上发生了不少带有讽刺意味的事，其中一件就是他不再像以前一样认为作家必须要保持低调并且避免和某些人接触。他过去，或者说曾经，是一个独来独往的人，只喜欢与最亲近的老朋友保持联系，比如杜克·谢菲尔德、托比·斯特里特，以及爱德华·里基茨等人。突如其来的财富和名声让他在一夜之间接触到了一大批名人，比如伯吉斯·梅雷迪斯、查理·卓别林、斯潘塞·特雷西、安东尼·奎恩等等。当时身为年轻演员的奎恩回忆说："斯坦贝克那时是个大人物，我们都想与他结交。我记得有一次在旧金山的一家餐厅见到了斯坦贝克，他看起来威风凛凛，大家都想见见他，听他讲话。"[1] 梅雷迪斯也回忆说："我觉得金钱、名人以及公众对他越来越高的期望都让斯坦贝克难以承受。他突然之间掉进了一个纸醉金迷的圈子，虽然受人仰慕，但却不开心。"斯坦贝克对老友们说这些名人"生来就是搞社交的"。他还口是心非地称自己社交圈子的扩大都是因为卡罗尔想结交这些"达官贵人"。可实际上，斯坦贝克的确一时没有抵挡住这种诱惑。而就在几年前，他还清楚地知道此种诱惑对于像他这样的作家来说是致命的。

《愤怒的葡萄》并未如斯坦贝克预料那样淡出人们的视线。它是1939年当年最畅销的一部小说，甚至在1940年，以及以后的许多年里，它依然很畅销。热情的读者们从未停止过给斯坦贝克写信，而此书在某些地区引发的抗议也从未停止过。例如，洛杉矶的皇宫酒店曾

---

① 1992 年 9 月与安东尼·奎恩的访谈。

举办过一场公众午宴，参与人员集体声讨《愤怒的葡萄》及其作者斯坦贝克。此外，恶意中伤斯坦贝克的流言蜚语也从未销声匿迹。俄克拉荷马州国会议员莱尔·博伦抗议说："我告诉你们，每一位诚实正直的美国读者，斯坦贝克在小说里写的全是谎话，他的心灵已被扭曲，才写出这么一部黑暗如炼狱般的小说。"《愤怒的葡萄》被纽约、伊利诺伊州、加利福尼亚州以及其他州的教育委员会列为禁书，禁止学生阅读此书。

《愤怒的葡萄》让斯坦贝克受到了各种莫名其妙的指控，其中有人控告说他是个犹太人，《愤怒的葡萄》则是犹太复国主义阴谋的一部分。L. M. 伯克黑德是一名牧师，领导着一个叫做民主兄弟会的组织，他给斯坦贝克写信询问他是哪国人。在信中，伯克黑德还说他本人及其领导的组织致力于打击"支持纳粹和反犹的宣传"。斯坦贝克哭笑不得，十分诚恳地回信说："此刻我非常忧伤地给您回信，我忧伤是因为作家的种族身份变成了我们评判其作品好坏的标准。我是不是犹太人，这对我来说并不重要，而且我知道，倘若一个对我的作品感兴趣的评论家已经有了先入为主的看法，那么我再怎么争辩也是白费口舌。我不明白《愤怒的葡萄》怎么就变成了为犹太人摇旗呐喊的作品，不过，我倒是听说有人管它叫共产主义宣传作品。"①

尽管，批评的声音不绝于耳，但在一些重要的场合，斯坦贝克获得了强有力的支持，其中就包括来自白宫的支持。艾莉诺·罗斯福对此书评价极高，多次在公开场合称赞《愤怒的葡萄》。虽然评论界对《愤怒的葡萄》褒贬不一，但它终究是斯坦贝克笔下的一部大作。不管从哪个角度来看，这部小说都给读者留下了深刻印象。奥蒂斯和其他人反复对斯坦贝克说，尽管公众对《愤怒的葡萄》有争议，但这并没

---

① *Steinbeck: A Life in Letters*, eds. Elaine Steinbeck and Robert Wallsten (New York: Viking, 1975), p. 203.

有损害到它的声誉。《愤怒的葡萄》一经出版，很快就成为美国文学的一部经典著作，扎纳克把它翻拍成电影后更是激起公众对小说的兴趣，使得《愤怒的葡萄》再次跻身畅销书排行榜。

第十一章

自我抗争

"我也相信，旧世界背后是茁壮成长的新世界，恰如野草，虽
经火焚，仍会长出新芽。"

——斯坦贝克致杜克·谢菲尔德，1939 年 11 月 13 日

自 1939 年秋末到 1940 年早春，每个欧洲人都感受到了战争日益
逼近的紧张气氛，而斯坦贝克却对此故作不知，他还不想关注战争。
虽然《愤怒的葡萄》让他一举成名，但随之而来的种种事情让他无力
应对。他经常和里基茨待在蒙特雷的实验室。卡罗尔依旧住在洛斯加
图斯的家中，身边有一大群朋友。斯坦贝克突然间迷上了动物学研究，
卡罗尔并没有把这件事放在心上，不过她知道，《愤怒的葡萄》打破了
平静的生活，而动物学研究恰好为他提供了转移视线的契机。他在信
中对伊丽莎白·奥蒂斯说，《愤怒的葡萄》的出版历程"根本就是一场
噩梦"，也许做点科学研究可以平复心情。他很认真地"买了一批书，
准备学习"，不过斯坦贝克没有想过要把这件事培养成一个兴趣。

在一封写给杜克·谢菲尔德的信中，斯坦贝克详细披露了他对动
物学研究的态度：

杜克，动物学研究很有趣。我对它只有大致的印象，却并不
了解相关具体的知识。我感觉自己得回学校再上学。我对数学一

无所知，现在只好先学点抽象数学。我对生物学略知一二，但那点皮毛远不够用，而且我对生物物理学和生物化学也一窍不通。所以现在我必须重头开始。①

他和里基茨打算到旧金山的近海水域做一番调查，准备出版一本书，为本地区的生态研究抛砖引玉。1940 年早春，他们计划调查一下加州的巴哈岛海岸。他们原本打算从内陆前往巴哈岛，不过这个想法很快就被抛弃，他们转而选择乘船前往巴哈岛。此次远航调查之后，他们撰写了一本书，题为《科提兹海：游览与研究漫记》。斯坦贝克非常积极地为这项计划出谋划策，比如，他曾和里基茨匆匆到伯克利购买了一台价格昂贵但性能强劲的显微镜，他在信中对奥蒂斯说："曾有一段时间，我想买一台带油浸镜头的显微镜，但是这要花费大约 600 美元，我不会立马就买。这台 SKW 型号的显微镜已经足够此次调查之用。但是那个型号的显微镜真的非常好！"②

从 1939 年 12 月到 1940 年 1 月，斯坦贝克一边和里基茨为巴哈岛调查做准备，一边待在书房阅读一些科技著作。他和卡罗尔好不容易相互妥协不再吵架，各自忙自己的事情。卡罗尔上上钢琴课，写写诗歌，到朋友家串个门，回家做饭；斯坦贝克则读一些有关海洋生物学的书，做点笔记，有时到花园翻翻土，种点东西。他们的婚姻状况以一种奇特的方式折射出当时美国的大体情况：战争的乌云在天边聚集，但眼下仍有和平的阳光透过乌云给人们带来一丝光线。虽然明知战争不可避免，但斯坦贝克和卡罗尔仍然为自己的事情忙碌着，期望战争的乌云也许会就此消散，不要影响到他们的生活。

---

① *Steinbeck：A Life in Letters*，eds. Elaine Steinbeck and Robert Wallsten（New York：Viking, 1975），p. 193.
② Ibid. , p. 196.

　　1940 年 2 月，斯坦贝克和里基茨发现应该乘船前往巴哈岛，因为从陆上很难接近他们要调查的海岸，他们决定"从蒙特雷乘坐一艘围网渔船前往目的地"。[①] 围网渔船造型独特，令人过目不忘，它主要用于捕捞沙丁鱼，其长度大约从 60 英尺到 80 英尺不等，需要三到四名船员才能操控。就在这时，卡罗尔突然提出参加此次远航调查，斯坦贝克只好不情愿地带上卡罗尔，但是他要求卡罗尔独自睡在驾驶室。

　　由于请人做航海记录需要花费很多钱，于是斯坦贝克让奥蒂斯帮忙寻找是否有人愿意接受按天计酬为他们记下航行途中每天发生的事情。他提醒奥蒂斯说，航海记录得写成纯描述性的文字，"不能写成像冒险日记一样的东西。"他们费尽九牛二虎之力才雇到一条船，随后于 3 月底从蒙特雷起锚开始了远航调查。这艘船的船长是托尼·贝里，他曾到过墨西哥海域。他们第一站来到洛雷托，一个墨西哥小村落，村子里有一座始建于 1535 年的教堂。斯坦贝克和里基茨准备尽可能多地收集海洋生物样本，并对它们加以分类存储。斯坦贝克在信中对奥蒂斯说："我们收集了上千个样本，估计要花费好几年的时间才能完全把它们一一辨别清楚。"除了调查之外，他们还搞过"冒险活动"，比如，有天晚上，他们骑着骡子进山，想逮几头大角羊回去。

　　就在调查进行期间，大西洋另一端战事日趋紧张，希特勒的军队横行四处，所向无敌，接连攻占了奥地利、波兰和比利时，明眼人都能看出整个世界即将卷入流血冲突。斯坦贝克对奥蒂斯说，他"不想听到任何从欧洲传来的战争消息"，他说墨西哥的一些乡下人"连欧洲在哪儿都不知道"。

　　4 月 13 日凌晨 3 点，调查船掉头朝北准备返回加州。他们从墨西哥湾出来后便进入了太平洋海域。这两片不同的水域风格截然不同，

---

① *Steinbeck：A Life in Letters*, eds. Elaine Steinbeck and Robert Wallsten（New York：Viking, 1975）, p. 199.

墨西哥湾风平浪静，他们"在这里一边调查，一边晒着太阳玩乐"，而太平洋却显得凶险莫测，"海水呈灰色"。海面上突然出现巨浪，"我们像受惊的马一样站在颠簸的船上，手里必须得抓着东西才能站稳"。

1940 年 4 月末，巴哈岛远航调查结束，斯坦贝克和卡罗尔回到家中。他感到十分惆怅，不知道往后该做什么。《愤怒的葡萄》广受欢迎，让他在商业上和文学上大获成功，帕特·科维奇建议他抓住机会，再接再厉，写出更好的作品。不过，斯坦贝克却打了退堂鼓，对科维奇的建议不理不睬。在他看来，小说这种体裁"已山穷水尽"，自己也"似乎不想再写小说"。

《科提兹海》由斯坦贝克和里基茨合著完成，但维京出版社对这本书没有任何兴趣，认为此书无足轻重，内容古怪，不会引起读者关注。但这本书对斯坦贝克却很重要，他认为《科提兹海》甚至有可能会对他的小说创作产生影响。但是要写什么小说呢？他对《煎饼坪》很满意，想围绕蒙特雷再写一部作品。于是，他开始搜集奇闻轶事，写出了《罐头厂街》。他曾经对好莱坞恨之入骨，可现在却喜欢上了拍电影。佩尔·洛伦兹打算拍摄《为生活奋斗》，邀请斯坦贝克为他写个剧本，虽然婉拒了洛伦兹的邀请，但斯坦贝克开始打算自己拍一部纪录片。洛伦兹能做到的事情，他也一定能做到。

福克纳、菲茨杰拉德和斯坦贝克三位作家都和好莱坞合作过，但相比之下，福克纳和菲茨杰拉德对好莱坞的所求远超出好莱坞对他们的所求，而斯坦贝克才是电影行业渴求的人才。他的故事带有写实风格，极易被搬上荧幕。好几位著名的制片人找到斯坦贝克，把印着诱人报酬的合同摆在他面前，希望与他合作拍电影；甚至连好莱坞当时非常有名的霍华德·休斯都亲自给斯坦贝克打来电话商谈合作事宜；此外，一位名叫赫伯特·克莱恩的制片人也向斯坦贝克寻求合作，他打算拍一部电影，讲述一个身陷政治革命的穷苦墨西哥家庭的故事。

克莱恩猜测这个主题也许会让斯坦贝克感兴趣，结果的确如此，斯坦贝克点头同意。不过，斯坦贝克认为电影主题不应大谈特谈革命问题，而应重点讲述人们如何提高一个墨西哥村庄医疗水平。克莱恩的想法最终被拍成了一部虚实参半的纪录片——《被遗忘的村庄》。

斯坦贝克极其关心《被遗忘的村庄》的拍摄工作，在拍摄过程中，不管大事小事，他都要亲自过问，仿佛他才是制片人。他和克莱恩自掏腰包为影片拍摄提供了部分资金，另外他还从科维奇和哈罗德·君兹伯格那里获得了部分赞助。最终，斯坦贝克和克莱恩获得了 35000 美元的制作费，就算在 30 年代，这点钱也不够拍摄一部真正纪录片。但对他们来说，这些钱已经够了，这就意味着影片可以立刻开拍。

对刚经历过科提兹海远航调查的斯坦贝克和卡罗尔来说，能重回墨西哥自然令他们很兴奋。他们立刻从洛杉矶出发前往墨西哥。继《人与鼠》被成功改编成电影之后，刘易斯·迈尔斯通想把《小红马》也改编成电影。因此，斯坦贝克和卡罗尔在去往墨西哥的中途和迈尔斯通见了一面。在他们前往墨西哥城的前一天晚上，迈尔斯通邀请斯坦贝克和卡罗尔到他的豪宅参加一场盛大的晚会。晚会上，一支弦乐四重奏乐队在 U 型泳池旁演奏，系着黑色领结的侍者为宾客们端来上等佳酿。觥筹交错，宾客欢颜，斯坦贝克说："所有人都酩酊大醉"。出席晚会的还有两位贵宾——查理·卓别林和钢琴家弗拉基米尔·霍洛维茨，奇怪的是，斯坦贝克居然邀请了麦克斯·瓦格纳和格温参加晚会，还让格温假装成瓦格纳的女友。晚会期间，格温对卡罗尔充满了好奇心，默不作声地在远处一直盯着她。

克莱恩在墨西哥城为斯坦贝克和卡罗尔租下了一栋意大利风格的大别墅，院内葱绿茂密，还有一个泳池。卡罗尔坐在院子里一棵棕榈树下写诗，而斯坦贝克则前往一处名为帕兹卡洛的小村庄为电影拍摄做准备。（在斯坦贝克的邀请下）里基茨不久也从美国赶了过来。然而，里基茨来到墨西哥城后却对当时的情形深感不安。斯坦贝克通宵为电影拍摄忙碌着，心急如焚，精疲力竭。他和卡罗尔一直心存芥蒂，现在矛盾终于激化，里基茨感觉自己像"一只在风箱里两头受气的老鼠"夹在他们中间，于是决定返回美国。另外，斯坦贝克把注意力放在《被遗忘的村庄》之后，便很快忘掉了《科提兹海》的撰写工作，这让里基茨非常不满。

6月中旬，在写完《被遗忘的村庄》电影剧本之后，斯坦贝克的任务暂时告一段落。他打算在当年秋末，也就是电影准备开拍的时候，再次回到墨西哥。6月22日，他和卡罗尔乘飞机来到华盛顿特区，想和几位政府官员见个面，说不定他们会对《被遗忘的村庄》感兴趣。舅舅乔·汉密尔顿深谙宣传之道，近几个月来一直在公共事业振兴署当情报员，他向斯坦贝克引见了几位政府高官。

在墨西哥的时候，斯坦贝克注意到纳粹德国建立了一个极其高效的宣传机构。或许是因为普利策奖极大地激发了自己的自信心，又或许是因为自己突然想要参与战争，斯坦贝克直截了当地给时任美国总统罗斯福写了一封信：

> 近来，我一直在墨西哥拍一部微不足道的电影。在此期间，我到过墨西哥不少地方，也和不同派系的人打过交道。
>
> 鉴于我以上的经历和眼下的国际局势，我不得不说，西半球的危机已迫在眉睫。我们必须立即做出反应，在深思熟虑后，运用直接的办法和政策来化解这场危机。
>
> 我想您可能已对眼下的局势有比较全面的考虑。但倘若我的意见能帮得上忙，我将乐意与您当面交流，因为我确信，这是美国现在面临的重大问题之一。

斯坦贝克在这封信中的口吻听起来颇像是在高中毕业典礼上的发言，着实令人大跌眼镜。比如"西半球的危机已迫在眉睫"、"这是美国现在面临的重大问题之一"，当罗斯福总统读到类似上面这两句假大空的话的时候，我们仿佛能看到他脸上浮现的笑容。小詹姆士·罗当时担任总统助理，他给罗斯福总统递了一张字条，告诉罗斯福总统斯坦贝克"似乎非常关心"当前局势，不过他"很可能和那些在墨西哥待过一段时间的人一样，虽然比较敏感，也很聪明，但其实肚子里并没有什么有价值的情报"。在这张字条上，小詹姆士·罗用潦草的笔迹还写道，时任国会图书馆馆长、诗人阿奇博尔德·麦克利什觉得罗斯福总统应该见见斯坦贝克，因为《愤怒的葡萄》深受总统夫人的喜爱。于是，罗斯福总统答应和斯坦贝克见个面，安排了一次 20 分钟的见面会。

在白宫总统办公室，斯坦贝克见到了罗斯福总统，他向总统强烈建议组建一个宣传机构，利用报纸、广播、电影等宣传媒体来团结全世界反法西斯国家。斯坦贝克还提出，让自己的电影团队开始拍摄此类宣传影片。罗斯福总统只是礼貌性地听完斯坦贝克的想法并感谢他的到来，但并没有立即听从斯坦贝克提出的建议（实际上，美国政府自伍德罗·威尔逊总统当政时就已经开始利用好莱坞做宣传而且做得非常熟练）。

随后，斯坦贝克和卡罗尔乘飞机回到加利福尼亚。在到处奔波了好长一段时间后，他们终于可以回家了。在他们外出期间，家里的一名日籍男仆负责打理农场一切事务。这时，斯坦贝克发现已无法继续和卡罗尔维持婚姻关系，他觉得卡罗尔脾气暴躁，对他颐指气使，而她则似乎对斯坦贝克所做的任何事情都怀恨在心。当然，无法生育也是压在卡罗尔心口的一块巨石，每当回想起那次流产及随后梦魇般的后果时，她便情绪激动。很明显，卡罗尔认为斯坦贝克是造成她无法生育的罪魁祸首。整个夏天，虽然当着朋友的面不会争吵，但他们的关系仍在进一步恶化。

那时候，格温和母亲同住在旧金山，她在当地一家夜总会当歌手。偶然之间，斯坦贝克在广播里听到了格温的歌声，当即潸然泪下。他开车到旧金山见了格温一面，接着两人旧情复燃。几周后，斯坦贝克和格温偷偷相会于帕西菲克格罗夫小镇上的那间小房子。一位朋友回忆说："当时有不少人说他们的闲话。斯坦贝克和格温在一起似乎非常幸福，但只要待在卡罗尔身边，他就痛苦万分。他和格温经常在旧金山附近幽会，被不少朋友撞见。"①

1939 年，斯坦贝克和诗人卡尔·桑德堡见过一面，斯坦贝克在日记中称桑德堡"非常机智"。1940 年夏的一天晚上，斯坦贝克和格温请桑德堡到"马克之顶"酒吧喝酒，当晚桑德堡的打扮非常时髦，打了一条奇特的彩色宽领带，穿着一件亚麻布外套，头戴一顶棕色软呢帽。侍者走到桑德堡身边说："对不起，先生，这里不允许戴帽子。"桑德堡冷冷地看了侍者一眼，随后开始模仿鸭子叫，"嘎，嘎，嘎，嘎"，桑德堡的举动吓到了这名侍者，她转身就走。斯坦贝克很喜欢桑德堡这一招，晚年当听到一些令人讨厌的问题时，他经常对提问的人学鸭子叫。

终于，斯坦贝克彻底不再顾及卡罗尔的感受。有几次去洛杉矶办事的时候，他干脆和格温同行。他还经常带格温和一些社会名流，比如佩尔·洛伦兹、麦克斯·瓦格纳、罗伯特·本奇利以及查理·卓别林等人一块吃饭。很多朋友发现斯坦贝克有了新欢，然而他毫不在乎别人的看法。斯坦贝克又开始酗酒，一定程度上是因为破裂的婚姻让他焦躁不安。

此时，战争已在欧洲蔓延开来，斯坦贝克突然对如何打败纳粹德

---

① 与 Harley 的访谈。

国有了一个大胆的设想。他给罗斯福总统写了一封信，期望得到回音：

> 总统先生您也许听说过梅尔文·尼斯里博士，他是芝加哥大
> 学的解剖学教授，一名出色的科学家，也是我的好友。我们探讨
> 过纳粹力量日益强大的原因以及对付它的办法，他提出了一种心
> 理武器，我认为，这是一种十分简单而有效的办法，希望您能尽
> 快考虑我的想法。

接到斯坦贝克的来信后，罗斯福很快做出回应，在信中对总统助
理说："你能在 9 月 12 日安排斯坦贝克和尼斯里博士同我会面吗？"尼
斯里博士的设想确实十分简单：他提出向德国空投大量伪币，这样便
会造成德国通货膨胀从而扰乱其经济。斯坦贝克说罗斯福总统对这个
设想有点兴趣，但财政部长亨利·摩根索却认为这个想法不切实际。

《被遗忘的村庄》对斯坦贝克有着深远的意义。他急切地盼望着该
片能顺利杀青，但赫伯特·克莱恩却很少把电影的拍摄情况告诉他。
斯坦贝克给克莱恩写过几封加急信，但都石沉大海，电话也打不通。
斯坦贝克心急如焚，决定于 10 月末亲赴墨西哥，看能否让这部电影顺
利地拍下去。到了墨西哥城后，斯坦贝克得知克莱恩遇上了不少麻烦。
11 月 1 日，斯坦贝克在信中对麦克斯·瓦格纳说："克莱恩问墨西哥人
十月份天气是否晴朗，墨西哥人则回答说'对'。他们回答了问题，但
克莱恩却听不明白。尽管如此，克莱恩还是拍完了第一个镜头。但愿
这个镜头拍得还不错吧。"[①] 在信末，斯坦贝克对瓦格纳说："能帮我照
顾一下格温吗？"他现在十分确定格温将取代卡罗尔成为自己将来的
伴侣。

---

① *Steinbeck*：*A Life in Letters*，eds. Elaine Steinbeck and Robert Wallsten（New York：
Viking，1975），p. 214.

斯坦贝克总是在自己力所能及的时候帮助老朋友，这是他身上最讨人喜爱的性格之一。有段时间，麦克斯·瓦格纳在好莱坞辛苦地打拼，希望能在电影圈出人头地，但一直未能如愿。这时，斯坦贝克贸然提出由麦克斯为《被遗忘的村庄》作电影解说。但是，克莱恩认为选用麦克斯是个糟糕的主意，他们需要一位大明星来担任解说。克莱恩坚持选用斯潘塞·特雷西，斯坦贝克只好不情愿地点头同意。克莱恩给特雷西打了电话，而特雷西因为崇拜斯坦贝克，当即表示愿意接这个活儿。但因为和米高梅电影公司已签订了合同，特雷西不得不婉拒了克莱恩的好意。不过，斯坦贝克得知这个消息后心里悄悄松了一口气，立刻把这个工作交给了麦克斯。

还没等斯坦贝克写信告诉麦克斯这个好消息，特雷西又打来电话说他和米高梅电影公司已达成协议。只要特雷西为米高梅电影公司拍摄一部他不愿意拍的电影（依据罗伯特·路易斯·史蒂文森的《化身博士》改编的一部新电影），米高梅公司就同意他为《被遗忘的村庄》做解说。当克莱恩得知斯坦贝克已经把解说的活交给了麦克斯后，他暴跳如雷，呵斥道："什么？你居然不先问问我的意见就让麦克斯做解说？"斯坦贝克向克莱恩道了歉，灰溜溜地给麦克斯写了一封信，他在信中对麦克斯解释说："我非常看重你这个朋友。我称呼你是我的'兄弟'，这绝非虚情假意。"

12月中旬，斯坦贝克回到家中。他心情压抑且焦虑不安。尽管他知道自己和卡罗尔的婚姻已分崩离析，却没胆子提出离婚。1940年圣诞节前一周，他和卡罗尔去了一趟好莱坞，结果双双患上流感，两人"发着高烧，浑身发抖，咳嗽不止"。斯坦贝克冒着倾盆大雨开车回到家里之后病情加重，本来只是小小的流感突然变成了轻度肺炎。整个圣诞节假期，他几乎卧床不起，贝斯回忆说："只要情绪不稳，他身体就会变差，离婚前的一段时间，他一直生病。我们都很担心他的身体。"

卡罗尔的健康状况似乎也变得糟糕。一位朋友回忆说:"她久咳不止,一直头疼,脸色很差。"① 1940 年冬天,加州一直被阴雨笼罩着。有一天,卡罗尔躺在床上,斯坦贝克端来一杯茶,建议她应该一个人出去散散心,到一个气候干燥一点的地方去。斯坦贝克建议她去新墨西哥州度假,因为那里的沙漠气候特别适合像她这样的病人。不过,卡罗尔一直想去夏威夷旅游,当她说自己想去夏威夷的时候,斯坦贝克毫不犹豫地点头同意:"他告诉卡罗尔不要考虑钱的问题。"

卡罗尔前脚刚迈出家门,斯坦贝克后脚就开车到旧金山去找格温。斯坦贝克的大姐埃丝特在海边有一间小屋,他和格温偷偷溜到了这里住下,并打算在这里写完被拖延许久的《科提兹海》。这间小屋位置非常僻静,四周是一大片高大的红杉树林和气味强烈的桉树林。天气凉爽,斯坦贝克每天早晨很早起床,然后在石壁炉里生火。整个上午他围着火堆,坐在椅子里,腿上放着写字板开始写稿子。格温会一直睡到晌午时分,待她醒来之后,斯坦贝克便把稿子放到一边,全心全意地陪着她。他们一起漫步在海边沙滩上,有时在沙丘里吃野餐。

这段时光让斯坦贝克感到既甜蜜又困惑。他爱格温,婚外情让他感到容光焕发。但另一方面,他依旧爱着卡罗尔,担心自己会伤害到她。斯坦贝克骨子里是个道德感很强的男人,他不能像一个无赖一般抛弃一个女人却感觉不到良心谴责。对婚姻赤裸裸的背叛,尤其是卡罗尔为他流产导致终身不育,让他寝食难安。在痛苦又漫长的离婚过程中,斯坦贝克一直无法坦然面对自己的选择,也不知道自己这样做是否正确。贝斯说:"我觉得弟弟并没有下定决心和卡罗尔离婚,他们只是渐行渐远。他一直在考虑自己接下来怎样做才能挽救婚姻。"

---

① 与 Harley 的访谈。

　　不久，斯坦贝克带格温回到了家里，立刻招来许多人的怀疑。家里的男仆一脸震惊地发现主人居然带了一个脸上写着"情妇"两个字的女人回家。卡罗尔发电报问斯坦贝克她能不能在夏威夷多待上两周，她现在感觉身体好多了，而且在夏威夷过得很舒服。斯坦贝克立刻拍电报回复说，要是她愿意的话，待上一个月都没问题。接到电报后，卡罗尔开始怀疑斯坦贝克有了外遇。

　　3月28号，卡罗尔从夏威夷回到家中，发现斯坦贝克说话支支吾吾，举止可疑，立刻感觉事情不对劲。她揪着斯坦贝克不放，逼问他到底发生了什么事，"到底出了什么事？你有事瞒着我，对吗？"斯坦贝克心里一惊，然后对她说："你先坐下，我把一切都告诉你。"随后他们决定立刻卖掉现在住的房子，因为这栋房子承载了太多痛苦的回忆，谁都不愿继续在这住下去。4月中旬，斯坦贝克和卡罗尔回到帕西菲克格罗夫小镇。没过几天，卡罗尔感觉自己没法在这里住下去，于是在4月28日不辞而别。

　　卡罗尔走后，斯坦贝克变得心烦意乱，偶尔到里基茨的实验室里住上几天。里基茨尽力安慰斯坦贝克，对他说离婚未尝不是件好事，起码他现在可以专心写完《科提兹海》。1941年7月，斯坦贝克写完了《科提兹海》，把稿子寄给了维京出版社。他听从科维奇的建议，继续写完《烟斗里的上帝》，这是他于1940年构思的一部小说。但是他却始终打不起精神，满脑子想的都是失败的婚姻，就像一个人总忍不住伸舌头舔嘴里的龋齿。他在信中对伊丽莎白·奥蒂斯说，不知道卡罗尔接下来会有什么举动，"她是个脾气暴躁的人，这一点我十分清楚，一旦她想报复我，那就如你所说，什么事都干得出来。"[1] 不过，当时卡罗尔已经去了纽约，斯坦贝克至少不用担心自己的人身安全。

---

[1] *Steinbeck：A Life in Letters*，eds. Elaine Steinbeck and Robert Wallsten（New York：Viking，1975），p. 232.

斯坦贝克打算离开加利福尼亚，丝毫没料到这个主意将改变他的人生。不管是在当时还是现在，许多朋友都不相信斯坦贝克竟会做出这样的决定。伊利亚·卡赞一针见血地指出："斯坦贝克做了一个错误的决定，他是个地道的加利福尼亚人。对他而言，离开西海岸是个极大的错误决定。他只能从加州获得灵感，也只有在加州他才是真正的斯坦贝克。他在纽约身处异乡，处境很尴尬。"①

实际上，斯坦贝克选择背井离乡前往纽约，是因为他得知卡罗尔想回到加州生活。"如果我离开加利福尼亚，卡罗尔就可以回来生活，顺便看看她的朋友们"，除此之外，格温不喜欢蒙特雷，也是斯坦贝克执意离开加州的一个原因。10月初，斯坦贝克开车来到洛杉矶，向格温问了几个重要的问题，"你爱我吗？你愿意和我一起离开加州到纽约去吗？一旦我和卡罗尔正式离婚，你愿意嫁给我吗？"格温对这三个问题逐一点头应允，随后斯坦贝克带着格温回到蒙特雷。他本来打算和格温在蒙特雷待上几个月再去纽约，但美国政府于10月中旬发来一纸调令，要求斯坦贝克前往华盛顿为组建一个针对纳粹德国宣传的机构出谋划策。最终，美国政府成立了数个部门，其中就有对外新闻处，该部门由曾获得普利策奖的戏剧家罗伯特·E·舍伍德领导。舍伍德邀请斯坦贝克来华盛顿一同讨论，对外新闻处在反击纳粹宣传方面应扮演的角色。

斯坦贝克从未正式在对外新闻处工作过，也就是说他从来没有拿过对外新闻处的工资。不过，他喜欢逢人便说，正是因为对外新闻处委派的任务才让他写出了《月亮下去了》。他在华盛顿见过不少从纳粹魔掌下逃脱的欧洲难民，从他们嘴里知道了许多吓人的故事。这些难民对斯坦贝克说，有人秘密地成立了一些组织抵抗纳粹统治。斯坦贝

----

① 1992年8月12日与Elia Kazan的访谈。

克因此获得了灵感，以这些故事为素材描述了一个暗黑的世界，到处都是叛徒和间谍、双料间谍、卖国贼以及带领人民抵抗纳粹的英雄。

来到纽约后，斯坦贝克在这里安了家。伯吉斯·梅雷迪斯说："我在纽约的萨菲恩有一间农舍，没人住。于是，我就让斯坦贝克和格温住在那里。"格温负责持家，做饭、打扫房间、洗衣服，斯坦贝克则在房子后头的一间狭长房间里埋头写稿子，只要一抬头便能俯瞰到一片苹果园。很快，他便构思出一部反纳粹宣传的小说——《月亮下去了》。它和《人与鼠》一样，也是一部戏剧式小说，里面有大量的人物对话。

对外新闻处在纽约市区成立了一间办公室，而梅雷迪斯的农舍在离纽约 40 英里外的洛克兰德县，斯坦贝克需要频繁地在两地来回奔波。11 月 16 日，斯坦贝克和格温搬进了纽约市 40 号东大街上的贝德福特宾馆。安妮·劳里·威廉姆斯也住在这里，她帮斯坦贝克找了一个带厨房的双人间。尽管天气寒冷，斯坦贝克仍然喜欢住在曼哈顿。

不过，对外新闻处并不喜欢《月亮下去了》。斯坦贝克在小说里虚构了一座被纳粹德国占领的美国中型城市，故事就此展开。罗伯特·舍伍德认为这部小说对战争宣传起不到任何作用，他对斯坦贝克说："在小说里假定美国战败无法激励美国人抗击纳粹德国的决心，反而会挫败我们的士气。"斯坦贝克面无表情地拿回手稿，对舍伍德说他会重新修改稿子。之后，他对伊丽莎白·奥蒂斯抱怨说最近诸事不顺。

先是维京出版社逼迫他对《科提兹海》的校订样稿做一些改动，斯坦贝克对此大为恼怒；紧接着卡罗尔突然向他发难，给他造成不小威胁：卡罗尔接受了《纽约世界电讯报》的采访，声称斯坦贝克终有一天会抛弃"情妇"回到她身边，这让斯坦贝克颜面尽失；此外，格温发现纽约的生活并不如想象的那么好，开始抱怨她在纽约没有朋友，而斯坦贝克一天到晚只会待在房间里写东西，从不和她说话，当他出去和出版商或代理人吃午饭的时候，也不会带上她。斯坦贝克不知道自己该怎么做才能让格温高兴。

《科提兹海》于12月5日正式出版，首版只印了7500册，评论家对此书给予了好评。由于该书有不少专业性内容，因此，它并没有斯坦贝克其他作品那么畅销。尽管如此，记者们仍旧蜂拥至贝德福特宾馆想采访斯坦贝克。但斯坦贝克却把自己锁在宾馆房间里，准备重写《月亮下去了》，记者们只好失望而归。听取了舍伍德对第一稿的批评后，斯坦贝克这次选择欧洲一座海边的匿名城市作为故事发生的地点。他回忆说："我虚构了一个没有名字的国家作为故事发生的地方，还对故事里的人名做了处理，尽可能地不让读者猜到他们是哪国人。我甚至都没有在故事里称德国为纳粹德国，而是管它叫入侵者。我以《麦克白》的一句台词为这本书取名为《月亮下去了》，然后把稿子寄给了出版社。"

总而言之，斯坦贝克在1941年生活过得并不愉快，这一年也可以说是他人生中最糟糕的时光。失败的婚姻让他痛苦不堪，而作家生涯又四处碰壁，他不知道自己将何去何从。更糟的是，生活变得混乱无常。童年的时候，一到夏天他就会到蒙特雷海边玩耍，这样的生活让他十分怀念，而眼下想要重新过上这样惬意的生活，似乎不太可能。

第十二章
不摆架子的大作家

　　"我一直忙着写书，格温则悠闲地养着肚里的孩子，看起来似乎一切大功告成。"

——斯坦贝克致托比·斯特里特，1944 年 7 月 4 日

　　1942 年 1 月 12 日，斯坦贝克在信中对托比·斯特里特说："等战争结束后，如果没有家庭琐事缠身而且财力允许的话，我想在靠近蒙特雷的海边买下 10 英亩地，建一栋简单舒适的小屋，再腾出一间屋来养一匹马或几只狗，我还想养几个孩子。"[①] 这一年，斯坦贝克正好 40 岁，却感觉自己已经变老，头发开始变得灰白，脸上也布满了皱纹，一直以来忍受着背痛和其他小病的折磨。此时，他就像《人与鼠》里的乔治和莱尼，渴望能在蒙特雷过上平静的生活。

　　他和格温一直居无定所，调侃说他们过着"手提箱式的生活"。虽然 40 岁的男性可以免征入伍，但斯坦贝克还是担心自己有可能要上战场。眼下，他没想过去打仗，只是打算写点书、电影剧本或舞台剧，心想也许能帮美国赢得战争。毋庸置疑，《月亮下去了》就是一部为战争宣传而创作的小说。

　　整个冬季，斯坦贝克一直待在纽约，一边等着《月亮下去了》出

[①] *Steinbeck：A Life in Letters*，eds. Elaine Steinbeck and Robert Wallsten（New York：Viking，1975），p. 240.

版，一边和戏剧制作人奥斯卡·塞林商量如何把这部小说改编成剧本。《月亮下去了》戏剧版权最先卖给了赫尔曼·沙姆林，但沙姆林"不关心政治"，又把它转手卖给了塞林。《伴父生涯》是奥斯卡·塞林的一部代表作，他对斯坦贝克说只要《月亮下去了》搬上舞台，一定会受到观众欢迎。《月亮下去了》在百老汇只上演了9场，不过全国巡演和国外演出却非常成功，尤其是在伦敦和斯德哥尔摩。让斯坦贝克没想到的是，该剧获得了纽约剧评界最佳戏剧奖提名并最终被评为第二名。

1942年3月，《月亮下去了》正式出版，在这之前出版社就收到了85000多份订单。让维京出版社惊讶的是，每月一书读书俱乐部为会员们订购了20万册《月亮下去了》，这个令人吃惊的销量是当年《愤怒的葡萄》销量的一倍多。和以前一样，评论界对此书褒贬不一。3月6日，《纽约时报》刊登评论称赞斯坦贝克的作品"符合大众需求"，认为他"对自由的人民如何反抗强加于他们身上的奴役统治做了细致入微地观察"。同时该评论还声称，"在所有脱胎于本次世界大战的作品中，《月亮下去了》最值得读者关注"。克里夫顿·菲迪曼在《纽约客》发表了第一条负面评论，质疑《月亮下去了》的创作形式，因为它既不像小说，也不像戏剧。此外，小说中邪不胜正的简单设定也让他不满，认为《月亮下去了》"诱导我们认为，只要坚信我们有优势就能取得战争的胜利"。

另一名评论家詹姆斯·瑟伯赞同菲迪曼的观点，他在《新共和报》发表评论认为小说标题太过幼稚。持批评态度的还有约翰·贡特尔，他认为斯坦贝克在小说中"对德国人不偏不倚的态度令人难以接受"。一时间，赞同和反对这部小说的读者们纷纷给《新共和报》写信，最终编辑们决定在报纸开辟一个专栏，用于刊登双方读者的来信。

十多年后，斯坦贝克在一篇题为《我的短篇小说》的文章里，特别懊恼地回忆起当时的情形：

战争爆发，所以我写了《月亮下去了》，本想宣扬民主的持久存在，但没想到它会受到抨击。我笔下的德国人是普通人，不是超人，评论家们却认为这是没骨气的表现。我实在搞不明白，而且现在来看，他们的观点很荒唐，因为德国人也是普通人，也会犯错误，也会打败仗。他们说我对战争一无所知，这一点倒不假。[①]

斯坦贝克回忆说，当时有几位影响很大的批评家"像疯子一样猛烈地批评我，说我是个失败主义者，既虚伪又洋洋自得，还有点叛国"。这样的评论让斯坦贝克无法轻易接受，"我必须得说这些批评让我很伤心，因为我一直认为自己很爱国，做的都是好事"。不过，《月亮下去了》本是一部小说，却被称赞是一部成功的戏剧，斯坦贝克对此确实无法解释。昆汀·雷诺兹是一位非常活跃的战地记者，曾于1943年在北非战场上见过斯坦贝克，他坦率地告诉斯坦贝克说，自己在百老汇看过《月亮下去了》，但不喜欢这部戏剧。斯坦贝克立刻回答说："我从来没喜欢过它。它演得不好，确实不好，这部剧写得很糟糕。"

无论如何，《月亮下去了》仍是一部非常成功的战争宣传作品。科尔斯说，《月亮下去了》给许多身处纳粹德国占领区并遭到野蛮对待的人们，带来了情感上的激励，他详细描述了这部小说在挪威、丹麦、法国以及其他国家受欢迎的情况。科尔斯曾引用了瑞士一名教授海因里希·施特劳曼的话来说明《月亮下去了》对当时读者们产生的巨大影响。施特劳曼认为，正是斯坦贝克在小说中展示出来的"团结一致的精神……加上传统的自由、个人尊严和地方自治的理念使得《月亮下去了》成为史上最强大的宣传作品，它帮助一个弱小的民主国家反

---

① John Steinbeck, 'My Short Novels', *Steinbeck and His Novels*, ed E. W. Tedlock, Jr and C. V. Wicker (Albuquerque: U. of New Mexico Press, 1957), p. 39.

抗极权主义的侵略"。从 1945 年到 1989 年,《月亮下去了》总计发行了 76 个版本,其中包括韩语、乌尔都语、斯洛伐克语、波斯语和缅甸语等译本。很明显,就算二战已经结束,读者们依然喜爱这本书。

尽管《月亮下去了》取得了较好的宣传效果,但它并不是一部非常好的文学作品。里面的人物呆笨且过于理想化,故事背景的设定太过模糊,以至于无法给读者留下清晰的印象。这部小说的确如菲迪曼所说,非常像一部童话故事。斯坦贝克早期的作品给人留下深刻印象,因为他在小说里交待了"一个确定的地方和一个名字",这样便能唤起读者们内心的情感。一直以来,喜爱美国文学的人们总会把斯坦贝克同加州联系在一起。虽然有明显的缺陷,《月亮下去了》依旧值得我们关注,因为它是斯坦贝克整个作家生涯中的一个环节,预示着斯坦贝克以后将会写出更好的作品,比如电影剧本《萨巴达传》。同时,它也是斯坦贝克用寓言的形式创作的一次伟大尝试,为《啼笑姻缘路》和《伊甸之东》做了铺垫。

《月亮下去了》正式出版后,卡罗尔突然公开宣称,斯坦贝克必须满足她的几项要求才能和她离婚。卡罗尔现在的日子明显不好过。在艰苦的岁月里,她一直陪伴在斯坦贝克身边,不离不弃,然而她却发现斯坦贝克喜新厌旧,为了一个更年轻的女人抛弃了她。卡罗尔坚称如果当年没有她的帮助,斯坦贝克根本不会有今天的成就,因此斯坦贝克必须要对她进行补偿。面对卡罗尔的说辞,斯坦贝克表现得很诚实,他在信中对托比·斯特里特说:"我不想欺骗卡罗尔,我也愿意尽可能多地补偿她。"[1]

因为贝德福特宾馆的房间有些狭窄,斯坦贝克和格温想换个住处。4 月,他们在哈德逊河对岸租了一栋破旧的房子,这里距离曼哈顿大约

---

[1] *Steinbeck*:*A Life in Letters*,eds. Elaine Steinbeck and Robert Wallsten(New York:Viking,1975),p. 242.

12 英里，斯坦贝克在家中继续为对外新闻处写广播稿，到附近的奈亚克小镇用电报把广播稿发到华盛顿。这种工作对斯坦贝克来说毫无乐趣，他开始留意寻找令人兴奋的事情。

《月亮下去了》一直很畅销，据《时代周刊》披露，仅在出版当年，该书就卖出了 100 万册。如此好的销量让二十世纪福克斯电影公司开出 30 万美元的价格买下了这部小说的电影改编权。斯坦贝克对此十分震惊，还有点羞愧，因为就算是最差的作品也能给他带来滚滚财源。但他也十分清楚，《月亮下去了》不是自己最好的作品。

5 月中旬，格温回到加州探望她的母亲，斯坦贝克则留在纽约继续工作（一定程度上是因为斯坦贝克和格温的母亲互相看不顺眼）。格温走了之后，美国政府请斯坦贝克写一本书，向世人展示轰炸机组成员的挑选和训练过程。他将前往各个空军基地，和接受训练的轰炸机组成员住在一起，以便记录他们的生活。如果这本书很成功的话，那么他将接受第二本书的任务：记录轰炸机组的战斗情况。斯坦贝克在信中对格温说："我接受了一项极为艰巨的任务，必须出色地完成它。"

在华盛顿，美国空军司令海培·阿诺德向斯坦贝克简要介绍了情况并为他引见了摄影师约翰·斯沃普，他们将并肩完成此次任务。按照计划，斯坦贝克和斯沃普将在 20 座空军基地待上一个月的时间。这项任务很有挑战性，他们几乎没做任何停留便踏上了旅途，从德克萨斯出发前往亚利桑那和加利福尼亚，中途在佛罗里达和伊利诺伊稍作停留。采访期间，斯坦贝克差不多乘坐了美国空军所有型号的飞机。他和轰炸机组成员们一起上课，和他们同吃同睡。6 月底，采访结束，斯坦贝克需要在 8 月 1 日之前完成第一本书。他在信中对斯特里特说："我正用录音机录下一本书，以前从来没尝试过使用录音机"。他发现自己每天在录音机上可以录下四千个单词，开始担心过快的录音速度会对书稿产生不利影响。

基于录音稿，斯坦贝克写出了《投弹完毕：轰炸机组的故事》。皮特·里斯卡评论说："美国空军再也找不到比斯坦贝克更好的人选。他的文章简洁明了，同时又像《愤怒的葡萄》一样给人留下深刻印象。《投弹完毕》这本书非常畅销，好莱坞以25万美元的价格买下了该书的电影版权。"斯坦贝克认为，自己已经从《月亮下去了》挣到了不少钱，不应再发战争财，于是把这25万美元捐给了空军援助协会信托基金。后来，美国政府要求斯坦贝克无偿把《投弹完毕》翻拍成电影，他也同意了，甚至连差旅费都没有报销。

1942年9月，斯坦贝克和格温搬到了位于加利福尼亚州圣·费尔南多谷的一座迷人的小镇——谢尔曼橡树区，他准备在此地拍摄《投弹完毕》。然而，就像当年拍摄《被遗忘的村庄》一样，斯坦贝克很快就发现自己的一腔热情被一连串的问题当头泼了一盆冷水。原本有个人将会协助他拍摄影片，结果这个人此时还远在英国，而电影工作室里也乱作一团。几乎没什么人听说过斯坦贝克的名号，也不了解他们将要拍摄的电影。心情苦恼的斯坦贝克只好重拾起以前的构思，打算继续拍一个关于战争期间被敌人占领的美国小镇的虚构电影（这次的敌人不再是纳粹德军，而是日本军队）。他的想法得到了二十世纪福克斯电影公司和努纳里·约翰逊的支持，努纳里认为这是一个绝佳的主意。

在当时的美国，要拍摄此类电影，必定要先得到政府的许可。但是，美国陆军部依旧认为，斯坦贝克的想法不是个好点子，他们认为这样一部电影不但不会鼓舞士气，反倒会让处于战争后方的民众士气受挫，受到惊吓。毕竟宣传讲究的是欺骗，既要蒙骗对手，也要蒙蔽民众的眼睛。就算斯坦贝克的想法合情合理，也最好不要因此引发民众的恐慌，斯坦贝克认为似乎自己的任何想法都遭到了拒绝，因此变得烦躁。从1942年10月到1943年3月，他在加利福尼亚饱受煎熬，几乎没有写出任何东西，电影的拍摄也毫无进展。

与此同时，位于蒙特雷的征兵局（119 号义务兵役局）打算征召斯坦贝克入伍当步兵，美国空军司令阿诺德将军很快致信征兵局说，斯坦贝克眼下正为政府做一项十分重要的工作，不能立即入伍。但征兵局对阿诺德将军的意见置若罔闻，他们认为，《愤怒的葡萄》就是一部垃圾作品，斯坦贝克除了当兵之外，对国家来说毫无用处，征兵局拒不接受阿诺德将军的要求。但也许是因为年龄，征兵局并没有马上征召斯坦贝克入伍。虽然每个征兵局都有权力把它们想要征召的人送进部队，但只要年过四十且不是医生或没有特殊才能的人，大部分都不在征召之列，蒙特雷征兵局极有可能只是想提醒斯坦贝克别忘了入伍这件事。

1943 年 3 月，斯坦贝克在信中告知托比·斯特里特，他和格温准备在新奥尔良举行婚礼，"格温下周会到新奥尔良，如果能赶上航班，我大概在 27 日左右到。"① 幸运的是，他和卡罗尔的离婚判决书在 3 月 19 日宣判生效，斯坦贝克说："这一纸离婚判决书并没有让我多么快乐。实际上，它让我想起以前痛苦的日子。"

有段时间，斯坦贝克想在一家大报社或新闻机构当一名战地记者。1943 年 4 月，《纽约先驱论坛报》表示愿意雇佣他当战地记者，但前提是他要把一些必要的许可文书弄到手。陆军反情报处以例行"安全检查"为由走访了一大批人，其中有些人说斯坦贝克是一个危险的极端分子。有个名叫美国退伍军人基础研究协会的奇怪右翼团体故意捏造了对斯坦贝克不利的事实，说他曾经在像《太平洋周报》之类的著名赤色刊物上发表过文章。最终，斯坦贝克获批担当战地记者，但是他的活动将受到严格的限制和密切的监视。

---

① *Steinbeck*: *A Life in Letters*, eds. Elaine Steinbeck and Robert Wallsten（New York: Viking, 1975), p. 250.

1943 年 3 月 29 日清晨，天气阴冷，下着大雾，斯坦贝克和格温在莱尔·萨克森家的院子里举行了婚礼。婚礼刚一开始，天空就下起蒙蒙细雨。只有几位朋友出席了婚礼，格温的母亲从加利福尼亚搭飞机过来参加婚礼，整个婚礼期间她一直哭丧着脸。更糟的是，格温在婚礼前一天弄丢了自己的结婚戒指；主持婚礼仪式的牧师喝得酩酊大醉，到了现场之后站都站不住，更别提给新郎新娘主持仪式了；蛋糕房也没能按时把结婚蛋糕送到婚礼现场。

后来结婚蛋糕送来了，正当这对新人准备切蛋糕的时候，突然冒出两个警察，声称要逮捕斯坦贝克。斯坦贝克语无伦次地问他们："这是什么意思？"婚礼现场顿时一片寂静。其中有个警察说："外面有个年轻女人说她怀着你的孩子。"周围立刻传来一阵惊讶声。斯坦贝克说："这不可能，她叫什么名字？"这时，所有人突然放声大笑，原来这是证婚人保罗·德·克吕夫和霍华德·亨特搞的恶作剧。斯坦贝克说："我要喝杯酒压压惊。"后来他在信中对努纳里·约翰逊说："大家又笑又叫，都喝醉了。噢！这婚礼太棒了！"

回到纽约后，还在度蜜月的斯坦贝克得知陆军部已经向他发放了必要的许可文书，不久他就要被派往海外。斯坦贝克有点激动，但格温却不这么想。她大哭大闹，质问斯坦贝克："你怎么可以这样对我？"斯坦贝克一下子懵了，不知道怎么安慰她，他原以为格温会同意他当战地记者。贝斯回忆说："格温以为她能掌控我弟弟，但没有得逞。"格温使出了浑身解数不让斯坦贝克离开，但一切都无济于事，他已经打定主意。没过两天他又被告知还得从蒙特雷义务兵役局取得许可文书才能出行，这让他非常恼火，因为义务兵役局"办事效率极其低下"，又过了两个月他才拿到许可文书。

直到 1943 年 6 月，斯坦贝克才登上一艘运兵舰，战地记者的生涯才真正拉开序幕。1943 年 6 月 20 日，他在第一篇题为《英国某个地方》的战地报道中这样写道：

> 码头上，数千名大兵坐在自己的装备上面。夜幕降临，华灯初上，这些士兵们头戴钢盔，一眼看过去他们彼此并没有什么区别，看起来就像是一排排蘑菇。手里的步枪斜靠在膝盖上。他们没有身份，没有任何特征，只是军队的一员。钢盔上涂写的数字就像是机器身上的编号。装备整齐地码放成一堆，有睡袋、单人帐篷以及背囊。有些士兵手里拿着老旧的春田式步枪和恩菲尔德式步枪，有些士兵拿着加伦德式半自动步枪，还有一些士兵手里拿着小巧轻便的卡宾枪。

斯坦贝克在欧洲战场上待了将近五个月，广泛报道了他在英国、北非和意大利发现的有趣事情。虽然，这些报道中有一部分平淡无奇，但有些报道写得非常好。他越来越觉得自己像个记者，为自己写的报道感到自豪。戈尔·维达尔对此评论说："斯坦贝克是一位真正的记者。他的作品其实都是新闻报道，因为他从日常生活琐事和当下局势中获得灵感。他从不'虚构'故事，而是'发现'故事。"①

1943 年 6 月，斯坦贝克来到伦敦，看到一栋承载着大英帝国数百年光辉历史的建筑物，不由得发出赞叹。连绵不断地空袭对伦敦造成的毁伤也让他心痛。虽然身处战争，英国人民却若无其事地过着正常的生活，这种坚毅的精神立刻吸引了斯坦贝克的注意。他在伦敦听到的许多故事都被他写进了新闻稿。比如，他听说一位身材矮小的老太太在一次恐怖的深夜空袭降临时仍然坚持卖薰衣草，"整个伦敦因空袭颤抖着，着火的建筑物点亮了夜空。"即便面对如此可怕的空袭，这位

---

① 与维达尔的访谈。

老太太依然不为所动，继续叫卖薰衣草，"卖薰衣草啦！给你带来好运的薰衣草！"

8月中旬，斯坦贝克获准前往刚被盟军解放的北非。他乘船来到阿尔及尔，住进了一家破旧的酒店，房间的墙壁开裂，床铺上爬满了虱子。没过几天，斯坦贝克便开始遭受腹泻、虱子以及中暑的折磨。不过，他对此毫不在意，毕竟现在是在打仗。他在阿尔及尔熬过了几天，一边适应当地炎热的天气，一边还要躲避致命的德军空袭。他在床上躺了一周后，恢复了健康，开始写北非战地专栏，以1943年8月28日这篇文章为例：

> 阿尔及尔是一座非常漂亮的城市。自从英国和美国的军队以及物资抵达后，城内就变得一团糟。吉普车和指挥车只好跟在骆驼和马车后面一点点向前挪动。阳光照在这座白色的城市，令人头晕目眩；这里的酷热令人无法忍受，只有偶尔从海上吹来一股凉风让人稍微舒服一些。

意大利战地专栏是斯坦贝克笔下最生动的战地报道。他在该专栏记录了马克·克拉克将军麾下的第五军开进意大利的情形，而他的报道也随之开始变得更为细腻，更富诗意。例如，他在萨勒诺看见"一个意大利小女孩躺在大街上，肠子流了一地"，空气中混合着"士兵身上的汗味"和刺鼻的硝烟味，斯坦贝克写道：

> 当战地记者为你从前线发回报道时，他将会擦伤自己的皮肤，因为身上的羊毛衣服已经三天没脱了；他的双脚浮肿，泡在满是汗水和泥垢的鞋里，已经好几天没脱过鞋了。由于被蚊子和沙蝇叮咬，他现在感到奇痒难忍。也许他会因此患上白蛉热，头晕目

眩，眼睛发红。刺眼的阳光让他头痛，沙尘迷住了他的眼睛，感到火辣辣的疼。上岸的时候不小心扭伤的膝盖慢慢地让他感到无比的剧痛。然而所有这些并不是伤口，也得不到治疗。

9月末，斯坦贝克回到伦敦，见到了伯吉斯·梅雷迪斯。梅雷迪斯刚到英国，准备拍摄一些宣传片。他回忆说："斯坦贝克想回家，他看起来十分疲惫，工作已经变得单调乏味。我和他一起为军队宣传影片努力。我喜欢他给我讲关于北非和意大利的故事，他讲得太精彩了。"由于斯坦贝克的战地专栏非常受欢迎，《纽约先驱论坛报》恳请他继续从欧洲发回更多的前线报道。另外，军方也希望他能和梅雷迪斯一起写完电影剧本。但是，斯坦贝克只听从自己的安排，他已经完成了报社委托的任务，而且他答应过格温要在圣诞节前回家。

1943年10月15日，第一缕秋风吹过纽约，41岁的斯坦贝克拖着疲惫的身躯，一瘸一拐地走下运兵舰（他在归国途中扭伤了脚），干瘪的脸上布满深深的皱纹。秋风吹过，中央公园里的落叶在地上打着漩儿，第一场小雪吹打着上东区百货大楼的窗户。斯坦贝克的一位朋友说："战争震撼了他的心灵，战场上惨烈的厮杀让他害怕，脸上总带有一副失魂落魄的表情。我们都替他担心。"[1] 斯坦贝克参与过萨勒诺登陆战，导致耳膜破裂，还有一段短暂的记忆丧失，想不起来当时身在何处。格温和朋友们发现斯坦贝克现在既消沉又焦虑，他自己也有所察觉，于是请了一位医生帮他注射雄性激素与维他命，在欧洲前线，有人向他推荐了这种混合针剂用以解决"神经"问题，夜间剧烈的头疼和盗汗让他难以入睡。

格温的情绪也不太好。她还是不敢相信斯坦贝克竟然刚一结完婚

---

[1] 与 Meredith 的访谈。

就离她而去，一想到那时他执意不听劝阻，她就气得浑身发抖。斯坦贝克丢下孤苦伶仃的她一个人在纽约生活，终日担心万一他死在战场怎么办。尽管他活着回来了，却变得身材消瘦，头发灰白，百病缠身，脾气也变得喜怒无常。她对杰克逊·本森说："从回国后到现在，他变得相当无趣，总是爱挑事儿和我吵架。"贝斯也证实了这一点："弟弟回来后像是变了个人。以前他总爱说笑话逗人开心，但现在他没那么幽默了，战争改变了他的性格。"

斯坦贝克为《纽约先驱论坛报》写完专栏报道后，开始写《罐头厂街》。不过一开始他并没有严肃认真地对待这本书，以为它只不过是一本"有趣的消遣读物"。随着冬天迫近，他开始盘算着到墨西哥去一趟。之前到科提兹海做远航调查的时候，他曾经在拉巴斯短暂逗留过，非常喜欢那段时光。他想也许可以再去那里做一番调查，说不定就能写出一部墨西哥背景的小说（这就是《珍珠》）。他现在最感兴趣的是写戏剧式小说，并尝试以此种文体写出了《人与鼠》和《月亮下去了》。

1944年1月中旬，斯坦贝克与格温离开严寒的纽约前往墨西哥，中途因看望朋友在新奥尔良逗留了几日。到了墨西哥后，他们开着车，享受着明媚的阳光，悠闲地四处转悠。他们参观了瓦哈卡附近的米特拉遗址和瓦尔班山，还在空气清新的库埃纳瓦卡山间的一家小旅馆住了一个星期。由于当时美国实行战时食物定量配给，不少美国人选择来墨西哥度假，因为他们在这里可以大快朵颐地享受牛排等美味食品。斯坦贝克每天都会在旅馆房间随便找个地方写上几个小时，《珍珠》已在脑海里有了大致的轮廓，接下来要理清楚故事情节以便写完整部小说。

1944年3月，斯坦贝克和格温回到美国。此时格温已怀孕在身，预产期在7月，但斯坦贝克并不想让她在纽约生下孩子，他渴望回到蒙特雷，一直想在蒙特雷买一栋土砖房，然后过悠闲自在的生活。然而，格温却有自己的想法，不想和斯坦贝克搬回加州生活，她喜欢社交生活，对她而言，纽约越来越有家的感觉。斯坦贝克奔赴欧洲战场后的那几年，她在纽约慢慢结交了不少朋友。1944 年春，经科维奇介绍，斯坦贝克认识了约翰·赫西，他是个年轻有为的作家。赫西回忆说："斯坦贝克似乎很乐意结交新朋友。我怀疑他暗地里和其他作家较劲，只不过很少表现出来而已。大多数情况下，他很少说话，但倘若谈到他感兴趣的话题，他就会说个不停。我们在 21 号店见面，他是这家店的老主顾。店里的侍者总管很喜欢他，经常直呼其名。有时陌生人会走到他的桌旁向他介绍自己，这个时候斯坦贝克便笑呵呵地同他们打招呼，没有一点架子。他似乎越来越能适应自己的角色，就好像终于接受了他是个名人这个事实，可实际上他本来就是名人。读者们都很喜爱他，即便是从来不读书的人也会读他的作品。"①

从 1944 年春天到夏末，斯坦贝克一直埋头写《罐头厂街》，格温因为临近产期变得焦躁不安，坐在院子里一棵大针栎树下喝着马提尼酒。他们在 51 号大街上租了一栋联排别墅，租期马上就到了，不过斯坦贝克并不打算续租。他早已按捺不住要回到蒙特雷，格温只好勉强同意等孩子生下来以后和他一同回去。

1944 年 8 月 2 号，长子汤姆出生。斯坦贝克当天给麦克斯·瓦格纳和杰克·瓦格纳各发了一封电报说："小儿汤姆已出生，重 6 磅 10 盎司，母子平安。" 8 月中旬，格温和小汤姆从医院回到了家中，母子都很健康。每天都有朋友带着礼物看望小汤姆和他的父母。"这段时间我忙坏了，不过我很开心，"斯坦贝克在信中非常高兴地对托比·斯特里特说，"小汤姆已经有了小孩的模样，我非常喜爱他……他只知道吃喝

---

① 1992 年 8 月 14 日与约翰·赫西的访谈。

拉撒睡，不过有的小孩还不如他呢。"

1944 年 10 月 5 号，斯坦贝克开车前往蒙特雷，格温则带着孩子坐飞机和他在蒙特雷汇合。到了蒙特雷之后，他们暂时住在 11 号大街的老房子里，斯坦贝克开始到处找房子安家。在托比·斯特里特的帮助下，斯坦贝克买下了始建于 1830 年的索托庄园，这正是一栋他日思夜想的土砖房。索托庄园是蒙特雷的一栋地标性建筑，有一个四面围墙的花园，更让斯坦贝克满意的是，它离海边只有四个街区。

斯坦贝克在新家过得很惬意，请了一个保姆照看小汤姆。天气也非常好，少见的连续几天都是艳阳高照的好天气，正好持续到冬天结束。有时，斯坦贝克和格温登上沙丁鱼捕捞船看渔民们打渔，顺便从另一个角度欣赏海岸线。他给格温买了一辆福特敞篷车，让她学开车。格温很快就学会了开车，没过多久就一个人开车到旧金山去看望老朋友。小汤姆长得很快，1945 年 1 月底，斯坦贝克说："小汤姆身体很棒。慢慢地变得英俊了。自从长出牙到现在，他一直很开心。"[①]

[①] *Steinbeck：A Life in Letters*，eds. Elaine Steinbeck and Robert Wallsten（New York：Viking，1975），p. 279.

第十三章
回乡遇冷眼

"在过去几年间，我断断续续地写了一些东西，现在我很想再写一部长篇小说。"

——斯坦贝克致托比·斯特里特，1947 年 11 月 17 日

写完《罐头厂街》的样稿后，斯坦贝克把它寄给了杜克·谢菲尔德。杜克回信称赞，"你的写作技巧在不断地提高"，但同时认为评论家们也许会说"全世界都在进步，唯独你沉湎老旧的话题"。杜克的观点竟神奇般地一语中的。1945 年 1 月，《罐头厂街》出版，评论家们对斯坦贝克提出前所未有的批评，抨击他总是拿新瓶装老酒。斯坦贝克在信中对帕特·科维奇谈起自己面临的困境：

第一批评论似乎准确无误地印证了谢菲尔德的看法。每个作家在其职业生涯中总要经历这么一段时期，评论家们为了打压他而挑刺儿。现在我就身处这个阶段。这种情况自我出版《愤怒的葡萄》后就已经开始，一直持续到现在。作品有人评论固然是件好事，可让我悲哀的是身边大部分作家和评论家都嫉妒我的成就，对我恨之入骨。

他在信中还说，格温来到蒙特雷后一直生病，心情抑郁，医生诊

断是"过度疲劳"。他本以为回到加利福尼亚能过上悠闲的田园生活，却没料到此次回乡竟是一场噩梦之旅。蒙特雷一位居民回忆说："人们在街上碰到斯坦贝克便急忙掩面而去，没人和他讲话。他从来没想到蒙特雷的居民们会这样对他，可他们确实这样做了。他在《罐头厂街》向美国人民展示了一个虚构的蒙特雷。但这里并非到处都是流浪汉、廉价小旅馆和坏女人。蒙特雷的人们都很善良，因此《罐头厂街》出版后，当地居民对斯坦贝克恨之入骨。"①

科维奇在回信中安抚斯坦贝克说："那一小撮不入流的作家和那几位评论家会一直挑你的刺，所以你最好让自己的脸皮变厚一些。他们不会就此善罢甘休。在另一封信中，科维奇对斯坦贝克说了一堆溢美之词，"我又看了一遍《罐头厂街》。这是一部优秀的作品，你在书中倾注了诗意……"读者会发现科维奇总是迎合斯坦贝克，对待他的态度也是十分谨慎。科维奇感觉斯坦贝克内心极其脆弱，自然就不断地鼓励斯坦贝克，试图让斯坦贝克对自己和他的作品有一个乐观的看法。但其实斯坦贝克并没有科维奇想象的那么脆弱。说到评论家对《罐头厂街》的批评，他在信中对瓦格纳兄弟说：

> 《罐头厂街》遭到评论家们的严厉抨击，他们实在是太过分了。安妮·劳里打电话对我说，许多电影工作室想买下这本小说的电影版权，她问我怎么办。我说只要她想好了便可以自行决定。她向来对这类事情拿捏得很准确。她也知道我们想要什么。我原以为负面的评论会对这部作品产生不利影响，但她却不这么认为。《罐头厂街》的销量很好，而电影工作室恰恰是看上了这一点。②

---

① 1991 年 8 月与 Edna Robertson 的访谈。

② *Steinbeck：A Life in Letters*，eds. Elaine Steinbeck and Robert Wallsten（New York：Viking，1975），p. 279.

评论家对《罐头厂街》的批评似乎点燃了斯坦贝克的斗志，1月中旬，他开始集中精力写《珍珠》。他只花了几个星期就写出了初稿，随后他马不停蹄地于2月14日赶往墨西哥处理《珍珠》电影的拍摄。该片将由墨西哥人埃米利奥·费尔南德斯执导。斯坦贝克去年在墨西哥见过费尔南德斯，感觉他"魅力四射、谈吐不凡"。格温向斯坦贝克提了一个绝妙的想法：由她来为电影做音乐处理，在影片中加入墨西哥民俗音乐。他们的小儿子汤姆被暂时寄宿在伯克利，由贝斯和一名护士照料。他们在墨西哥城待了一个月，斯坦贝克和费尔南德斯为第一版分镜头剧本忙碌着，格温则继续研究墨西哥音乐，一个人在墨西哥城转悠，经常到夜总会听音乐。3月中旬，斯坦贝克和格温飞回旧金山，从贝斯那里接走了汤姆，并在一座圣公会教堂为他举行了洗礼仪式。

同时，维京出版社指派帕特·科维奇游说斯坦贝克编纂一本便携版的罗伯特·路易斯·史蒂文森故事集，虽然斯坦贝克非常仰慕史蒂文森，但他仍旧对科维奇的游说保持着警惕。科维奇给斯坦贝克寄来一本包装精美的史蒂文森作品全集，试图以此打动斯坦贝克，不料却搬起石头砸了自己的脚。一想到要一口气读完史蒂文森的全部作品，斯坦贝克心里泛起阵阵恐惧。他告诉科维奇自己近几个月来只读过《天方夜谭》。在斯坦贝克眼里，大多数好莱坞西部电影的故事都取材自《天方夜谭》（他认为自己也应当从这本书里发掘到一些有用的故事情节）。到最后，斯坦贝克把科维奇的建议忘得一干二净，而便携版的史蒂文森作品集最终是由别人完成的。

尽管，斯坦贝克也许是因为多疑改变了自己对蒙特雷的看法，但蒙特雷居民对他很不友好却是不争的事实。好几位商业楼盘的楼主断然拒绝为斯坦贝克提供办公地点；当地的煤气管理站以战时定量供给为由突然切断了他家的煤气；又过了几周，当地政府禁止他继续修缮房屋，可蒙特雷周边的新房子仍然如像雨后春笋般冒了出来。斯坦贝克在信中对帕特·科维奇说："我不喜欢遭人白眼，但他们就是不欢迎我。"

回纽约生活的想法再次浮现在斯坦贝克脑海中，他分别致信科维奇和奥蒂斯，询问他们对此事的看法。同时，他独自搭火车前往墨西哥继续处理电影《珍珠》的拍摄工作。（一周之后，格温和小汤姆乘飞机也来到墨西哥。）他们在库埃纳瓦卡租了一栋景色优美的别墅，别墅内是黑瓦白墙，地板上铺着彩色瓷砖。斯坦贝克还雇了三个女佣、一名厨子和几位园丁帮忙打理生活，院子里到处盛开着鲜花。宽敞的阳台和泳池更加烘托出这栋别墅的奢华格调。斯坦贝克每天早晨 6 点起床，走进花园，坐在一株巨大的九重葛下的小桌子前开始一天的工作，午间休息的时候他会跳进泳池或者陪小汤姆玩耍。他在这里改完了《珍珠》的稿子，把它寄给了奥蒂斯。

1945 年 4 月 12 日傍晚，斯坦贝克从广播中得知罗斯福总统于当日病逝。斯坦贝克曾经对罗斯福总统深有好感，广播里传来的消息不仅让斯坦贝克满腹忧伤，也让整个美国为之落泪，毕竟是罗斯福总统带领美国人民走出了经济大萧条并让他们看到了二战胜利的曙光。就在这时，从前线传来捷报，盟军正快速完成对纳粹德国的包围。马克·克拉克将军麾下的第五军正挥师北上，攻克了布伦纳山口，与第七军胜利会师，而第七军刚好攻下了纳粹德军的桥头堡——奥地利。蒙哥马利与巴顿将军率领部队从东面对德国进行包围，一路追击纳粹德军，沿途解放了数不清的城镇与集中营。墨索里尼被抓获并遭到枪决，4 月 28 日，他的尸体像一块牛肋肉被悬挂在米兰的街头。两天后，阿道夫·希特勒开枪打死自己的情妇，随后扣动扳机自杀，在一阵呜咽声中结束了他的帝国统治生涯。5 月 7 日，约德尔元帅代表德国向盟军投降，欧洲战场的战事终于全面结束。为表庆祝，远在墨西哥的斯坦贝克在房子的花园里放了一组烟花，他在信中对杜克·谢菲尔德说，自己还"喝了不少墨西哥啤酒"。

斯坦贝克在墨西哥度过了 1945 年漫长炎热的夏天，忙着写《珍珠》的分镜头剧本。他和格温都患上了痢疾，当地医生建议他们吃些水果和坚果。6 月，泛美影业公司找到斯坦贝克，想请他围绕墨西哥"革命家"埃米利亚诺·萨巴达写一个电影剧本。斯坦贝克在信中对安妮·劳里·威廉姆斯说："现在除了萨巴达，别的故事我一概不想写。"也许是出于谨慎，他在信中接着说："当初那些为诬陷和杀害萨巴达出谋划策的人还活着，大权在握。"斯坦贝克立刻就被萨巴达的故事迷住了，立即开始为影片写出一个大纲。格温一直跟一个墨西哥村子的女人学习西班牙语，她协助斯坦贝克在墨西哥国立大学的档案馆里研究萨巴达。

8 月，格温带着孩子飞回了纽约。斯坦贝克和格温此时意识到当初就不该回蒙特雷，纽约才是他们的家。加利福尼亚已不再是他记忆中的那个地方，蒙特雷也不欢迎他回来。即便在蒙特雷有好友里基茨相伴也无法让他回心转意，"现实版"的蒙特雷和他"脑海中的"蒙特雷相差太大。从这时起，斯坦贝克便决定在纽约过一辈子。格温回到纽约后，在上东区租了一套简装的小公寓，后来他们才有了永久的住处。

1945 年 9 月中旬，斯坦贝克在 78 号东大街买下了两栋相连的褐砂石房子。这里是个僻静的小巷，离曼哈顿中城区和中央公园很近。斯坦贝克之所以一口气买下两栋房子是因为他想掌握其中一栋房子的出租权（这两栋房子共用一个花园，而当初斯坦贝克是因为看中了花园才决定买下这两栋房子）。除此之外，多买一栋房子在当时也是一笔可靠的投资：战争使得房产价格缩水，但现在战争已经结束，退伍的士兵们需要买房成家立业，房产的价格自然会水涨船高。由于战时建筑材料实行严格的定量供给，因此这两栋房子没有得到及时的修缮，暂时不能住人，不过斯坦贝克并不担心，因为以前他干过许多修房子的活儿。

10月，电影《珍珠》的拍摄正式开机，就在斯坦贝克准备前往墨西哥前，格温又怀孕了。不过，他这次去墨西哥没有打算带上格温，这让她有些不高兴，斯坦贝克只好答应格温等他在墨西哥安顿下来就让她过来。电影的拍摄进行得非常顺利，斯坦贝克、杰克·瓦格纳以及费尔南德斯三人经常每天从早晨忙到深夜。11月初，格温带着汤姆来到墨西哥，本想和斯坦贝克一起愉快地享受假期。但她很快便发现，斯坦贝克忙得顾不上娘俩。她对一个朋友说，斯坦贝克"看起来又老又憔悴，像个60岁的老头"。她抱怨斯坦贝克没有时间陪她，感觉自己"受人排斥，无足轻重"。三周后，格温带着一肚子的怨气返回了纽约。

斯坦贝克并没有因为格温离开而不安。影片拍摄进行得十分顺利，他和费尔南德斯相处得也很融洽。11月中旬，斯坦贝克相信费尔南德斯一人可以拍完电影，于是他开车准备回家。不料他的1939款道奇轿车刚开出墨西哥城100公里就抛锚了，他被迫花了三天时间修理这辆汽车。最后他和一位新雇佣的男仆带着一条狗开着临时修好的车再次上路。一路上车子的加热器时好时坏，等回到家后，斯坦贝克在信中对杰克·瓦格纳说："我们差点被冻死在路上。"

帕特·科维奇好心帮斯坦贝克在维京出版社找了一间办公室让他专心写稿子，但格温却不准斯坦贝克离开她，因为她现在怀了第二胎，双脚浮肿，早晨起来吐个不停，还经常头晕，斯坦贝克只好答应格温在家里写稿子。他在"摆满了果酱瓶、凉面包和隔夜咖啡"的餐桌上写出了《啼笑姻缘路》。有一次，只是因为感觉"稿子写得不好"，他把"写好的两万字"手稿扔出了窗外。评论家们对上一部小说的评价让他深感忧虑，他希望把《啼笑姻缘路》写成一本好书。

1946 年 3 月中旬，新买的房子还没有修缮好，斯坦贝克便迫不及待地搬了进来。他在地下室给自己弄了一间大书房，希望待在地下能让他免遭马路噪音和孩子们的打扰。他很喜欢新房的布局，脚下是水泥地，四周是坚实的墙壁，头顶挂着凸出的管道，屋内光线昏暗。他还从前任房主手里买了一些办公家具来装饰房屋：一把开裂的皮椅、一张大橡树木桌、几个木制文件柜，还有一个落地灯。一张用来存放手稿的长桌子被摆在一面墙边。有一面墙上挂着从墨西哥弄来的面具，另有一面墙上摆着一个枪架、几根钓鱼竿和一把旧匕首，这与海明威家里的陈设很像。

去年秋天，斯坦贝克本来打算把空闲的一栋房子租给一个几年前认识的熟人——查尔斯·杰克逊。但杰克逊突然决定要搬到城郊去住，这让斯坦贝克非常尴尬。得知这个消息后，负责为斯坦贝克修缮房屋的包工头给他联系了一对正打算租房子的夫妻——纳撒尼尔·本奇利和马乔里·本奇利。"我们两家有点渊源，"本奇利太太说，"斯坦贝克和我公公罗伯特·本奇利是好友，不过他并不认识我丈夫。我那时怀孕在身，格温也怀有身孕。我们像是一家人。"①

刚搬到斯坦贝克家隔壁的时候，本奇利是《新闻周刊》的记者，他一直希望能摆脱工作的束缚，写点小说、传记或儿童读物之类的东西。马乔里·本奇利回忆说："斯坦贝克劝我丈夫辞掉《新闻周刊》的工作。他对我丈夫说：'快点辞掉吧，反正你早晚是要辞职的。'但是我丈夫需要工作养家糊口，辞职对他而言，说的容易做起来难，更何况我们当时手头没有太多的余钱。"本奇利只好一边努力为《新闻周刊》写文章，一边挤时间写自己的小说。他于 1950 年出版的第一本小

---

① 1993 年 5 月与马乔里·本奇利的访谈。

说叫《巷子》，是一本很有意思的书，详细描述了78号大街上的家庭生活。"《巷子》准确地向读者展示了当年我们的生活状况，"马乔里·本奇利说道，"书中的人物、房屋以及孩子等等，这一切都不是虚构出来的，而是取材于现实生活。"

1946年春，斯坦贝克一边忙着写《啼笑姻缘路》，一边焦急地等待第二个孩子的出生。格温"肚子一天天变大，脾气也越来越大，经常发牢骚，很难相处"。[①] 1946年6月12日，第二个孩子出生，是个男孩，名字叫约翰·斯坦贝克四世。漫长的分娩过程让格温精疲力竭，从医院回家后，她就卧床不起。一连几个月，她几乎没下过床，小病不断：感冒、过敏、莫名其妙地发烧。她的腿毫无征兆地从上痛到下，不能下床走路。虽然格温身体不好，可是刚出生的小家伙身体却很强壮，斯坦贝克请了一个护士照料他，大儿子小汤姆则由一名保姆看管。

自从格温生完第二个孩子回家后，斯坦贝克就发现日子一天比一天难熬。他变得郁郁寡欢，对格温提出的种种要求不理不睬，吃饭的时候黑着脸，几乎从不和格温讲话。生完第二个孩子后，格温明显心情压抑，她想继续在音乐界闯荡。她想唱歌，想当演员，可现在却只能在家里照顾两个孩子。本奇利说："格温为人尖酸刻薄。她虽然年轻貌美有才华，但总是嫉妒别人。她当不了家庭主妇，也不是一个好妈妈，这段婚姻让斯坦贝克变得闷闷不乐。和他们做邻居又目睹他们离婚，是一件可怕的事情。我们只能袖手旁观。"

虽然家里乱成一团，斯坦贝克仍旧设法每天写上2400字。有天晚上，他对纳撒尼尔·本奇利说，自己从《坎特伯雷故事集》序言里找了一句话当做小说的名字。本奇利听完后，皱了皱眉，婉转地告诉斯

---

① 1993年5月与马乔里·本奇利的访谈。

坦贝克这个办法恐怕行不通。他问斯坦贝克："假如读者们看到这个小说名字，他们不会觉得晦涩难懂吗？"他告诉斯坦贝克现在也只有一小部分大学生还知道乔叟是何许人。于是，斯坦贝克很快便放弃了原来的想法。

奥托·林德哈特是一名出版商，负责在荷兰出版斯坦贝克的作品。斯坦贝克写完《啼笑姻缘路》后收到了一封信，林德哈特邀请他访问丹麦。10年前和卡罗尔游览哥本哈根的往事重新浮现在斯坦贝克的脑海里，他也一直盼望着故地重游。参加完一场送行宴会后，斯坦贝克和格温登上了开往瑞典的"卓宁霍姆号"游轮，这艘船碰巧正是10年前他和卡罗尔搭乘的那艘游轮。历经了8天的海上航行之后，游轮靠了岸，上岸后他们便急不可耐地到处游览。第二天，他们乘坐火车来到哥本哈根，斯坦贝克在这里受到"英雄般的礼遇"。一家丹麦报纸甚至打出了这样的标题——"斯坦贝克，丹麦人民永远追随在您左右"。

斯坦贝克在丹麦如此受欢迎，一个重要原因是他的小说《月亮下去了》极大地鼓舞了丹麦人抵抗纳粹统治的士气，丹麦人民非常感激他。实际上，斯坦贝克不断地收到一些丹麦热心读者的来信，他出席了几场公众见面会和签名售书活动。挪威国王哈康七世从报纸上得知斯坦贝克访问丹麦的消息后，邀请他来到王宫并当面赠予他一枚自由十字勋章，以表彰他在二战中做出的贡献。

在挪威，人们也为他举办了一场招待会，虽没有丹麦人的排场大，但也十分热闹；随后，瑞典人也招待了斯坦贝克，他和几名前抵抗军的领袖见了面，他们说斯坦贝克的作品在情势最危急的时刻，极大地鼓舞了他们的士气；在斯德哥尔摩，斯坦贝克遇见了自己的老友波·贝斯寇，贝斯寇为他作了一幅画像并介绍他认识了一大批艺术家和作家。所有人的注意力都在斯坦贝克身上，格温对此非常嫉妒，不断地对斯坦贝克抱怨说："他们对我视而不见，我真搞不明白你带我来就是看我出洋相的吗?"① 这话让斯坦贝克恼火不已。

12 月中旬，斯坦贝克给贝斯寇回信，感谢他为自己寄来画像，他在信中非常忧伤地提到日益严重的婚姻问题，"夫妻关系非常有趣，我一直在想如果这段婚姻也失败了，我会作何感想？如果真的和格温离了婚，我应该只会感到高兴。我觉得自己不会咒骂老天对我不公，但除非你经历过某种情况，否则你不可能知道在这种情况下应该做什么。"② 他向告诉贝斯寇坦白自己正遭受"抑郁症"的折磨，"吃了一些维生素来判断'抑郁症'是否有可能是'营养缺乏症'"。本奇利说："我发现每次斯坦贝克和格温吵架后，他就会酗酒。只要碰上不开心的事，他就借酒浇愁。"酗酒，婚姻危机，加上对《啼笑姻缘路》出版前景的担忧可能是导致他患上"抑郁症"的原因。

《啼笑姻缘路》于 1947 年出版。有些评论家，如《纽约先驱论坛报》的伯纳德·德·沃托，认为这是一部特别优秀的作品，没有上一部作品显得那么多愁善感，应是继《愤怒的葡萄》之后的一部大作。其他评论家们，或许应该说大部分评论家，抱怨小说人物没血没肉、缺乏想象力、不招人喜欢。有部分评论家认为，这是一部色情文学作品。J. M. 拉里在《纽约客》撰文声称："斯坦贝克有阳具崇拜的倾向"，弗兰克·奥马利则在《公益报》发表评论称："书中的色情描写让人倒胃口，没有任何人文内涵和普世价值。"

《啼笑姻缘路》是一本被误解和忽视的小说，学院派评论家们过分低估了其价值，坚持认为它只是一部失败的寓言作品，而忽视了其内在原创性，实际上，斯坦贝克已突破旧的寓言形式，转而推动其向象

① 与 Harley 的访谈。

② *Steinbeck: A Life in Letters*, eds. Elaine Steinbeck and Robert Wallsten (New York: Viking, 1975), p. 295.

征现实主义转变。虽然在评论界口碑不佳，不过《啼笑姻缘路》却颇受读者喜爱，这让斯坦贝克非常高兴。每月一书读书俱乐部购买了 60万册，加上维京出版社在本书正式出版前卖出的 15 万册平装本，使得这本书成为斯坦贝克笔下最畅销的一本小说。但斯坦贝克需要的不仅仅只是销量，他严重怀疑评论家们对他的作品缺乏共鸣。

婚姻的恶化速度似乎比斯坦贝克预计的还快，他和格温为各种事情争吵不休。马乔里·本奇利说："他们天性不合，无法互相理解，似乎在任何事情上都无法达成一致意见。"有时一连好几天，斯坦贝克都不搭理格温，他经常在地下室的书房里一直待到半夜，刻意躲着她。虽然他们也会一同出席社交活动，但其实两人已形同路人。"斯坦贝克和格温已经失去了维系婚姻存在的亲密关系。你能从他眼里看到悲哀。他现在看上去特别苍老，头发灰白，憔悴消瘦。"

在过去的一年多时间里，斯坦贝克一直不停劝纳撒尼尔·本奇利辞掉《新闻周刊》记者的工作，全心全意地开始搞创作。而本奇利也确实把越来越多的时间拿来写自己的东西，他甚至在贝德福特酒店租了一间客房用于写作。没过多久，本奇利就被开除了，因为没有哪个领导愿意雇他这样一位拿着全额薪水却不认真干活的人。"我丈夫被开除的第二天，"马乔里·本奇利回忆说，"他在贝德福特酒店的酒吧里见到了斯坦贝克，两个人喝得酩酊大醉。"在喝酒的时候，斯坦贝克向本奇利坦诚他和格温的婚姻糟透了，当初就不该和她结婚。他知道自己很快就会和格温离婚，因此十分痛苦，"他最怕的是因为离婚而失去两个孩子。他连想都不敢想"。

1948 年 2 月末，格温在和斯坦贝克大吵大闹了一个晚上后，第二天带两个孩子去了加利福尼亚。斯坦贝克在家里闷闷不乐地过了一个月，然后坐飞机来到洛杉矶，当面向格温道歉，请她原谅。他费尽口舌，终于说服格温带着孩子和他一道返回纽约。伯吉斯·梅雷迪斯回忆说："他们的关系非常糟糕，我能看出来他们的婚姻已经无法挽回。"①

好景不长，斯坦贝克对帕特·科维奇说，格温回到纽约之后又开始因为"家庭琐事"和他争执不休。他现在特别想离开格温一段时间，于是科维奇建议他不如到欧洲为《先驱论坛报》做一些报道。有天晚上，他在贝德福特酒吧碰到了之前在欧洲战场结交的朋友——摄影师罗伯特·卡帕，卡帕提议说，他们可以去趟苏联，然后写本书。卡帕打算拍一些普通苏联大众在工作或玩乐时的照片，再由斯坦贝克为图片配上类似日记的文字说明。卡帕提出这个想法是因为媒体报道没有反映出"真实的苏联"。他认为，抛开意识形态不谈，苏联人与世界上其他人并无不同，"他们毕竟也是这地球上最有魅力的种群之一"。② 斯坦贝克很喜欢卡帕的想法，答应和他一同前往苏联。和格温商量之后，苏联之旅得以成行。格温将和斯坦贝克一起先到巴黎，在巴黎短暂停留之后，斯坦贝克和卡帕继续前往苏联，格温则独自返回纽约。

就在斯坦贝克准备动身前往欧洲时，由于扶手不牢固，他在一个风和日丽的下午从阳台上摔到了楼下的人行道上，导致一边的膝盖骨受伤，另一边的脚踝受到严重扭伤，他在医院接受了紧急手术，不得不在病床上躺了几日。住院期间，斯坦贝克和护士长大吵了一架，因为他不愿意按照当时的惯例，在做手术前把阴毛剃掉。最终，主刀医生做出了一个让护士长惊愕万分的决定，允许斯坦贝克不剃阴毛做手术。术后第二日，斯坦贝克在信中对瓦格纳兄弟说："我非常讨厌和医院打交道。"三天后，斯坦贝克就出院了，挂着手杖回到了家中。

把两个孩子托付给保姆后，斯坦贝克和格温于1948年7月乘坐跨洋航班抵达巴黎。斯坦贝克惊喜地发现自己在法国非常受欢迎。法国人在他下榻的兰卡斯特酒店套间内摆满了鲜花、香槟和巧克力；摄影

---

① 与梅雷迪斯的访谈。
② 与伊莱恩·斯坦贝克的访谈。

师们云集在酒店大厅等待拍照；每次吃饭的时候总会有读者蜂拥而至，向他索要签名。他在信中对伊丽莎白·奥蒂斯说："如果你认为在巴黎没有人邀请我们参加宴会的话，那你就大错特错了。"当时，正碰上法语版《愤怒的葡萄》出版，人们为斯坦贝克搞了不少庆祝活动。7 月中旬，斯坦贝克说："这是我头一次玩得这么开心，真有点吃不消。"

7 月 17 日，格温独自飞回纽约，四天后，卡帕和斯坦贝克乘飞机前往莫斯科。尽管他们事先打了电话，但飞机落地后仍然没有人前来接机。当时下着雨，气温又低，酒店房间早已爆满，他们只好和偶遇的一批外国记者在野外的帐篷里待了几天。他们花了一周的时间才搞到前往乌克兰和格鲁吉亚的通关文书。

他们乘坐一架老旧的 C-47 运输机来到基辅，在国际旅行社的掩护下开始了乌克兰之旅。每到一处，热心的乌克兰人便拿出丰盛的食物招待他们，斯坦贝克在 1949 年出版的《俄国日记》中写道：

> 有刚采摘下来的西红柿和黄瓜、小咸鱼、大碗的鱼子酱还有伏特加。我们还吃到了第聂伯河的炸鱼，用乌克兰野菜精心烹制的牛排，喝到了格鲁吉亚的红酒，尝到了美味的乌克兰香肠。

在这本书中，斯坦贝克同时提到：

> 款待我们的苏联人有一堆问题想问我们。他们想知道美国的版图有多大，在美国都种什么庄稼，还有美国的政治。这时，我和卡帕才意识到很难讲清楚美国这个国家，有很多事情连我们自己都搞不清楚。我们向他们解释说，美国政府其实就是部门互相监督。美国人害怕独裁统治，担心领导人手中握有太大的权力，因此，成立政府的目的是为了防止某个人得到太多的权力，或者

说如果这个人已经得到了权力，那么就要把权力放进笼子。我们承认这样一来美国政府的办事效率会很低，但毫无疑问政府可以稳定地运转下去。

1948年9月中旬，斯坦贝克和卡帕离开苏联返美，途中在布拉格和布达佩斯逗留了几日。回到纽约后，斯坦贝克在信中对托比·斯特里特说，自己打算在圣诞节前写完《先驱论坛报》委托的新闻稿和苏联旅行漫记。除此之外，他还有更多的想法："今年（1948年）我有一堆事情要忙活，我想在夏天结束之前做完这些事，因为过完夏天之后我打算写一部长篇小说，我在稿纸上构思了好长一段时间。在过去几年间，我断断续续地写了一些东西，现在我很想再写一部长篇小说。"①斯坦贝克似乎非常清楚从《愤怒的葡萄》出版之后，自己一直没有专心写作。他想再写一部"大作"。

斯坦贝克对格温说，他想回一趟加利福尼亚为"大作"搜集一些资料。格温面无表情地听完后，提醒他别忘了加州人可不欢迎他。说到底，格温更喜欢待在纽约。他听完格温的建议，点了点头。他已经预料到这段婚姻终将破裂，害怕离婚不可避免地会造成一些问题：孩子们怎么办？他要到哪儿生活？他会不会再次遭受一轮情感折磨？一位朋友回忆说："他就像个僵尸，被糟糕的婚姻拖垮。"②

---

① *Steinbeck：A Life in Letters*，eds. Elaine Steinbeck and Robert Wallsten（New York：Viking，1975），p. 301.

② 与梅雷迪斯的访谈。

第十四章

重获新生

"我还能再活上好几年。可现在，我感觉浑身像散了架一样，你也知道，这样的状态已经持续很久了。我得找回状态，眼下还有一堆事情要处理。"

——斯坦贝克致托比·斯特里特，1948 年 8 月

1947 年，当斯坦贝克远在苏联时，维京出版社决定在雷电华电影公司上映电影《珍珠》的同时出版该书。和斯坦贝克早前的作品相比，《珍珠》未能引起读者的兴趣，只有少数几位评论家对该书发表了评论，认为这是一部"内容肤浅、情节单一的"作品。《珍珠》的销量也很差，即便如此，科维奇还是一如既往地鼓励斯坦贝克。1948 年 2 月，他在信中对斯坦贝克说："我惊讶地发现《珍珠》在 1 月份竟然卖出了两千多本，你也知道假期的时候没有多少人买书。"就连斯坦贝克的书迷也一致认为，《珍珠》只不过是一幕不成功的情景剧而已。比如，沃伦·弗兰奇说："与斯坦贝克之前的作品相比，《珍珠》在艺术效果上稍显逊色。"他不明白像斯坦贝克这样认真的作家怎么会写出如此糟糕的作品。

其实，斯坦贝克也知道他又写出了一本"无足轻重的书"，现在是时候动手写一本有关萨利纳斯河谷的大作了，这想法已在他脑海里酝酿了许久。1949 年 1 月 2 日，斯坦贝克给《萨利纳斯—加利福尼亚人

报》的编辑写信称:"我正为一本小说搜集素材,故事发生在圣路易斯·比斯波和圣克鲁兹之间的萨利纳斯河谷,时间从1900年到现在。"① 他写这封信其实是想浏览该报社保存的资料,他在信中接着说,"我将于1月20日之后到蒙特雷。"报社编辑拍电报回复说:"欢迎你到报社浏览资料。"

格温不想回蒙特雷,但斯坦贝克只要打定主意就绝不反悔。他独自飞去了洛杉矶,下飞机后先去看望了罗瑟夫妇、麦克斯·瓦格纳及其他几位老友,然后租了一辆别克轿车前往蒙特雷。由于11号大街上的老房子被租了出去,他只好住在卡萨曼拉斯附近的一间寄宿公寓。而此时格温正忙着和纳撒尼尔·本奇利合作演出一部戏剧——《刘医师的马戏团》。显而易见,格温不想继续活在斯坦贝克的影子下,她要开创自己的事业。

和以前相比,斯坦贝克现在越来越对电影拍摄感兴趣。由于没有足够的资金,电影《小红马》的拍摄计划被搁置了好几年。1948年冬,由刘易斯·迈尔斯通执导的《小红马》终于正式开拍,斯坦贝克偶尔来到片场了解拍摄进度。同时,伯吉斯·梅雷迪斯也准备把《罐头厂街》拍成电影,斯坦贝克和梅雷迪斯一起审查了该片的剧本。该片最终于1949年冬上映。另外,在哈里·S·怀特、罗伯特·卡帕和雷电华电影公司的经理菲尔·莱斯曼的游说下,斯坦贝克决定成立一家制片公司,1948年1月,斯坦贝克正式成立了"世界电影"制片公司。怀特的说辞让斯坦贝克深信未来的媒体将是电视剧的天下,因此他的公司将主要制作电视剧。戈尔·维达尔说:"斯坦贝克对我说电视剧才是最重要的,他清楚这个市场有巨大的潜力。电视的出现意味着小说的终结。"

---

① *Steinbeck: A Life in Letters*, eds. Elaine Steinbeck and Robert Wallsten (New York: Viking, 1975), p. 303.

　　当看到斯坦贝克在人生道路出迈出了错误的一步时，我们不免为他捏了一把汗。以前，斯坦贝克清楚地知道他可以做什么，不可以做什么，可现在他却莫名其妙地突然想写电视剧剧本，还想亲自制作电视剧。他在蒙特雷设立一间办公室，雇了里基茨生前的秘书托尼·杰克逊为他效力。他听从怀特的建议，开始为一部名为《巴黎：时尚大军》的电视剧写剧本。所有这一切表明斯坦贝克暂时失去了奋斗的目标。

　　虽然很想在蒙特雷多待一段时间，但是斯坦贝克还是于3月底返回了纽约，打算做个手术治好困扰他多年的腿部静脉曲张。4月初，做完手术的斯坦贝克由于术后不能走动，只好在贝德福特找了一间房子静养。格温也在这个时候因鼻窦炎加重病倒，只得在斯坦贝克刚出院的那天住院接受治疗。日子一天天地过去，他们之间的矛盾也日益加深，斯坦贝克只好选择逃避现实。他本来就一直情绪低落，腿部手术让他变得更加萎靡不振，就在这时，有消息传来说里基茨遭遇车祸，身受重伤。车祸发生时，里基茨正开着一辆帕卡德汽车准备越过铁轨前往蒙特雷，一辆疾驰而过的火车撞上汽车，连人带车向前拖行了数百米。

　　斯坦贝克立即飞赴加利福尼亚，但为时已晚，里基茨在他刚下飞机的时候咽了气。几天后，里基茨的葬礼在一座俯瞰着海湾的小教堂里举行，两百多人出席了葬礼，其中有不少酒鬼、娼妓和流浪汉，他们都曾接受过里基茨的救济。泰德·芒森曾在蒙特雷生活过一段时间，他回忆说："葬礼当天，教堂里挤满了形形色色的人，没座位的人只好挤着站在过道，还有不少人只能待在教堂外面。"[1] 斯坦贝克满怀悲伤，和里基茨的家人坐在最前排，整个葬礼期间，他一句话也没说，两眼

――――――――――――

[1] 1992年8月12日与泰德·芒森的访谈。

直勾勾地看着前方。杜克·谢菲尔德回忆说："他甚至都没法动一下身子，这是他经历过的最糟糕的一件事。"

葬礼后第二天，斯坦贝克来到实验室，仔细翻阅了里基茨的个人文件，这些文件被装在数个大盒子里，书信、日记、备忘录和研究数据混杂一堆，还有数百张唱片、几本书和未发表的论文手稿。有几部日记和几封信披露了里基茨的几段风流韵事，斯坦贝克明智地把它们全烧了，同时还烧掉了他和里基茨的来往信件。他在实验室的角落还发现了一个神秘的黑色保险箱，里基茨留下的所有钥匙都无法打开这个保险箱。斯坦贝克担心或许保险箱里放着一些他应该知道的东西，于是叫了一个开锁匠打开了保险箱。然而箱子里只有一瓶陈年苏格兰威士忌酒，旁边有一张字条，上面写着："你到底想在这里找什么？这里只有一瓶酒，喝了你就能忘掉烦恼。"

斯坦贝克从里基茨的遗物中只拿走了一件东西，就是他在科提兹海远航调查开始前于伯克利购买的那台显微镜。里基茨去世一周后，斯坦贝克写信把噩耗告诉了好友波·贝斯寇，称里基茨"是我认识的人中最伟大的一个，也是一位最好的老师"。备受打击的斯坦贝克于葬礼结束几天后飞回了纽约，思考自己的人生路该怎么走下去。

回到家门口的时候，斯坦贝克心情极度压抑，"甚至连路都走不了"，格温出来迎他，披头散发，眼圈乌黑，面无表情地看了他一眼。斯坦贝克问道："发生了什么事？"格温回答说："我想和你谈谈。"她搀扶着斯坦贝克进了客厅，给他倒了一大杯苏格兰威士忌，然后对他说："我们离婚吧，这样拖着对谁都没好处。"① 尽管斯坦贝克早已做好了离婚准备，可还是不敢相信格温竟然在这个时候提出离婚。难道她不知道里基茨才刚刚去世吗？她到底还有没有一丝人情味？万般失望之下，

---

① 与 Benchley 的访谈。

斯坦贝克打包了几个旅行箱，其中一个装满了各种各样的手稿，亲了亲满脸疑惑的孩子们，离开了家。

离家后，斯坦贝克越来越压抑。不久之后一位朋友告诉他说格温打算霸占所有的家产，斯坦贝克顿时陷入慌乱。5月底，他在信中对托比·斯特里特说："旁人都说我多么富有，但实际上我根本没钱。"① 这句话有些夸张。在过去的 10 年里，斯坦贝克挣了很多钱，但他的意思是说这些钱并非取之不尽用之不竭，一旦他停止努力，这点钱很快就会用完。几周后，他在信中对波·贝斯寇说："我已经不再伤心，开始愤怒。"6月，格温带着两个孩子去了加州，打算和母亲住在一块避暑。在伊利亚·卡赞的鼓动下，斯坦贝克把全部精力放在了萨巴达剧本上，卡赞回忆说："我对他说起了这部电影，他说自己做好了准备。"② 他一头扎进这份工作，立即乘飞机来到库埃纳瓦卡，仿佛一生的赌注都押在了这个剧本上。进入酒店房间后，斯坦贝克发现科维奇给他留了一张字条："我希望你在抵达墨西哥后能深思熟虑一番，找回状态，保持平静。"1949 年夏，斯坦贝克开着一辆购于库埃纳瓦卡的老旧福特汽车，到墨西哥各个地方搜集与埃米利亚诺·萨巴达相关的资料。

斯坦贝克给格温写过好几封信，说他很想念大儿子汤姆，但所有的信都石沉大海，格温铁了心不想理他，故意隐瞒孩子们的消息来折磨他。8月，斯坦贝克忍无可忍，开车来到洛杉矶，借住在弗兰克·罗瑟家中，打算当面质问格温为什么要这么对他。罗瑟回忆说："悲伤和抑郁几乎快把斯坦贝克逼疯了。"③ 斯坦贝克一直守在格温母亲的房子外面，有天下午趁格温的母亲离开后，便进屋找到格温，对她说自己

---

① *Steinbeck：A Life in Letters*，eds. Elaine Steinbeck and Robert Wallsten（New York：Viking，1975），pp. 314—315.

② 与卡赞的访谈。

③ 与 Meredith 的访谈。

还爱她，劝她回纽约。格温对他冷嘲热讽了一番后说，她只想离婚，还说如果真的离了婚，那他反倒有机会见到两个孩子。绝望之下，斯坦贝克只好独自返回纽约。8月中旬，他在信中对贝斯寇说："忍受了四年多不幸的婚姻后，格温决定和我离婚，仅此而已。"①

斯坦贝克决定先让格温暂时抚养两个儿子，他现在需要时间重振旗鼓。他在信中对贝斯寇说，自己打算"回到蒙特雷休息一段时间，重新感受一下我的家乡"。然而，没有里基茨相伴，蒙特雷对斯坦贝克而言完全是一个陌生的地方，他也不知道自己要在蒙特雷做什么。8月底，他在信中对斯特里特说："我还能再活上好几年。可现在，我感觉浑身像散了架一样，你也知道，这样的状态已经持续好长一段时间。我得找回状态，眼下还有一堆事情要处理。"② 一周后，斯坦贝克又一次在信中对贝斯寇说："我翻来覆去地思考，最后什么都没想出来。"这段惨淡的日子可以说是斯坦贝克人生的低谷，所有的一切都垮掉了，他看不到未来的方向在哪里。他开始不按时吃饭，身体消瘦，无法入睡，彻底失去了灵感。

斯坦贝克和格温到底有什么矛盾呢？1948年，斯坦贝克在信中对帕特·科维奇说："近三年多时间里，格温一直背叛我，我不能原谅她。"朋友们也证实了斯坦贝克的说法。马乔里·本奇利回忆说："格温是个奸诈小人，我从不相信她，也不会有人相信她。"还有一个朋友回忆说："格温配不上斯坦贝克，她背着斯坦贝克和别的男人勾三搭四。"而格温则认为，斯坦贝克总以写作为重，不是个好丈夫。本奇利说："像格温这种脾气的女人很难接受斯坦贝克以事业为重的做法。"格温曾梦想当歌唱家，可结了婚后，一切都成了泡影。除此之外，许多名

---

① *Steinbeck：A Life in Letters*，eds. Elaine Steinbeck and Robert Wallsten（New York：Viking，1975），p. 319.

② Ibid.，p. 321.

人如众星捧月般围着斯坦贝克，而格温在纽约却没有什么朋友，强烈的嫉妒心让她总是对斯坦贝克恶语相向。两人年龄上的巨大差异也给他们的沟通交流造成了困扰。斯坦贝克认识的一个熟人曾说："他们在婚前都没有看透彼此，只是凭感觉对彼此做了点猜测。斯坦贝克想找个崇拜他而且愿意照顾他的年轻貌美女孩，而格温则想找一个能给自己的演唱事业提供帮助的大名人。格温被斯坦贝克的名气蒙蔽了双眼，从未看清过他的真实面目，而斯坦贝克也不了解格温的为人。"[1]

8月27日，斯坦贝克在信中对斯特里特说："昨天我和格温签了分居协议，按照惯例，她将得到全部财产。"[2] 他想搬回蒙特雷，"吹向海岸的冷风"能让他平静下来。他在信中抱怨纽约的天气，说"这里的鬼天气快把我逼疯了，但对其他生活在纽约的九百万人来说，住在这里并没有什么不妥。我不想在纽约住下去，也许以后会回到纽约看看"。9月，斯坦贝克像一只归巢的信鸽，回到了帕西菲克格罗夫11号大街上的老房子，打算在这里养好情伤。

十多年后，斯坦贝克回忆说："这栋老房子对我意义深远，但自从格温要和我离婚之后，它就让我格外伤心难过。它像噩梦一样始终纠缠着我，我感觉自己应该不会忘却这段时光。"这栋老房子在斯坦贝克来之前曾出租过，不过租客们没有支付房租就搬走了。房子年久失修，斯坦贝克来了之后决定先修理房子，尤其是房子的外观。他砍掉了几根大树枝，这样院子里就能照进更多的阳光。他把窗户边重新粉刷了一遍，换掉了几块碎玻璃还动手清理了堵塞的烟囱，这样壁炉就可以正常使用了，虽然现在还是9月，靠近蒙特雷海岸的地方在夜间却很冷。他的"工具箱"——笔记本、日记、书、唱片、打字机以及录音

---

[1] 与 Harley 的访谈。

[2] *Steinbeck：A Life in Letters*，eds. Elaine Steinbeck and Robert Wallsten（New York：Viking，1975），pp. 324—325.

机，留在纽约没有带过来，不过他现在也不想写东西。他一直忙着修补房子，直到 10 月中旬才停下来。这段时间有不少朋友过来看他，发现斯坦贝克很伤心，闷闷不乐，不管做什么都是一副心不在焉的样子。

10 月底，斯坦贝克内心突然涌起一个念头，他想回到墨西哥把《萨巴达传》的电影剧本写出来。就在他准备动身南下墨西哥的前几天，米尔德里德·莱曼——伊丽莎白·奥蒂斯的助理，顺道在他家里坐了一会。离开斯坦贝克后，莱曼给安妮·劳里·威廉姆斯写了一封信，她在信中写道："斯坦贝克心烦意乱，对电影《萨巴达传》剧本感到害怕。如果他在墨西哥诸事不顺的话，说真的，我也不知道后果会怎样。浪费了大把的时间，却没有写出任何能拿得出的东西，这让斯坦贝克焦虑万分。"很明显，莱曼的这番话正好戳中了斯坦贝克的痛处。虽然在过去的几年，他有一大批创作问世，但这些根本不值一提。莱曼在信中继续写道："眼下，斯坦贝克迫切需要磨练自己。我有点担心他去墨西哥的目的不是为了写电影剧本，而是另有所图。"

11 月，斯坦贝克启程前往墨西哥，中途在洛杉矶和伊利亚·卡赞见了面。《萨巴达传》将由卡赞执导拍摄。出乎斯坦贝克的意料，卡赞决定和他一同前往墨西哥。两人飞到墨西哥市，盘桓了数日后，又继续前往库埃纳瓦卡。卡赞对斯坦贝克目前的状况非常忧虑，斯坦贝克也十分清楚自己的状态很差。在信中，斯坦贝克向帕特·科维奇坦诚："我现在的状态比自己预想的还要糟糕。"为了鼓励自己，他在信中向科维奇保证自己还很坚强，一旦万事俱备，他将立刻投入工作，"现在是最困难的时候，不过我还能挺住，一切都会好起来的"。

但至少在墨西哥，一切并没有"好起来"，到处走访只是给斯坦贝克带来无穷的烦恼。由于无法摆脱压抑的情绪，斯坦贝克只得提前返回帕西菲克格罗夫小镇，而电影剧本则一点进展都没有，他现在唯一想做的就是蜷缩在老屋的火堆前。11 月末，斯坦贝克在一封私人长信中对波·贝斯寇说："我的小房子终于弄好了，我非常喜欢住在这儿。"①
他现在依然时不时地"感到愤怒"，不过，随着时间推移，他已经不再
那么痛苦。格温同意让两个儿子在明年夏天和斯坦贝克一起待上几个
月，这个消息让他喜笑颜开。他打算带两个孩子到海滩散步，一边收
集标本，一边教他们认识这个世界，他还打算教孩子们如何使用那台
珍贵的显微镜以及如何钓鱼。

在墨西哥的时候，斯坦贝克早已收集了足够多的有关萨巴达的材
料，希望自己能在 12 月开始写剧本。他的心里突然涌起一股创作的热
情，"我有好多活要做。一旦萨巴达剧本搞定，我将完成这一生中的另
一本大作——《萨利纳斯河谷》。就算要花很长时间我也不在乎。这本
书大约有 75 万字，篇幅是《愤怒的葡萄》的两倍。这本书写完之后，
我还要继续再写五个剧本。在这之后，我还打算以四部福音书为蓝本，
再拍一部讲述耶稣基督生平故事的电影，绝对不擅自增减内容。"

斯坦贝克走遍了多个图书馆，搜寻有关萨巴达的资料。他到处寻
找曾经认识萨巴达或者经历过那段时期的人，他对科维奇说这份工作
让他"感到出奇地舒缓"。但实际上，他知道自己这样做只是在推迟动
手写剧本而已，在信中，他对伊丽莎白·奥蒂斯说："我这样无非是在
拖延时间罢了。"离圣诞节越来越近，花园里变得一片棕黄，斯坦贝克
也变得越来越绝望，他似乎不可能写出任何东西了。自从格温带着两
个孩子离开后，这还是他头一次孤身一人过节，他觉得"无法忍受"
这种气氛。

就在默默地承受巨大压力的时候，斯坦贝克收到了美国文学艺术
学会寄来的一封信，告知他已被选为该学会的会员，同时入选的会员
还有威廉·福克纳、马克·范·道伦以及画家里昂·克罗尔。斯坦贝

---

① *Steinbeck：A Life in Letters*，eds. Elaine Steinbeck and Robert Wallsten（New York：
Viking，1975），pp. 341—344.

克在回信中表示接受美国文学艺术学会的邀请，并写道："从小到大，我一直受人排斥。小时候童子军不要我，长大后，美国军队也不要我。这次当选为会员，对我而言，既是一次难得的经历，也是一段非比寻常的经历。"

从1948年秋末到冬初，斯坦贝克几乎没有动过笔，这表明他在这段时间"崩溃了"。格温差不多霸占了所有财产，但斯坦贝克不想和她争家产，贝斯说："孩子们在格温身边，这就意味着她需要钱来抚养他们，弟弟不想让孩子们承担他的过错。"1948年，贝斯寇邀请斯坦贝克到斯德哥尔摩过圣诞节。斯坦贝克于12月28日回信说："我很想到瑞典和你一同过圣诞节，可我现在已经破产，身上一分钱都没有。"他对贝斯寇说，自己在帕西菲克格罗夫小镇"过得很凄凉"，一边舔着伤口，一边生格温的气，他痛恨格温剥夺了自己陪伴孩子们成长的权利。每天早晨他在壁炉里点上火，拉过来一把椅子坐下，努力想写点东西，但是一点头绪也没有，什么都写不出来。头痛、恶心、疲惫感一起向他袭来。他非常想念两个孩子，不禁开始认真考虑是否要放弃写作。

1949年4月，斯坦贝克应达瑞尔·扎纳克的邀请，到好莱坞为他写一个剧本。扎纳克在自己的工作室给他准备了一间大办公室当书房，不过斯坦贝克很快发现自己无法在扎纳克的监视下完成剧本，几天后，他搬进了贝弗利山酒店，和影星们住在一起。有天下午，努纳里·约翰逊的妻子多丽丝·约翰逊打来电话问斯坦贝克："今晚你准备做什么？"斯坦贝克回答说："你有什么建议吗？"多丽丝接着说："你认识艾娃·加德娜吗？"斯坦贝克回答说不认识，然后多丽丝说："如果让你和她约会，你觉得怎么样？"斯坦贝克对多丽丝说，没有哪个男人不想和艾娃·加德娜约会，多丽丝就告诉斯坦贝克开车去接艾娃·加德娜并带她去吃晚餐。

就在他准备去接艾娃·加德娜的时候，多丽丝又打来电话说："很遗憾，艾娃·加德娜已经有约了，给你换个约会对象怎么样？你认识安·萨森吗？"斯坦贝克说不认识这个人，多丽丝在电话里说："很好，那你就和她约会吧。"安·萨森虽不如艾娃·加德娜声名显赫，不过在好莱坞也算小有名气，长得也漂亮。斯坦贝克很开心地请安·萨森吃了一顿晚餐，席间他感觉安·萨森对他有点意思，于是斗胆邀请她在下次拍片期间有空的时候到蒙特雷找他玩。萨森点头同意，几周后，她打来电话告诉斯坦贝克，自己将会在阵亡将士纪念日那天过来找他。她在电话里问斯坦贝克："我能和朋友一起过来吗？"斯坦贝克非常不情愿地说可以，萨森提到的这位朋友便是斯坦贝克的第三任妻子——伊莱恩·斯坦贝克。

"恐怕安·萨森这辈子都不会原谅我，"伊莱恩说，"我和萨森当时住在卡梅尔的松树旅馆，在斯坦贝克住处附近逗留了几天。斯坦贝克带我们在周边转了转，领我们参观了里基茨的实验室，还带我们去了海边，当然还有帕西菲克格罗夫的那栋老房子。他对当地的好餐厅了如指掌，餐厅里的侍应生也和他很熟。我们还到沃森维尔去见了他的大姐埃丝特。当时有点尴尬，因为斯坦贝克明显对我有兴趣，萨森被晾在一边。我和他……一见倾心。"伊莱恩的最后一句话也是斯坦贝克当时的感觉。安·萨森和伊莱恩离开数日之后，斯坦贝克写信问安妮·劳里·威廉姆斯，"我有点喜欢那个叫司各特的女人。你认识她吗？"

伊莱恩本名叫伊莱恩·安德森，她和斯坦贝克认识的时候用的是夫家姓——司各特。她身材高挑，聪明伶俐，外向活泼，在德克萨斯州的沃斯堡市长大，父亲是石油商人。她在德州大学攻读戏剧制作，大学期间，遇到后来成为她前夫的扎卡里·司各特，一名出生于奥斯丁（美国德克萨斯州首府）的男演员。他们婚后育有一女，名叫韦弗莉，女儿出生之后，他们就带着孩子去了美国戏剧界的圣地——纽约。伊莱恩说："我和扎卡里都在韦斯特波特国家剧院工作。"扎卡里·司各特是个有头脑的年轻人，口齿伶俐，痴迷古典戏剧，最终得以在百老汇剧院和好莱坞电影中饰演主角；而伊莱恩则一直在戏剧制作方面努力，曾担任音乐剧《俄克拉荷马》的舞台监督。

二战爆发后，华纳兄弟电影公司向扎卡里·司各特开出了一份十分诱人的待遇，邀请扎卡里到好莱坞发展。伊莱恩只好不情愿地随扎卡里来到好莱坞。他们"过着典型的好莱坞式生活……出席各种宴会，结交各路影星"，但渐渐地，扎卡里和伊莱恩的共同语言越来越少，到1949年春，两人的婚姻已名存实亡。伊莱恩说："很难说我和扎卡里之间到底有什么事情不对劲，但我们就是不再彼此交流，我们的关系就这么分崩离析了。所有的事情都变了味。"伊莱恩刻意强调说，她和扎卡里的婚姻关系"绝对不是因斯坦贝克的出现而破裂。事情的真相不是那样，我和斯坦贝克认识的时候，早就和扎卡里没有了夫妻关系"。

在好莱坞为达瑞尔·扎纳克写电影剧本期间，斯坦贝克经常和伊莱恩见面，带她见了许多老朋友，比如麦克斯·瓦格纳和杰克·瓦格纳两兄弟。斯坦贝克不想让格温知道他在好莱坞干什么，而伊莱恩一想起自己和扎卡里破裂的婚姻也感到不自在。我们可以看出尽管斯坦贝克和伊莱恩经常见面，但彼此都很谨慎，虽然斯坦贝克看起来像陷入了热恋，可内心深处并不想拿任何东西冒险。

电影剧本写完之后，斯坦贝克开始为《伊甸之东》做些笔记。在此期间，他和伊莱恩的关系逐渐升温，每天都会给她写信，两人经常打电话聊天。盛夏时节，斯坦贝克终于盼来了两个孩子，这是几年来他第一次心情愉悦。伊莱恩在一个周末开车来看望两个孩子，她走了之后，斯坦贝克写信对她说："孩子们玩了一整天。汤姆问我，你去了哪里。我告诉他你回家了。他接着反问说'这里不就是家吗？'"①

---

① *Steinbeck：A Life in Letters*，eds. Elaine Steinbeck and Robert Wallsten（New York：Viking，1975），p. 370.

1949 年 11 月中旬，伊莱恩打来电话对斯坦贝克说她和扎卡里决定离婚。伊莱恩回忆说："自始至终，斯坦贝克一直强调说，他不想破坏我和扎卡里的婚姻，因为那将是他最不想做的事。他尊重我和扎卡里的婚姻，而且一直认为自己不该出现在我和扎卡里之间。但他也对我说，如果将来我真的和扎卡里离婚，他会陪在我身边。"在办理离婚手续期间，伊莱恩带着女儿韦弗莉来到蒙特雷，住在一间小旅馆。她和斯坦贝克促膝长谈，讨论将来的打算，最后决定等离婚程序结束后伊莱恩返回纽约，斯坦贝克将尽快随后而来。扎卡里·司各特听说这件事后，猜测一旦伊莱恩和他离了婚，斯坦贝克便会弃她而去。扎卡里断言说："斯坦贝克的名声很臭，绝对是个靠不住的人。"

12 月 1 日，伊莱恩和扎卡里的离婚听证会在马里布举行。听证会结束后，伊莱恩带着女儿和一个女仆立即启程前往纽约。几周后，她和斯坦贝克在 52 号东大街一栋大楼里各自租了一间房。伊莱恩说："我和女儿的房间相当大，斯坦贝克租了一个顶楼的房间。"回到纽约后，斯坦贝克和两个儿子度过了一个"愉快又喧闹的节日"。对斯坦贝克而言，重回纽约意味着他可以和两个儿子保持紧密的联系，他也正是为了两个儿子才选择回到纽约。另外，许多朋友，如帕特·科维奇和本奇利夫妇，也在纽约，最重要的是伊莱恩在他身边。圣诞节早晨，他在信中对波·贝斯寇说："这么久以来我第一次内心充满了希望。"斯坦贝克之所以情绪高涨，原因很明显："我现在有美人作伴，重新恢复了精力，我觉得情伤已愈。还有很多书要写，还有日子要过，我已经做好了准备。"①

1950 年 1 月 24 日，斯坦贝克在信中向贝斯寇讲述了他对伊莱恩的感觉："格温似乎总是表现得贪得无厌。但伊莱恩不同，她是个嗓音柔

---

① *Steinbeck：A Life in Letters*，eds. Elaine Steinbeck and Robert Wallsten（New York：Viking，1975），p. 397.

美的德克萨斯人，不像那种爱吹嘘的德州人，只想安分地做个女人。她让我感觉如沐春风。"① 斯坦贝克感觉，卡罗尔和格温都想和自己争夺东西，这一点让他十分反感。他是个名人，自然受人瞩目，不可避免地导致他和卡罗尔以及格温的关系变得紧张。他对贝斯寇说："伊莱恩和我站在同一个立场，不和我作对。所以我现在感觉比以前轻松多了。"

伊莱恩性格外向，事业上略有小成，她来到斯坦贝克的身边，同时还带来了她在戏剧界的人脉关系，这一点让斯坦贝克很高兴。伊莱恩介绍斯坦贝克认识了许多戏剧界的传奇人物，比如当时百老汇剧场里最炙手可热的二人组合——理查·罗杰斯和奥斯卡·海默斯坦。"我在剧院摸爬滚打许多年，早就和戏剧界的名流人物很熟，"伊莱恩说，"我不仅认识许多演员，还认识不少制作人。斯坦贝克一直痴迷戏剧。我想，他就是在这个时候决定要多写一些剧本。"斯坦贝克清晰记得，当年《人与鼠》改编成戏剧后大获成功，《月亮下去了》也在全世界广受好评。新年伊始，斯坦贝克就开始专注写戏剧，他给剧本取了个名字叫《夜之森林中》，后来又把名字改成了《燃烧的夜晚》。

1950年3月末，伊莱恩带斯坦贝克到德克萨斯见她的家人。有些亲戚非常怀疑斯坦贝克，因为报纸上的花边新闻总说他的名声很坏，他们不明白为什么伊莱恩要离开扎卡里，选择和一个众人口中的浪荡子在一起生活？得知伊莱恩已经和扎卡里离婚，他们很失望，更糟糕的是安德森家族和司各特家族交情很深。斯坦贝克惴惴不安地迈着大步来到了安德森家族位于沃斯堡的家中，所有的家族成员很明显也感到慌乱不已，直勾勾地盯着斯坦贝克。斯坦贝克坦率地对他们说："我这辈子都没这么紧张过。"这句话立刻打破了僵局，所有人长舒了一口

---

① *Steinbeck：A Life in Letters*，eds. Elaine Steinbeck and Robert Wallsten（New York：Viking，1975），p. 400.

气。斯坦贝克一眼认出了伊莱恩家族的女族长，开始和她搭讪。伊莱
恩回忆说："斯坦贝克一眼就找到了我们的族长，他们在一起谈了关于
牛啊、农场什么的。她立刻对斯坦贝克产生了好感。"带着家族的祝
福，斯坦贝克和伊莱恩离开了德克萨斯。

第十五章
"构思的愉快和些许失望"

"优秀的作家总是可以化腐朽为神奇"

——摘自斯坦贝克《小说日记》

"我们在 72 号东大街 206 号买了一栋褐砂石房子,在这一住就是 13 年。"伊莱恩说,"这房子不错,房子里的卧室很宽敞,都能晒进太阳。屋后有一片地,斯坦贝克闲的时候就在地里种东西。"不过,这栋房子要到 1951 年 2 月才能交付,斯坦贝克和伊莱恩只好暂时继续住在各自租住的公寓里。他们决定过完圣诞节马上结婚。

1950 年 12 月 28 日,斯坦贝克和伊莱恩在曼哈顿结婚,婚礼现场定在斯坦贝克的老东家——出版商哈罗德·君兹伯格的家中。伊莱恩回忆说:"婚礼非常温馨,也很喜庆,大部分在纽约的朋友都到场了。远方的朋友来的不多,不过我们邀请的宾客差不多都来了。"汤姆·君兹伯回忆说:"我姐姐在婚礼上弹了风琴,婚礼非常感人。大家都为斯坦贝克感到高兴。之前,他和格温的婚姻实在糟透了,不过伊莱恩很招人喜欢。"斯坦贝克和伊莱恩在圣雷吉斯酒店住了一晚后,于次日启程前往百慕大度蜜月。伊莱恩说:"那年纽约冬天特别冷,外面刮着刺骨的寒风,连雪也下得比往年大,我和斯坦贝克希望找个阳光明媚的地方度假。"到了百慕大之后,他们住在一家名叫萨默塞特的老式海滨旅馆。斯坦贝克给帕特·科维奇回信说:"自从长大后,我从来没有睡过这么久，差不多一天要睡 12 个小时，还不算中间打盹的时间。前两天一直在刮大风，不过现在已经风平浪静了。"[1]

斯坦贝克一边享受着蜜月，一边思考着人生，生活的一幕幕就像电影片段一样在眼前闪过，自己的梦境像是"一部自传体电影"。度完一周的蜜月之后，斯坦贝克和伊莱恩登上了返回纽约的航班，登机的时候，斯坦贝克感到浑身充满了精力，突然想写一部自传体小说。回到纽约后，斯坦贝克并没有立刻动笔，反而很谨慎地思考着，就像一名马拉松赛选手在开赛前心里估算着跑道长度。他经历过小说创作过程，深知在动笔之前，作家应当深呼吸，调整好步伐，一步一步地谨慎前行。整个过程不会一帆风顺，作家应当在写得顺手的时候攒足劲头，这样方能让自己在一无所获，抑或面临更糟糕的情形时，比如，当你发现自己写了一堆废纸的时候，走出低谷。正在写小说的作家好比是孕妇，总要务必吃好睡好，省下每一分力气，担心万一生出来的孩子让人失望该怎么办。

实际上，斯坦贝克直到搬进新买的褐砂石房子之后才开始动笔。他决定把手稿写在科维奇送给他的一个大笔记本上，打算在笔记本的右半边写小说稿，而在左边则记录一些自己的想法供科维奇参考，这样一来整个笔记本就变成了一本私人日记。他在笔记本左边留下的注解透露出他在创作时的心理活动：时而焦虑，时而怀疑，时而又给自己打气。虽然，斯坦贝克知道这部作品，最后还是会变成一部融合人生现实与虚构成分的小说，但他始终提醒自己要把它写成一部家族史供两个儿子汤姆和约翰阅读。

搬进新房子后，斯坦贝克有了稳定的工作环境。他在日记里写道："我的书房从来没有这么舒适过。"伊莱恩回忆说："他在二楼有一个大

---

[1] *Steinbeck：A Life in Letters*，eds. Elaine Steinbeck and Robert Wallsten（New York：Viking，1975），p. 417.

房间，里面摆着一张绘图桌和一把转椅。"斯坦贝克在桌子上摆了一盒铅笔，每天开始工作前，他会非常认真地把这些铅笔都削尖。在创作《伊甸之东》期间，斯坦贝克对科维奇的依赖看起来有些古怪。他经常和科维奇打电话，要是科维奇放下了电话，他就会生气；他差不多每天都要在日记里提到科维奇；他还希望科维奇给他送来稿纸和铅笔，替他做点研究，在精神上支持他。他每周会给科维奇寄一次手稿，随后科维奇会让一位秘书敲出稿子并寄到斯坦贝克手里，以便更正错误。斯坦贝克拿到打印稿后，在空白处写上详细的修改意见，再把打印稿寄给科维奇。

4 月中旬，斯坦贝克无法容忍科维奇不停地对手稿提出批评，不再继续把手稿寄给他。此时，斯坦贝克内心十分脆弱，对科维奇说："今天早上我在电话里有些失礼，希望你不要介意。只是现在我一心往前看，批评对我没有任何用处。所以你把意见先写下来，等我把书稿写完再回头看你的意见。"① 科维奇后来对一位朋友说："我必须得陪着他。他一个人似乎做不成任何事。"② 由于《啼笑姻缘路》和《燃烧的夜晚》遭到评论家的严厉抨击，斯坦贝克感到特别心虚。他确信自己可以写完这本"大作"，就算不够伟大，至少也应该是一部优秀的作品。从 2 月 1 日至 11 月初，他的确写得很快，没怎么耽搁便写出了第一稿。但如果没有科维奇的关心，斯坦贝克不太可能在短时间内就写完书稿。

开始动笔后，斯坦贝克便夜以继日地一心扑在这本书上，每当汤姆和约翰过来看望他的时候，他根本抽不出太多时间陪他们一起玩。但至少现在他能经常见到两个儿子，而且格温越来越频繁地让两个儿

---

① 摘自 1947 年 4 月与 Robert van Gelder 在 Cosmopolitan 的访谈，再版于 *Conversations with John Steinbeck*，ed. Thomas Fensch（Jackson：University of Mississippi Press，1988），p. 146. Hereafter Fensch.

② Ibid.，p. 168.

子过来找他。每次当两个孩子过来的时候，都是伊莱恩负责照顾他们。一位朋友回忆说："格温经常对汤姆和约翰说伊莱恩和斯坦贝克的坏话，她总是嘲笑伊莱恩和斯坦贝克，想尽一切办法给两个孩子灌输斯坦贝克和伊莱恩是坏人的想法。结果可想而知，汤姆和约翰经常故意给斯坦贝克和伊莱恩添乱。"①

当初，斯坦贝克为了写完《愤怒的葡萄》耗费了大量精力，这次他谨慎地调整了写作进度，以令人难以置信的方法准确测算出完成这部小说需要的时间。通常他会在笔记本的一页上写下 800 个字，而每一天他会写两页。按照这个计划，到 4 月 30 日，他已经写完了三分之一的手稿。为了让自己回忆起萨利纳斯，他订阅了当地的报纸，还给大姐和二姐打电话询问她们对萨利纳斯的回忆。"他问了我许多稀奇古怪的问题，"贝斯回忆说，"他想知道一切，所有的细节。比如当年帮我们母亲洗衣服的那个女人叫什么名字，外公在何处买了一辆马车等等。尽管对这些故事已经烂熟于心，他仍想把这些故事从头到尾过一遍，以便确定他们的真实性。"

多年来，本奇利夫妇一直对南塔基特岛赞不绝口，因此斯坦贝克决定于 1951 年夏携伊莱恩和两个儿子到岛上待几个月。他们在塞厄斯康西特海滩租了一栋两层灰色小楼。海浪和成群的海鸥让斯坦贝克特别兴奋，他非常喜欢这里的海景。为了玩得尽兴，斯坦贝克决定买一艘小帆船。马乔里·本奇利回忆说："白天我和伊莱恩领着孩子们到海滩玩，斯坦贝克则待在屋里写东西，不过他会和我们一起吃野餐。他看起来非常享受那里的生活。"斯坦贝克在二楼一个临海的大房间里放了一张牌桌作为书桌，每天早晨八点半准时开始工作。他会一直写到下午两三点，然后出去和伊莱恩一起陪孩子们游泳、玩游戏。

---

① 与 Benchley 的访谈。

斯坦贝克一直对手头这部小说的标题犹豫不决，原先他临时取了《萨利纳斯河谷》作为书名，但现在，他彻底对《萨利纳斯河谷》（*The Salinas Valley*）这个书名感到厌烦，因为它和以前出版的一本短篇故事集的标题《河谷》（*The Long Valley*）非常像。他又尝试换了一个题目——《我的河谷》（*My Valley*），但这个标题听起来就让人觉得无趣。伊莱恩说："他十分沮丧，不知道取什么书名好。"帕特·科维奇也认为这些书名都不尽如人意，每次都说新书名还不如旧的好。直到 6 月初，斯坦贝克准备写一个关于该隐和亚伯的故事，他才突然想到了一个书名——《伊甸之东》。

7 月初，斯坦贝克收到了之前订购的帆船，他对奥蒂斯说："摸着帆船感觉像在做梦。"他说通过游泳和健身，他变得强壮了，腰上的赘肉也不见了。他和伊莱恩已经差不多戒掉了喝烈酒的习惯，只在每个周六晚上喝上一点。"这里很凉爽，"他接着写道，"还有点冷。这里景色特别优美。我们渐渐喜欢上了这个地方。四周很安静，但是空气中充满了活力。这里确实是一个休闲与工作的绝佳去处。"说到还未写完的手稿，斯坦贝克说《伊甸之东》是到目前为止最让他感兴趣的一本书，"我只希望其他人和我一样喜爱它。"

7 月 11 日，斯坦贝克在日记中写道："这个故事十分奇特，一直萦绕在我脑中。"他一边在小说中历数了特应斯克家族的几代人，一边重新虚构了该隐和亚伯的故事，借助圣经讲述他自己的故事。他对圣经中这则特殊的故事很感兴趣，因为它表明了当该隐杀害了弟弟亚伯并甘愿以命抵命的时候，人类所面临的处境，上帝对该隐说："你若行得好，岂不蒙悦纳；你若行得不好，罪就伏在门前。它必恋慕你，你却要制伏它。"在希伯来文圣经里，"你却要"对应的原文单词是希伯来文"蒂姆舍尔（timshel）"。斯坦贝克认为它应当理解为"你可以（thou mayest）"，而不是"你却要（shalt thou not）"，这样一来，人类在面临道德选择时便有了更大的余地。斯坦贝克在信中对科维奇说:"这关乎个人责任和良知的虚构。"① 在斯坦贝克眼里,"蒂姆舍尔(timshel)"这个词十分重要。实际上,在《伊甸之东》的结尾,亚当在死前也对自己的儿子迦尔说了这个词——"蒂姆舍尔!"。

科维奇不断地在信中称赞《伊甸之东》,鼓励斯坦贝克坚持下去。7月底,科维奇和妻子桃乐西来到南塔基特岛看望斯坦贝克和伊莱恩,斯坦贝克便把手写的稿子拿给科维奇过目。"帕特坐在门廊的一把摇椅上,一边看稿子,一边写批注。斯坦贝克在边上焦虑地走来走去。有时吃完晚饭后,他会把稿子大声地念给我们听,"伊莱恩回忆说:"但他不希望我们提出意见。他需要的只是听众,所以我们就安静地听他朗读,不发表任何看法。"

8月,伊莱恩迎来了自己的生日。斯坦贝克为她准备了一份惊喜——用海军舰炮鸣放了21响礼炮。他给伊莱恩送了一顶道奇棒球帽,一把瑞典钢弓加一个箭筒和一把点22口径柯尔特手枪当生日礼物。8月16日,他在信中对伊丽莎白·奥蒂斯说:

> 伊莱恩的生日过去了。生日派对搞得非常好,我觉得伊莱恩非常高兴。我现在每周都在写稿子,一天都不休息。我已经写完了第三卷,只需要再写一卷即可。稍作休息后我就开始写第四卷。这一卷和其他三卷有很大的差别。按往常的习惯,我写到这个地方应该感到心烦了,但是现在我还没有这种感觉。第四卷大约有七八万字,也就是说如果一切顺利的话,我再花大概两个月的时间就能写好稿子。②

---

① Fensch, p. 151.
② *Steinbeck: A Life in Letters*, eds. Elaine Steinbeck and Robert Wallsten(New York: Viking, 1975), p. 427.

11 月 11 日，斯坦贝克在信中对科维奇说："夏天过去了。我们要在这个星期天凌晨 4 点起床，收拾行囊准备回纽约。这个夏天我们收获颇丰，除了小说手稿外，汤姆也取得了不小的进步。有好几次，伊莱恩绝望地快要放弃了，不过汤姆在夏末能看书了，还能做算术。这样，他上学后就不会落在别的孩子后面了。"①

当年夏天，科维奇身上出现了一些类似中风的症状，斯坦贝克对此有些感到慌乱。回想起当年母亲奥莉芙因中风即将去世前的恐怖情形，斯坦贝克坚持给科维奇介绍了一位熟人外科医生，让他去检查身体。没过多久，斯坦贝克又得知安妮·劳里·威廉姆斯也病倒了。斯坦贝克向来不会抛下患难的朋友，他急匆匆地赶到纽约的医院探望威廉姆斯。令他感到欣慰的是，威廉姆斯正在逐步康复。对斯坦贝克来说，亲友们的相助是他最不想失去的东西：像科维奇、威廉姆斯、伊莱恩以及其他朋友们。眼下他正全力冲刺准备把小说写完，朋友和亲人对他来说至关重要。

11 月 16 日，斯坦贝克在信中对波·贝斯寇说："一周前，我写完了《伊甸之东》手稿。全书不到一千页，共计 26.5 万个字。这是目前为止我写出的最长的一部小说，它耗费了我大量精力。现在我正忙着校订稿子，估计要到圣诞节才能结束。"② 斯坦贝克用一块上等的红木做了一个木箱子，把小说手稿装进木箱交给了帕特·科维奇，在箱子里他还留了一张字条，后来字条上的内容被印在了《伊甸之东》的献辞页上：

亲爱的帕特：

有一次你来，正好看到我在用木头刻些小玩意儿，你便说：

---

① *Steinbeck：A Life in Letters*，eds. Elaine Steinbeck and Robert Wallsten（New York：Viking，1975），p. 429.

② Ibid.，p. 431.

"你干嘛不做件东西给我呢?"

我问你要什么，你说:"一个盒子。"

"干嘛用?"

"搁东西。"

"什么东西?"

"你的任何东西，"你说。

好吧，这就是给你的盒子。我所有的东西几乎全在里面，可是还没有装满。里面有痛苦和兴奋，喜悦和烦恼，邪念和善意，构思的愉快和些许失望，以及无法形容的创造的快乐。

在这一切之上的是我对你的感激和敬爱。

不过这个盒子仍旧不满。

尽管斯坦贝克（和大部分作家一样）极不情愿修改手稿，但还得硬着头皮不停地修改《伊甸之东》，他对杜克·谢菲尔德说改稿子就好比"给一具尸体穿上寿衣，以便让葬礼看起来得体一些"。但必须指出一点，帕特·科维奇并不是一位很严厉苛刻的编辑，因为他害怕自己的建议会让斯坦贝克不满。在 30 年代末期，在他的出版社濒临倒闭时，斯坦贝克也没有弃他而去。科维奇能有现在的成就，这与他和斯坦贝克之间的紧密联系有一定的关系，他不想把自己和斯坦贝克的关系搞得太紧张。然而，倘若科维奇对《伊甸之东》提出一些严厉的修改建议，那么斯坦贝克就不至于在此书出版之后横遭指责。

"斯坦贝克一直对评论很敏感，而且评论总是让他焦虑，"约翰·赫西说，"他经常给杂志写文章，为那些受到不公正指责的年轻作家鸣不平。特别是约翰·奥哈拉，斯坦贝克只要有机会就会站出来为他的作品说两句公道话。斯坦贝克和亚瑟·米勒关系也很好。他很喜欢许多年轻作家的作品，比如约瑟夫·海勒和索尔·贝娄。"戈尔·维达尔评论说："贝娄极力推崇斯坦贝克的作品，包括当时许多评论家不屑一顾的斯坦贝克晚年作品。斯坦贝克能获得诺贝尔文学奖，贝娄功不可没。我现在还记得他逢人便说斯坦贝克是个被低估的作家。"

1952 年 2 月，斯坦贝克完成了《伊甸之东》的校订工作后，打算和伊莱恩出国散散心。3 月底，他们登上了一艘热那亚货船前往欧洲。伊莱恩在信中对帕特·科维奇说："我们抵达了卡萨布兰卡港，就在刚刚，我们听到了一声驴叫，这是 11 天来我们第一次听到从陆地传来的声音。"他们在黄昏的时候离船上岸，城内灯火闪耀，头顶繁星满天。从卡萨布兰卡港，他们继续赶路前往阿尔及尔。在阿尔及尔逗留几日后，他们坐船前往马赛，打算在马赛租一辆汽车前往西班牙塞维利亚。

在西班牙逗留期间，斯坦贝克得知伊利亚·卡赞在非美调查委员会前做了证词。参议员约瑟夫·麦卡锡是个狂热的反共产主义者，对许多无辜人士横加指责。当时凡是涉及"红色"或"非美"活动的人都会被定罪。许多好莱坞影星和其他人一夜之间事业尽毁，这是美国近现代历史上最黑暗的时期之一。《愤怒的葡萄》出版后，美国反共产主义右翼指控斯坦贝克不是美国人，斯坦贝克一直对此事耿耿于怀，他很同情卡赞的遭遇，在信中对科维奇说卡赞"为人正派，是个好人"。

在塞维利亚逗留了数周之后，斯坦贝克开车载着伊莱恩，穿过辛普朗山口，途径米兰、佛罗伦萨和威尼斯，来到罗马。他们在罗马城内一家位于西班牙大台阶景点上面的豪华酒店——哈斯勒酒店，订了一间套房。4 月底，帕特·科维奇告诉斯坦贝克一个好消息：《伊甸之东》的预购量已超过 10 万册，这意味着它将毫无悬念地成为一本畅销书。当然也有坏消息，每月一书读书俱乐部拒绝采购《伊甸之东》。科维奇在信中对斯坦贝克解释说："恐怕是因为凯蒂（《伊甸之东》书中的人物）在妓院的行为吓到他们了吧。生活仍然让他们心惊胆战。他们的态度真让我困惑。"① 科维奇想了一个计策,让维京出版社的销售代表告诉书店老板们维京出版社现在独家销售《伊甸之东》。这个计策很快凑效,市场上立刻出现出第二波预购狂潮。

8 月中旬,斯坦贝克和伊莱恩来到爱尔兰,打算在这儿调查外公汉密尔顿的家谱。8 月 17 日,他在伦敦德里给科维奇写了一封信:

> 我们刚到这里,准备寻找汉密尔顿家族的居住地。我们把地图翻了个遍也没发现他们住的地方,不过有位出租车司机说他知道我们要找的地方在哪里,明天我们就去找找看。这应该是一次有趣的经历。我不太确定汉密尔顿家族是否还有成员健在,因为最近一次听到他们的消息已经是在 15 年前,那个时候汉密尔顿家族尚有两位老太太和一位老爷子,不过他们三个都未结婚。但不管怎么说,至少回去之后我有故事可讲。②

8 月 31 日,斯坦贝克和伊莱恩坐航班返回了纽约。9 月,距离《伊甸之东》的预定发售日期越来越近,斯坦贝克开始思考人生,在信中对杜克·谢菲尔德说:"人到五十知天命,开始掉头发,将军肚已略隐略现,但好在这张脸,虽然很少审视过,依旧没有太大变化。身体开始慢慢出现各种小毛病。我现在宿醉后不再像以前那样难受了,可能是因为我喝了好酒的缘故。"③ 他在这封信中还饶有兴趣地提到了海明威:

---

① Fensch, p. 176.
② *Steinbeck: A Life in Letters*, eds. Elaine Steinbeck and Robert Wallsten (New York: Viking, 1975), p. 454.
③ Ibid., p. 456.

我刚读完海明威的新作《老人与海》，写得非常不错。我很高兴。可一想起人们对他上一部作品幸灾乐祸地嘲讽，我就觉得恶心。很快我也会遭到这些人的嘲讽。《伊甸之东》是我到目前为止写得最好的一部作品，但我知道肯定有一批人要对它发表一些愚蠢的言论。口是心非的恭维听起来比严厉批评更伤人心。

然而，等《伊甸之东》正式出版后，评论界的反应连"口是心非的恭维"都算不上。大部分评论家对这部小说持尊崇态度，却很少有人发自内心地赞美它。9月19日，奥维尔·普莱斯考特于《伊甸之东》发售日当天在《纽约时报》发表了一篇评论，为其他评论奠定了基调。普莱斯考特说，这本书"大约有25万字。虽然结构松散，行文装腔作势，甚至还有一些拙劣的哗众取宠的段落，但斯坦贝克在这部作品中谨慎地尝试了如何阐述一个宏大主题，因此总体上说这部小说很成功。"

批评的声音主要来自安东尼·维斯特和利奥·古尔科两人。古尔科于9月20日在《民族报》发表评论称："斯坦贝克在1939年出版了大作《愤怒的葡萄》后，陆续写出了其他六部作品，其中包括篇幅最长，野心最大的《伊甸之东》。这六本书有一个共同点，就是每一本书总让人在某一个重要的方面感到不满，因此，人们不断提起一个问题——为何斯坦贝克的作品越来越差？"

这些评论的确指出了《伊甸之东》存在的问题，但几十年后，当我们重新审视这些评论时，会发现它们似乎都没有触及问题的核心。《伊甸之东》就像是一个大抽屉，斯坦贝克把熟知的一切都装了进去，尽管小说中某些段落读起来给人一种华而不实的感觉，而且让人联想起《金杯》中的拙劣叙事，但整个小说行文富有诗意，语言活泼，文字朴实。虽然小说叙事东拉西扯，没有明确的叙述方向，但小说的题材和主题却是限定的，因此《伊甸之东》看似形散而神不散。

斯坦贝克在《伊甸之东》里抛弃了 30 年代的简单现实主义写法。尽管对寓言模式的掌握尚未达到自己的期望，但他至少又一次勇敢地在作品中进行了尝试。评论家约翰·蒂默曼巧妙地把斯坦贝克的作品纳入"神秘自然主义"之列，认为《伊甸之东》可以和斯蒂芬·克莱恩和西奥多·德莱赛的作品相媲美。毋庸置疑，如果没有《伊甸之东》，美国文学将变得黯淡无光。

第十六章

有关创作的新想法

"我一直在考虑要不要放弃旧的写作技巧重头再来。我认为自己找到了这个问题的答案，只不过这想法还不成熟。"

——斯坦贝克致伊丽莎白·奥蒂斯，1954 年 9 月 17 日

《伊甸之东》出版后，很快就跻身包括《纽约时报》在内的各大畅销书榜单。斯坦贝克仍旧像以前一样，对公众的关注心神不宁。他生性孤僻，不喜欢成为众人眼中的焦点，也从不相信一切虚伪的赞赏。他一生只相信母亲奥莉芙·斯坦贝克的赞许，不过却从未让母亲满意过。

和过去一样，只要一有重要作品出版，他就会接到无数的来信和电话。也许是为了分散自己的注意力，他加入了阿德莱·史蒂文森的总统竞选团队。阿德莱在 1952 年以民主党候选人身份和当时另一位热门的总统候选人——德怀特·戴维·艾森豪威尔争夺美国总统宝座。"我们对史蒂文森抱有强烈好感，"伊莱恩说，"我们和阿德莱有着同样的政治理念和政治立场。斯坦贝克为他写了不少演讲稿。后来我们成了好朋友。只是 1952 年那会，我和斯坦贝克对阿德莱一无所知。"史蒂文森是民主党人，和斯坦贝克一样，他也推崇罗斯福的"新政"。此外，阿德莱学富五车、聪明机智，在美国政界算是不可多得的人才。1952 年，阿德莱竞选失败后，斯坦贝克在信中对他说：

　　我希望您可以无憾地休息一段时间。真正感到失望的是我们，因为美国刚刚和一位伟大的人物失之交臂。美国仍将继续前行，希望您暂时不要感到沮丧。

　　能为您效力是我的荣幸。如果将来您有时间或您愿意的话，我想邀请您到我家喝上几杯，和我们讲讲诸王之死的故事。①

　　每当一部作品写完后，斯坦贝克经常会感到焦虑，其他作家也有同感。《伊甸之东》出版后，他每天依旧经常坐在桌子前，为杂志社写一些文章。他和弗兰克·罗瑟曾讨论过把《罐头厂街》改成音乐剧的可能性，现在他每天绞尽脑汁忙着准备材料。到圣诞节的时候，斯坦贝克发现《罐头厂街》无法改编成音乐剧，不过他突然有了另一个想法，写一部有关蒙特雷的小说，即《甜蜜星期四》。圣诞节前夜，斯坦贝克在信中对杜克·谢菲尔德说：

　　我以前从未想过靠写作谋生。当钱越挣越多时，我吓了一跳。我觉得自己不配拥有这么多财富，而且这些钱给我惹了不少麻烦。我花掉了大半钱财，努力把钱散尽。金钱让不少人与我为仇。我不知该如何巧妙地化解这个问题，我真的不想凭借财富凌驾于别人之上。②

　　1953 年新年伊始，斯坦贝克和伊莱恩决定到维尔京群岛转一圈，这是当时人们庆祝新年比较时髦的做法。伊莱恩回忆说："自从《伊甸之东》出版后，斯坦贝克就想出去散散心。"起初，他们打算和斯坦贝

---

① *Steinbeck*：*A Life in Letters*，eds. Elaine Steinbeck and Robert Wallsten（New York：Viking，1975），p. 461.
② Ibid.，p. 463.

克的律师亚瑟·法默一起去维尔京度假，不过因为罹患癌症，亚瑟·法默在计划还未成行之前就去世了。因此，他们又邀请了另一位朋友巴纳比·康拉德相伴。他们三人来到圣托马斯岛，但斯坦贝克失望地发现岛上的酒店既不靠山也不近水，最让人不开心的是岛上没有可供游泳和钓鱼的海滩。于是，伊莱恩和康拉德外出寻找一家更好的酒店，留下斯坦贝克独自在房间生闷气。"我们到旁边的小岛去，"伊莱恩回来后对斯坦贝克说，"到圣约翰岛去，肯奈尔湾有几家不错的海滨旅馆。"

就在这时，弗兰克·罗瑟来信催促斯坦贝克尽快拿出把《罐头厂街》改成音乐剧的方案。罗瑟曾经为著名的音乐剧《红男绿女》及其他重要作品作曲，在音乐剧制作方面颇有经验。斯坦贝克回信说自己愿意继续尝试。1953 年 2 月，斯坦贝克和伊莱恩回到纽约，在岛上被晒成一身黝黑肤色的斯坦贝克坐在录音机前，再次尝试把《罐头厂街》改编成音乐剧，不过这次尝试还是没有任何结果。他很失望地对打算支持这个项目的两位制作人欧内斯特·马丁和赛·福伊尔说，自己没能力搞音乐剧创作。他准备把之前积累的材料写成一个短篇小说，这是他最拿手的活，计划于 3 月趁学校放假的时候，先带汤姆和约翰到南塔基特岛玩一圈，再回来动笔。

父子三人在岛上度过了一段美好时光。心情大好的斯坦贝克回到纽约后，立即开始写这个短篇小说。他暂时用故事中一个妓院的名字给这个短篇小说取名叫《熊旗》（熊旗实际上是加州的州旗）。酷夏来临，斯坦贝克一心全扑在《熊旗》上，原本打算再带两个孩子到南塔基特岛去度假，但现在他改了主意，决定继续待在纽约写完《熊旗》。

因此，照料孩子的重任就落在了伊莱恩的肩上。不过，伊莱恩心里却压抑着一股愤恨之情。"我忙着照顾汤姆、约翰，当然还有我的女儿韦弗莉，"她说，"格温一如既往地给我们找麻烦，她总是尽可能多地给我们添乱。斯坦贝克很有耐心，他深知格温的为人。在他眼里，一年中让两个儿子和他一起生活一段时间是很重要的事。"

9月，斯坦贝克实在受够了纽约的生活，决定到长岛租一间靠海的房子。他在纽约萨格港租了一间很大但有点破旧的维多利亚式房子。那时候，萨格港是个风景如画的小渔村，斯坦贝克后半生经常待在这里。两个孩子已经回到格温身边，伊莱恩则留在纽约照顾女儿韦弗莉。斯坦贝克一个人住在这间大房子里，给伊丽莎白·奥蒂斯写信谈到这个季节的萨格港时说："秋天来得真快，阵阵寒意袭来，风呼啸着从水面刮过。这是我最喜欢的季节。再也找不到比萨格港更好的地方。这一周我就能写完《熊旗》初稿。"①

9月底，斯坦贝克写完了《熊旗》，把稿子寄给了伊丽莎白·奥蒂斯和欧内斯特·马丁。随后，斯坦贝克回到纽约，却没料到迎接他的将是一段难熬的时光。每当写完一部作品，压抑的情绪便笼罩着他，之前有不少评论家对《伊甸之东》口诛笔伐，斯坦贝克怒火中烧，自信全无。最让他感到焦虑的是被搬上百老汇舞台的《熊旗》前途未卜。故事写得够好吗？小说能否成为改编的最佳素材？

压力日渐增大，10月中旬，斯坦贝克突然病倒。"现在回想起来，"伊莱恩说，"很明显这场病就是后来夺走他生命的罪魁祸首。他有过好几次类似的'犯病'，有时候手指头会突然变得僵硬，手里夹的香烟或拿的杯子无缘无故地掉在地上。他有时候走着走着突然就东倒西歪，人也会变得糊涂。这些其实都是非常小的中风，只不过那时候我们并不知道他到底得了什么病。"斯坦贝克在伦诺克斯·希尔医院住了10天，医生为他做了一系列检查以确定病因。有一天，伊莱恩突然觉得斯坦贝克大部分的问题不在身体上，而在心理上。她回忆说："我知道

---

① *Steinbeck：A Life in Letters*，eds. Elaine Steinbeck and Robert Wallsten（New York：Viking，1975），p. 472.

他身体不对劲，但他有点像癔病患者，所以我决定即使他真的病了，也不会惯着他。有一天，我来到病房，看见他正坐在床上笑着，脸色看起来非常好。我对他说：'亲爱的，我们回家吧，你什么病都没有。'"

由于伊莱恩认为斯坦贝克总是任由自己胡思乱想，她试图说服斯坦贝克不要去想生病的事情，斯坦贝克对她的劝说置若罔闻，因此两人的关系变得略微有些紧张。不过，斯坦贝克最后还是默默地同意了伊莱恩的观点，随后出院回家。一周后，他和心理医生赫特鲁迪斯·布伦纳签订了一份治疗协议。在赫特鲁迪斯的帮助下，斯坦贝克走出了这段焦虑和压抑的时光。"赫特鲁迪斯帮了很大忙，"伊莱恩说，"斯坦贝克偷偷摸摸地去见赫特鲁迪斯，总算愿意和别人见面了。"伊莱恩说，斯坦贝克"有强烈的抑郁倾向。但他却不是典型的躁狂抑郁症患者，只是有点像而已。只要他埋头写东西，他就非常高兴。一旦没东西可写，他就变得十分忧郁。"实际上，斯坦贝克的某些行为和躁狂抑郁非常像，比如靠酗酒来解决情绪波动造成的不适感。

11月，斯坦贝克在信中对杜克·谢菲尔德说："最近烦务缠身，压得我喘不过气来。"[1] 曾有一段时间，他觉得给朋友们写写信也许可以让他度过这段煎熬的时光。可现在，他对杜克说自己根本不想写信，"写信和回信有天壤之别。"数不清的信等着他一一回复：请求采访的信件，书迷们写来的信件，还有商业信函，但此类书信实属无趣。斯坦贝克一边忐忑不安地等待着《熊旗》的消息，一边靠给杂志社写文章消磨时间。

1954年新年过后，斯坦贝克和伊莱恩决定到欧洲"追随春天的步伐"，打算自南向北先游历西班牙、法国，最后再到北欧。他们第一站来到西班牙，上次在欧洲旅行的时候，他就对西班牙产生了浓厚兴趣。

---

[1] *Steinbeck：A Life in Letters*，eds. Elaine Steinbeck and Robert Wallsten（New York：Viking，1975），p. 474.

他在直布罗陀买了一辆新捷豹汽车，准备自驾前往西班牙。一路上，他有了一个初步的想法：打算写一部与《堂吉诃德》相类似的作品。他还计划到一些和塞万提斯有关系的地方参观一番，比如拉曼查（西班牙南部高原地区）。4 月中旬，斯坦贝克和伊莱恩来到塞维利亚。他在信中对伊丽莎白·奥蒂斯说："我正在读塞万提斯的小说。他在这里出生，还在这里坐过牢，这座城市的面貌没有发生大的变化。他在小说里反复提到过一个小广场，我和伊莱恩正在那里喝着啤酒，吃着海虾。当年，他住过的囚牢离斗牛场大约有一个街区，从他的囚室可以看到今天依然屹立着的黄金塔。"①

斯坦贝克在动身前往欧洲之前，曾在纽约申请购买了一份人寿保险。到了马德里之后，他收到了一封信，保险公司在信中告知他的购买申请被拒绝，因为负责给他检查身体的医生发现他的心脏过小，这就意味着这颗小心脏需要超负荷工作，才能让他庞大的身体正常运转。知道这个消息后，斯坦贝克惊愕万分，决定到巴黎请一位专家仔细检查自己的心脏是否有问题。伊莱恩说："在我们开车去巴黎的路上，斯坦贝克犯了一次病。"当时他们刚开车来到法国布洛瓦，斯坦贝克突然面色潮红、气喘吁吁。他们立刻停车，住进了附近的一家酒店，一进房间，斯坦贝克立刻躺倒在床上，前额渗出一片汗珠。没过一会，他开始直翻白眼，然后就昏了过去。"当时我吓坏了，"伊莱恩说，"不过幸好酒店打电话叫了医生，没过多久医生就赶到了酒店。"这名医生和酒店里的一位美国小伙子在斯坦贝克身边守了一夜。第二天早晨，医生再次给斯坦贝克做了检查，告诉他一切正常，说之前的症状是因为中暑引起的。现在看来，斯坦贝克的身上当时又发生了一次小型中风，从此一直到 10 年后他去世的这段时间里，每隔一段时间中风便会发作。

---

① *Steinbeck：A Life in Letters*，eds. Elaine Steinbeck and Robert Wallsten（New York：Viking，1975），p. 476.

　　法国读者一直很崇拜斯坦贝克。"如果你问一个法国人知道哪些美国作家，"格雷汉姆·格林说，"他们首先想到的肯定是斯坦贝克。他在法国读者心中颇有影响力。不管是他的早期作品还是后期作品，都深受法国读者喜爱。"①《费加罗报》是法国一家非常受欢迎的报社，当得知斯坦贝克正在巴黎游玩时，便邀请他为报社写一些短文和评论文章，斯坦贝克欣然应允。整个夏天，斯坦贝克每周写一篇报道，以风趣的文章记录下他对巴黎的印象，读来令人拍案叫绝。在第一篇文章里，他这样写道："我会向你讲述巴黎的故事，也许我的故事没有反映出巴黎的真实面貌，却是我亲眼所见。"

　　斯坦贝克和伊莱恩刚到巴黎的时候，住在兰开斯特酒店，后来他们在马里尼大道上租了一栋雅致的房子，隔壁是罗斯柴尔德庄园，对面则是法国总统府。就在这时，斯坦贝克得知好友罗伯特·卡帕在越南身亡的消息。卡帕在准备离开越南的前几天踩中了一颗地雷。"卡帕的死讯对斯坦贝克打击非常大，"伊莱恩说，"他和卡帕关系很好，无法接受这个事实。他变得十分压抑，所有人都为他担心。"

　　虽然斯坦贝克心情不好，但生活仍旧要继续过下去。不少朋友，像科维奇夫妇，有时顺道来到巴黎探望他。学年结束后，汤姆和约翰也来到巴黎，让斯坦贝克高兴了一阵子。但自从得知卡帕死亡和自己日益衰弱的身体后，斯坦贝克一直感到紧张。他现在特别担心心脏问题，直到一位知名的法国心脏病专家在诊断后告诉斯坦贝克他的身体还算健康，他才松了口气。

　　9月初，斯坦贝克和伊莱恩启程前往伦敦。到了伦敦后，他们住在瑞兹酒店。这时，斯坦贝克又一次想到小说艺术这个问题，9月17日，他在信中对伊丽莎白·奥蒂斯说：

---

① 1989 年 8 月 12 日与格雷汉姆·格林的访谈。

对一个初出茅庐的作家来说，他可能会遇到下面几个问题：写作技巧、遣词造句、节奏韵律、叙事方法、情节过渡、人物刻画以及氛围的营造。但随着他不停地尝试、犯错之后，以上大部分问题都会得到解决，那么此时这个作家就形成了自己的风格。只有这样，作家才能有条不紊地把脑海里构思的故事顺畅地写出来，而这些故事则被打上了这个作家的烙印。以上所讲的是一种理想化情况，真正能做到这一点的作家寥寥无几。

前不久，我感受过这种所谓的风格给我带来的一丝恐惧感。如果一个作家形成了自己的风格，那不就意味着风格决定了他要讲的故事内容以及讲故事的方式吗？换言之，所谓的风格或技巧也许就像是紧箍咒，会毁了这个作家。我一直在考虑要不要放弃旧的写作技巧重头再来。我认为自己找到了这个问题的答案，只不过这想法还不成熟。

一方面，从上述文字我们可以看出斯坦贝克对自己这些年取得的成就感到怀疑。对于一位和斯坦贝克处在相同境地的作家来说，他决不会轻易"放弃"自己的风格，更何况他已熟练掌握了这种"风格"。斯坦贝克一如既往地在这封信里掩饰了自卑心态。而另一方面，有多少作家能像斯坦贝克一样，在功成名就之时愿意放弃一切重头再来呢？斯坦贝克总是达不到自己的期望，深知作家一旦形成固有风格就等于给自己设了一个陷阱。

在伦敦逗留了两周之后，斯坦贝克和伊莱恩乘渡轮越过英吉利海峡，在布列塔尼上了岸，开着车一路向南穿过法国来到意大利。他们于 10 月抵达意大利首都罗马，美国驻意大利使馆举办了一场大型鸡尾酒晚会为斯坦贝克接风洗尘，随后，美国驻意大利大使克莱尔·布斯·卢斯在家中亲设晚宴招待斯坦贝克和伊莱恩。刚到罗马不久，斯坦贝克听说海明威获得了当年的诺贝尔文学奖。他写信对奥蒂斯说这则消息让他大为高兴，并说"他（海明威）早就应该获得诺贝尔文学奖"①。

10月末，斯坦贝克和伊莱恩在美国新闻处驻罗马办事处负责人约翰·麦克奈特及其夫人的陪同下，前往雅典观光旅行。伊莱恩回忆说："我们把汽车停在了巴里，登上一艘开往雅典的轮渡，之后我们包了一条帆船在爱琴海上待了两周。我们在船上做饭，吃完饭后到岸上去看风景。"斯坦贝克十分熟悉航海，驾船出海对他来说不是难事。从雅典回到意大利后，他和伊莱恩决定在归国前到阿马尔菲海岸游览一番。

重新踏上萨勒诺海滩让斯坦贝克感慨万千，十年前他曾随美军一起在这里登陆。他在信中对帕特·科维奇说："萨勒诺海滩变了，以前这里到处是弹坑和尸体，现在被种上了松树苗。不过这地方就像挥之不去的噩梦，还是让我感到恐怖。"② 斯坦贝克开车带着伊莱恩沿着弯弯曲曲的阿马尔菲海岸一路向北，一边是林立的山崖，另一边则是深蓝色的海水。柠檬像一个个小球一样挂在柠檬树上，盛开的野花布满了陡峭的山坡。他们在波西塔诺过了一夜，一路前行抵达那不勒斯，随后两人登上"多丽亚号"客轮，在圣诞节前一天回到了纽约。

1955年1月，威廉·福克纳访问纽约。让·斯泰因邀请福克纳到斯坦贝克家里参加晚宴。尽管斯坦贝克平时很少和其他作家见面，但因为崇拜福克纳，他很期待福克纳的光临。然而，福克纳讨厌和其他作家见面，也不喜欢参加正式活动。他在去斯坦贝克家的路上喝了半瓶威士忌，后面发生的事情自然令人十分不愉快。"福克纳明显喝醉了，"伊莱恩说，"他两眼呆滞，脸颊通红，气喘吁吁地坐在斯坦贝克书房里一把皮椅子上，一晚上嘴里嘟囔着谁也听不懂的话。我和斯坦贝

---

① *Steinbeck：A Life in Letters*，eds. Elaine Steinbeck and Robert Wallsten（New York：Viking，1975），p. 500.

② Ibid.，p. 501.

克费了好大劲想和他说两句话，但是他要么是没听到，要么就是装没听见。当我问起他的一本书时，他却厉声对我说，他不想谈论书的事情。那天晚上真是糟透了。"几个月后，斯坦贝克在一个文学集会上碰到了福克纳。福克纳对斯坦贝克说："那天晚上我肯定是特别失礼吧，"斯坦贝克点了点头说："你确实够失礼的。"说完后斯坦贝克冲福克纳笑了笑，忘掉了这件不愉快的事情。

1955 年 2 月，斯坦贝克在萨格港买下了一栋房子。后来这栋房子就成了他和伊莱恩夏季避暑的去处。伊莱恩回忆说："我们在报纸上看到一则房屋出售的广告，在海湾有一栋房子准备出售，一个地产经纪人带我们去看了房子。斯坦贝克不是很满意，他一抬头向窗外望去，看到了另外一栋小房子，周围有草坪、花圃，还有树木。它建在伸向海水里的一个小半岛上，可以俯瞰到海景。斯坦贝克就说：'那才是我想要的房子。'经纪人回答说：'那房子不卖。'但是，斯坦贝克坚持要买这栋小房子。地产经纪人为了讨好我们就去给我们问了一下，结果碰巧这房子的主人正准备把房子卖掉。"这栋房子占地两英亩，俯瞰整个海湾。房子周围长着又大又粗的橡树，站在草坪向西便能看到萨格港全景。房子正好在水边，还有一个船坞。"我感觉这房子让斯坦贝克想起了帕西菲克格罗夫小镇，"伊莱恩说，"在这可以闻到海水的味道，还能听见各种海鸟的声音，海景尽收眼底，还有一大块空地可以种花。"

第十七章

观景解忧

"小说就是人写出来的东西。"

——斯坦贝克致奥蒂斯，1957 年 4 月 26 日

斯坦贝克对航海的兴趣日渐浓厚，对他而言，大海是躲避现实的好地方，在海上既没有电话的骚扰，还可以把稿子抛到一边。他包下了一艘单桅小帆船，和伊莱恩及好友约翰·费恩利兴致勃勃地驾着小船打算到向风群岛和背风群岛兜一圈。

费恩利回忆说："和斯坦贝克一起旅游非常有趣，他似乎无所不知。"费恩利总是醒得最早，大约六点起床，拿着一本书盘腿坐在甲板上，太阳这时开始升起。"我清楚地记得每天早晨我起来之后不久，斯坦贝克便会从船舱探出脑袋。我和他对视一眼，但并不说话，他走到甲板的另一端，靠在风帆罩上开始读约翰·奥哈拉的一本小说。当我们闻到从船上厨房里传来的煎培根香味时，他会大喊一声：'早上好！'"他们三人有时钓鱼，有时潜泳，有时就干脆躺在甲板晒太阳。

有一次心血来潮，他们三个驾船来到萨巴岛，打算上岸观光。当他们通过海关时，岛上的居民很快就知道斯坦贝克来了。该岛的总督突然现身并邀请他们到自己家里喝两杯，费恩利说："总督给我们端来了热杏露，这东西特别难喝。他家的房子没什么可圈可点的。他一心只想推销他妻子做的刺绣。"关于这次萨巴岛之旅的一件有意思的事情

与一条丑陋的紫色手帕有关。因为总督不停地炫耀他妻子做出来的那些丑陋东西，伊莱恩只好买下了这条手帕。大约一年后，约翰·费恩利收到了一本斯坦贝克的新作，书中夹着这条丑陋的紫色手帕。没过多久，费恩利送了一棵室内盆栽植物给斯坦贝克，他偷偷地把这条手帕系在了盆栽的根部。于是，这条手帕就不停地在他们之间传来传去，直到60年代中期，时任美国总统林顿·约翰逊给斯坦贝克和伊莱恩送了一份礼物。读者肯定猜到了，那条手帕又一次出现在这份礼物中。费恩利说："我记得伊莱恩在电话里对我说：'你知道今晚谁给了我那条手帕吗？是该死的美国总统！'"

1956年2月，被太阳晒得黝黑的斯坦贝克夫妇轻松愉快地回到了冰天雪地的萨格港。他选择在严寒的冬季返回纽约似乎让人摸不着头脑。其实，他想一个人静静地钻研"实验小说"，但最终一无所获。在此期间，他在《大西洋月报》三月刊发表了一篇短篇小说，题为《霍根先生抢银行的办法》，为自己最后一部长篇小说《烦恼的冬天》做了铺垫。他在这篇短篇小说谈到了美国社会道德败坏的问题，这是他现在非常感兴趣的一个主题。

"斯坦贝克现在手头主要的工作是一本名叫《丕平四世的短命王朝》的书，"伊莱恩说，"我们去年在法国旅行的时候他就有了这个想法。我感觉他应该是在为《费加罗报》写文章的时候有了灵感。"这是一部辛辣讽刺的政治幻想小说，讲的是波旁王朝在法国复辟的故事。灵感让他神魂颠倒，从1956年2月到3月，斯坦贝克每天都津津有味地埋头写这本书。伊莱恩说："刚开始的时候，这本书只是一则故事，后来变成了一篇短篇小说。我从未见过他如此痴迷一本书。"

萨格港远离纽约市区，平时很少有游客到这里，因此这个地方十分僻静，这正是斯坦贝克喜欢的地方。有一次暴风雪席卷了萨格港，地面积雪达两英尺，景色十分壮观，此情此景让斯坦贝克想起了当年住在太浩湖边上那间小屋的情形：周围一片荒野，他吃力地踩着厚厚的积雪抢救山庄主人的图书馆。在 20 多岁的那几年，他一直生活在与世隔绝的地方，这段经历后来变成了灵感的源泉。在 50 多岁的时候，他又找回了以前的感觉。唯一不同的是，现在有伊莱恩陪在他身边。

凡事总有不好的一面。1956 年春，斯坦贝克强烈地感到自己离死亡越来越近，很大程度上是因为许多好友纷纷病倒或去世。喜剧演员弗雷德·艾伦突然去世；老朋友里奇·拉夫乔伊接受了一场非常痛苦的脑部手术，恢复健康的机会渺茫。斯坦贝克对托比·斯特里特说："我们都已到了一只脚踏进棺材的年纪。"就在这时，民主党提名大会将在芝加哥和旧金山举行。斯坦贝克一直为此事精心准备，他要为 34 家报社对此事进行报道。他在信中对约翰·麦克奈特阐述了自己对新闻的看法：

> 我该怎么评价新闻呢？它亦正亦邪。独裁者首先要控制的就是新闻。它既是孕育文学的母体，也是滋生蚊蝇的场所。很多时候，新闻既是我们了解自身的唯一途径，也是恶人作恶的工具。但经历漫长的时间后，加上它是众人智慧的结晶，新闻也许是人类拥有的最纯净的事物。即使有些人不希望正直出现在新闻中，它始终能找到办法混进来。①

斯坦贝克对文学创作越来越感到厌烦。1956 年 5 月 16 日，他在信中评论了诺贝尔文学奖得主威廉·福克纳接受采访时的言论，说福克纳的话让他恶心。斯坦贝克说："当我听到那些上了年纪的作家们谈起自己时，我真想退出作家的行列。我不知道他们是不是因为诺贝尔文

---

① *Steinbeck：A Life in Letters*，eds. Elaine Steinbeck and Robert Wallsten（New York：Viking，1975），p. 526.

学奖的缘故才变成那个样子。如果真的是因为诺贝尔文学奖，那我应该庆幸诺贝尔文学奖没有颁给我。"①

《丕平四世的短命王朝》手稿越写越多，尽管斯坦贝克不确定这本书是否有文学价值，但他感觉书中的故事让人捧腹大笑。4 月底，他写完了初稿，寄给伊丽莎白·奥蒂斯，让她过目。他在信中对奥蒂斯说："这本书的基本框架没有问题，但文字需要润色，情节需要扩展。"他打算在 8 月之前修改好手稿。

1956 年夏，斯坦贝克只做了两件事情：一是修改《丕平四世的短命王朝》；二是陪前来萨格港避暑的两个儿子度假。就在这时，继女韦弗莉决定和一个刚认识不久的男人结婚。斯坦贝克对此事有些不高兴，为此还和伊莱恩产生了一点矛盾。因为要操持婚礼，伊莱恩不得不留在纽约处理事情。但斯坦贝克因为伊莱恩不能陪他感到愤恨。当两个儿子打扰他写东西时，他便大发雷霆。读者会发现斯坦贝克身上依稀残留着他小时候被父母溺爱的影子。晚年的斯坦贝克和他小时候在萨利纳斯一样，渴望得到别人的关注，一旦得不到关注，他便坐立难安。

通常情况下，斯坦贝克选择在萨格港房子的一间小卧室写稿子，如果天气好，他也会坐在花园里的一个小棚子下写东西。但在 1956 年夏，他焦急地走来走去，想找一个安静的地方写书，有时他甚至躲在车里或船上面写稿子。但他始终没有找到一个理想的地方，只好靠严格的自律摆脱各种打扰完成书稿。

8 月 10 日，斯坦贝克和伊莱恩乘飞机来到芝加哥，参加当年的民主党全国代表大会。在一次党内晚宴会场，斯坦贝克和伊莱恩第一次见到了阿德莱·史蒂文森。"我们很快就和阿德莱成了好朋友，"伊莱

---

① *Steinbeck: A Life in Letters*, eds. Elaine Steinbeck and Robert Wallsten（New York: Viking, 1975), p. 529.

恩说，"在随后的几年里，我和斯坦贝克经常同阿德莱见面。斯坦贝克同意为阿德莱的竞选团队写演讲稿，算是为总统竞选出了一份力。真心愿意帮助阿德莱竞选总统的作家很少，斯坦贝克是其中一位。"

相比之下，民主党提名大会要比共和党更令人激动，因为无法预料谁将胜出。最后阿德莱·史蒂文森获得党内提名，不过他也遭遇了强劲的对手。最大的党内竞争对手是得到前任美国总统哈里·S.杜鲁门支持的阿福瑞尔·哈里曼州长，另外一个不起眼的对手则是年轻有为的马萨诸塞州参议员约翰·菲茨杰拉德·肯尼迪。杜鲁门预测说即使史蒂文森获得提名，支持他竞选总统的州不会超过9个。但最终史蒂文森还是获得了党内提名，选择艾斯迪斯·基福弗作为竞选伙伴。

一周后，共和党提名大会于旧金山举行。艾森豪威尔和尼克松毫无悬念地在第一轮投票胜出，政治专家们对此事也就没什么好写的了。惠特克回忆说："共和党毫无悬念的提名结果让斯坦贝克松了一口气，不用费心报道共和党人的政治阴谋。他转而为报社写了关于旧金山的报道，记下了他见到的不同人群以及其他所见所感。他非常擅长观察群体行为。"

对斯坦贝克而言，回到旧金山等于回到了家乡。在民主党提名大会正式结束之前，他开车到沃森维尔看望大姐埃丝特。"大姐家的农场特别漂亮，"贝斯说，"在农场可以看见成片的果林和远处起伏的群山。农舍非常老旧。埃丝特已经习惯了务农的生活。弟弟很喜欢到大姐家的农场做客，我感觉这让他想起了外公汉密尔顿家的农场。"离开沃森维尔后，斯坦贝克和伊莱恩继续开着租来的汽车前往帕西菲克格罗夫。斯坦贝克已经好几年没有看过11号大街上那栋老房子。虽然现在蒙特雷发生了很大的变化，但故地重游的感觉仍让斯坦贝克感慨万千。里基茨已去世多年，罐头工厂也差不多全部倒闭，被旅游业取而代之。

斯坦贝克和伊莱恩在这里短暂逗留后，开车回到旧金山，乘飞机来到好莱坞。他们在好莱坞小住了几日，发现好莱坞让他们厌烦。之后，他们前往德州看望伊莱恩的家人，斯坦贝克一个人先回了纽约，从格温那里接走两个儿子，和他们一起回到了萨格港。

虽然，斯坦贝克很喜欢《丕平四世的短命王朝》，但帕特·科维奇对这本书却没多大兴趣，这让斯坦贝克感到些许不快。他在信里向伊丽莎白·奥蒂斯抱怨说："我知道科维奇盼着我能不断写出像《愤怒的葡萄》这样的书。"科维奇曾劝说斯坦贝克续写《天堂牧场》，给读者讲讲书中人物几十年后的情况，但斯坦贝克说自己已经厌倦了换汤不换药地写关于加利福尼亚的故事，他早就把加州抛在了脑后。曾经生活在萨利纳斯河谷和蒙特雷的人们，以及生活在《天堂牧场》里那个小河谷的人们，都已消失不见，取而代之的是一群不同的陌生加州人。斯坦贝克清楚地知道，思乡情怀对一个作家来说相当危险。

1956 年秋，发生了几件让斯坦贝克分心的事情，总统大选便是其中一件。斯坦贝克之前许下诺言称，愿意为民主党参加总统大选提供帮助，现在该兑现诺言了。有一天，艾伦·勒纳打来电话，请斯坦贝克为基福弗写一份竞选演讲。斯坦贝克答应了勒纳的请求，一晚没睡便写出了稿子。没过多久，阿德莱·史蒂文森又请斯坦贝克为他专门写竞选演讲，但到 10 月中旬，斯坦贝克发现民主党在总统大选上毫无进展。而另一方面，大街上到处贴满了印着艾森豪威尔笑容的宣传海报，共和党还向选民们发放了竞选徽章，上面写着"我投艾克（艾森豪威尔的昵称）一票"。斯坦贝克满腔怒火，指责民主党人做事不力，抱怨"民主党人说话总是遮遮掩掩，为了顾及脸面对某些问题避而不答"。阿德莱·史蒂文森不愿为总统大选付出努力，斯坦贝克对此十分沮丧。在总统大选即将落幕之前，斯坦贝克在一张字条里对伊丽莎白·奥蒂斯说："我真希望他们让我写一篇斗志昂扬的演讲稿。"①

修改完《丕平四世的短命王朝》后，斯坦贝克对奥蒂斯说自己十分满意。尽管帕特·科维奇似乎不太看好这本书，斯坦贝克并未因此心烦。"维京出版社上上下下所有人都不看好这本书，"他对奥蒂斯说，"不过坏事说不准也会变好事。"② 在信中，他还对奥蒂斯说，自己准备写一本讲述圆桌骑士传奇故事的书。其实，斯坦贝克想用现代英语重写《亚瑟王之死》。"许久以来，弟弟一直想做这件事，"贝斯说，"那些传奇故事还有亚瑟王，这些都是他自小就喜欢的东西。马洛礼算是第一个对他产生影响的作家。"③

11 月底，斯坦贝克参与了一个名为"人民与人民"的项目，该项目由艾森豪威尔总统提议设立。有人提出，美国的著名人士应当与那些生活在被丘吉尔称之为"铁幕"之后的国家里的杰出人士进行沟通交流。那时，正值冷战高峰时期，美苏双方都做了大量的宣传。斯坦贝克尽管有些不大乐意，但还是参加了"人民与人民"项目下的作家委员会，主席是威廉·福克纳。其他成员包括艾德娜·费伯、威廉·卡洛斯·威廉姆斯、唐纳德·哈尔、罗伯特·希利尔以及索尔·贝娄等。斯坦贝克非常想和其他人探讨一件事情，即美国为何在苏联入侵匈牙利的时候拒绝向难民伸出援手。

这个所谓的作家委员会实际上根本没有干过什么大事，仅有的几件事情还与冷战无关。在唐纳德·哈尔的催促下，该委员会向美国政府提议把诗人埃兹拉·庞德从圣伊丽莎白医院释放。庞德二战时期在意大利生活，因战时向敌人提供过援助，而被美国政府判处通敌叛国

---

① "斯坦福大学档案·斯坦贝克卷"：致伊丽莎白·奥蒂斯未出版的信，1956 年 10 月 18 日。

② *Steinbeck：A Life in Letters*，eds. Elaine Steinbeck and Robert Wallsten（New York：Viking，1975），p. 541.

③ 与安斯沃斯的访谈。

之罪。美国政府既没有把庞德关进监狱，也没有处决他，而是把他关进了华盛顿的一家精神医院——圣伊丽莎白医院。令人想不到的是，斯坦贝克反对释放庞德的提议。他认为，这样做会激怒美国大众，从而让作家委员失去用武之地。但威廉·福克纳坚持己见，最终，庞德获得释放。

1956 年冬，斯坦贝克每天都在为重写《亚瑟王之死》搜集资料。他对自己的英文编辑亚历山大·弗利尔·海涅曼说："这个项目让我无比的高兴，犹如游子重回故里。"[①] 斯坦贝克俨然成了一名业余历史学家，经常翻阅收藏在摩根图书馆的中世纪手稿。

> 摩根图书馆珍藏了一份 11 世纪的兰斯洛特文稿，保存得十分完好。有一天我正在翻阅这份文稿，看到一行用浓墨写的歪歪曲曲的标题，说此文稿于 1221 年被首次收藏。我拿了一个放大镜仔细观察这行字，发现浓墨之间嵌着一只死阴虱，这是我见到过保存得最完整的一只阴虱标本，甚至连爪子都清晰可见。我知道在这种文稿里发现阴虱是迟早的事，毕竟那个时候人们深受虱子和其他小虫子的困扰，所以才有了大瘟疫的横行。我把馆长叫来，对他展示了我的发现。馆长非常懊恼地说："我看过这个标题无数次，怎么就没发现里面有只阴虱呢？"[②]

查阅了大量关于马洛礼的记载之后，斯坦贝克突然想到马洛礼也许曾经以雇佣兵的身份到过意大利。他脑子一热，立刻决定到意大利验证自己的想法是否属实。1957 年 3 月 25 日，斯坦贝克和伊莱恩登上

---

① *Steinbeck: A Life in Letters*, eds. Elaine Steinbeck and Robert Wallsten (New York: Viking, 1975), p. 548.

② Ibid., p. 549.

了驶往那不勒斯的"萨图尼亚号"客轮。整个旅途期间，天气一直阴冷潮湿，甚至在他们抵达意大利之后，天气也没有变好。一路下来，斯坦贝克筋疲力尽。在那不勒斯接受媒体采访的时候，他机智风趣地说："那不勒斯现在有了另一个仅次于庞贝古城的遗迹，那就是我。"随后，他和伊莱恩冒着下个不停的冷雨来到佛罗伦萨。伊莱恩回忆说："大部分的时间我们只能躺在被子里取暖。"三周之后，他们来到了罗马，斯坦贝克恨不得马上进入梵蒂冈图书馆。他在信中对奥蒂斯说，梵蒂冈图书馆是他迄今为止到过的最激动人心的地方，图书馆里"到处都是中世纪文稿，整齐地码放成堆"。[1] 他贪婪地搜集着一切和马洛礼相关的资料，对马洛礼的兴趣也日渐浓厚。1957 年 4 月 26 日，他在信中对奥蒂斯说：

> 一直以来，研究马洛礼的人们认为他做过翻译，当过兵，参加过叛乱，信过教，还是一位礼仪大师，但凡我们能想出来的活，他都干过，但唯独有一点不为人知，没人知道他还是个小说家。《亚瑟王之死》是英语文学中第一部小说，也是最伟大的小说之一。也只有小说家才能写出这样一本书。小说家不仅写故事，他自己本身就是故事。小说中所有人物都多少带有作家的影子。而且通常来说，由于小说家是个诚实又讲道德的人，所以他会尽可能真实地把事件记录下来。[2]

他在信中接着说："小说就是人写出来的东西。"大多数小说家都不承认他们的小说有自传成分，但斯坦贝克对此反驳说："小说家，也许

---

① *Steinbeck：A Life in Letters*, eds. Elaine Steinbeck and Robert Wallsten（New York：Viking, 1975），p. 552.

② Ibid., pp. 552—554.

是无意之间，和自己小说里的某一个中心人物融为了一体。"斯坦贝克把这样的人物叫做"影射作者本人的人物"。他说："我认为《亚瑟王之死》中影射了作者马洛礼的人物，应该是兰斯洛特。"

同时，《丕平四世的短命王朝》在美国正式出版，评论界依旧没有太大的反响，有些人认为这部小说读来令人"愉悦"，另外一些人则叹息斯坦贝克再也写不出像《愤怒的葡萄》这样的杰作。斯坦贝克在信中向奥蒂斯抱怨说，这些评论"快让我的耳朵磨出了茧，现在说《愤怒的葡萄》有多么好，当年这本书出版的时候，对我破口大骂的也是这群人"。①

5月初，斯坦贝克和伊莱恩从罗马回到佛罗伦萨，在一家咖啡馆碰到了罗伯特·沃尔斯坦，他以前是演员，后来改行当了作家。"我和罗伯特两人早在40年代初期就认识了，"伊莱恩说，"我们曾共同参与过《对手》这部戏的制作。斯坦贝克和他在佛罗伦萨见了面之后就成了好朋友。"沃尔斯坦回忆说："我永远记得和斯坦贝克见面的场景，也许是因为他送了我一件奇特的礼物——一把弹簧刀。我都不知道我要这把弹簧刀干什么用！"沃尔斯坦夫妇经常和斯坦贝克夫妇见面，"我们四人经常一块去看戏或者吃晚饭，"沃尔斯坦说，"斯坦贝克是最和蔼可亲又最有魅力的男人。他很有幽默感，还会搞一些恶作剧。有时候，你感觉他就像是个孩子。"②

一夜之间，春天悄然而至，整个佛罗伦萨沐浴在了温暖的阳光里，绽放的鲜花到处可见，空气里飘荡着甜美的气息。斯坦贝克经常沿着亚诺河一边散步，一边沉思，有时会坐在露天咖啡馆，喝上一杯卡布奇诺。有件事情近来压在他的心头，即好友阿瑟·米勒因拒绝在非美活动调查委员会作证而遭到美国政府控告。更糟糕的是，米勒在其戏

---

① "斯坦福大学档案·斯坦贝克卷"：致伊丽莎白·奥蒂斯未出版信件，1957年4月16日。
② 与沃尔斯坦的访谈。

剧《萨勒姆的女巫》中暗中讽刺了约瑟夫·麦卡锡领导下的非美活动调查委员会，把他的所作所为比作是历史上的萨勒姆猎巫活动。斯坦贝克在动身前往欧洲之前，曾在《老爷》杂志上写过一篇为米勒辩护的文章：

> 假如我是阿瑟·米勒，我不知道自己要做什么，但我希望自己可以像米勒一样勇敢地维护个人道德，这样做既是为了我自己，也是为了我的孩子们。我深深地感到，我们应当通过个人勇气和道德让美国变得更好，而不是高喊爱国主义口号。塞缪尔·约翰逊曾说，爱国主义是"流氓最后的庇护所"。[①]

5月16日，斯坦贝克在信中向帕特·科维奇详细披露了米勒的遭遇：

> 我强烈地感觉到，演员、画家以及像我这样的作家眼下的日子不好过，因为他们胆小怕事，又或者因为他们漠不关心。当阿瑟·米勒告诉我，没有一个作家为他辩护时，我感到孤单、悲伤和羞耻。而且在我看来，倘若一开始我们没有回避，而是坚决地予以回击的话，可能这些事情根本就不会发生了。[②]

接着，斯坦贝克和伊莱恩又从佛罗伦萨回到了罗马，5月正是罗马一年当中风景最美的时候。在意大利旅行期间，斯坦贝克始终和美国新闻处驻意大利办事处保持着密切的联系，在新闻处的帮助下，他才

---

① John Steinbeck，"The Trial of Arthur Miller"，Esquire（June，1957），p. 86.

② *Steinbeck*：*A Life in Letters*，eds. Elaine Steinbeck and Robert Wallsten（New York：Viking，1975），p. 555.

得以进入各个图书馆搜集资料。5月底，美国驻意大利使馆在罗马为斯坦贝克举办了一场宴会，与会的宾客有50人。宴会上，许多意大利作家，比如阿尔贝托·莫拉维亚，对斯坦贝克印象极深。阿尔贝托回忆说："我们都熟知斯坦贝克的作品。在当代美国作家中，只有海明威为人熟知。但我们认为，斯坦贝克的作品更为严肃，因为他的作品涉及政治和哲学。相比之下，海明威的作品显得肤浅一些。我应邀参加了使馆为他举行的宴会，他给我留下很深的印象。他看起来很严肃，不过，眼中流露出和蔼的目光。"①

之后，斯坦贝克和伊莱恩离开意大利来到瑞典，在斯德哥尔摩遇见了《静静的顿河》的作者——米哈伊尔·肖洛霍夫。肖洛霍夫是个瘦瘦的中年人，头顶日渐稀少的金色头发开始变得灰白，一笑就咧嘴，露出闪闪发光的两颗金门牙。一个身兼秘书和翻译官的年轻人陪在他身边。肖洛霍夫向斯坦贝克打包票说，尽管斯坦贝克因公开表明反对共产主义而招致苏联官方的厌恶，但他的作品仍然很受苏联人喜爱，当然这句话的真实含义是斯坦贝克的作品只能在地下流传。

斯坦贝克原本打算从瑞典直接坐船回美国，后来改了主意，决定到英国接着搜集和马洛礼相关的资料。到了伦敦后，斯坦贝克和伊莱恩先看了几场戏，见了见老朋友，然后坐火车到曼彻斯特去见当时在曼彻斯特大学中世纪文学研究院任职的尤金·维纳弗教授。斯坦贝克读过他写的书，想当面和他谈谈马洛礼。维纳弗虽性格内向，不善言谈，但他很高兴见到斯坦贝克，并且愿意尽自己所能为斯坦贝克提供帮助。

斯坦贝克在曼彻斯特租了一辆汽车，和伊莱恩游览了英国西部和北部的地区，参观了与马洛礼有关系的沃里克郡和其他一些地方。他

---

① 1989 年 7 月 14 日与阿尔贝托·莫拉维亚的访谈。

如饥似渴地欣赏着自己看到的一切东西，伊莱恩则帮他拍下大量照片。1957 年 7 月 25 日，斯坦贝克和伊莱恩登上"伊丽莎白女王号"客轮返回纽约。虽然在欧洲待的时间远超出当初两人的预计，不过伊莱恩说："这趟欧洲之旅对斯坦贝克来说很重要。因为有了马洛礼，他有了新的奋斗方向和清晰的研究范围。"

回到纽约后，斯坦贝克先在萨格港的房子里住了几个星期，随后回到纽约的家中，准备重写《亚瑟王之死》。他一边全神贯注地研究一卷在英国买的缩微胶卷，一边随手在纸上写下关于《烦恼的冬天》的一些构思。生活重新平静下来，"他每天起得很早，煮上一壶咖啡，然后就去书房。每过几个小时他会出来休息，有时在院子里散步，有时到房子后面的花园。他在花园里总能找到活儿干，"伊莱恩说，"白天他很少同我说话，当然我也很忙。一直到晚上我们坐在一块准备喝茶或喝酒的时候才会和彼此讲话。有时候斯坦贝克会在下午找弗兰克·罗瑟或者伊利亚·卡赞聊天。晚上我们经常和朋友们聚餐，或是到剧院看戏。斯坦贝克一直对戏剧保持着浓厚的兴趣。"

此时，伯吉斯·梅雷迪斯和斯坦贝克的关系已经变淡了。梅雷迪斯说："很难说清楚我和斯坦贝克的关系为何会变淡。我们住在不同的地方，交际圈也不一样。"1957 年 12 月，梅雷迪斯找到斯坦贝克，问他是否想加入加勒比海探险活动。梅雷迪斯有位叫凯文·麦克格罗瑞的朋友说，在巴哈马拿骚海岸附近有一艘载满了珍宝的西班牙沉船。麦克格罗瑞希望和朋友们共同出资赞助此次探险，找点乐子顺便从沉船中获利。他们打算亲自发掘沉船，如果顺利的话，再拍一部讲述他们此次冒险经历的片子。

面对如此有趣的探险活动，斯坦贝克按捺不住激动的心情，马上就签了合作协议。每位参加此次探险的人要自掏腰包前往拿骚，再集资购买船和潜水设备。然而，梅雷迪斯和麦克格罗瑞发现后面的开销远比之前预想的要多，斯坦贝克立刻明白过来，这次探险其实是一场骗局。他对梅雷迪斯说麦克格罗瑞欺骗了所有人。"我不相信斯坦贝克的话，"梅雷迪斯说。斯坦贝克和梅雷迪斯因此闹翻了脸，从此就很少再联系了。

斯坦贝克想用现代英语重写《亚瑟王之死》，这个想法有些不切实际。豪尔赫·路易斯·博尔赫斯写过一个有名的短篇小说，讲的是一个名叫皮埃尔·梅纳德的人想逐字逐句地重写《堂吉诃德》的故事。斯坦贝克就是皮埃尔，试图让自己变成马洛礼，千方百计地想弄明白马洛礼的想法。这种念头自然很荒谬，重写《亚瑟王之死》的想法迟迟无法付诸实践，他面对着无数个可能性，但没有一个能通向成功。1958年3月，斯坦贝克在信中对奥蒂斯说："我并不认为之前的研究都是白费力气，即便无法了解马洛礼的全部想法，但至少我知道他不会想什么。"

1958年6月，斯坦贝克的灵感逐渐枯竭，于是决定重回英国，想重新找回灵感。斯坦贝克和伊莱恩直接飞到伦敦，和维纳弗教授碰了头。随后一行三人先游览了科尔切斯特，又去了温彻斯特。7月，斯坦贝克从英国回到萨格港，准备再次集中精力，完成重写《亚瑟王之死》的计划。他给自己定下了严格的规定，每周写5天，每天必须写够若干小时，不许别人来打扰他。即便如此，他还是不断地遇到阻碍，有时甚至都不知道该如何翻译原文。痛苦地挣扎了一个月之后，他只好暂时放弃了重写《亚瑟王之死》的计划。

伊莱恩很同情斯坦贝克面临的困境。有天夜里，她问斯坦贝克："你是因为不能完成重写《亚瑟王之死》的计划而感到难过吗？"斯坦贝克回答说："当然是的，我一直很难过，甚至在我宽慰自己的时候也难过。"伊莱恩立刻说不如他们出去散散心。斯坦贝克似乎突然灵光一现，猛地站了起来对她说："我们去萨默塞特——到亚瑟王故事发生的地方去。"

1959 年新年过后，斯坦贝克花了 7 周的时间处理完手头剩余的工作：结清账单；写完《周六文学评论》和其他杂志社委托的几篇文章；请朋友帮忙在萨默塞特租一间房子。好友罗伯特·保尔特碰巧在萨默塞特附近的一个小村子教书，于是，他帮斯坦贝克找了一个绝佳的住处——位于布鲁顿小村的迪斯克夫小舍。伊莱恩回忆说："那是一间非常漂亮的小房子，墙壁用厚石搭建，屋顶上搭着茅草。这间小房子的主人在附近还有一座大庄园。房子里没有暖气，不过有壁炉，还有一个煤炉可供做饭用。"

1959 年 2 月，斯坦贝克和伊莱恩登上客轮。3 月他们抵达南安普顿港，到了普利茅斯后，他们买了一辆希尔曼牌旅行轿车，一路开往布鲁顿。"我们刚住进去的时候，屋里没有冰箱，没有马桶，后来我们自己花钱添了这些东西。房子很简陋，不过斯坦贝克很喜欢。这正是他想要的房子。"房子两边各有一个楼梯井，从楼梯上去便可以看到一排卧室，卧室里天花板很低，墙壁有些潮湿。"斯坦贝克买了一张小折叠桌回来，在我们睡觉的卧室隔壁那间屋做了一个书房。"

1959 年 4 月 1 日，斯坦贝克在信中向伊利亚·卡赞详细地描述了自己在布鲁顿的日常生活。"每天早晨大约六点的时候，有只鸟会把我吵醒。我都不知道这是什么鸟，它的叫声忽高忽低，就像军队里每天清晨的军号声一样，我被吵得无法继续睡觉，恨不得回它一句'听到了，我这就起来！'然后我就起来了，捅一下炉子的煤块让火苗上来，煮上一壶咖啡，再花一个小时左右的时间看看窗外远处的草坪和树林。多么美妙的时刻！伊莱恩还在睡觉，此刻无人打扰我，我感受到前所未有的孤独。"

尽管斯坦贝克费尽心思，但重写《亚瑟王之死》的进展依然不顺。他把写好的一些稿子分别寄给了伊丽莎白·奥蒂斯和帕特·科维奇，他们读完之后并没有发表看法，这让斯坦贝克颇为扫兴。奥蒂斯和科维奇似乎期待他写出来的是像 T．H．怀特的《石中剑》那样既浪漫又充满冒险的故事，因为这样的故事总能吸引大量的读者。结果，斯坦贝克只是把《亚瑟王之死》用现代英语翻译了一下而已，而且他的翻译没能传达出原文的诗意和节奏感。10 月中旬，斯坦贝克只好黯然神伤地离开萨默塞特。重写《亚瑟王之死》的计划流产了，而更糟的是，他不知道回国后接着做什么。

第十八章
它曾经那么美好

"汤姆·沃尔夫说得很对。我们已经无家可归，因为家只存在于我们的脑海中。"

——斯坦贝克，《携犬横越美国》

我们每个人在出生的时候，就已经迈上了通往死亡的道路，但从萨默塞特回到纽约之后，死神的脚步离斯坦贝克越来越近。1959年晚秋的一天，伊莱恩正在厨房里忙碌着，突然闻到一股烧焦的味道。"我急忙来到三楼斯坦贝克读书的地方，发现他已经昏迷倒地，不省人事，身上还冒着烟。他手里的香烟掉在了床上，点着了床垫和他身上的睡衣。我赶紧把火扑灭，弄醒了他，叫了一辆救护车过来。"斯坦贝克又一次"犯病"，还是小中风。伊莱恩说，"现在回想起来，那时斯坦贝克身上的小中风开始有规律地发作，只是规律并不明显。"

因为重写《亚瑟王之死》计划的流产，斯坦贝克整个秋天过得很不愉快，他自己认为，这或许就是导致中风发作的一个原因。从这次中风发作后到圣诞节，他一直说话不清楚，手指也没有以前那么灵活。他在信中对维纳弗夫妇说：

我个人感觉最近身体不适与沮丧的心情有很大关系，我没法完成当初对这本书（《亚瑟王之死》）的设想。我陷入了迷茫，找不到任何出路。也许我对某些主题太过熟悉，而对其他主题知之甚少。有段时间，我试着不去想这件事，看能否重头再来。《亚瑟王之死》是一本令人生畏的书，如果你不认真对待它，它也不会搭理你。[1]

斯坦贝克心里十分清楚，重写《亚瑟王之死》已不可能完成。圣诞节过后，他在信中对伊丽莎白·奥蒂斯说："我打算休息一段时间。但其实我不太懂人们口中常说的'休息一段时间'到底是什么意思，也许应该叫'重振旗鼓'。"休息从来就不是斯坦贝克喜欢做的事情，他是个有写作强迫症的人，绝对不可能停止写作。1960年新年刚过不久，他着手准备写《烦恼的冬天》，创作灵感来自于他对物质主义和美国社会道德败坏的深深不满。

有几所大学想给斯坦贝克颁发荣誉学位，但都被他拒之门外。在他看来，既然自己当初没本事从斯坦福大学拿到货真价实的学位，那现在接受这种"假学位"有什么用呢？他甚至觉得大学给他颁发荣誉学位这件事本身就很不可思议，"这就意味着再也没人敬畏你了。他们把学士帽扣在你头上，你能怎么办？"斯坦贝克内心深处泛起一阵阵对美国社会和现代世界的厌恶感。

1960年春天，斯坦贝克一直为《烦恼的冬天》忙碌着，虽然写得很慢，但进展很顺利。他对弗兰克·罗瑟说，《烦恼的冬天》"有点儿像卡夫卡和布斯·塔金顿的风格"。他希望能在夏初写完稿子：

等到了秋天——就在劳动节（美国的劳动节是九月的第一个星期一）过后吧，我准备到全国去转转。我有好几年没有到美国

---

[1] *Steinbeck：A Life in Letters*，eds. Elaine Steinbeck and Robert Wallsten（New York：Viking，1975），p. 656.

各地体验风土人情，已经记不得美国长什么样了。我打算买一辆
小货车，在车上弄一个可以住人的地方，就像小船上的船舱，里
面有枕头、炉子、桌子、冰箱以及马桶等等。我一个人出发，沿
着北边的路向西走，不过旅途中间我会调整方向，到美国的中西
部和位于山区的那几个州去看看。我会避开城市、小镇、农场及
牧场，一日三餐就在路边的酒吧或汉堡摊上解决吧，每到周日我
还要去教堂。之后，我将沿着西海岸从华盛顿州和俄勒冈州一路
向南。返回纽约时，从西南部出发，一路开到东海岸，之后再一
路向北。我夫人会在旅途中间和我碰面，不过大部分的时间我只
能一个人往前走，而且我想到那些不为人知的地方去。我只想到
处走走，看一看，听一听。我渴望重新了解我的祖国，看一看它
的风景，感受它的变化。①

伊莱恩说："这趟旅途是他必须要做的一件事情，而且必须独自完
成。尽管身体不太好，他仍想证明自己还没有老，还能开车，还能掌
控自己的生活，还可以继续了解新的事物。"约翰·赫西回忆说："斯坦
贝克一生经历过许多转折点，这次横越美国之旅算是其中之一。过去
的几年间，他一直在欧洲游历，痴迷于《亚瑟王之死》。我感觉，他意
识到自己身上缺了某种东西，他想弄清楚自己为何早些年对美国和美
国人民无所不知。"②

实际上，伊丽莎白·奥蒂斯激起了斯坦贝克横越美国的想法，她
建议斯坦贝克到处走走去接触底层民众，也许能获得灵感。他一边为
横越美国做准备，一边全神贯注地写着《烦恼的冬天》。"以前我们在

萨格港避暑的时候，"伊莱恩说，"他会起得特别早，煮上咖啡，牵着查理（斯坦贝克晚年养的一条宠物狗）到村子里遛弯。他坐在早点铺里边吃早饭边和渔民们聊天，然后溜达回家写点东西。但现在他早晨六点起床，起来之后直接去书房。他很少向别人提起《烦恼的冬天》。"

很快，斯坦贝克就写到了《烦恼的冬天》结尾处，每天绞尽脑汁思考怎么往下写。尽管，在这部小说上倾注了大量心血，他从不在信中对朋友们提及此事，只是简单地告诉他们自己在写一部小说，进展还不错。7月中旬，斯坦贝克写完了《烦恼的冬天》初稿，把稿子寄给了伊丽莎白·奥蒂斯。他在信中对奥蒂斯说："你会发现它和我以前任何一部作品都不一样。"本森有些挖苦地说："《烦恼的冬天》确实是斯坦贝克笔下一部奇特的小说。但话说回来，他哪一部作品不是如此呢？"确实很少有作家像斯坦贝克一样既写长篇小说，又写短篇小说，也很少有作家能和他一样，能够写出不同体裁和样式的作品，比如现实主义小说、奇幻小说、讽刺小说以及音乐剧。斯坦贝克不像是美国作家，而更像是欧洲作家，出版过长篇小说，写过剧本、散文、短篇故事、电影剧本、回忆录、旅行杂记，还写过很多政治类和文化类的新闻报道。1958年，他写的一些战地报道被重新集结成册出版——《曾经有一场战争》，它向我们表明斯坦贝克还曾是一名优秀的战地记者。

约翰·费恩利回忆说："我记得斯坦贝克带我看过他改装的货车。他给这辆货车取名叫'驽骍难得'，恰好是堂吉诃德胯下那匹马的名字。这辆车就像一栋会移动的房子，让他十分自豪。他像个小孩子一样，为这趟旅途而激动。伊莱恩看上去有些担心，但是斯坦贝克明白自己一定要完成这趟旅程，就算是伊莱恩也不能阻止他的计划。"[1]

---

[1] 与费恩利的访谈。

1960年夏,"唐娜"飓风横扫了美国沿海地区,斯坦贝克的行程因此受到耽搁。在《携犬横越美国》的开篇,斯坦贝克提到了这场飓风,"我们刚得知飓风要来的消息后,大风就开始刮了起来。风吹在脸上犹如刀子划过。有棵橡树的树冠被强风吹断,砸在了我们躲避飓风的那间小屋上。"① 那时,斯坦贝克有一艘摩托艇,被强风吹离了泊位,"小船在大风中剧烈地晃动着,试图挣脱锚绳,不断撞击着边上的码头,我们听到船身和码头摩擦发出凄厉的声音。"天气记录显示当时风速超过每小时95英里。

这时,斯坦贝克突然起身迎风跑向海湾。伊莱恩和一位邻居也跟着冲了出去,她大喊道:"别跑了,快回来!"但是,斯坦贝克根本听不到她的喊叫声。伊莱恩只能无助地看着斯坦贝克一头扎进水里,奋力向他的摩托艇游去。斯坦贝克爬上摩托艇,砍断锚绳。摩托艇出人意料地一下子就发动起来了,斯坦贝克驾着小艇开进了海湾并把它停泊在安全的水域。他在书中写道:"我当时离岸边有一百多码远,飓风像一群白须猎犬在我头顶发出咆哮声。"任何小艇都不可能驶出那片波涛汹涌的海面。斯坦贝克看到水里漂着一根树枝,游了过去,死死地抱住了树枝。大风正从海面吹向海岸,斯坦贝克只需要抱住树枝就能被海水冲上岸。没过多久,伊莱恩和那位邻居把他拖上了岸。

飓风对斯坦贝克的货车造成了不小的损害,车窗玻璃碎了,车身上的"驽骍难得"四个字也需要重新喷漆。在动身出发前,斯坦贝克忙完了手头剩下的一点活,给老友们写了几封信,顺便对《烦恼的冬天》做了最后的一点修改。自从7月中旬写完第一稿后,他就一直不停地修改手稿。斯坦贝克打算花三个月的时间横越美国,想在出发前把细枝末节的小事情都处理完,这样他就可以腾出时间和精力专心在

---

① John Steinbeck, *Travels with Charley* (New York: Viking, 1962). All quotations from this edition.

路上观察一切。

1960 年 9 月 23 日清晨，斯坦贝克带着爱犬查理踏上了横越美国的旅途。他沿着海岸一路向北开车来到马萨诸塞州，在那里和小儿子约翰见了一面，当时约翰正在迪尔菲尔德的依格布鲁克中学念书。斯坦贝克在信中对伊莱恩说："我到了之后先去见了儿子一面。我把'驽骍难得'开到停车场，结果学校里所有老师还有校长的妻子蔡斯夫人纷纷围在车边看热闹，我给他们煮了咖啡。儿子约翰像主持人一样招呼着大家……"①

陪儿子约翰短暂待了几日后，斯坦贝克继续开车向北来到佛蒙特州的圣约翰斯堡，把车停在通往缅因州的公路上准备过夜。9 月 27 日，他在信中对伊莱恩说："缅因州的风景看起来很像萨默塞特。"② 缅因州土地广袤，拥有茂密的森林和许多牧场，让斯坦贝克回想起加州北部地区的风景。他开车来到缅因州的最北部，"我想开到缅因州最北边的国界处，"他在《携犬横越美国》中写道，"我就要一路向西开始我的旅途了。我好像提前给自己的旅途做了规划，人类做任何事情都要事先规划，否则我们就不会做这件事。"

斯坦贝克继续沿着 90 号公路向前赶路，经过宾夕法尼亚州和密歇根州，穿过伊利诺伊州，按照计划，横越美国旅途的中间点是芝加哥。伊莱恩乘飞机抵达芝加哥，斯坦贝克没有继续住在车里，而是和伊莱恩在市中心的东大使酒店住了几晚。从芝加哥启程之后，斯坦贝克和伊莱恩约定下一站在西雅图汇合。伊莱恩走后，斯坦贝克继续孤身一人驾车向西穿越了威斯康星州和明尼苏达州。每到一处他便和当地居民交谈。晚上，他孤零零地待在车上，在日记里写下白天的所见所闻，

---

① *Steinbeck：A Life in Letters*，eds. Elaine Steinbeck and Robert Wallsten（New York：Viking，1975），p. 677.

② Ibid.，p. 679.

很快日记本里就记满了许多趣闻轶事。比如，有一次在蒙大拿州靠近国界线的一个路边餐馆里吃早饭的时候，他和一名卡车司机攀谈了起来，这名卡车司机说在二战的时候，有些女人都敢开着大卡车上路。"天啊，她们肯定是亚马逊人吧。"斯坦贝克说道。卡车司机回了一句："我不知道，我没和她们动过手。"①

斯坦贝克车开到蒙大拿州的时候，依照惯例给伊莱恩打了一个电话。电话里伊莱恩随口聊了几句斯坦贝克写给她的信，说这些信让她想起了罗伯特·路易斯·史蒂文森写的《驴背旅程》（*Travels with a Donkey*）。斯坦贝克突然在电话里大声地喊道："对！就是这个名字！"伊莱恩感到有点糊涂，追问道："你说什么？"斯坦贝克回答说："书名呀！你刚才那句话让我想好了这本书的名字——《携犬横越美国》。（*Travels with Charley*）"

从蒙大拿州到华盛顿州，斯坦贝克一路上开得很快，甚至没有时间体会这一路的风土人情。读过《携犬横越美国》的读者们都知道他之所以开得这么快，是因为爱犬查理患上了前列腺炎，他想尽快赶到斯波坎给查理看兽医。查理痊愈后，他继续开车前往西雅图与伊莱恩汇合，两人一起开车向南走。"我们沿着海岸线一路向南，晚上把车停在俄勒冈州的茂密红木林里过夜，"伊莱恩说，"那里的风景很优美。之后我们便进入了加州地界。回到家乡让斯坦贝克很高兴。我们在旧金山住了几日，然后开车到沃森维尔看望了斯坦贝克的大姐埃丝特，之后我们又去了蒙特雷。"伊莱恩独自坐飞机去了德克萨斯州，斯坦贝克在蒙特雷盘桓了数日。"我陪着弟弟在蒙特雷住了几日，"贝斯回忆说，"他看起来很疲惫。他原本怀着好意去见大姐，结果却生了一肚子气。他和大姐的关系一直很差，见面后他们因为政治问题发生了点争执，

---

① *Steinbeck：A Life in Letters*，eds. Elaine Steinbeck and Robert Wallsten（New York：Viking，1975），p. 686.

最后不欢而散。有天晚上，我陪他在一家餐馆吃了晚饭，结果我们因食物中毒大病了一场。他一直说蒙特雷除了大海没变之外，剩下的全都面目全非。"[1] 想起这次回老家的情形时，斯坦贝克说："汤姆·沃尔夫说得很对。我们已经无家可归，因为家只存在于我们的脑海之中。"

因为十分想念伊莱恩，斯坦贝克狂踩油门，在开往德克萨斯州的公路上疾驰而去，赶在感恩节当天来到阿马里诺见到了伊莱恩，两人在这里吃了一顿感恩节大餐。随后，斯坦贝克和伊莱恩开车前往奥斯丁看望伊莱恩的家人。离开奥斯丁后，他带着爱犬查理继续前行抵达新奥尔良市，在这里，他遇到了一件令人作呕的事情：

> 1960 年末，当时我在德州，电视和报纸争相报道新奥尔良一所学校录取了几名非裔美国孩童入学的事件。这群孩子背后是法律的威严和强制力，而反对他们入学的声音则来自三百年间白人对黑人的恐惧和愤怒，以及对改变黑人社会地位的畏惧心理。

一群白人女性每天聚集在校园门口，在上学和放学时对黑人儿童吐口水，嘲笑他们，更为讽刺的是，媒体称呼这群女人为"拉拉队员"。斯坦贝克对这件事情很好奇，想亲眼瞧一瞧。于是，他假装成一名英国人，对别人说他来自英国利物浦，和他们站在校门口。有个出租车司机对斯坦贝克说，这件事的始作俑者是从纽约来的犹太人。"你说什么？犹太人？"斯坦贝克问道。这位出租车司机回答说："这些该死的犹太人跑到这来，黑鬼们就是被他们煽动起来的。"他对斯坦贝克说不如用私刑处死这些犹太人，斯坦贝克听完心里一惊，同时

---

[1] 与安斯沃斯的访谈。

感到恶心。

那天晚些时候，有人问斯坦贝克："你是为了找乐子才出来旅游的吗？"他回答说："之前是，但现在不是了。"亲眼目睹了"拉拉队员"的所作所为以及赤裸裸的种族歧视让斯坦贝克感到恶心。几天后，他来到亚拉巴马，有个黑人想搭车，斯坦贝克让他上了车，随后大街上一个人立即走过来指着斯坦贝克的鼻子骂他是个"赞同黑人解放运动者"。在和搭车的这名年轻人交谈时，斯坦贝克谈到了马丁·路德·金和他宣扬的"消极抵抗以及顽强抵抗理念"。这名年轻人对斯坦贝克的谈话感到困惑，不耐烦地回答说："那样见效太慢了，要花费相当长的一段时间才能有收获。"

斯坦贝克归心似箭，一脚油门把车开到了萨格港。花了大约11周的时间，他终于完成了横越美国的旅途。之前始终没搞明白马洛礼所说的游侠经历，他转而模仿塞万提斯笔下的堂吉诃德，"他要去做个游侠骑士，披上盔甲，拿起兵器，骑马漫游世界，到各处去猎奇冒险，把书里那些游侠骑士的行事一一照办。他要消灭暴行，涉足各种险境，将来功成业就，就可以名传千古。他觉得一方面为自己扬名，一方面为国家效力，这是美事，也是非做不可的事"。[①]

1961年新年过后，斯坦贝克和伊莱恩像往常一样飞到加勒比海度假。他们在巴巴多斯岛的沙巷酒店预定了房间，但斯坦贝克却不怎么喜欢这座小岛。岛上残留着英国殖民统治的痕迹：巨大的贫富差距，岛上居民对游客的阿谀奉承，这些让斯坦贝克感到深深的不安。他在信中对朋友们说，还不如回到冰天雪地的萨格港。他把全部精力放在了《携犬横越美国》上，每天自拂晓开始便在酒店房间写书，一直写到中午才停笔。下午，他和伊莱恩来到沙滩晒日光浴、游泳或是潜泳。

---

① Miguel de Cervantes Saavedra, *The Adventures of Don Quixote*, trans J. M. Cohen (Harmondsworth: Penguin Books, 1950), p. 33.

他在信中对阿德莱·史蒂文森说："伊莱恩的肤色从浅褐色被晒成了黑色，而我被晒得像蛇一样蜕了一层皮。"①

3 月 4 日，斯坦贝克和伊莱恩回到纽约家中，吃惊地发现，"汤姆和约翰像孤儿一样坐在我们家门口的台阶上，"伊莱恩回忆说，"他们从母亲格温家里跑了出来，说想搬过来和我们生活。我和斯坦贝克立刻带他们进屋，告诉他们现在就可以和我们住在一起。"不能很好地和两个儿子沟通交流一直困扰着斯坦贝克，现在上天突然赐予他这么一个好机会，他十分高兴。也许，他终于可以成功扮演父亲的角色了。

但可惜的是，斯坦贝克前脚刚回到家，后脚就要出门，留下伊莱恩在家照顾两个紧张不安的孩子。"斯坦贝克曾答应以历史学家的身份参与一个地质勘探项目，"伊莱恩说，"有人邀请他参与莫霍面钻探计划。"斯坦贝克说，此次钻探项目的目标"是从墨西哥海岸附近水面以下 12000 英尺的地方获得地核标本"。他乘飞机来到圣地亚哥，和维拉德及罗达·巴斯科姆一起登上"卡斯一号"钻探船。斯坦贝克看着人们在这艘巨船上为钻探计划忙碌着，十分激动。3 月 23 日，他在一封家书中写道："杵锤滚过不锈钢船体，发出巨响，耳朵里传来长柄锤和上百台发动机的轰鸣声。我们预定在黎明出发。"两天后，斯坦贝克又写了一封家书："昨天晚上我们就在海上了，巨浪滔天。一艘拖船拖曳着我们的钻探船。天气很恶劣。钻探船不断在海上摇晃着。"② "卡斯一号"钻探船已驶出圣地亚哥港 90 英里，此时正以 4 节的速度向西继续行驶。第二天，钻探船加大马力，驶入预定作业范围，准备钻探。斯坦贝克"待在舰桥下面的陀螺仪室"，为《生活》杂志写了一篇关于莫霍面钻探计划的文章。

---

① *Steinbeck：A Life in Letters*，eds. Elaine Steinbeck and Robert Wallsten（New York：Viking，1975），p. 693.

② Ibid.，p. 696.

　　钻探进行得十分缓慢，不过在 4 月 2 日这天，他们获得了一份地核标本，准备交由地质学家继续研究。他们从海底弄上来"一大块墨蓝色玄武岩地核，质地坚硬，表面布满了水晶喷出物"。斯坦贝克想问他们要一小块水晶留作纪念，结果被硬生生地拒绝了。于是，他趁人不备偷了一小块样本。但不久后，有位科学家送了一块地核给斯坦贝克，他顿时十分尴尬。迫不得已，斯坦贝克只好溜到样品室，把偷来的那块样本放了回去。

　　4 月中旬，斯坦贝克和伊莱恩回到萨格港，汤姆和约翰都已回校。斯坦贝克开始养成有益于写书的生活习惯，每天早晨七点起床，喝上两三杯浓咖啡，到附近村子里溜达一圈，九点钟回到书桌前开始写《携犬横越美国》，这本书的进展一直不是很顺利。7 月，斯坦贝克有些消沉地在信中对帕特·科维奇说，《携犬横越美国》"比较松散，甚至没有特定的主题"①。后来，斯坦贝克把部分横越美国的旅途见闻发表在《假日》杂志上，这些故事赢得了好评，斯坦贝克坚定了继续写下去的信念。

　　7 月的一天，伦敦《每日邮报》给斯坦贝克打来电话询问他对欧内斯特·海明威去世有何看法，这时他才知道海明威自杀了。他给科维奇写信称自己十分震惊，他说海明威的"作品只有一个主题，那就是人勇敢地面对命运并与之抗争。尽管每个人都有权利选择结束自己的生命，但海明威笔下的英雄人物绝对不会自杀。令人伤心的是，我认为比起自杀身亡，海明威可能更讨厌意外身亡。他是一个孤高自许的人。倘若说他因为擦拭枪支导致走火中弹而身亡，就等于亵渎了所有让他感到自负的东西。"②

---

① *Steinbeck：A Life in Letters*，eds. Elaine Steinbeck and Robert Wallsten（New York：Viking，1975），p. 702.

② Ibid.，p. 703.

　　《烦恼的冬天》于 1961 年 6 月出版，评论界反响不一，有些评论颇具洞察力，而有些评论家则依旧拿《愤怒的葡萄》与之比较，对斯坦贝克新的创造力视而不见。卡洛斯·贝克尔是斯坦贝克的一位老书迷，1961 年 6 月 25 日，他在《纽约时报书评》撰文称，《烦恼的冬天》是"一部不可多得的好书，书中处处是惊喜，就像春天的花园，到处是破土而出的嫩芽"。《新闻周刊》也直言不讳地称："《烦恼的冬天》再次让我们感受到斯坦贝克的写作功底。那些认为他的作品已大不如以前的评论家们最好做好收回言论的准备吧。"

　　因为种种原因，斯坦贝克在《烦恼的冬天》出版后便停止了小说创作。健康可能是他决定封笔的一个最重要的原因。他身体不舒服，小中风依然时不时地发作；他还发现自己有点站不稳，也没法在书房里长时间伏案写稿子。另一个原因是，评论家们针对《烦恼的冬天》的评论让斯坦贝克很失望。他们对斯坦贝克付出的努力视而不见，更看不到他取得的进步。评论家们总喜欢拿他的新作品同《愤怒的葡萄》相比，斯坦贝克十分反感这种做法。有不少人怀疑他江郎才尽，他也懒得为此争辩。

　　这一年，汤姆 17 岁，约翰 15 岁，斯坦贝克有天吃早饭的时候突然有了一个计划。在人生最后二十几年里，每写完一本书，斯坦贝克都不可避免地感到失望，这时他就会到国外散心。旅行能帮他舒缓紧张的情绪，助他走出困境。他在信中对杜克·谢菲尔德的母亲提到了这项计划：

　　　大约在一年前，我……开始思考为孩子们做点有意义的事情。我突然有了一个主意。我打算趁自己还能负担得起的时候，带他们到世界各地看看。我们准备于 9 月初出发，花上 10 到 12 个月做一次环球旅行。一个年轻的爱尔兰家庭教师将与我们同行，以便督促两个孩子的学业。①

斯坦贝克打算带上全家于 9 月 8 日乘坐"鹿特丹号"游轮前往英国，抵达英国后，他们会租一辆汽车游览英伦三岛。在那之后，他们将继续向南游历法国和意大利。他们没有任何既定行程，想在哪个地方待多久就待多久，他们将先后参观希腊、土耳其、以色列和埃及，然后从埃及穿过红海游览印度、东印度群岛、中国、日本。最后穿过太平洋上的岛国来到澳大利亚，从这里他们将踏上回国的旅途。

斯坦贝克提到的这位爱尔兰家庭教师是一名年轻的美国小伙，名字叫特伦斯·麦克纳利，现在麦克纳利已经是一位颇有名气的剧作家。"我那时大概 22 岁或 23 岁，"麦克纳利说，"我记得伊利亚·卡赞的妻子莫莉·卡赞，对我说有人想找个家庭教师。她说这个人是约翰·斯坦贝克。听到斯坦贝克的名字，我当时大吃一惊。"② 伊莱恩回忆说，"我记得麦克纳利来到我们家的时候，他很年轻，长相俊朗，充满朝气，但有些严肃。他似乎知道很多东西，这对一个年轻人来说非常了不得。我们找的正是他这样的人，斯坦贝克一眼就看中了他。我们一家人都喜欢他。"

"鹿特丹号"游轮在南安普顿港靠岸后，斯坦贝克一家人坐火车来到伦敦，住进了多切斯特酒店。斯坦贝克和伊莱恩早已习惯了一起出门旅行，不过这次是全家出动，还带了许多行李，因此这次旅行更像是探险。"斯坦贝克非常想带孩子们仔细地把英国游览一遍，"麦克纳利说，"他通晓英国历史，带我们看了几处特别的景点。听他讲述那些他喜欢的事物是一件令人开心的事。他是个优秀的教师，浑身洋溢着

---

① *Steinbeck：A Life in Letters*，eds. Elaine Steinbeck and Robert Wallsten（New York：Viking，1975），p. 709.
② 1993 年 5 月 20 日与特伦斯·麦克纳利的访谈。

激情，他在传授知识的时候会穿插趣闻，帮助你消化理解。"

麦克纳利非常认真地担当起家庭教师的角色。伊莱恩说："麦克纳利坚信自己能干好这份工作，对两个孩子十分用心。他知道的东西很多，比如历史、音乐、艺术和文学。我和斯坦贝克对他十分满意。他督促两个孩子努力学习。有一次在英国，正当我们准备退房时，他说：'稍等片刻。汤姆昨天晚上就该把作业交给我，他不写好作业我们就不走。'"

兴致勃勃地在英伦三岛转了一圈之后，斯坦贝克和家人渡过英吉利海峡来到法国，游览了巴黎之后，一路向南来到阿维尼翁和尼斯。斯坦贝克一点都不喜欢这两个地方。他在信中对奥蒂斯说："我们住在布利斯本福特酒店，里面的环境十分沉闷。"① 伊莱恩说："我们来到法国后面临缺钱的问题，斯坦贝克没有预料到欧洲之旅会如此昂贵，何况我们现在是五个人一起旅行。他开始担心钱够不够花。我对他说：'没什么好担心的，'但他依然眉头紧锁，说：'我负担不起了！'他建议我们应当缩短旅途。我们的钱不足以完成环游世界的计划。当我说不想立马回国时，他变得特别忧郁。"

11 月 25 日，斯坦贝克一家来到米兰。"我们住进了一家条件很差的酒店，房间里透风，墙壁潮湿，"伊莱恩回忆说，"没人想住在这种酒店，但是斯坦贝克坚持在这里住下。因为不想做麦克纳利给他们布置的作业，两个孩子打了起来。斯坦贝克越来越焦躁，突然，他昏了过去。我当时吓得不知道如何是好，多亏了两个孩子和麦克纳利的帮忙，几位医生也赶了过来。我们在他身边守了一夜。医生们说不清楚斯坦贝克到底得了什么病，也许是心脏病发作，也有可能是中风。不过，他似乎很快又恢复了健康。"

---

① *Steinbeck: A Life in Letters*, eds. Elaine Steinbeck and Robert Wallsten (New York: Viking, 1975), p. 724.

　　麦克纳利和伊莱恩商量后，决定由他一个人带两个孩子到意大利北部的佛罗伦萨和威尼斯等地看看风景。麦克纳利说："我们计划最后在罗马集合过圣诞节。"他们按照计划在拉戈琼内酒店见了面。伊莱恩回忆说："斯坦贝克不喜欢拉戈琼内酒店，因此我们搬进了几年前罗伯特·卡帕推荐的一家酒店——德维尔酒店。我们在这里度过了一个美妙的圣诞节和新年。"当时天气晴朗，气温很低，阳光耀眼，沐浴在阳光下的罗马城"发出淡金色的光芒"。休息了一个月后，斯坦贝克的身体比以前好很多。圣诞节前夜，一位负责在意大利出版斯坦贝克作品的出版商，安排了斯坦贝克一家人和教皇约翰二十三世私底下见了一面，他们听了一场格里高利圣咏音乐会。

　　尽管假期过得很愉快，好朋友接二连三地去世还是让斯坦贝克更加强烈地感到浑身不适。对他影响最大的也许要数哈罗德·君兹伯格去世的消息。"哈罗德去世的消息对斯坦贝克打击很大，"伊莱恩说，"尽管他看起来很开心，对我们说身体恢复得也不错，但很明显他已无法继续环游世界。我们决定改变行程，放弃原先到印度、中国和澳大利亚的计划。眼下我们先在卡普里岛休息一段时间，斯坦贝克一直很喜欢这座小岛。"麦克纳利回忆说，"当时的计划是让我领两个孩子到地中海沿岸地区转转。我们打算把卡普里岛当做联系的大本营。对我和两个孩子来说，意大利是整个旅途中最美的一个地方。我们几乎逛遍了整个意大利。我其实并不比汤姆大很多，而且实际上他看起来要比我成熟。有时侍者会把账单拿给汤姆，让我有些尴尬。"

　　1962年4月，斯坦贝克和伊莱恩离开卡普里岛，在波西塔诺见到了麦克纳利和两个孩子。之后，他们一同游览了意大利南部地区、希腊以及希腊的一些岛屿。"我记得有一次我们来到一家意大利餐厅，"麦克纳利说，"我不知道消息是怎么传出去的，不一会儿，人们排着队来和斯坦贝克见面。有个男人手里拿着斯坦贝克的一部作品，书已经被翻烂了，想找斯坦贝克索要签名。"5月，他们一行五人坐轮渡来到希腊，享受旅途的最后一段时光。伊莱恩回忆说："有件事我记得特别清楚，那天我们一块儿参观了巴台农神庙，麦克纳利对孩子们说：'你们还记得之前在大英博物馆看过的埃尔金石雕吗？'两个孩子点了点头。'那你们现在能告诉我石雕其他的部分在哪里吗？'两个孩子眯着眼在废墟上搜寻着，汤姆说：'马的头在那里，'约翰接着说：'马车在那边。'我和斯坦贝克为此忍不住湿了眼眶，这次旅行总算没有白费。"

参观完希腊岛屿后，斯坦贝克和家人准备返回美国。5月28日，斯坦贝克从米科诺斯岛给奥蒂斯寄了一封信。他写道："旅行算是结束了。汤姆会十分怀念此次旅行，船上的餐食让他胖了10磅。约翰回国后肯定会向别人炫耀这段经历。麦克纳利将继续督促他们的学业。旧的时代已经结束，它曾经那么美好。"

第十九章
养精蓄锐

"诺贝尔文学奖并没有给我带来任何改变。以前不好写的文章，现在依然写不出来。"

——斯坦贝克致帕特·科维奇，1963 年 1 月 28 日

1962 年 7 月，斯坦贝克和伊莱恩来到萨格港避暑，正好赶上《携犬横越美国》正式出版。总的来说，这本书比较受欢迎。7 月 27 日，有评论家在《纽约时报》撰文称这本书"读来使人愉悦，全书论及美国各地风土人情，中间穿插了一些苦乐参半的文章，既有作者本人感叹时光易逝、韶华不再的句子，也有惊叹为何水杉树能长这么大的段落"。《新闻周刊》于 7 月 30 日刊登一篇评论称，《携犬横越美国》"语言生动活泼，文字饱含感情，文章妙趣横生"。《大西洋月刊》（八月刊）也夸赞称，"读者需要慢慢阅读仔细品味这本书，它会像梭罗笔下的作品一样广为流传"。只有少数几位评论家发出微弱的批评声音。自从 30 年前写出了《愤怒的葡萄》之后，斯坦贝克已经很久没有得到如此多的赞誉了。

像以前一样，只要斯坦贝克写出新书，读者定会纷纷抢购，因此《携犬横越美国》很快就跻身各大畅销书榜首，没过多久，它就红遍美国大江南北。读者们对书中斯坦贝克的游历和他的爱犬查理患上前列腺疾病的故事津津乐道。不过，斯坦贝克始终认为，别人的溢美之词

不可信。他在信中对帕特·科维奇说，自己对未来感到十分迷茫，不知道将来还能不能写出作品。8月2日，科维奇回信说：

> 你的作品是好还是坏，由不得你来决定。最近我看到詹姆斯·鲍德温的一段话并把它抄了下来，与君共勉：
>
> "想要成为一名伟大的小说家并不需要付出巨大的努力，只需尝试着尽可能地说出真相，然后再稍微努力一点即可。从本质上来看，这样的努力注定是白费力气。任何一个作家的词典里都没有'成功'这个词。"
>
> 人过中年后，大部分人都会发生变化，不过通常我们也会重获新生。你也知道，索福克勒斯80岁的时候写出了一部优秀的戏剧，阿纳托尔·法郎士79岁的时候写了一部小说，歌德81岁的时候完成了《浮士德》的第二部。你说，你打算深刻反思一番，这恰恰证明你的后劲很足。[1]

然而令人遗憾的是，斯坦贝克已经没有多少"后劲"可用了。"斯坦贝克已经油尽灯枯，他身体不好，看起来憔悴不堪，尤其是稍微喝了点酒之后，更加显得老态龙钟，"汤姆·君兹伯格说，"虽然他不太想谈论健康，但是眼下，这确实是个大问题。"[2]

斯坦贝克躲在萨格港闭门不出，本打算利用这段时间"好好反省一下"，结果突如其来的一件事硬生生地打断了他的计划。"那天是10月24日，"伊莱恩说，"我正在准备早餐，斯坦贝克在看电视。他以前很少看电视，不过当时正逢古巴导弹危机，美国上上下下所有人都在关注这件事。突然电视上插播了一条新闻快讯，说斯坦贝克刚刚获得了诺

---

[1] Fensch, p. 224.
[2] 1993年8月11日与君兹伯格的访谈。

贝尔文学奖。我们高兴地跳了起来，在屋里蹦来蹦去，这时候电话铃声开始响个不停。我们给还在上学的汤姆和约翰打了电话，随后斯坦贝克分别与帕特·科维奇和伊丽莎白·奥蒂斯也通了电话。电报一封接一封地传了过来。帕特·科维奇建议我们立即乘飞机赶到曼哈顿召开新闻发布会，于是，我们当天下午就动身前往曼哈顿，不过我们是开车去的。在去曼哈顿的路上，斯坦贝克一直听着广播，他说，'也许他们会在广播里再说一遍我获奖的消息。'"后来，斯坦贝克才知道原来瑞典文学院早就给他寄了一封信告诉他获奖的消息，不过这信却寄到了他们纽约的家里。

10 月 25 日，这天正好是古巴导弹危机形势最危急的一天，斯坦贝克穿着蓝衬衫，打着领带，端坐在 75 名记者和摄影师面前，一边抽着雪茄，一边简明扼要地回答记者们的提问。几天后，他在信中对波·贝斯寇说："从某种程度上说，诺贝尔文学奖像是一头怪兽，我一直对它感到恐惧，可现在却不得不接受它。"[①] T. S. 艾略特曾说，一个作家若是获得了诺贝尔文学奖，就等于"收到了一张参加自己葬礼的邀请函"，斯坦贝克对此也有相同的看法，他知道诺贝尔文学奖得主里很少有人能在获奖之后继续写出作品。对斯坦贝克来说，诺贝尔文学奖确实是一块烫手的山芋，比他想象的还要难以接受。

1962 年 10 月 26 日，《纽约时报》就斯坦贝克获得诺贝尔文学奖一事刊登了一篇社论，其作者在社论中蓄意诋毁斯坦贝克：

> 约翰·斯坦贝克获得诺贝尔文学奖的消息将使人们再度关注这个问题，即虽然他现在仍然在写书，可自从二十多年前大作问世之后，他就再没有写过惊世之作。让我们回顾一下他早年的作

---

① *Steinbeck*：*A Life in Letters*，eds. Elaine Steinbeck and Robert Wallsten（New York：Viking，1975），p. 743.

品吧：《煎饼坪》让人轻松愉快；《胜负未定》让人血脉贲张；而《愤怒的葡萄》既让人对破产农民受到的待遇感到愤怒，又让人对他们的遭遇感到同情。

诺贝尔文学奖是个国际性奖项，也是个很有分量的奖项，这就不能不让我们怀疑评奖委员们确定获奖候选人的方式，同时我们想知道评奖委员会到底有没有读过美国当代小说的主流作品。我们并不是在诋毁斯坦贝克先生的成就，不过我们仍然对委员会的决定感到好奇，他们居然不把这个奖项颁给对当代美国文学产生重要影响的作家。

伊莱恩在报纸上看到这篇社论后气得破口大骂，斯坦贝克安慰她说："没事的，伊莱恩，不要紧。"但实际上，这篇社论确实给斯坦贝克造成了一定的不利影响。《泰晤士报》也跟风点火，重提旧事，认为斯坦贝克早在若干年前就写出了最好的一部作品，自此以后他便销声匿迹。气人的是，大多数美国报纸居然也见风使舵，附和《纽约时报》的观点。一时间，《时代周刊》《新闻周刊》和《华盛顿邮报》集体刊文质疑斯坦贝克为何能获奖，谴责诺贝尔奖委员会，认为他们根本不了解美国当代文学的现状。"我感觉这些闲言碎语给斯坦贝克带来不小的压力，"汤姆·君兹伯格说，"本来一件很简单的事情被搞得如此复杂。美国人居然不希望斯坦贝克获奖，这真让人义愤填膺。"

许多人给斯坦贝克写信祝贺他获得诺贝尔文学奖，这让他心里感到一丝丝喜悦。他亲笔一一回复了这些来自世界各地的道贺信。"我们不得不临时雇了几个秘书，"伊莱恩回忆说，"家里乱成一团，斯坦贝克还在努力地写获奖感言。"她接着说："在我们出发前往瑞典之前，有一天斯坦贝克突然对我说：'伊莱恩，有件事需要你帮我。'我抬起头，一脸茫然地看着他。'我记得上一位去瑞典领奖但没有喝醉的作家是赛珍珠（本名柏尔·巴克，第一个获得诺贝尔文学奖的美国女作家）。如果领奖的时候不喝酒，那就最好了。'"

1962 年 12 月 8 日，在哈罗德·君兹伯格的遗孀——爱丽丝·君兹伯格的陪同下，斯坦贝克和伊莱恩飞到了瑞典，受到了瑞典政府官员和负责在瑞典出版斯坦贝克作品的出版商阿尔伯特·邦尼耶·弗莱格的热情款待，美国驻瑞典大使馆也为他举行了一场盛大的晚宴。"我们一天到晚出席各种宴会，"伊莱恩说道，"到处是来采访的记者。斯坦贝克受命觐见瑞典国王，接受了国王颁给他的勋章并向国王弯腰鞠躬致谢，回来的路上还给我鞠了一躬。" 12 月 9 日晚，斯坦贝克发表了一段简短有力，振奋人心的获奖感言：

> 文学的传播，不是靠着评论界苍白贫乏的说教者，在他们空无一人的教堂里哼哼着他们的祈祷文，也不是隐士们的游戏，更不是夸夸其谈的文学苦行僧们无病呻吟的绝望。
>
> 文学和语言一样古老。它借由人们的需要而生，时至今日，人类对文学的依赖与日益增。吟唱诗人，行吟诗人和作家们并不是离群索居、与世隔绝的。

在获奖感言最后，他祈求人类在核武器时代能互相理解和沟通，"人类自身已成为我们最大的危险，但同时又是我们唯一的希望。所以今天，我也许可以重说圣徒约翰说过的那句话：'末世'有道，道就是'人'，道'与人同在'。"① （注：斯坦贝克的原话是 In the end is the word，and the word is man，and the word is with man. 圣徒约翰的原话是 In the beginning was the Word and the Word was with God and

---

① Steinbeck：A Life in Letters，eds. Elaine Steinbeck and Robert Wallsten（New York：Viking，1975），pp. 897—898.

the Word was God，意为"太初有道，道与神同在，道就是神"。)

参加完诺贝奖颁奖仪式和多场宴会后，斯坦贝克、伊莱恩和爱丽丝·君兹伯格终于有机会在酒店房间里小酌一杯。"我们收到了许多礼物和道喜的电报"，伊莱恩说。第二天，他们三人前往伦敦为圣诞节采购。"爱丽丝把几个信封和一些零碎东西塞进了她的包里，"伊莱恩回忆说，"就在我们出门的时候，她突然说：'我觉得可以把这些东西扔了。'这时，她看到一个署名为诺贝尔奖评奖委员会的信封。斯坦贝克拆开后发现里面竟然放着诺奖的奖金！他笑着对爱丽丝说：'幸好你找到了奖金，要不然就尴尬了。'"

斯坦贝克和伊莱恩于 1962 年圣诞节前回到了纽约，虽然很疲惫，但他们心里却十分高兴。斯坦贝克在瑞典受到的热烈欢迎无疑抵消了美国评论家们对他的抨击。斯坦贝克给波·贝斯寇写了一封信，感谢他为自己所做的一切，在信中他说："现在我该养精蓄锐了。等圣诞节一过完，送两个儿子回校读书之后，我就准备把全部精力放在写作上，我要向自己证明诺贝尔文学奖不是写作生涯的终结，而是我与自己订的一份新合同。"①

然而，斯坦贝克却没能履行这份"合同"。诺贝尔文学奖就像是一个沉甸甸的担子压在他的肩上，评论界从一开始就不停地抨击他。《纽约时报》于诺贝尔文学奖颁奖前一天再度刊登了一篇题为《三十年代的过气作家也配获得诺贝尔文学奖？》文章，嘲讽斯坦贝克获得诺贝尔文学奖。该文作者是亚瑟·麦兹纳，此人正是斯坦贝克在诺贝尔文学奖获奖感言中嘲讽的学院派评论家之一。麦兹纳认为，斯坦贝克的作品"故作伤感"，并声称大多数"严谨的读者"在《愤怒的葡萄》出版之后就不再关注斯坦贝克的作品了。

---

① *Steinbeck：A Life in Letters*，eds. Elaine Steinbeck and Robert Wallsten（New York：Viking，1975），p. 759.

"像麦兹纳和阿尔弗雷德·卡津这样的评论家，"戈尔·维达尔说，"只要发现有哪个作家拥有大批的读者就怒不可遏。他们依然用迂腐陈旧的观点看待文学。归根结底，他们认为优秀的文学作品应该专供一小群像他们这种'出类拔萃'的人阅读。斯坦贝克道出了读者的心声，他们便对此耿耿于怀。"[1] 从斯坦贝克写给科维奇和奥蒂斯的信中，我们可以看出他十分理解麦兹纳等人的批评，但他仍然无法在公共场合接受此种言论。诺贝尔文学奖带来的喜悦心情顿时荡然无存。

1963 年春，肯尼迪总统邀请斯坦贝克出访苏联，这次出访其实是一个旨在缓和冷战时期美苏两国关系的文化交流项目。前不久，罗伯特·弗罗斯特刚参加过这个项目，效果很好，于是知名播音员爱德华 R. 莫罗强烈建议由斯坦贝克担任下一个出访者。斯坦贝克原则上同意了肯尼迪的邀请，但要求伊莱恩与他同行，同时他还邀请爱德华·阿尔比与他共同出访。最近，阿尔比因《灵欲春宵》这部戏剧在百老汇声名大噪，斯坦贝克认为既然是文化交流项目，那么必须邀请年轻作家加入。

5 月，斯坦贝克和伊莱恩来到萨格港避暑。有天早晨，他起床后发现有一只眼睛完全看不见东西，对伊莱恩喊道："我失明了！"伊莱恩想起一位叫佩顿的著名眼科医生退休后在南安普顿居住，立即给佩顿医生打了电话。她开车把斯坦贝克送到了南安普顿医院，医生检查后发现他的视网膜脱落，需要立即动手术。伊莱恩回忆说："那个时候眼部手术很棘手。"手术完成后，斯坦贝克蒙着眼睛，身上挂着沙袋躺在病床上一动也不能动。

9 月底，斯坦贝克在视力恢复正常后和伊莱恩来到华盛顿，在国务院听取了政府的简要汇报。按照计划，他们将从赫尔辛基前往莫斯科。

---

[1] Vidal interview.

"斯坦贝克和肯尼迪见了一面,"伊莱恩回忆说,"他问肯尼迪总统'如果我在苏联招惹了是非,你不会介意吧?'肯尼迪笑着回答说:'我倒想看看你怎么给我招惹是非。'"动身之前,斯坦贝克在信中向杜克·谢菲尔德提起了这趟旅程,他说:"我感觉自己可能太老了,不适合干这种事情。"① 刚到芬兰,斯坦贝克立刻被欢迎的人群围了起来。"我们忙得不可开交,"伊莱恩说,"参加招待会,出席新闻发布会,还有一场接一场的晚宴。"10 月中旬,爱德华·阿尔比在莫斯科见到了斯坦贝克和伊莱恩。阿尔比回忆说:"斯坦贝克长得仪表堂堂,又是个出名的公众人物,因此他的一举一动都被密切地监视着。只要我和斯坦贝克提出要见某个作家,苏联政府就会告诉我们这个作家现在'不方便'与我们见面。但奇怪的是,明明'不方便'和我们见面的这个作家总会在我们准备离开某地的时候突然现身,要么就到机场与我们见面。"②

阿尔比接着说:"我们一起在苏联待了好几个月,见了不少作家。有时我们也会去参观学校。我记得有一次在列宁格勒,我和斯坦贝克来到一所学校参观,当我们进到一个特别大的班级后,发现竟然有几个四五十岁的人坐在教室里。后来当这些人不怀好意地向我们提问时,我们才意识到这群人实际上是 KGB(克格勃,苏联国家安全委员会的简称)或其他类似的机构故意安插在班级里的卧底,目的就是让我们难堪。他们当中有一个人故意想刁难斯坦贝克,质问斯坦贝克为何不在作品中坚持批判资本主义制度。这个问题惹恼了斯坦贝克,他直接冲这群人喊道:'你们这群王八蛋!难道你不知道时代变了吗?30 年代的美国岂能和 50 年代的美国同日而语?'"

11 月 8 日,斯坦贝克一行三人来到列宁格勒,刚一下车斯坦贝克

---

① *Steinbeck: A Life in Letters*, eds. Elaine Steinbeck and Robert Wallsten(New York: Viking, 1975), p. 777.
② 1993 年 8 月与爱德华·阿尔比的访谈。

就因为过度劳累病倒了。之前，他们一直马不停蹄地访问苏联各地，这简直要了斯坦贝克的老命。一名医生来到酒店房间，要求斯坦贝克到就近的医院做检查。"斯坦贝克在医院接受检查，"伊莱恩说，"我和阿尔比就在列宁格勒的街上闲逛，非常担心他的身体。"医生们认为斯坦贝克的病情并不严重，给他打了几针葡萄糖，开了一些维生素，并建议他最好彻底休息两到三周。斯坦贝克自然不会听从医生的建议，于第二天早晨在列宁格勒大学为一群勤奋的学生做了一场报告。

11月15日，斯坦贝克和伊莱恩离开苏联前往波兰，阿尔比没有同行，他继续在苏联又待了一段时间。他们游览了整个波兰，每到一处都会有当地的作家、记者和学者和他们见面。为了避免斯坦贝克再度因劳累病倒，他们在马祖里湖区休息了好几天。斯坦贝克应邀参加了一场野熊狩猎，十分高兴。在克拉科夫，斯坦贝克在一所大学做了一场演说，现场挤满了听众。演说结束后，斯坦贝克私下里还和一些对美国文学感兴趣的学生见了面。除此之外，他还参观了一座中世纪武器博物馆，这类东西可以激发他的灵感。

1963年11月22日，身在华沙的斯坦贝克和伊莱恩永远忘不了这一天。"那是刻骨铭心的一天，"伊莱恩说，"我和斯坦贝克刚从外地回到华沙，广播里突然播出约翰·肯尼迪总统在达拉斯遭枪击的消息。新闻报道起先说肯尼迪受伤，我们很震惊，随后广播又说肯尼迪总统已遇刺身亡。波兰人聚在我和斯坦贝克身边，抱了抱我们，对我们说听到这个可怕的消息后，他们非常难过。"斯坦贝克当即决定不再继续访问其他国家，他想停下来休息一段时间。伊莱恩说："我们需要一点时间缅怀肯尼迪总统。我们给美国国务院打了电话，他们建议我和斯坦贝克到维也纳待上几天，于是，我们就去了维也纳。人们在维也纳一座教堂为肯尼迪总统举办了一场哀悼会，我和斯坦贝克也参加了。"

离开维也纳后，斯坦贝克和伊莱恩来到布达佩斯，打算在这里好好休息几天，但他们的打算落了空，因为只要斯坦贝克在某个地方现身，很快就会有读者登门拜访。"我们只好见见这些国家的读者们，"伊莱恩说，"我们来到他们家里，和他们聊天，了解他们的情况。斯坦贝克去世后，这些生活在苏联附属国的读者们纷纷在信中安慰我。我从来没料到他们会给我写信。斯坦贝克的作品在他们心中占有重要地位。"在苏联及东欧游历了两个月之后，斯坦贝克和伊莱恩经由布拉格进入西德境内，从这里他们回到了美国。

12月中旬，斯坦贝克和伊莱恩再度来到华盛顿听取政府汇报。在此期间，继任美国总统林顿·约翰逊邀请他们到白宫参加晚宴。多年前，伊莱恩和约翰逊夫人曾是大学校友。"我和约翰逊夫人相识多年，"伊莱恩说，"不过这次晚宴后，我们和约翰逊夫妇的关系更进了一步。"晚宴结束后，约翰逊总统出人意料地决定亲自送斯坦贝克和伊莱恩回他们下榻的海伊亚当斯酒店。由于总统临时决定外出，特勤局顿时慌了手脚，急忙安排人员为总统护行。"您真的不用送我们回去"，伊莱恩对约翰逊说，但约翰逊仍坚持己见。从此之后，斯坦贝克和伊莱恩就成了白宫的常客。

第二十章

字字珠玑

"我像是一只被打散的军队，正在试着重新聚拢。我在尝试自己是否还能写出东西。"

——斯坦贝克致杜克·谢菲尔德，1968 年 1 月 29 日

1965 年 4 月底，时任美国总统约翰逊邀请斯坦贝克和伊莱恩到白宫小住一个周末，欣赏一下华盛顿特区的春景。伊莱恩说："这只是一次低调的非正式会面"。约翰逊在总统私人餐厅设宴招待他们，席间，斯坦贝克和总统新闻秘书杰克·瓦伦蒂相谈甚欢。离开白宫后，斯坦贝克给瓦伦蒂写了一封信，取笑约翰逊总统搞不清楚"有勇无谋"和"智勇双全"有何不同，同时他还谈到了越南战争：

> 越南战争实在让人头疼。很多人劝说我谴责美国对越南的狂轰滥炸，但我没有表态。我倒希望轰炸可以避免，但我想身在越南的美国大兵们肯定比我们更有发言权。
>
> 不过，我确实有一些想法。不管什么事，只要它经常发生，人们就会习以为常地接受它。但如果情况突然发生了变化，人们便会十分困惑。

斯坦贝克现在陷入进退两难的境地。理智告诉他，越南战争是美

国铸成的大错，这场战争很有可能让美国四分五裂，还会给一个第三世界国家带来毁灭性的打击；但另一方面，林登·约翰逊总统把他当成自己的密友，这让他觉得自己和总统休戚相关。他认为当总统身处困境时，自己应当给予总统精神上的支持。奇怪的是，斯坦贝克轻易地就相信了爱国主义的那套陈词滥调，即当祖国面临战争时，哪怕这场战争毫无道德与理性可言，你也必须支持祖国。

1966 年期间，斯坦贝克尝试通过各种办法向自己和他人为越南战争辩护，甚至引用过前任总统约翰·肯尼迪的名言，"不要问你的国家能为你做什么，而要问你能为这个国家做什么。"他认为，当今美国社会一些问题的根源，在于物欲主义文化滋生的自私自利行为。他特别敬重过去的美国人，比如他的外祖父和外祖母，他们靠着一点土地，慢慢地为自己和家人打下一片天，愿意为国家牺牲自己。他瞧不起现在的美国人小气又自以为是。令人惊讶的是，斯坦贝克竟然认为，越南战争正是年轻人报效国家的好机会。

斯坦贝克对各种反战言论视而不见，他的小儿子约翰也打算应征入伍。听说小约翰的部队马上就要开赴越南，约翰逊总统于 1966 年 5 月邀请斯坦贝克父子到白宫做客。几天后，斯坦贝克在信中对约翰逊总统说："很感激您和我还有我的小儿子见面。我确信，和您见面之后，他一定知道自己肩上担负的责任。他从未来过华盛顿特区，我头一次带他参观了林肯纪念馆。他在林肯的雕塑前凝视了许久，然后说：'噢！上帝啊！我们最好努力做得出色一点。'"[1]

7 月 14 日，斯坦贝克给杰克·瓦伦蒂写了一封信，又一次谈到了越南战争。"给越南战争找一个冠冕堂皇的理由是不现实的。派兵入侵别的国家于情于理都讲不通。而越南人保卫自己的国家更是无可厚

---

[1] *Steinbeck：A Life in Letters*，eds. Elaine Steinbeck and Robert Wallsten（New York：Viking，1975），p. 831.

非。"他在信末严肃地说："除非约翰逊总统明确表示愿意通过和平方式解决这场战争，否则越来越多的美国人和欧洲人将会把罪名全扣在他头上。"他写这封信的时候，约翰逊总统不但没有在越南战争问题上让步，反而进一步升级了战事。尽管如此，斯坦贝克依旧拒绝公开表态反对越战，继续默默地在约翰逊背后支持他，即便小儿子约翰痛苦万分地从越南战场上给他寄信说，美国政府其实是在有计划地欺骗美国民众，他仍旧不改初衷。

有一次当斯坦贝克受邀到白宫时，约翰逊总统试探性地询问他，是否想去越南做点战地采访。很明显，约翰逊希望他为越战做点宣传，试图说服曾获得诺贝尔文学奖的斯坦贝克替他从越战前线发回报道，向美国民众表明派兵参加越战是明智的选择，这样也能让他获得更多的民意支持。约翰逊本人非常在意知识分子对他的看法，然而许多知识分子一窝蜂地拥护前任总统肯尼迪，对他却投来鄙夷的眼神，这让他无比愤恨。他现在只有为数不多的几个人能帮他和知识界保持联系，而斯坦贝克就是其中一个。但斯坦贝克此时并不想去越南，推辞说自己年龄太大，已不再适合冒险。

斯坦贝克在人生最后十年里依然写了不少东西，其中就有曾为纽约长岛一家名叫《新闻日报》的小报偶尔写的专栏文章。几年前，他在肯塔基州遇到过一个叫哈里·F·古根海姆的出版商，后来古根海姆找到斯坦贝克，希望他能为自己的报纸《新闻日报》专栏投稿，斯坦贝克没有犹豫就同意了。之后，直到他去世前，斯坦贝克主要的创作活动便是为专栏写稿，除此之外，他几乎没有写过其他东西。他的确尝试着想写几个短篇小说，不过都以失败告终。1966 年 10 月 28 日，他在信中对伊利亚·卡赞说："你可能也知道，我现在状态一直很差，写出来的东西太糟糕。我明显感觉到，我的作家生涯要结束了。"①有一天，哈里·古根海姆向斯坦贝克提了一个建议，让他以《新闻日报》记者的身份前往越南，这时斯坦贝克突然觉得现在正是去越南的好时机。伊莱恩说："小约翰奔赴越南战场的时候，斯坦贝克也想跟着去。但他又不想以约翰逊总统特使或其他身份前往越南。在他看来，只以自己的身份去越南是非常重要的。"斯坦贝克像过去一样，一定要伊莱恩陪着他去越南。"没有伊莱恩陪我，我就哪也不去，"他在信中对维拉德·贝斯康说，"人生苦短，我不愿离开她，哪怕一分钟也不行。"②

1966 年 12 月，约翰逊总统在白宫设晚宴招待艺术理事会的会员们，身为该理事会会员的斯坦贝克自然也在受邀之列。此时，约翰逊总统已完全失去了知识分子的支持，他现在只有斯坦贝克一个忠实的盟友。但斯坦贝克以马上要前往西贡为由，推掉了约翰逊总统的邀请。他在信中向约翰逊总统解释说，自己马上要去越南看望小儿子约翰，途中还打算去看看正在加州奥德堡接受部队训练的大儿子汤姆。"我们和汤姆见了一面，"伊莱恩说，"然后乘飞机到了夏威夷。在珍珠港，我和斯坦贝克参加了当地的珍珠港事件 25 周年纪念日活动，还登上'亚利桑那号'战列舰参加了盛大的节日活动。"

"我们的飞机飞了一整夜，第二天醒来的时候我们看到了陆地，随后反应过来我们已经到越南了，"伊莱恩回忆说，"飞机降落的时候有点让人害怕。"为了避免遭到北越狙击手的偷袭和火箭弹袭击，斯坦贝克和伊莱恩乘坐的飞机没有像普通飞机那样缓缓地降落在跑道上，而是在空中急转一圈后落在了西贡的新山一机场。

斯坦贝克和伊莱恩被安排住在卡拉维尔酒店，来自各个国家的记

---

① *Steinbeck：A Life in Letters*，eds. Elaine Steinbeck and Robert Wallsten（New York：Viking，1975），p. 839.

② Ibid.

者团俨然把这家酒店当成了一个临时大本营。酒店环境恶劣，地板踩上去发出咯吱咯吱的声响，灯光昏暗，时好时坏的空调整夜发出隆隆巨响，屋里的家具又老又破。斯坦贝克和伊莱恩各自分到了一个房间。"哥伦比亚广播公司在酒店里设立一个总部，"伊莱恩回忆说，"酒店每天都挤满了熙熙攘攘的人群。"尽管在越南待的时间不长，斯坦贝克和伊莱恩却到过越南许多地方。"我当然没有斯坦贝克去的地方多，"伊莱恩说，"但只要条件允许，我就会陪着他一起。他可以跟着部队参与战事，但我就不行，他们不让我去。我感觉越南让他想起了以前二战时当战地记者的岁月。他爱好这个工作。但是当战地记者十分危险，我们经常身处险境。我记得，有一次我和斯坦贝克随部队外出采访，晚上睡在丛林的帐篷里，突然传来一阵枪响。我对斯坦贝克说：'但愿那是我们自己人开的枪吧。'他回答我说：'你就假装是我们自己人开的枪，接着睡吧。'"

伊莱恩曾陪同斯坦贝克到老挝参与过一个任务，"他们用短距起降飞机把我们送到老挝，"伊莱恩回忆说，"有一次，我们的飞机降落在老挝内陆的一个稻田里，当时那里进行着土地改革。斯坦贝克一直都对农业比较感兴趣，想以此写点文章。突然无线电里传来消息，'赶快把斯坦贝克夫妇从老挝接走！北越的军队正向你们赶来，飞机已经在路上了！'我们非常慌乱地站在跑道中央，前来接应的飞机呼啸着停在了我们身边，飞行员冲我们大喊：'你们跑来这儿干什么？再晚一会儿你们就别想活着离开老挝了。'我们登上飞机，前脚刚走，后面北越的部队就杀了过来。"

斯坦贝克和伊莱恩以曼谷为踏板，游览了整个老挝。"曼谷是个特别奇怪的地方，"伊莱恩说，"曼谷的街头妓院林立，随处可见准备归国的美国大兵。街上到处都是人，交通几近瘫痪。在曼谷最让我们开心的事情是在皇宫见到了泰国国王和王后。"1967 年 4 月底，在即将离开泰国之际，斯坦贝克和伊莱恩坐了一天一夜的火车穿过整个马来半岛，来到槟榔屿。斯坦贝克在信中对伊丽莎白·奥蒂斯说："瓦伦·黑斯廷斯、康沃利斯勋爵、吉卜林还有萨默塞特·毛姆都曾来过这个地方。"[①]在槟榔屿，斯坦贝克和伊莱恩住进了一家带空调的豪华酒店——东方大酒店。突然间，疲惫感涌上心头，斯坦贝克在酒店里整整睡了三天三夜。斯坦贝克的确需要好好休息。在三个月的时间里，他奔波在越南许多地方，给《新闻日报》专栏一共写了52篇文章。他和伊莱恩打算从印度尼西亚的巴厘岛出发回国，中间在香港和日本短暂停留一阵。"我们在日本见到了小约翰，他也准备回美国了。我们三个人一块去了东京，在一个春意盎然的公园里的樱花树下躺了一晚上，"伊莱恩说，"日本是个美丽平静的地方，不同于越南和泰国。不过在东京的时候，斯坦贝克突然感到背疼，整个人几乎不能动弹。医生检查后发现他有两到三节椎间盘粉碎性骨折。"

1967年夏，斯坦贝克和伊莱恩来到萨格港避暑。他开始反思越南战争。8月，他在信中对伊丽莎白·奥蒂斯说：

> 我理解你对越战的感受。美国现在似乎正一步一步陷入战争的泥潭。我确信，当初挑起战争的人既不了解这场战争，也无法控制战争的态势。我倒是对越战有些许看法，但是不能把它写下来。
>
> 我知道美国无法打赢越战，也打不赢任何一场类似的战争。似乎我们只能束手无策地看着美国在越战的泥潭里越陷越深。[②]

进入秋季，斯坦贝克的背疼越来越严重，巨烈的疼痛迫使他于10

---

① *Steinbeck：A Life in Letters*，eds. Elaine Steinbeck and Robert Wallsten（New York：Viking，1975），p. 844.

② Ibid.，p. 848.

月中旬住进了纽约大学附属医院准备接受手术，手术持续了 5 个小时。术后，斯坦贝克花了好几个月才恢复过来。"在某种程度上，斯坦贝克始终没有恢复健康，"伊莱恩说，"出院后，我们直接回到萨格港，除了躺在床上看书，他什么都不能做。"圣诞节前，他们飞到了维京群岛的格林纳达。"我们住在海滩上的一个小房子，"伊莱恩说，"斯坦贝克身体十分虚弱，不过，他还是会穿好泳衣躺在海滩，有时候也会下水游两圈。岛上的风景很优美。只要一到海边，他就很高兴，而且这里温暖的气候也能让他过得舒服些。"他们在岛上住了一个月后，于 1968 年 1 月底回到了萨格港。

从格林纳达回来后，斯坦贝克的身体不但没有好转，反而一天比一天糟糕。小中风开始频繁地发作。伊莱恩说："他的手指头会突然变得僵硬，话也说不清楚，有时人也变得糊涂。但是过不了多久他又变得和正常人一样。"1968 年初春，斯坦贝克和伊莱恩搬回了纽约市区家中。尽管斯坦贝克很喜欢萨格港，但伊莱恩认为纽约是个更好的地方，毕竟在市里看医生会很方便。

然而，住在纽约让斯坦贝克很痛苦，4 月份他和伊莱恩又回到了萨格港，不过这次医生禁止他干任何体力活。5 月底，斯坦贝克又犯了一次小中风，这次情况比以往更吓人。伊莱恩回忆说："我们来到海滨的一家小餐馆准备吃饭。我突然看到斯坦贝克拿不起叉子。他努力地想拿起叉子，但就是拿不起来。我就问他：'你是不是感觉不舒服？'他回答说：'好像是有点不舒服。'然后我说：'赶快上车。'几个朋友帮忙把他抬上了车，很快他就昏了过去。我们把他送到南安普顿医院，医生给他做了详细的身体检查。没过多久，他就醒了过来，但很明显他已经无法恢复健康。"

7 月，热浪席卷了长岛地区，持续的高温让斯坦贝克的身体状况进一步恶化。有一天，他从卧室门口经过时，突然头晕，无法呼吸。"他犯了心脏病，"伊莱恩说，"我把他送去医院，随后他就被推进了氧舱。负责给他治疗的考克斯医生建议我们搬回纽约以便医生对他的身体进行密切监测。虽然斯坦贝克不愿意搬回纽约，但为了健康考虑他还是点头同意了。"

11月初，斯坦贝克呼吸越来越困难。他患上了肺气肿，更为严重的是血管也开始硬化。他的心脏变得十分脆弱，小中风时不时地就会发作。"当时纽约大学附属医院开始尝试为心脏病患者做心脏搭桥手术，"伊莱恩说，"有一天，斯坦贝克请考克斯医生帮他找来几位心脏手术专家。他想知道自己是否也能接受这样的手术。几位专家给他做了身体检查后很遗憾地说，他不能接受这种手术。他不仅只是心脏有问题，全身血管也有问题。他对几位专家表示歉意，心里非常失望。我感觉那时他已经料到自己活不久了。"

1968年12月20日清晨，天空飘起了小雪，雪花吹打着72号东大街一栋高层公寓上的一扇窗户，窗户里面就是斯坦贝克和伊莱恩在纽约的家。伊莱恩在客房睡了一晚，醒来的时候，直觉告诉她斯坦贝克马上就要离开这个世界了。"我也不知道自己怎么能预料到他会在那天去世，"她回忆说，"但是我偏偏就预料到了。"

那天时间过得很慢。吃完早饭后，伊莱恩来到斯坦贝克的房间，看到他正半躺在床上，脸上戴着氧气罩，鼻子里插着胃管。他意识很清醒，情绪也稳定。整个上午，伊莱恩给他读了好多文章，但到了中午的时候，斯坦贝克感到剧烈的不适，考克斯医生急忙赶来做了一些紧急处理，尽可能地让他舒服一些。

整个下午伊莱恩寸步不离地陪在斯坦贝克身边，给他读书听。突然，斯坦贝克对她说："伊莱恩，我能问你个问题吗？"

"当然可以啊。"伊莱恩不假思索地回答道。

"你觉得我们结婚20年来，哪一段时光让我们最快乐？"说完，斯坦贝克眉头紧锁，一脸严肃地看着她。

伊莱恩正准备要说却没有张口。接着她说，"你先说。"

"不行。"斯坦贝克说，"我就快要死了，你就将就我一次吧。"

"这样吧，"伊莱恩说，"我把答案写在这个笔记本上。"她在纸上草草地写了几个字然后把纸放在了斯坦贝克手心里。

"现在，"她问斯坦贝克，"把你的答案告诉我吧。"

"我们在萨默塞特的时候最快乐，"斯坦贝克非常肯定地说。

"看看你手里的字条，"伊莱恩对他说。

斯坦贝克手心里的那张小纸条上写着一个大写的单词：SOMERSET（萨默塞特）。伊莱恩躺在斯坦贝克身边，和他一起回忆着在萨默塞特度过的那段时光。

下午的时候，伊丽莎白·奥蒂斯和雪莉·费希尔过来看望斯坦贝克。一名护士听考克斯医生说斯坦贝克的身体状况恶化后，也从医院赶了过来。将近傍晚的时候，斯坦贝克的另一位朋友，南希·凯斯特医生也来到了家里。伊莱恩在房间里陪着斯坦贝克，其他几位客人都在客厅聊天。

"我在他身边躺了许久，"伊莱恩说，"他慢慢地昏了过去……然后停止了呼吸。"凯斯特医生检查后于当天下午5点30分确认斯坦贝克去世。

12月24日，伊莱恩和汤姆带着斯坦贝克的骨灰盒乘飞机来到加利福尼亚。伊莱恩回忆说："我们在圣诞节那天来到11号大街上的老房子。斯坦贝克一直很喜欢这个地方。"几日后，斯坦贝克的骨灰被葬在萨利纳斯的追思公墓，和他的父母以及妹妹玛丽葬在了一起。26日，人们在罗伯角一处俯瞰着大海的悬崖边，为斯坦贝克家族举行了一场特别追悼会。一名留着长发的年轻牧师身穿白袍，口中念着圣经，抓起一把泥土洒向大海，嘴里说着："尘归尘，土归土"。头顶传来海鸥的阵阵叫声，悬崖下方的海浪不断拍打着岩石。

附录

斯坦贝克的著作

1. 《金杯》，*Cup of Gold*. New York：Robert M. McBride & Company，1932.

2. 《天堂牧场》，*The Pastures of Heaven*. New York：Brewer, Warren & Putnam，1932.

3. 《致一位无名的神》，*To a God Unknown*. New York：Robert O. Ballou，1933.

4. 《煎饼坪》，*Tortilla Flat*. New York：Covici-Friede，1935.

5. 《胜负未决》，*In Dubious Battle*. New York：Covici-Friede，1936.

6. 《人与鼠》，*Of Mice and Men*（separate editions of play and novel）. New York：Covici-Friede，1937.

7. 《小红马》，*The Red Pony*. New York：Covici-Friede，1937.

8. 《他们的血仍未冷》，*Their Blood Is Strong*. San Francisco：Simon J. Lubin Society，1938.

9. 《河谷》，*The Long Valley*. New York：Viking，1938.

10. 《愤怒的葡萄》，*The Grapes of Wrath*. New York：Viking，1939.

11. 《科提兹海：游览与研究漫记》，*Sea of Cortez：A leisurely Journal of Travel and Research with a Scientific Appendix. Co-authored with Edward F. Ricketts*. New York：Viking，1941.

12. 《被遗忘的村庄》，*The Forgotten Village*. New York：

Viking，1941.

13.《投弹完毕：轰炸机组的故事》，*Bombs Away：The Story of a Bomber Team*. New York：Viking，1942.

14.《月亮下去了》，*The Moon Is Down*. New York：Viking，1942.

15.《月亮下去了》(剧本，两个部分)，*The Moon Is Down（Play in Two Parts）*. New York：Dramatists' Play Service，1942.

16.《罐头厂街》，*Cannery Row*. New York：Viking，1945.

17.《啼笑姻缘路》，*The Wayward Bus*. New York：Viking，1947.

18.《珍珠》，*The Pearl*. New York：Viking，1947.

19.《俄国日记》，*A Russian Journal*. New York：Viking，1948.

20.《燃烧的夜晚》，*Burning Bright*. New York：Viking，1950.

21.《科提兹海航海日志》，*The Log of the 'Sea of Cortez'*. New York：Viking，1951.

22.《伊甸之东》，*East of Eden*. New York：Viking，1952.

23.《甜蜜星期四》，*Sweet Thursday*. New York：Viking，1954.

24.《丕平四世的短命王朝》，*The Short Reign of Pippin* Ⅳ. New York：Viking，1957.

25.《曾经有一场战争》，*Once There Was a War*. New York：Viking，1958.

26.《烦恼的冬天》，*The Winter of Our Discontent*. New York：Viking，1961.

27.《携犬横越美国》，*Travels with Charley in Search of America*. New York：Viking，1962.

28.《美国及美国人》，*America and Americans*. New York：Viking，1966.

29.《小说日记》，Journal of a Novel：*The 'East of Eden'*

Letters. New York：Viking，1969.

30. 《萨巴达传》，*Viva Zapata*！（script of 1952 film）. New York：Viking，1974.

31. 《约翰·斯坦贝克传》，*Steinbeck：A Life in Letters*. Edited by Elaine Steinbeck and Robert Wallsten. New York：Viking，1975.

32. 《亚瑟王与麾下骑士的光辉事迹》，*The Acts of King Arthur and His Noble Knights*. Edited by Horton Chase. New York：Farrar. Straus & Giroux，1976.

33. 《随笔:〈愤怒的葡萄〉创作日记》，*Working Days：The Journal of 'The Grapes of Wrath'*. Edited by Robert DeMott. New York：Viking，1988.

图书在版编目(CIP)数据

约翰·斯坦贝克传／(美)杰伊·帕里尼著；马静静，
陈玉洪译. -- 南京：江苏人民出版社，2017.10
书名原文：John Steinbeck：A Biography
ISBN 978-7-214-21370-9

Ⅰ.①约… Ⅱ.①杰… ②马… ③陈… Ⅲ.①传记文
学-美国-现代 Ⅳ.①I712.55

中国版本图书馆 CIP 数据核字(2017)第 268432 号

John Steinbeck：A Biography by Jay Parini

江苏省版权局著作权合同登记：图字 10-2017-090

本书获得中央高校基本科研业务费专项资金资助
(Supported by the Fundamental Research Funds for the Central
Universities，16LZUJBWZY042)

书　　　名	约翰·斯坦贝克传	
著　　　者	(美)杰伊·帕里尼	
译　　　者	马静静　陈玉洪	
责 任 编 辑	汪意云	
校　　　对	王翔宇	
出 版 发 行	江苏人民出版社	
出版社地址	南京市湖南路 1 号 A 楼，邮编：210009	
出版社网址	http://www.jspph.com	
照　　　排	江苏凤凰印刷数字技术有限公司	
印　　　刷	南通印刷总厂有限公司	
开　　　本	718 毫米×1000 毫米　1/16	
印　　　张	19.75	
字　　　数	238 千字	
版　　　次	2018 年 1 月第 1 版　2018 年 1 月第 1 次印刷	
标 准 书 号	ISBN 978-7-214-21370-9	
定　　　价	48.00 元	

(江苏人民出版社图书凡印装错误可向承印厂调换)